빌헬 ❷

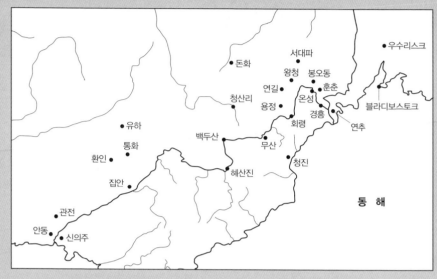

〈백두산 중심 원근 지도〉

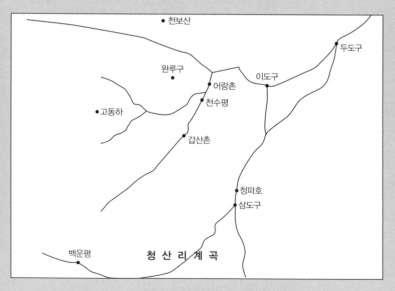

〈청산리 대첩 주변 약도〉

흑룡강성

● 하얼빈

● 길림

연해주

● 블라디보스토크

길림성

● 심양

봉천성

조선

〈만주(동북 3성) 위치도〉

어린 시절, 주위 어른들은 만주 벌판 얘기를 심심찮게 했다. 그때는 막연하나마 만주는 넓고도 먼 땅이라고 생각했다. 중학생이 되어 역사를 배울 때 일제에 강점된 조국과 민족 앞에 시련의 세월이 계속되자 역사적인 3·1 만세 운동조차도 시들했다. 그러나 곧이어 김좌진과 이범석이 이끈 '청산리 전투'의 승리는 커다란 통쾌감으로 각인되어 이후 잊어본 적이 없었다. 지금 와서 생각하면 어떤 운명적인 만남이 아니었나 싶다.

《열혈》은 1920년 한 해의 이야기로 그 가운데 만주의 '청산리 대첩'이 우뚝했다. 앞의 해는 만세 운동이 일어난 기미년이다.

일제 강점이라는 암울한 시기에 만세 운동으로 독립 열기가 고조된 열혈 지사와 피 끓는 청년들은 고대 고구려와 발해의 영토로 선조들의 넋이 살아 숨 쉬는 만주 간도 땅에서 '독립 전쟁의 해'를 맞아 온갖 어려움을 무릅쓰고 독립 전쟁 수행을 위해 최선의 노력을 기울였다.

만세 운동에 당황한 일제는 조선총독부 수뇌를 교체하고 이른바 '문화 정치'라는 고등 술책으로 한민족의 환심을 사서 식민지 지배를 계속 꾀하는 한편, 만주 독립군을 토벌하기 위해 불법으로 대규모 출병을 감행하였다.

결국은 두 세력이 맞부딪쳐 대한 독립이 소원인 독립군은 무적 황군이라는 일본군을 상대로 '청산리 대첩'을 일궈냈다. 불굴의 투지로 쟁취한 청산리 대첩은 만세 운동의 구현이자 독립 전쟁사에서 일대 기적이며, 한민족에게는 영원히 빛나는 전설이다.

불과 백 년 전의 일이다.

그런데 대첩의 신화는 식민사관으로 인해 축소, 왜곡되었고, 저자가 찾은 답사 현장은 중국이 펼친 동북공정(東北工程)의 소용돌이 속에 다시 왜곡, 훼손되고 있었다. 거기다 일제 강점기라는 오욕의 역사를 거친 한민족은 지금 남북이 분단된 상태이며, 흩어진 민족은 중국에서는 조선족으로, 러시아와 중앙아시아에서는 고려인이라는 이름으로 살아가고 있다. 독립된 조국을 후손에게 물려주기 위해 독립 전쟁에 나선 순국선열을 생각하면 참으로 안타까운 일이 아닐 수 없다. 또한, 지정학적으로 중국, 일본과 함께 '동양 3국'에 속한 대한민국의 역사는 결코 과거일 수 없으며, 현재이자 미래이기도 하다.

역사를 잊은 민족에게 미래는 없다.

청산리 대첩이라는 신화를 통해 한민족의 단합과 민족혼을 일깨우고, 자랑스러운 역사와 함께 미래를 열자는 뜻에서 소설 《열혈》을 썼다. 역량에 비하면 너무 버거운 화두였다. 그러나 일일이 출처를 밝힐 수는 없지만, 여러 선인(先人)과 학자의 깊은 공부는 역사 소설을 전개해 나가는 데 밝은 등불이 되었다.

소설 《열혈》이 태어나기까지 고마움을 전해야 할 분들이 많다. 담장 없는 옆집에서 함께 자란 송강직 동아대학교 교수는 그대로 평생 지기지우였다. 산중 칩거 생활을 말리면서도 물질과 정신적 도움을 준 이봉순 님은 《열혈》이 태어난 기초가 되었다. 일광여행사의 정동명 형님은 세세한 부분까지 신경을 써주셔서 도움이 컸다. 만주 답사에 동행한 현지의 장문철 님, 연변대학교 김태구 교수님께도 감사를 드린다. 폐를 끼친 주위의 지인들에게는 미안한 마음을 전하고 싶다. 휴앤스토리 맑은샘 출판사와 아름다운 인연을 맺게 되어 행복하다.

독자와의 설레는 만남은 미래의 일이다.

청산리 대첩 100주년을 앞둔 2020년 8월

宋憲守

2
권

3권

책머리에

1. 제국의 꼭두각시들

경신년 1월이 하순으로 접어드는 어느 날이었다. 적당한 피로와 나른함이 몰려드는 오후에 사이토 총독의 집무실에서 회의가 열렸다. 참석자는 정무총감과 경무국장, 거기다 경무국의 마루야마가 포함되었다. 치안 문제를 다루는 비밀회의에 가까웠다.

"경무국장은 어제 과음한 탓인지 아직도 얼굴이 부석부석하구먼. 보나 마나 게이샤들이 한바탕 난리를 피웠겠지? 총독부 제일의 쾌남아가 출두했으니 말이야."

사이토 총독이 아카이케 경무국장을 흘끔거리며 말했다. 호의인지, 아니면 핀잔인지 표정으로는 가늠하기가 모호했다.

"조선 얘기로 자리가 길어지는 바람에…."

아카이케는 멋쩍은 듯 뒤통수를 긁적였다.

"예전부터 사내, 그중에서도 영웅호걸의 주색은 운치며 자랑거리였지. 하지만 또 때로는 자기 통제랄까, 절제도 필요한 거요. 연말연시다 뭐다 해서 연일 술판을 벌이며 밤이 짧았으면 이제 조금 자중들 해야지. 나 역시 술이 과한 편이라 이런 말을 하면 뭣하지만, 술 앞에 어디 장사 있던가? 저 이태백(李太白)이도 결국은 술 때문에 병이 난 거요. 술도 과하면 때로 실수를 범하게 되고 환락이도가 넘으면 비애가 생기는 법이오."

사이토는 은근히 경무국장의 기를 꺾었다. 오늘 자신의 의중 발표에 이왕 잡음을 줄이려면 마루야마의 동석으로 벌써 뚱한 기색인 아카이케를 미리 한 번쯤 단속할 필요가 있었다. 그런 총독은 다시 업무적으로 경무국장의 아픈 곳을 찔렀다.

"경무국장, 간도의 은행 돈 강탈 사건은 어떻게 해결 기미가 있소?"

"지금 한창 수사 중입니다."

"어허, 그런 사건은 시간이 흐르면 미궁에 빠지기 마련인데 돈이라도 빨리 회수돼야 뒤탈이 적지. 그 문제는 나중에 다시 의논키로 합시다."

경무국장에게 부담감을 안긴 총독이 이번에는 총독부의 이인자를 향했다.

"정무총감."

"예, 각하."

총독의 심기가 불편하다고 여겼는지 미즈노가 다소 긴장했다.

"정무총감 주장대로 이번에 조선어 신문 발행을 허가해 줬는데 공기가 어떻게 돌아가는 것 같소?"

"아직 신문이 발간까지 된 건 아니라서 무어라 속단하기에는 이릅니다."

"나는 허가에 대한 반응이 궁금했는데…. 좋아요. 내가 마음이 너무 앞섰군. 사실 우리가 신정치 홍보에 열만 올렸지, 막상 이거라고 내세울 만한 게 드물지 않소? 헌병 경찰이 일반 경찰로 바뀌었다고 자꾸만 떠들어 봤자 그건 그동안의 우리 치부만 들추는 셈이지. 한데 이번의 신문 발행 허가는 느낌부터 좋아. 나는 무엇보다 외국 언론의 그 잘난 입에 재갈을 물리는 것이 통쾌해. 정무총감이 언급했듯이, 우리 일본은 식민지 조선 땅에 언론의 자유까지 허용했다는데 제까짓 것들이 무슨 할 말이 있겠어! 세계열강은 지금 우리를 주목하고 있어요. 과연 우리의 신정치가 조선에 먹혀들 것인지 의구심을 품은 채 말입니다. 정무총감, 그런 만큼 신문 발행 문제는 좀 더 높은 안목과 인내심을 갖고 잘 한번 추진해 보시오."

총독부는 조선어 신문 발행을 한정하여 허가했다. 여러 부작용을 우려한 경무국에서 시기상조라며 이의를 제기했지만, 사이토 총독은 운용의 묘를 내세워 반발을 일축했다. 사실 내외에 문화 정책 실현이라는 거드름을 피우기 위해서는 그보다 매력적인 것도 드물었다. 대신 경무국은 사전 검열을 통해 신문 내용을 철저히 통제하기로 방침을 정했다. 그리하여 조선총독부가 1920년 1월 6일자로 발행을 허가한 조선어 신문은 3개 지(紙)였다. 《동아일보》와 《조선일보》, 그리고 나머지 하나는 《시사신문》이었다. 곧바로 총독부는 대대적인 선전에 나섰다. 바야흐로 조선 땅에도 언론의 자유가 구현되기 시작했다며 열을 올렸다.

사이토 총독이 회의를 소집한 것은 신문 발행 허가 따위로 노닥거리자는 뜻은 아니었다. 평소 치안 제일주의에다 경무국 간부들을 호출한 만큼 당연히 화두는 치안 문제였다. 잠시 고등 술책인 신문 발행에 관심을 보이던 총독이 다시 아카이케를 향했다.

"경무국장, 어떻게 경찰은 제 자리를 잡아가는지 모르겠소?"

"예, 헌병대로부터의 업무 인수는 거의 끝난 상태입니다. 지금은 각하께서 지시하신 대로 경찰의 면모일신을 위해 분투하고 있습니다."

만세 운동의 원인을 여러모로 분석해본 일제는 무엇보다 헌병 경찰의 폐해가 심각한 것을 깨달았다. 광치(狂治)의 선봉으로 헌병이 떨친 악명은 이미 세계적으로 정평이 난 상태였다. 고심을 거듭하던 일제는 위기 탈출용으로, 조선총독부의 관제를 개정하여 문제의 헌병 대신 보통 경찰 제도를 택했다. 부임 당시 사이토는 이보따리를 풀면서 먼저 선전에 열을 올렸다. 마치 점령군이 조건 없이 철수라도 하는 양 떠들어댔고, 신정치의 하나로 문화적 제도임을 극구 내세웠다.

"경찰 개혁은 문화 정치의 최대 현안이오. 현재 진행 상황을 좀 더 구체적으로 들어봅시다."

오늘은 총독이 제법 말을 아꼈다. 경무국장에게 꼬박꼬박 높임말을 쓰는 것도 드문 일이었다.

"그럼 각하의 이해를 돕기 위해 인원, 시설, 기타 장비로 구분해서 간략히 말씀드리겠습니다. 우선 인원에 있어서 1만 명 순사 증원 계획은 순조롭게 진행되고 있습니다. 그중 8천 명을 책임진 내지의 경시청이 적극 협조 중이며, 조선 현지에서 증원키로 한 2천 명은 이미 해결된 것이나 진배없습니다. 잘 아시다시피 만세 소동을 거치면서 조선 땅의 우리 일본 헌병은 민간 치안에 한층 일가견을 갖게 되었습니다. 그래서 헌병 가운데 일부는 이미 경찰관으로 채용했습니다. 거기다 순사로서 전혀 손색이 없는 조선인 헌병 보조원의 자원까지 풍부해 현지 증원은 도리어 경쟁까지 보이는 실정입니다. 나아가 우리 경무국은 경찰 강습소를 통해 출신을 가리지 않고 전부 정예화한 다음 투입할 방침이므로, 양뿐만 아니라 질적으로도 전혀 손색이 없을 것입니다."

처음에는 경무국장이 긴장한 탓에 말투가 어눌했다. 그러다 여유를 찾자 제법 총독과 눈길까지 맞춰 가며 설명이 유창했다.

"다음은 운용에 따른 시설입니다. 종전의 헌병 경찰 시절에는 대략 군에는 경찰서, 면에는 주재소(駐在所)를 하나씩 두는 제도를 택했습니다. 그러나 이번에 경찰 인원이 대폭 증원되는 만큼 이전 방침은 무시하고, 필요하다고 판단되면 경찰서와 주재소를 조건 없이 신설토록 했습니다. 그래서 인원과 시설이 완비되면 1개 주재소에 일본과 조선 순사를 공동으로 배치할 계획입니다. 끝으로 경찰에 필요한 각종 장비 보급에도 온 힘을 기울이고 있습니다. 소총과 권총 따위의 개인 화기(火器)는 만세 소동을 진압하는 과정에서 현재 공급 과잉 상태며, 순사들이 위압용으로 착용할 칼은 공급처인 포병 병기창과 이미 교섭이 끝난 상태입니다."

이 정도면 어떠냐는 듯 아카이케 경무국장은 제법 헛기침까지 했다. 그깟 술과 업무는 전혀 별개라는 식의 은근한 항변까지 곁들인 눈치였다. 그러나 경찰의 실상을 들여다보면 경무국장의 장담과는 한참 동떨어져 있었다. 다른 것은 두고라도 우선 인적 자원부터 근본적으로 문제점이 많았다. 만세 운동으로 갑자기 조선 땅에 경찰 수요가 급증하자 공급원인 일본 경시청도 차질이 생길밖에 없었다. 비상대책으로 기존의 경찰 조직에서 최대한 인원을 차출하고 나머지 부족분은 신규 모집을 했다. 그런 식으로 머릿수만 채워 부산항에 부렸으니 애초부터 문제점투성이였다.

경시청에서 지역별로 인원을 할당하다 보니 차출 경찰은 조직의 문제아들만 뽑혀서 왔다. 신규 모집은 더 엉망이었다. 세계 대전 후의 호경기로 일본은 인력이 부족한 상태였다. 그래서 조선 경찰을 지원한 자는 대부분 음식점 배달부나 목욕탕 때밀이 등이었다. 그들이 하층민이고 무식한 것은 둘째였다. 아예 기본 소양조차 못 갖춘 일본 부랑자들이 동방예의지국인 조선의 경찰이랍시고 떼거리로 몰려왔으니 장차 여러 문제점이 발생할 것은 자명한 노릇이었다. 마방(馬房)이 망하려면 당나귀만 들어온다는 식이었다. 총독은 자신만만한 경무국장의 보고를 듣고도 별로 탐탁지 않은 눈치였다. 두어 번 머리를 끄덕이다가 토를 달았다.

"조선 치안을 당하려면 사실 그 정도로는 어림도 없지. 그렇지만 당장 형편이 닿지를 않으니 우선 거기까지라도 차질 없이 잘 추진해 봐요. 알다시피 우리의 신정치 도박은 오로지 경무국의 충실을 전제로 한 것 아니오? 물론 최후의 보루로 군이 뒤에 버티고야 있지. 하지만 만에 하나 조선 치안을 우리 총독부 선에서 해결 못 하고 만세 소동 때처럼 다시 군이 투입되는 상황이 재현된다면…"

총독은 거기서 말을 멈추고 고개를 설레설레 흔들었다. 뒷말은 해본들 사족에 불과한 데다 문득 하세가와의 얼굴이 스쳤기 때문이다. 전임 총독 하세가와는 예전에 주차군사령관으로 있을 때부터 조선 사람의 피 맛에 이골이 난 자였다. 바로 의병을 무자비하게 학살한 장본인이었다. 만세 운동으로 조선 치안이 수습 불능 상태에 이르자 하세가와는 이번에도 군에 의지했다. 통치자로서는 처음부터 자격 미달이었다. 결국, 그를 기다린 것은 총독 자리를 포함한 불명예 제대였다.

사이토는 권력의 정점을 향해 치닫다가 불명예 제대란 아픔을 제대로 겪어 본 사람이었다. 그 여파로 오랫동안 정치적 미아로 떠돌다가 어떻게 다시 때를 만나 조선 총독으로 재기하였다. 어렵사리 올라탔는데 조선 치안이 걸림돌이 되어 다시 낙마라도 한다면 그것은 재기 불능을 뜻했다. 한데 그럴 가능성이 농후하다는 게 문제였다. 우선 만세 운동이라는 거대한 태풍은 지나갔어도 그 해일이 만만치 않았다. 또다시 태풍이 형성되지 말라는 법도 없었다. 거기다 간과할 수 없는 것이 하나 더 있었다. 전임 총독들은 육군인 데 반해 사이토는 해군 출신이라는 사실이었다. 이는 사이토의 탄탄대로를 내심 원치 않는 세력이 엄존함을 뜻했다. 그래서 사이토 총독은 문화란 이름을 빌려 안정적인 지배를 꾀하는 한편, 틈만 나면 치안을 챙겼다. 치안 확보에 대한 집념은 무단 통치로 일관했던 전임자들에 비해 뒷줄이 결코 아니었다. 다만 방법을 달리했다. 흔히 자수성가형의 인물이 그렇듯이 남작 사이토 또한 자부심이 대단했다. 웬만해서는 평범한 일 처리나 상식을 멀리했다. 남들과 다른 각도, 다른 방법으로 자신의 산뜻한 수완과 능수능란한 일 처리를 선보이려 들었다. 그래서 때로는 음흉한 술수나 모략 동원까지 마다하지 않았다.

총독이 조선 치안에 대처하는 방법도 대개 비슷했다. 문화 정치를 대대적으로 선전한 지금에 이르러 조짐이 불안하다고 전임자들을 답습할 수는 없는 노릇이었다. 그게 아니래도 사이토는 평소 무단 통치 자체를 하책 중의 하책으로 치부했다. 별 실속도 없이 괜히 필요 이상 윽박질러 분란을 자초할 필요가 어디 있느냐는 식이었다. 그래서 표나지 않게 내실을 추구했다. 그 결과가 방금 경무국장의 보고처럼 폭압 기구인 경찰 조직의 확대와 개편으로 나타났다. 인원의 대폭 증원과 시설 보완, 거미줄 같은 조직망 구축, 경찰의 완전 무장 따위를 집중적으로 추진했다. 좀 더 치밀하고 체계적으로 경찰 조직을 다듬어 치안 불안 자체를 원천 봉쇄하겠다는 뜻이었다. 문화 정치라는 당근으로 눈앞을 현혹하면서 실상 뒤로는 채찍을 손보기에 여념이 없는 총독이었다. 그것이 바로 너그러운 미소 뒤에 감춰진 사이토의 일면이자 이중성이었다.

여송연에 불을 붙인 총독은 소파에 등을 묻으며 천천히 입을 열었다.

"오늘 모이자고 한 것은 크게 두 가지 일 때문이오. 첫째는 전번 시무식 뒤끝에 경무국장이 제안한 특별반 구성 문제를 토의하는 것이오. 다른 하나는 곧 군과 더불어 열릴 조선 치안 대책 회의에 관한 일이오. 통상적인 모임이지만 그래도 우리 총독부의 방침을 미리 조율해 둘 필요는 있겠지. 식기 전에 차들 마셔요. 아무래도 경무국장은 물이 많이 켜일 텐데, 허허허."

오늘은 필요해서 다잡는 척했지만 사실 총독은 아카이케에게 꽤 호의적이었다. 우선 호남형의 얼굴에다 사내다운 성격이 마음에 들었다. 그게 아니래도 아카이케가 조선 치안을 책임진 만큼 격려가 필요했다. 총독이 말을 마무리할 때쯤이면 종종 경무국장을 찾는 이유도 거기에 있었다. 총독은 녹차로 입술만 살짝 적신 뒤 본격적으로 얘기를 시작했다. 서두는 대체로 빙 두르는 편이었다.

"조선 치안과 관련해서 간도 불령선인을 담당할 특별반을 구성하자! 참으로 좋은 의견이오. 전폭적으로 동감합니다. 한데 그 전에 한 가지 밝혀둘 게 있어요. 어쩌다 전쟁이 일어나면 뚜렷한 명분만을 고집할 수는 없어요. 이유는 자국 병사의 목숨에다 또 나라의 흥망까지 걸린 어떤 절박감 때문일 것이오. 따라서 전쟁에 있어 기발한 계책은 물론, 나아가 속임수까지도 큰 의미로 본다면 책략의 범주에 속하지 결코 부끄러움은 아니다 이 말이오."

총독이 여송연을 비벼 끈다. 입이 열렸다는 신호였다.

"비근한 예를 일청 전쟁이나 러시아와의 싸움에서 한번 찾아볼까요? 대국과의 전쟁을 먼저 예상한 우리 일본은 사전 공작을 위해 일찍부터 대륙에다 정치 공작대를 파견했어요. 그뿐만 아니라 우리 군은 청나라는 물론 그 뒤 러시아와의 전쟁에서도 기습 공격으로 상대방에 막대한 타격을 입힌 뒤에야 비로소 정식으로 선전 포고를 했습니다. 어째 명분이 좀 약하지요? 그렇더라도 이것을 하나의 책략으로 봐야지 꼼수로 부끄러워할 일은 아니다 이겁니다. 왜냐하면, 전쟁이니까."

귓밥을 슬슬 만지는 총독은 오늘도 변죽이 늘어질 모양이었다.

"내가 뭣 하러 그다지 자랑거리도 아닌 과거사까지 들추고 그러느냐? 불령선인을 근본적으로 해결하기 위해서는 책략 동원이 필수적이기 때문이오. 현재 우리에게 가장 시급한 치안 문제가 무엇이오. 경무국장이 전번에도 지적했듯이 불령선인, 그중에서도 특히 간도 불령선인에 대한 단속 아닌가? 그렇다면 특별반 구성에 앞서 그 문제부터 한번 심도 있게 짚어 봅시다. 불령선인이 비록 볼품은 없지만 어쨌든 현재 조선 무력의 전부라 해도 과언은 아닐 게요. 그래서 지금은 그들 모두를 합쳐 보았자 일개 연대(聯隊)급에도 못 미치는, 우리와 싸움 운운하기도 뭣한 조무래기에다 오합지졸인 줄로 알고 있소."

그쯤에서 총독이 차츰 목소리를 키웠다.

"그렇지만 조선 땅의 치안 불안이 종종 그들에게서 연유되고 또 만만히 내버려 뒀다가는 장차 큰 두통거리로 변할 것이 분명합니다. 따라서 불은 불씨 적에 끄고, 불필요한 순(筍)은 자라기 전에 따 버리는 게 현명한 처사 아니오? 두었다가 나중에는 도끼로도 힘들 테니까. 누가 그걸 몰라서 이러고 있느냐? 처리가 간단치 않으니까 문제지. 맞는 얘기요. 그러면 우리 그 이유를 한번 따져 봅시다. 막상 순을 따려고 보니 간도가 남의 영토라 많은 제약이 따르는 데다, 중국 측은 또 불령선인을 은근히 두둔까지 하더라! 그러니 영사관 경찰만으로는 곳곳에 있는 불령선인을 토벌하는 데 애도 먹고 한계에 봉착할 수밖에 없더라!"

마치 정확한 진단으로 병명을 알아낸 뒤 설명에 나선 명의(名醫)처럼 사이토는 득의에 찬 얼굴로 한 사람씩 돌아가며 눈길을 맞추었다. 그러다 갑자기 손바닥으로 탁자를 내리치며 말을 잇대었다. 그 바람에 잠시 딴생각에 빠졌던 정무총감 미즈노가 흠칫했다.

"그러면 중국 측 눈치나 살피며 뜸만 들일 게 아니라 영사관 경찰력을 대폭 증강해서 아예 불령선인의 씨를 말려 버리면 될 것 아니냐? 속이 다 시원합니다. 그것이 누구나 생각할 수 있는 가장 보편적인 방법이지. 그러나 뜻한 만큼 효과를 거두기도 어렵고, 그런 무리수를 두면 또 다른 문제가 야기되기 마련입니다. 우리 일본에 대한 중국 측의 적대적 감정은 훨씬 격해질 것이며 또 국제 여론도 왕왕댈 거 아니겠소? 아닌 말로 우리가 만주 대륙이라도 요리하려 든다면 또 몰라. 그런 국가 대사도 아니고, 고작 불령선인 토벌이라는 하찮은 일로 괜히 평지풍파까지 불러일으킬 필요는 없잖아요? 물론 불령선인 토벌 문제는 한편으로 생각하면 우리 조선 주둔군의 큰 숙제 거리라고 봐야겠지. 하지만 현재로서는 불령선인 조무래기를 딱히 군사 집단으로 규정짓는 것도 우습고, 무엇보다 당장 조선 치안을 압박하니 우리 총독부가 강 건너 불구경이 아닌 것만은 확실한 거 아닌가?"

총독은 자기 생각에도 서두가 너무 장황하다 싶던지 잠시 잔기침을 했다. 한데 이번에는 어디쯤에서 이야기가 옆길로 빠졌는지 도무지 머릿속이 캄캄한 게 얼른 요점이 떠오르지 않았다. 차를 마시는 척하며 머리를 바쁘게 굴렸다. 그러다 이야기 가닥을 붙든 해군 대장 사이토는 좀 더 신중해졌다.

"따라서 이런 경우에 비상한 책략이 필요하다는 게 내 지론이오. 불령선인 처리 문제를 놓고 고심을 조금 했지. 그러자 무슨 영감처럼 불현듯 첩보 장교들이 떠오르더군. 아까도 얘기했듯이 오래전 대륙에 파견했던 그 정치 공작대 말이오. 이들이 러시아와의 전쟁 때 대활약을 펼쳤는데, 특히 마적단을 조종해서 큰 성과를 거둔 사실에 주목한 거요. 경무국장의 표정을 보니 이제 감을 잡은 모양이군."

사이토의 마지막 말에 정무총감이 다소 긴장했다. 딴생각하느라 자신은 총독 얘기에 그다지 집중을 못 한 때문이었다. 장황한 얘기 끝에 그제야 총독이 핵심을 밝혔다.

"대륙의 첩보 장교들을 불령선인 토벌에 이용하자는 생각이 들더군. 그러면 또 당연히 다른 의문이 생기겠지. 전쟁 치른 지가 벌써 언제 적이고, 이제 낭인(浪人)이나 다름없는 당시의 첩보 장교들이 무슨 쓸모가 있겠느냐? 군의 정보에 어둡다 보면 그렇게 생각하기 쉬운데 알고 보면 그게 아니에요. 대륙의 첩보 장교 뿌리는 넓고도 깊습니다. 그들 가운데 일부는 여전히 군에서 관리 중이고 또 마적단의 핵심 인물로 성장한 이도 적지 않다는 거요. 경무국장, 차도살인(借刀殺人)이란 말을 들어봤지?"

"자기 손에는 피를 묻히지 않고 상대를 제거한다는 뜻으로 알고 있습니다."

"그렇지. 때로는 그 책략이 참으로 절묘하거든. 그래서 우리 첩보 장교와 연관된 만주 마적단을 꼬드겨 불령선인을 토벌하면 어떨까 싶더군. 바로 차도살인의 책략이지. 방금 말했듯이 러시아와의 전쟁 때도 마적의 활약은 대단했거든. 그래서 마루야마 군에게 먼저 접촉을 지시했더니, 마침 쓸 만한 마적단이 상당히 호의를 보인다더군."

총독은 마적 매수라는 엉뚱한 수단을 꺼내 놓고 다시 담배에 불을 붙였다. 책략가로서 어떤 의도적인 여유 같은 게 엿보였다. 담배 연기가 공중에 한 모금씩 떠올랐다.

그런 사이토는 문득 눈이 불편함을 느꼈다. 벽에 부착된 액자 속의 글귀 때문이었다. 자신의 문화 정치를 한마디로 요약했다며, 평소 애용하는 그 글귀는 내선일체(內鮮一體) 넉 자였다. 내선일체는 사람을 비롯하여 일본과 조선은 모든 게 하나라는 뜻이었다. 글귀를 본 사이토는 내심 마음이 찌무룩했다. 입맛을 쓰게 다시며 반쯤 피우던 담배도 비벼버렸다.

"눈엣가시나 다름없는 불령선인을 마적단이 토벌하면 어떤 효과가 있느냐? 무엇보다도 우리 일본이나 총독부가 책임 내지는 비난에서 벗어날 수 있어요. 한마디로 손 안 대고 코 푸는 격이지. 게다가 만주 마적은 그곳 형편이나 지리에 대해 손금 보듯 환할 테니 불령선인 토벌쯤이야 오죽하겠소? 아예 뿌리까지 말끔히 없애 준다면 그야말로 앓던 이가 쑥 빠진 느낌이겠지. 아직 이른 감은 있어도 효과는 그뿐이 아니오. 내가 방금 차도살인이란 표현을 썼는데, 그것은 다만 우리가 마적을 이용할 때 해당하는 얘깁니다. 거기서 좀 더 미래로 시야를 넓혀 볼까요. 그러면 이번에는 이이제이(以夷制夷)란 말이 제격이겠군. 이이제이, 즉 오랑캐로 오랑캐를 친다. 경무국장, 뭔가 느낌이 오지 않나? 불령선인을 토벌하려면 마적도 어떤 식으로든 피를 흘릴 거란 말이지. 그러면 훗날 우리가 꿈꾸던 만주 대륙을 경영하게 될 때, 이번에는 마적 떼를 소탕해야만 하는 번거로움이 그만큼 줄어들 거 아니오? 물론 먼 장래를 내다보면 그럴 가능성이 농후하다는 얘기지. 정무총감, 어때요? 내 생각이."

득의만면한 총독이 미즈노를 향했다. 한데 의외로 정무총감은 반응이 시들했다.

"각하, 착상은 좋은데 그런 용도로 마적을 매수하려면 비용이 만만치 않을 듯싶습니다. 예산은 거의 경무비(警務費) 위주로 편성했습니다만 또 워낙 쓸 곳이 많은지라…."

"어허, 역시 정무총감은 내무성이 뿌리라 살림살이부터 걱정하는구먼. 큰 장점이요, 장점! 하지만 속국을 다스리자면 때로는 통이 커야 하고 다소의 변칙 수법도 필요하지 않겠소? 그렇다고 도둑 떼에게 금품을 왕창 안기자는 뜻은 아니고 상황을 봐 가면서 성과급으로 얼마씩 주는 거요. 그러면 감질나고 또 욕심이 동해서라도 불령선인을 더 때려잡으려고 설칠 거야, 아마."

사이토의 보충 설명에도 불구하고 정무총감이 더는 가타부타 말이 없었다. 자기 할 말은 이제 끝났다는 식이었다. 총독 얘기에 그다지 집중을 못 한 탓도 있었다. 사실 오늘 사이토는 내심 기대가 컸다. 치안 불안의 주범인 불령선인 토벌과 관련하여 비상한 책략을 밝히면 고무된 부하들이 자신을 추어줄 줄 알았던 것이다. 그래서 자신이 무인 출신이라는 점까지 은근히 상기시켰다. 한데 웬걸? 근래 삐딱해진 정무총감은 비용 문제로 김을 빼더니만 지금은 아예 대꾸조차 없었다. 자기에게 절이라도 해야 할 경무국장 역시 크게 신통한 표정은 아니었다. 아카이케는 애초 술 때문에 한 방 먹은 데다, 마적 문제에 이미 마루야마가 깊이 관여한 사실을 알고 한층 기분이 상한 탓이었다. 다만 총독의 측근인 마루야마만이 애가 탄다는 표정으로 윗사람의 눈치를 이리저리 살폈다. 마침내 증이 난 사이토가 언성을 높였다.

"정 뭣하면 예산에서 쓸 필요도 없소. 억지가 끼어들면 나중에 돌아오는 건 말썽밖에 더 있겠어? 여차하면 조선 진출로 떼돈을 번 기업들에 협조를 구하는 것도 한 방법이겠지. 불량배 걱정은 말고 실컷 돈 벌라고 도와준다는 얘기 아닌가? 지금 우리가 추진하려는 일이."

잠시 어색한 침묵이 흘렀다. 그제야 사이토도 자신의 말이 헤펐다는 걸 어렴풋이 느꼈다. 암만 치안이 우선이지만 명색 문화 총독으로서 너무 토벌과 술수만 뇌까렸다 싶었던 것이다. 잔기침으로 어색함을 달랜 뒤 비틀기에 나섰다.

"우리가 문화 정치를 편다지만 때로는 조선인에게 전보다 더 따끔한 맛도 보여줘야만 해. 유화책은 강경책을 수반해야만 효과가 더 나는 법이거든. 불령선인 문제도 마찬가지야. 국경선 경비를 강화하는 정도로 근본적 해결이 안 될 바에는 아예 적극책으로 소굴 자체를 소탕하자는 것이오. 도저히 황민화(皇民化)가 불가능한 불령선인 토벌도 대국적으로 보면 문화 정치의 일환과 진배없어요. 대다수의 선량한 조선인을 보호하려면 불가불 불령선인은 분리하는 게 좋겠고, 그러자면 희생이 따른다는 정도로 해둡시다. 불령선인 놈들이 자초한 일이니까."

사이토 총독은 심심찮게 선량한 조선인을 앞세웠다. 그런데 그 선량이 원래의 말뜻인 '착하고 어짊'으로 해석하면 큰 오산이었다. 사이토가 입에 담는 선량은 오직 일제의 조선 통치에 순응하느냐의 여부로 판가름하기 때문이었다. 술수 동원과 장황한 설명이 끝나자 총독은 본론으로 들어갔다.

"그러면 이쯤에서 처음으로 돌아가 특별반 구성에 관해서 얘기합시다. 정무총감은 행정의 달인인 만큼 내 얘기가 아마 수긍이 갈 거요. 먼저 특별반 구성에 따른 문제점을 말할 테니 들어보시오. 경무국 내에 간도 담당 부서를 따로 신설하려면 지금의 효율적인 조직을 다시 손봐야만 돼. 또 용정의 총영사관 문제로 외무성과의 마찰도 우려되고, 무엇보다 중국 측이 시빗거리로 삼을 수도 있어요. 그렇다고 간도 불령선인을 더는 내버려 둘 수 없으니까 우리 이렇게 합시다."

총독은 팔짱을 끼며 자신의 복안을 밝혔다.

"경무국의 조직 개편 없이 우리만 통하는 내부용 비밀 부서를 하나 만들면 어떨까? 간도 불령선인 문제를 총체적으로 대처할 수 있는 부서 말이오. 물론 불령선인 문제는 올해 안에 어떤 식으로든 해결이 나겠지. 그래도 일단 기한은 1년 정도로 넉넉잡고, 명칭은 평범하게 '간도선인특별부(間島鮮人特別部)'가 어떨까? 임무의 중요성을 고려하면 반(班)보다 부(部) 정도는 돼야지. 문제는 책임자인데, 내가 생각할 때 마루야마 군이 적임일 것 같아요. 지금 맡은 외사(外事) 업무와도 밀접한 데다, 방금 얘기한 마적 문제까지 적절한 대응이 가능하거든. 마루야마 군의 업무가 폭주한다는 건 알지만, 나라를 위해 멸사봉공한다는 자세만 지니면 그만한 일을 못 헤쳐나갈까. 정무총감 생각은 어떻소?"

"좋은 안인 것 같습니다."

미즈노가 무표정한 얼굴로 답했다. 예산을 들어 총독의 독주를 한 번쯤 견제한 것에 만족했고 또 달리 이의를 달 만한 구석도 없었기 때문이다. 다만 신래종의 핵심인 마루야마가 이제 완전히 총독의 꼭두각시가 된 것은 입맛이 쓸 수밖에 없었다.

"경무국장은 어떤가? 치안 책임자로서 좀 더 나은 복안이 있을 성싶은데?"

"우선 그렇게 추진해보도록 하겠습니다."

특별반을 구성하자는 자신의 제안을, 어쨌든 총독이 수용한 셈이니 아카이케로서는 군말할 처지가 못 되었다. 속으로만 투덜댔다.

'미리 다 정해 놓고 묻기는 뭘 하러 묻는담. 결국은 죽 쒀서 개 바라지 한 꼴이 아닌가? 마루야마 저 소인배가 앞으로 기가 나서 더 펄펄 날뛸 텐데, 눈꼴 시려서 어쩐다지.'

아카이케가 두통기를 느끼는 것도 모르고 총독은 속을 더 뒤집어놓았다.

"불령선인은 조선 치안과 직결된 만큼 정무총감과 경무국장도 마루야마 군을 잘 도와주시오. 또 간도는 군사적으로 매우 특수한 지역이라 군 정보기관과의 긴밀한 유대 관계도 중요해. 따라서 원만한 업무 수행을 위해 종종 나하고도 상의할 일이 많을 테니 참고하시오."

공공연히 마루야마에게 힘까지 실어 준 총독은 흡족한 얼굴로 심복을 향했다.

"마루야마 군, 알다시피 책임이 막중한데 잘할 수 있겠지?"

"각하, 견마(犬馬)의 노력을 아끼지 않겠습니다."

벌떡 일어선 마루야마가 총독을 향해 머리를 조아렸다. 조선 땅의 최고 우두머리인 총독의 신임을 두터이 한데다, 총독부 내에서도 입지를 확고히 다진 셈이라 몸 둘 바를 몰랐다. 속으로 자신의 성취에 쾌재를 불렀다.

'그동안 총독의 마음을 사로잡느라고 내 딴에는 무진장 애를 썼다. 실속이라고는 없이 기껏 자존심이나 앞세우는 머저리들이 흉보았지만 얼마나 탁월한 선택이었던가. 이제 출세를 위한 교두보가 마련되었으니 오직 전진만 있을 따름이다. 만세 소동도 지금에 와서는 과거사에 불과하고 흐름으로 볼 때 장차 초점은 간도 지역이 분명하다. 그렇다면 별로 건더기도 없는 조선 땅의 잡다한 치안은, 국장이랍시고 잰 체하는 저 아카이케에게 떠맡기고 나는 특별부 책임자로서 불령선인과 승부를 겨룰 일이다. 그런데 간도의 은행 돈 강탈 사건이 미제라서 시작부터 골치는 좀 아프겠군.'

마루야마는 특별부 책임자로 낙점되자마자 투지를 불태웠다. 그때 다시 주공(主公)인 사이토가 황송한 말을 했다.

"특별부장! 비유가 적절할지 모르나 간도는 하나의 커다란 감옥일세. 그 감옥에 들게 되면 반일과 상관없는 선량한 조선인도 범죄자의 꼬드김을 받게 되고, 실제로 범죄자가 양산되는 곳이야. 그런 우범 지대를 책임진 만큼 뒷받침은 걱정하지 말고 소신껏 한번 일을 해보게. 혹시 알 수 있나? 훗날 만주 개척의 일등공신으로 이름이 회자 될는지, 허허허."

마루야마의 호칭이 갑자기 부장으로 격상되었다. 경무국은 4개

조직으로 구성되었다. 경무과와 고등 경찰과, 그리고 보안과와 위생과였다. 한데 마루야마는 직제에도 없는 부장으로 불렸다. 이제 마루야마는 명실상부한 경무국의 이인자였다.

사이토가 마루야마를 총애하기까지는 계산된 아부를 빼놓을 수 없었다. 속이 빤히 들여다보여도 총독도 한 인간이었던 때문이다. 하지만 그 알랑방귀가 전부는 아니었다. 사이토는 총독이라는 감투를 떠나 조선 치안에 전전긍긍하는, 자신의 장래조차 불투명한 정치가였다. 그래서 마루야마를 중용하게 된 배경에는 자신을 능가하는 교활한 수완에 대한 어떤 기대감이 작용한 것도 사실이었다. 신래종인 마루야마는 조선 땅을 밟자마자 튀는 언행을 선보이려 애썼다. 특히 음모와 술수 동원의 종합 편인 '종로상가 개점 사건'은 가히 압권이었다.

예부터 조선 상인은 가게 문을 닫고 폐점하는 관습이 있었다. 궁궐 등에서 내린 결정이나 행위가 마뜩잖을 때 일종의 저항 의지를 표현하는 수단으로 삼았다. 기미년 10월 1일에도 종로 일대의 상가가 모두 폐점한다는 소문이 나돌았다. 10월 1일은 해마다 '조선총독부의 시정 기념일'이었다. 총독부 관리를 비롯한 일본인들은 큰 잔칫날이지만 반대로 조선 사람에게는 치욕적인 날이었다. 따라서 장사 따위는 집어치우고 아예 가게 문을 닫겠다는 뜻이었다. 이제 막 부임하여 새로 구성된 사이토의 수뇌부는 대처 방안을 놓고 고심했다. 그러다 결국은 불간섭주의로 결론을 내렸다. 폐점이라는 소극적 행위를 처벌하기도 어렵거니와 만세 운동 여파로 아직 뒤숭숭한 민심을 자극하는 것도 내심 켕겼기 때문이다.

한데 타고난 음모가에다 치기 어린 영웅심까지 발동한 경무국의 마루야마가 반대하고 나섰다. 폐점은 총독부의 위신을 땅에 떨어뜨리는 반항 행위이므로 공권력을 동원해서라도 반드시 개점시켜야 한다며 유독 핏대를 올렸다. 자신을 발탁한 아카이케가 수뇌부의 결정 사항이라며 달래자, 도리어 직속상관에게 대들기까지 했다. 그런 마루야마는 제법 언행일치를 보이려고 신래종의 후견인인 미즈노 정무총감을 찾았다. 이어 자신에게 폐점 문제를 맡겨 주면 반드시 해결하겠다며 호언장담을 서슴지 않았다. 결국, 반허락을 얻어 낸 마루야마는 그때부터 상가 개점에 자신의 운명을 걸었다. 먼저 신래종이면서 동기인 지바료(千葉了)부터 꼬드겼다. 지바료의 직책은 경성을 담당하는 경기도 경찰부장이었다. 폐점을 저지하기 위해서는 경찰의 실제적 공권력 확보가 필수적인 까닭이었다. 그런 마루야마는 종로 상인을 상대로 폐점은 일제에 대한 반역 행위이므로 엄중 단속을 미리 경고했다.

시정 기념일 전날이었다. 한창 성시(成市) 중인 종로 거리에 갑자기 살벌한 분위기가 연출 되었다. 만세 운동 당시 총기로 탄압한 짓이 외국 언론에 도배된 전력이 있어 이 무렵의 일제 경찰은 총을 숨기고 다녔다. 한데 이날은 뜬금없이 무장한 경찰이 무더기로 쏟아져 나오더니 종로 일대를 거쳐 동대문까지 행군을 거듭했다. 무력시위를 끝낸 경찰은 북한산(北漢山)으로 올라가 사격 연습을 한다며 콩 볶아대는 소리를 냈다. 지바료가 동원한 경성 경찰이었다. 종로 거리가 좀 잠잠해지려니까 이번에는 난데없이 소방대가 출동했다. 소방 훈련을 핑계한 소방차는 귀청이 따가운 경적과 함께 물

대포까지 쏘아 대며 야단법석을 떨었다. 이어 마루야마는 유력한 종로 상인들을 불러 을러대는 것도 잊지 않았다. 폐점을 막으려는 발악이었다.

다음 날 아침이 되었다. 한데 종로에 문을 연 가게는 손에 꼽을 정도였다. 호언장담으로 일관한 마루야마는 그대로 눈이 뒤집힐 노릇이었다. 마침내 미리 작정해둔 음모가 총동원되었다. 상인 간의 이간질부터 시작했다.

종로 상가에는 전부터 유언비어가 나돌았다. 일치단결을 위해 개점 상가는 불을 지른다는 내용이었다. 한데 그 반대 현상이 벌어졌다. 폐점을 주도했던 사람의 가게에서 불길이 일었던 것이다. 방화범은 개점 상인들의 소행이라는 말이 번졌다. 소문과 함께 불길까지 옆 상가로 번졌다. 쇠갈퀴로 진화에 나선 소방대원들이 도리어 불씨를 이리저리 옮겨 붙였기 때문이다. 또 소방차는 연신 경적을 울리며 종로 상가를 헤집고 다녔다. 한마디로 생난리였다. 비록 폐점은 해도 가게가 생계 수단인 상인들은 불안했다. 한 사람씩 문을 열고 바깥으로 나왔다. 그때 대기하고 있던 경찰이 열린 문을 얼른 막아섰다. 빈 상가는 불길을 핑계 삼아 소방대원들이 강제로 문을 땄다. 끝까지 폐점을 고집하는 상인은 경찰서로 끌려갔다. 이리하여 종로 일대 상가는 끝내 오전 중에 모두 문이 열리고 말았다.

한데 이미 마루야마의 꿍꿍이속은 따로 있었다. 달리는 말에 채찍질을 가해서 혀 빠지게 달려간 곳은 엉뚱하게도 총독 관저였다. 직속상관인 경무국장은 일부러 외면했다. 총독부 기념일의 술잔치

로 얼근한 사이토를 보자마자 개선장군의 목소리는 감격으로 떨렸
다.

"각하! 한 집도 빠짐없이 종로의 전 상가가 문을 열었사옵니다.
총독부 기념일에 감히 폐점 따위로 반항하겠다니, 일찌감치 버르
장머리를 고쳐야 할 줄로 사료됩니다."

조선 치안을 구실로 결국은 경무국에 특별부가 생겨났다. 임무
는 명명백백했다. 하나에서 열까지 간도 땅의 독립운동을 방해하
고 또 독립군을 무력화시키는 것이었다. 책임자는 경무국의 마루
야마였다. 총독부 내에서도 둘째가라면 서러워할 일급 모사꾼이었
다. 특별부 구성이 대략 그런 식으로 마무리되자 총독은 다음 안건
으로 넘어갔다. 조선 주둔군 수뇌부와 예정된 치안 대책 회의에 관
한 것이었다. 그에 대해 나름의 의견을 개진하던 총독이 언뜻 거친
말을 뱉었다.

"암만 일본이 군인 세상이라지만 우리까지 군에 너무 저자세로
나갈 필요는 없어. 입만 뻥긋하면 충군(忠君)을 외대지만 실상은 폐
하까지 능멸한 주제에 자기들이 무슨…."

해군 대장인 사이토가 일본군을 질타하는 것은 다소 의외였다.
좌중이 본인 외에는 모두 문관 출신이라 은근히 그들 편에 선 것도
사실이었다. 그러나 보다 큰 이유는 따로 있었다. 일본군의 고질
병이나 다름없는 군벌 문제와 함께 육해군 간의 대립이었다. 따라
서 일본군의 실상을 조금만 들여다보면 방금 사이토가 지목한 군
이 어떤 세력인지 단박에 알 수 있었다. 거기다 사이토는 폐하 능
멸까지 운운했다. 그게 무슨 얘긴지는 문관 출신의 참석자들도 모

두 알아챘다. 그만큼 회의 석상에서 벌어진 일화 두 토막은 일본 식자층에서는 심심찮게 회자할 정도로 유명세를 치렀던 때문이다.

일본을 천하 통일한 뒤 임진왜란을 일으켜 조선을 도탄에 빠뜨린 도요토미 히데요시(豊臣秀吉)가 죽자 도쿠가와 이에야스(德川家康)는 에도막부(江戶幕府) 시대를 열었다. 정이대장군(征夷大將軍) 자리를 세습하며 오랜 세월 실권을 잡았던 도쿠가와 막부도 끝내는 명치유신으로 막을 내렸다. 그동안 상징적 존재에 불과했던 천황이 절대자로 군림하면서 일본은 급격히 천황의 나라가 되었다.

봉건 무사를 중심으로 창설된 일본군은 막부 타도에 공을 세운 번벌(藩閥)인 조슈(長州=야마구치현)가 육군, 사쓰마(薩摩=가고시마현)가 해군에서 점차 군벌을 형성하였다. 시간이 흐를수록 군벌이 팽창하자 문민까지 견제에 나섰다. 그러나 절대자인 천황이 외면하면서 일본 정치는 점차 군벌에 끌려가는 처지로 전락했다. 거기다 육군과 해군 간에도 핵심 군벌을 중심으로 대립과 반목이 갈수록 심화하였다. 이른바 유신 3걸(三傑)을 비롯한 명치유신의 공신들이 일찍죽자 급기야 이토 히로부미는 정치, 야마가타 아리토모(山縣有朋)는 군에서 거물로 등장하여 이후 수십 년간 일본을 이끄는 양 축이 되었다. 대한국인 안중근의 처단으로 이토가 만주 하얼빈에서 불귀(不歸)의 객이 되자, 야마가타는 일본 원로 정치의 최고 정점이 되었다.

육군 조슈 군벌의 최고봉인 야마가타! 군부는 물론 정계까지 손아귀에 틀어쥔 그는 마침내 육군 원수에다 작위는 최고인 공작(公爵)으로 대원수인 천황 다음의 절대적 지위를 차지했다. 이토의 뒤를 이어 추밀원(樞密院) 의장을 맡은 지도 벌써 10년 세월이었다. 그런 야마가타가 승승장구하여 막강한 세도가가 될 수 있었던 것은 거의 명치 천황의 총애에서 비롯됐다. 야마가타도 명치 천황의 말이라면 죽는시늉이라도 낼 만큼 온전히 천황 숭배자가 되었다. 한데 야마가타의 그러한 천황 숭배가 진정에서 우러난 것인지는 참으로 의문이었다. 그보다는 하나의 격식으로, 어쩌면 천황 숭배를 자기 보신과 파벌 신장에 교묘히 이용한 측면이 더 강했는지도 몰랐다. 야마가타가 회의 석상에서 저지른 불경스러운 행동이 그런 추측을 가능케 했다.

명치 천황이 죽기 약 열흘 전이었다. 야마가타를 의장으로 하는 추밀원 회의에 명치유신의 구심점인 천황이 병약한 몸으로 참석했다. 그래선지 이날 따라 천황은 회의 도중에 자주 졸았다. 그런 모습이 눈에 거슬린 의장석의 야마가타가 마침내 자신의 군도 끝으로 마룻바닥을 두들겼다. 놀란 천황은 눈을 비비며 바른 자세를 취했다. 폐하 능멸을 운운하며 사이토가 이 사건을 새삼스레 씹는 데는 이유가 있었다. 스스로 자기 신(神)을 부정한 이중적인 야마가타가 육군 조슈파의 우두머리였기 때문이다. 그런 야마가타는 일본을 제국주의로 이끈 침략의 앞잡이였다. 걸핏하면 입버릇처럼 되뇌는 망언이 그것을 단적으로 증명했다.

"조선과 만주 땅을 지배하지 못하면 일본은 완전한 독립 국가가 아니다."

한반도의 38선 분할 지배를 처음으로 창안하고 제기한 인물도 바로 이 야마가타였다. 러시아 황제의 대관식(戴冠式)에 특명 전권

대사로 참석한 야마가타는 러시아 외상과 따로 만났다. 이때는 청일 전쟁의 승리로 기세를 탄 일본과 남하 정책의 러시아가 여러 문제로 각을 세우던 시기였다. 조선을 놓고 왈가왈부하던 야마가타가 불쑥 러시아 외상에게 단도직입적으로 제의했다.

"양국이 조선 문제로 발톱만 세울 게 아니라 서로 한발씩 양보해서 이렇게 합시다. 조선의 북위 38도 선을 경계로 북쪽은 귀국 러시아가, 남쪽은 우리 일본 영토로 편입시켜 사이좋게 지배하면 어떻겠소?"

반만년 역사에 빛나는 남의 나라 영토까지 일도양단하려는, 가히 침략의 선봉에 선 사무라이다운 발상이 아닐 수 없었다.

회의 석상의 또 다른 일화는 야마가타의 천황 모독 사건 이전의 일이었다. 이때는 야마가타가 피해자로서 진노한 사건이었다. 일본 육군에 야마가타가 있다면 해군에는 사쓰마 군벌의 야마모토(山本權兵衛)가 존재했다. 사이토의 대부이기도 한 야마모토는 나름대로 기백이 넘치는 인물이었다.

사건은 군 수뇌부의 회의 도중에 발생했다. 육군의 야마가타와 해군의 야마모토가 어떤 문제를 놓고 옥신각신 토론을 벌였다. 당시 일개 해군 소장에 불과한 야마모토에 비하면 상대는 이미 태산이나 다름없었다. 나이 차도 많은 데다 군의 대선배이자 원로로서 육군대신의 권력자였다. 하지만 패기와 소신의 야마모토에게 본질 외적인 문제는 그리 대단할 게 못 되었다. 상대인 야마가타가 한 파벌의 옹졸한 우두머리로만 인식되었던 것이다. 뻔한 내용을 가지고 상대가 고집을 피우자 마침내 열이 오른 야마모토가 버럭 소리를 질렀다.

"어이, 야마가타 군."

얼굴이 시뻘게진 육군대신은 저놈이 갑자기 미쳤나 싶어 처음에는 멍하니 노려보기만 했다. 회의 석상에서 벌어진 유명한 일화였다.

오랜 세월 맺힌 데가 많은 사이토는 냉소로 일관했다.

"가만 보면 말이야. 아직도 충성심과 용기만 지니면 어떠한 전쟁도 승리할 거라는 단견의 장성들이 의외로 많아요. 그게 두 번에 걸친 대국과의 전쟁에서 승리의 원동력으로 작용한 건 사실이야. 하지만 늘 통할 것으로 생각하면 큰 오산이거든. 무능하고 무식하면 무사도(武士道) 정신이라도 간직하고 있게? 그러면서 마치 대일본 제국이 저들만의 것인 양 거들먹대는데, 천만에!"

물론 사이토의 비난 대상은 육군, 그중에서도 조슈 군벌이었다. 무심코 군을 건드린 사이토 총독은 평소와 달리 속내까지 드러내며 군소리가 길어졌다. 그것은 군 혹은 군벌 간의 반목이 깊고 오래된, 그래서 일본군의 중병으로 치유가 간단치 않음을 바로 보여주었다. 비록 사이토의 개인적 응어리도 비난에 작용했으나 결과는 마찬가지였다.

명치유신 뒤 차츰 군이 팽창하자 군벌은 제국주의에 대한 욕망을 드러내며 극동의 패권을 공공연히 입에 담았다. 그 결과로 청일 전쟁에서 대승을 거두자 군벌의 기세는 그대로 하늘을 찌를 듯했다. 이내 심한 굴욕감을 맛볼 줄은 이때만 해도 몰랐다. 부동항(不凍港) 획득을 꿈꾸던 러시아가 일본 전리품 가운데 하나인 요동반도를 다시 청나라에 반환토록 권고하고 나섰던 것이다. 말이 좋아 권고지 일종의 협박이나 다름없었다. 러시아를 주동으로 한 삼국간섭(三國干涉)이었다. 그리하여 요동반도 환원은 물론 조선에 대한 영향력까지 러시아에 상실하게 되자 일본 국민은 격분했다. 와신상담이란 말까지 공공연하게 나돌 정도였다. 그런 국민적 여론까지 등에 업게 된 호전적인 군벌은 즉각 러시아를 가상적국(假想敵國)으로 규정하고 결전의 채비를 갖추었다.

영일동맹 체결로 준비를 끝낸 군벌은 천황의 승인을 거쳐 마침내 러일 전쟁을 도발했다. 러시아에 대한 적개심, 대륙 지배에 대한 욕구 따위가 어우러져 군국주의(軍國主義)를 추구한 일본은 세계의 군사 대국인 러시아를 상대로 사실상의 승리를 거두었다. 동양의 섬나라 일본이 일약 세계 5대 강국으로 이름을 올리는 순간이었다. 국민에게 커다란 통쾌감을 안겨 준 러일 전쟁의 승리는 군인의 지위를 격상시켰고 일본은 군인 위주의 사회가 전개되었다. 천황을 비롯한 황족까지 군인을 우대하자 문민 정치인들의 위상은 한층 왜소해졌다.

두 번에 걸친 대국과의 전쟁을 모두 승리로 이끈 육군 조슈의 위세는 거침이 없었다. 내친김에 꾸준히 눈독을 들인 조선도 끝내 식민지화의 길로 내몰았다. 이즈음에 이르러서는 간섭하는 열강도 없었다. 그런 와중에 동양 평화를 외치는 대한의군의 참모중장인 안중근에 의해 정계의 거물 이토가 쓰러졌다. 조선 침략의 대가를 죽음으로 톡톡히 치른 셈이었다. 그러나 조선의 운명까지 바뀌지는 않았다. 결국, 조선을 파국으로 몰아간 주동 인물은 침략의 원흉인 이토와 함께 이른바 조슈 군벌의 3대 지도자였다. 즉 조슈의 우두머리인 야마가타 원수! 그의 직계로 합방 당시 수상인 가쓰라(桂太郎), 그리고 나머지 한 사람은 조슈의 후계자로 맹종하는 데라우치 한국 통감이었다. 일본의 작위는 차례로 공(公), 후(侯), 백(伯), 자(子), 남(男)의 순이었다. 조선을 집어삼킨 공으로 가쓰라 수상은 최고인 공작, 데라우치는 백작으로 각각 승작(陞爵) 되었다. 이토와 야마가타는 이미 공작인지라 이제는 더 오를 곳도 없었다. 하긴 이토는 이미 저승사자가 데려간 뒤의 일이었다.

사이토 이전의 한국 통감과 뒤이은 조선 총독은 조슈파의 보직 자리였다. 통감인 이토와 소네(曾禰荒助), 그리고 총독인 데라우치와 하세가와 4명 모두가 조슈파로 야마구치현(山口縣) 출신이었다. 비단 총독뿐만이 아니었다. 미즈노 정무총감의 전임자는 절대 권력자인 야마가타 원수의 아들이었다. 데라우치가 초대 조선 총독으로 부임하면서 출세의 담보물로 데려왔으니 세도가의 자식은 장장 10년 세월을 조선총독부의 이인자로 군림한 셈이었다.

육군 조슈와 함께 두 차례의 전쟁을 승리로 이끈 해군 사쓰마 군벌도 득세하였다. 두 군벌은 유신 때부터 반목을 거듭하더니 러일 전쟁 뒤에는 그 정도가 한층 심해졌다. 각각의 군을 대표하는 두 군벌 간의 갈등은 곧 육군과 해군의 대립을 의미했다. 그를 바로 보여주는 사례가 있었다. 한국 통감으로 부임한 이토는 일본 군함을 타고 인천항에 내렸다. 그래서 육군 대장인 데라우치도 통감 부임을 위해 해군에 군함을 요청했으나 한마디로 거절당했다. 결국, 황실의 중재로 3개월 뒤에야 겨우 군함에 오를 수 있었다.

사이토는 정통 사쓰마 출신이 아니었다. 그런데 해군에서 출세 가도를 달린 끝에 사쓰마를 계승하였다. 거기에는 본인의 비상한 노력과 함께 사쓰마 원로인 장인의 후광이 크게 작용했다. 그러나 사쓰마 군벌의 총수요, 해군의 절대 지존인 야마모토의 총애가 없었으면 불가능한 일이었다. 해군대신 시절의 야마모토는 뭇 별들을 제쳐놓고 이제 대좌(大佐=대령)에 불과한 사이토를 해군 차관에 임명했는데, 이는 일본 육해군을 통틀어 전무후무한 파격적 인사였다. 이후 사이토는 16여 년간 해군의 차관과 대신을 역임하며 해군 출신 최고의 정치가로 발돋움했다.

오래 앉아 있는 새는 화살을 맞는다고 했던가. 무풍지대를 달리던 사이토가 발목을 잡힌 것은 바로 뇌물이었다. 국제적인 뇌물 사건이 의회에서 폭로되자 일본 사회가 들끓었다. 결국, 사이토는 예비역으로 편입되며 모든 직책을 허망하게 잃었고, 자신의 절대적 배경인 야마모토까지 수상직에서 물러났다. 사이토로서는 그야말로 통탄할 일이었다. 뇌물 사건이 폭로된 배후에는 역시 조슈 군벌의 책동이 작용했다. 해군 출신의 야마모토 수상은 군부의 횡포를 막기 위해 육해군 대신의 현역 전임제를 개정했는데, 이에 대한 보복이 뇌물 사건으로 나타났던 것이다.

조선 땅의 우두머리인 총독은 육군 조슈파의 전유물이었다. 한데 그런 자리가 엉뚱하게도 해군 사쓰마의 사이토 차지가 되었다. 어찌 보면 턱도 없는 인사처럼 보였다. 그러나 일본에 밀어닥친 국내외의 심각한 상황이 이를 받아들이게 했다.

일본 국내는 조슈 군벌의 거두인 데라우치가 수상 자리에서 쫓겨났다. 거듭된 실정이 결국은 내란에 버금가는 국민 저항을 몰고 온 결과였다. 놀란 천황은 평민 정치가인 하라에게 조각(組閣)을 명해 수습과 분위기 쇄신을 꾀했다. 한편 바깥으로는 조선 천지를 휩쓴 만세 운동이 조슈 군벌의 숨통까지 턱턱 막아 댔다. 결국, 조슈파는 조선 총독 자리에 연연할 계제가 못 되었다. 설마 하던 조선 총독에 자신이 낙점되자 사이토는 처음 자기 귀를 의심했다. 사무치게 기다린 정치적 해금이었다. 초고속 출세에 제동을 건 뇌물 사건이란 오명의 굴레에서 벗어난 게 그렇게 기쁠 수가 없었다. 거기다 덤으로 특별히 현역 대장으로 복귀까지 했으니 화려한 정계의 재등장이었다.

사실 사이토가 조선 총독이 될 수 있었던 것은 조슈파의 실권자인 다나카 육군대신의 추천과 양해가 뒷받침되었다. 하지만 총독이 사이토로 결론이 나기까지는 군부와 문민 등 여러 세력의 이해관계가 맞아떨어진 결과였다. 그래서 사이토는 자신이 계략에 능한 만큼 경계심 또한 남달랐다.

'벼랑 끝으로 내몰린 조슈파가 잠시 작전상 후퇴를 했을 뿐 완전한 퇴각이 아님은 내가 누구보다도 잘 안다. 그놈의 뇌물 사건은 생각만 해도 치가 떨린다. 긴장을 늦추다가는 다시금 당할 수 있다. 조선 총독은 그들만의 감투였고 더군다나 나와는 구원(舊怨)이 많지 않은가?'

총독으로 임명된 사이토가 마음을 다잡는데 벌써 이상한 징후가 나타났다. 수뇌부의 인사 발표 1주일 뒤에 조선총독부의 관제가 개정되었다. 천황의 '관제 개혁의 조서'까지 발표되고 얼핏 외견상으로는 개정 내용도 제법 개혁적이라 할 수 있었다. 그렇지만 책략가 사이토는 즉시 음모의 냄새를 맡았다. 비록 음모라 하더라도 일단 성난 조선 사람을 호도(糊塗)하고 보자는, 이른바 신정책에 대해서는 무릎을 쳤다. 우선 자신의 책략적인 구미에 맞았고 만세운동 뒷수습을 위한 부임 선물로도 그만이었다. 한데 문제는 신정책을 핑계하여 그 속에 자연스레 묻힌 또 다른 음모였다. 이면(裏面)의 이면이랄 수도 있는 그것은 총독의 위상은 물론 권한의 축소로 나타났다. 특히 권력의 상징인 군사 지휘권이 박탈되었다.

현역 육군 대장인 전임 총독들은 말할 것도 없고, 그 이전의 문민 통감까지도 일본의 군제(軍制) 사상 예외적으로 조선 주둔군에 대한 군사 지휘권을 가졌다. 그런데 해군 출신의 사이토가 총독으로 임명되자 관제 개정과 함께 조선 주둔군은 독립 기관이 되었다. 다시 말해 군의 출동 명령이 가능했던 총독이 필요하다고 판단되면 군의 사령관에게 병력 출동을 요청하도록 변경되었다. 그에 따라 조선군 사령관은 총독과 동격으로 위상이 격상되었고, 자연 한반도의 지배자는 총독과 조선군 사령관으로 이원화되었다. 그뿐만이 아니었다. 헌병 경찰제가 폐지됨으로써 헌병도 총독의 수중에서 떠나갔다. 당연직으로 총독부 경무총감(警務總監)을 겸임하며 총독의 수족 노릇을 하던 헌병 사령관조차 일본 헌병 사령부의 직접 통제를 받도록 지휘 계통이 바뀌었기 때문이다.

관제 개정으로 군의 사령관들이 곁을 떠나자 과거 절대 지배자였던 조선 총독의 지위는 많이 무너지고 말았다. 구슬 없는 용과 별반 다를 바가 없었다. 군대 통솔권을 유지하려는 조슈파가 관제 개정에 깊숙이 관여한 것은 당연했다.

'애초 나한테 조선 총독 자리를 곱게 물려줄 너희들이 아니었다. 하지만 명색 무인 총독의 손발을 이런 식으로 묶는 것은 너무 심한 처사 아닌가! 저들은 지금 나를 나무 위에 올려놓고 흔들려는 속셈이다. 그러나 두고 봐라. 너희들은 이 사이토의 능력을 너무 과소평가한 데다, 장난질에 두 번씩이나 놀아날 나도 아니다. 따라서 나무에서 떨어지는 불상사 따위는 결코 없을 것이다.'

조선 치안을 핑계로 일찌감치 간도 독립군까지 손보려는 의욕 과잉은 결국 사이토가 처한 상황과도 무관하지 않았다. 마찬가지로 문화 정치에 승부를 걸 수밖에 없는 처지 또한 사이토의 한계인지도 몰랐다.

제법 정색까지 해가며 군을 몰아대던 총독은 머리를 젖히고 허공으로 담배 연기를 내뿜었다. 그러다 문득 손바닥으로 얼굴을 문질렀다. 누워서 뱉은 침이 자신의 얼굴로 떨어지는 듯한 황당함을 느꼈기 때문이다. 눈앞의 부하들을 보자 느낌은 한결 구체화 되었다.

'따지고 보면 파벌만 다를 뿐 나도 군벌의 핵심이다. 그리고 저들은 모두 제국 대학을 졸업한 문관 출신이다. 따라서 오랜 세월 우리 군벌에 억눌려 온 저들로서는 그놈이 맨 그놈 아니냐는 식으로 나를 경멸할지도 모른다.'

총독이 결론을 내렸다.

"치안 대책 회의에 관해서는 이쯤에서 나한테 맡겨 주시오."

목소리가 어딘지 우울했다. 눈치 빠른 마루야마도 덩달아 침울

함을 가장했다. 그런 충복을 이윽히 바라보던 사이토가 문득 생각
난 듯 물었다.

"마루야마 군, 저기 민 사장이 인사를 하겠다고 자꾸 조른다면
서?"

"예, 각하! 민원식(閔元植)이 신문 발행을 허가해 주신 데 대한 보
답으로 자리를 마련하고 싶답니다. 제 소견으로는 이제 언론인 관
리도 필요하다고 봅니다."

마루야마는 능청을 떨며 속으로 쾌재를 불렀다.

사이토가 총독으로 부임한 뒤 직업적 친일분자인 민원식은 친
일 거두로 급부상 중이었다. 자기 딴에는 고기가 물을 만난 셈이었
다. 쥐가 뒤주 드나들 듯이 총독부를 들락거리는 민원식은 처세술
도 남달랐다. 마루야마가 총독의 심복임을 알아채고는 특히 접근
하여 의형제를 맺을 정도였다. 물론 30대 중반인 자신보다 마루야
마가 두어 살 위라는 사실을 간파한 뒤였다. 그런 민원식이 이번에
는 《시사신문》의 발행인이 되었다. 《동아일보》나 《조선일보》는 애
초부터 제쳐 두고, 《시사신문》만큼은 총독부를 대변하고 친일의
필봉을 휘두르라는 뜻으로 총독부가 허가했던 것이다. 민원식이
그를 모를 리 없었다. 그리하여 자신의 의지도 보이고 아울러 고마
움을 표하기 위해 수뇌부와 술자리를 가지려고 안달이었다. 민원
식의 뜻은 의형인 마루야마를 통해 이미 총독에게 전달되었다. 한
데 지금 총독이 그 청을 들어주려는 눈치였다. 마루야마로서는 총
독의 신임도 더없이 감격스러웠지만, 더불어 민원식에게 자신의
힘을 입증하게 된 것 또한 적잖은 매력으로 다가왔다. 그야말로 누

이 좋고 매부 좋은 격이었다.

회의 시작 때 이태백의 병을 운운하던 사이토가 먼저 술자리를 서둘렀다. 기분이 울적할 때는 역시 술밖에 없다는 듯 입맛까지 다셨다.

"언론인 관리라… 어째 문화 정치의 결실인 것 같아 듣기가 좋구면. 쇠뿔도 단김에 빼랬다고, 이왕 민 사장 얘기가 나온 김에 오늘 한번 볼까? 정무총감, 선약 같은 건 없지요?"

"별일은 없습니다."

"잘됐군. 그럼 오늘 2차는 이렇게 하면 어떨까? 우리 아카이케 군이 이끌면 무조건 그 요정에 가기로 말일세. 가끔은 나한테도 한턱 쓸 기회를 줘야지. 안 그렇소? 정무총감, 허허허."

경무국장의 굳은 표정이 신경 쓰이는지 사이토가 슬며시 눙치고 들었다.

맹렬한 추위에 산천이 꽁꽁 얼어붙은 1월 하순이었다. 해가 설핏한 남산 기슭에 자동차 한 대가 벌벌거리며 기어올랐다. 주로 마차나 인력거만 지나던 길에 자동차는 귀한 행차였다. 그 때문에 고개를 빠뜨린 채 종종걸음을 치던 행인도 고개를 돌리고는 했다.

용산동(龍山洞)의 언덕길 양쪽으로는, 마치 도열이라도 한 듯 큰 벚꽃 나무들이 줄지어 늘어서 있었다. 언덕길을 오르던 자동차는 이윽고 2층으로 지어진 웅장한 건물 앞에 멈추었다. 거기는 먼저 도착한 자동차도 있었다. 보일 듯 말 듯 경계 중인 헌병들은 주로 벚꽃 나무에 의지했다. 건물은 총독부 뒤편에 자리한 총독 관저였다. 총리대신 이완용(李完用)과 통감 데라우치가 한일 병합 조약을 체결한 장소이기도 했다. 1910년 8월 22일의 일이었다.

절도가 몸에 밴 헌병의 호위 아래 한 사내가 천천히 자동차에서 내렸다. 조선군 사령관인 우쓰노미야 다로 대장이었다. 어깨의 견장에는 노란색 바탕에 별 3개가 번쩍거렸다. 일본은 육해군 모두 준장 제도가 없었다. 별 하나가 소장이었다. 그런데 또 계급장의 별이 장군을 뜻하는 것도 아니었다. 일본 육군은 병에서부터 장성에 이르기까지 계급장의 상징이 모두 별이었다. 더 중요한 것은 계급장의 바탕색이나 거기 쳐진 노란 줄의 개수였다. 똑같이 별 2개를 달고 있어도 붉은색 바탕은 일등병이고, 노란색이면 중장이었다.

조선군 사령관은 지휘봉 끝으로 손바닥을 가볍게 두드리며 총독 관저를 일별했다. 어떤 기대감이 서린 눈빛이었다. 두어 달 전에 대장으로 진급한 만큼 장차 더 나은 미래를 상상하는지도 몰랐다. 그때 대기 중이던 총독부 관리가 잽싸게 달려왔다. 우쓰노미야는 관저 별실로 안내되었다. 별실에는 여러 사람이 미리 와 있었다. 끼리끼리 앉아서 잡담을 나누던 그들은 이윽고 탁자를 사이에 두고 자리를 잡았다. 한쪽은 총독부 고관이 나란히 앉고 반대편은 군복 차림이 자리를 차지했다. 조금 특별하다 싶으면 으레 해군 예복 입기를 즐기는 사이토도 오늘은 상대가 육군이라 그런지 정장 차림이었다. 이들은 조선의 치안 유지를 위한 대책 회의 관계로 모였다.

총독부 참석자는 총독을 위시해 정무총감과 경무국장, 그리고 말석에서 눈길이 불안한 사내는 마루야마였다. 군을 대표해서는 조선군 사령관을 필두로 고지마(兒島惣次郎) 헌병 사령관, 군의 꽃인 2명의 사단장과 조선군 참모장 등이 참석자 면면이었다.

"군 업무로 바쁘실 텐데 이렇게 참석해 주셔서 대단히 고맙소. 다소 늦은 감은 있지만, 여러분 모두 올해도 건강하시고 더불어 개인적 성취도 많기를 바랍니다."

관저 주인인 사이토 총독이 장성들과 눈길을 맞추며 점잖게 말했다. 군을 대표해서 조선군 사령관이 나섰다.

"고맙습니다. 총독부도 많은 발전이 있기를 빌겠습니다. 그러고 보니 저는 조선에서 두 번이나 새해를 맞았습니다만 총독께서는 이번이 처음이시군요. 감회가 새롭겠습니다."

총독은 곁으로 줄지어 앉은 수뇌들을 돌아보며 대꾸했다.

"어디 저뿐입니까? 정무총감을 비롯해서 여기 이 사람들은 모두 현해탄을 함께 건너왔으니 사정은 다를 바가 없지요. 말이 나와서 얘깁니다만, 나는 초급 장교 시절에 6년 정도를 미국 워싱턴에서 무관(武官)으로 근무한 적이 있습니다. 저처럼 여러분도 느꼈을 줄로 압니다만 이국 생활이 좀 쓸쓸합니까? 그런 과거 경험에 비추어 이번에 총독으로 부임할 때는 제가 부하들에게 적극적으로 권했어요. 웬만하면 가족도 함께 데려가자고 말입니다. 그래서 가족을 동반하여 조선에 건너온 사람은 그나마 연말연시가 덜 외롭지 않았나 싶어요. 물론 대부분이 홀몸으로 부임했던 전임자들에 비해 불편한 점도 없지는 않았을 겁니다. 예를 들면 외도를 즐기려니 마누라가 켕긴다든지, 허허허."

사이토가 헛웃음이라면, 마지못해 따라 웃는 장성들은 쓴웃음이었다. 그들 대부분은 마누라를 일본에 떨쳐 두고 부임한 관계로 마음 놓고 바람을 피우는 축이었다. 그런데 얼결에 나온 농담이긴 해도 총독이 갑자기 외도 얘기를 꺼내는 바람에 입맛이 쓴 까닭이었다.

"저 사람은 오늘 초면인 듯싶은데…,"

우쓰노미야 대장이 화제를 바꾸려는 듯 말석의 마루야마에게 눈길을 던졌다. 장성들의 시선이 일제히 마루야마를 향했다. 총독이 깜박했다는 듯 자신의 무릎을 쳤다.

"내 정신 좀 보게! 소개부터 한다는 게 그만 잊고 있었네. 우리 총독부는 올해도 역시 조선 주둔군과의 협력이 절실히 요구될 뿐만 아니라 의지하는 바 또한 큽니다. 그래서 서로 얼굴도 익힐 겸 해서 오늘 참석을 시켰소. 마루야마 군, 인사 올리게."

총독의 말이 끝나기 무섭게 마루야마가 벌떡 일어섰다. 장성들에게 패기라도 보이려는 듯 다부진 목소리로 자신을 소개했다.

"경무국 사무관인 마루야마 츠루기치입니다. 앞으로 많은 지도 편달을 바랍니다."

"경무국 사무관?"

헌병 사령관인 고지마 중장이 대뜸 꼬투리를 잡았다. 그러잖아도 불퉁해 있던 얼굴에 한층 불쾌한 기색을 드러냈다. 눈살을 찌푸린 채 황당하다는 듯 고개까지 절레절레 흔들었다. 뭔가 자리가 버성긴 듯싶어지자 총독이 나섰다.

"두고 보면 알겠지만, 마루야마 군은 우리 총독부의 인재예요.

따라서 지금의 직급을 가지고 너무 따질 일은 못 됩니다. 우리가 젊은 인재를 잘 이끌어 주어야만 대일본 제국의 내일이 한층 영광스러울 거 아니겠소? 그리고 오늘 모임은 조선 치안 때문입니다. 치안 불안의 원인 제공처가 간도란 사실은 여러분이 더 잘 알고 있을 것이오. 그래서 우리 총독부는 내부적으로 간도 불령선인을 담당할 특별부를 구성했는데 책임자가 바로 마루야마 군입니다. 특별부 책임자로서 오늘 특별히 회의에 참석시킨 것이니까 모두 좋게 해석하세요."

꼬투리는 헌병 사령관이 잡았는데, 정작 변호에 나선 총독의 시선은 줄곧 우쓰노미야 사령관을 향했다. 울컥 치미는 역정으로 인해 애써 고지마를 외면했던 것이다. 드물게도 벌겋게 상기된 얼굴이었다. 사이토의 현재 심정을 알면, 아닌 게 아니라 그럴 만도 했다.

불과 5개월 전, 그러니까 사이토의 부임 전까지만 해도 헌병 사령관은 치안 총수인 경무총감을 겸임했다. 당연히 총독의 꼭두각시일밖에 없었다. 당시는 조선군 사령관조차 총독의 통치를 보필하는 처지였다. 따라서 전임 총독인 하세가와 앞의 고지마라면 적어도 지금처럼 뻣뻣한 태도를 보인다는 것은 상상조차 할 수 없었다. 뿐만이 아니었다. 지금 기껏 회의 참석자 한 사람을 두고, 명색 총독인 사이토 자신이 구구히 해명하는 옹색한 처지가 아닌가. 그래서 사이토는 전임 총독들과 자신을 비교하며 은연중에 위상과 권한의 한계를 절감하는 중이었다. 자연히 육해군 간의 뿌리 깊은 갈등까지 불쑥불쑥 고개를 치켜들었다. 하지만 육군과 정서적으로는 불가근(不可近)이지만, 총독 처지에서는 조선 주둔군과 또 불가원(不可遠)일 수밖에 없었다. 그 때문인지 총독은 치미는 울화통을 내색하지 않고 그런대로 노련하게 잘 넘겼다. 집주인을 떠나 연장자의 풍도(風度)를 보이려 애썼다. 암만 조선군 사령관과 동격이 되었다지만 그래도 일본을 대표하는 조선의 최고 우두머리는 역시 천황의 대권을 위임받은 총독이 아니냐는 의식도 지배했다. 또 장성들이 비록 육군이긴 해도 그 지긋지긋한 조슈 군벌의 핵심은 아닌지라 감정을 자제하기에도 한결 도움이 되었다. 우쓰노미야 대장은 황족 출신이었다.

"간도 특별부라? 좋은 생각이십니다. 그렇지만 총독부의 내부적인 일로 회의의 질까지 떨어뜨리는 것은 고려 사항이 아닐까 싶습니다."

총독의 양해에도 불구하고 유독 고지마 헌병 사령관이 꼬장꼬장하게 나왔다. 모욕이라도 당한 듯 얼굴이 붉으락푸르락했다. 거기다 두통까지 왔는지 손바닥으로 이마를 짚기도 하고, 엄지와 중지 손가락으로 양쪽 관자놀이를 꾹꾹 누르기도 했다. 조금은 과장된 행동이었다. 하지만 고지마 역시 총독 못지않게 심화가 이는 것은 어쩔 수 없었다.

사이토 이전의 무단 통치는 곧 헌병 정치였다. 군사 경찰이 본래 임무인 헌병은 러일 전쟁 당시부터 한반도에 주둔했다. 그러다 의병 학살 등으로 치안 경찰의 역할을 담당하더니 강점 이후에는 아예 공포 정치의 손발이 되었다. 이리하여 아예 치안 경찰로 나선 헌병은 불량배 쏘다니듯 하며 조선 백성을 총칼로 얼러 댔다. 그런 헌병의 두목이 헌병 사령관이고, 경찰의 우두머리는 경무총감이었다. 한데 경무총감 자리는 헌병 사령관이 자동 겸임토록 했다. 즉 복마전이나 다름없는 경무총감부의 최고 상석에 버티고 앉아 식민지 조선 땅의 일정한 사법권까지 틀어쥔 치안 총수가 바로 헌병 사령관이었던 것이다.

사법권도 3년 이하의 징역이나 100원 이하의 벌금 부과로 위세가 막강했다. 게다가 조선 사람에게만 적용되는 태형령(笞刑令)까지 제정되었다. 비밀리에 태로 볼기를 때려 집행하는 것이 태형령인데, 육체에 고통을 가하는 야만적이고도 악질적인 형벌이었다.

초대 헌병 사령관은 아카시(明石元二郎)였다. 양쪽 끝이 위로 굽어 올라간 카이저 콧수염이 대명사인 아카시는 일본군 내에서도 악명이 높았다. 또 장교 시절부터 공작 정치의 명수였다. 동남아와 러시아 등을 상대로 얼마나 악명을 떨쳤던지 공작 활동을 우려한 독일에서는 대사관 무관으로 오는 것을 아예 막을 정도였다. 한데 데라우치는 그런 아카시를 옹호하며 이용했다. 초대 조선 총독이 되자 아카시를 조선 헌병대의 사령관으로 임명하였다. 이제 완전히 식민지가 된 조선 땅에 자신의 무단 통치를 펼치려면 아카시의 공작 정치가 제격이었는지도 몰랐다.

공작과 헌병 정치의 명수로 한민족에게 극심한 고통을 안겼던 아카시는 만세 운동의 기미년에 병사했다. 한데 어찌 된 셈인지 자신과 함께 조선 땅에 공포 정치 시대를 개막한 데라우치도 일주일 뒤에 죽었다. 기미년에 저승사자가 이들을 나란히 데려간 것은 어쩌면 하늘의 섭리인지도 몰랐다. 더하여 기미년에 총독부의 경무국장으로 내정되었던 젊은 노구치의 급사도, 아닌 게 아니라 이상하다면 이상했다.

아카시가 길을 닦은 헌병 사령관은 정말 나는 새도 떨어뜨릴 만큼 위세가 막강했다. 지금 총독과 조선군 사령관이 동격이라지만, 아마도 조선 백성에 있어 무단 통치 시절의 헌병 사령관은 염라대왕과 동격일 터였다. 그러다 만세 운동 뒤 총독부 관제가 개정되면서 형식적으로나마 경찰의 임무는 경무국에 맡겨졌고, 헌병 사령관은 경무총감이라는 감투를 내놓았다. 한데 위세 막강했던 권력자 고지마가 불과 몇 개월 사이에 일개 경무국 사무관과 회의랍시고 머리를 맞대게 된 것이다. 잘난 척 자존심 강한 고지마 아니래도 헌병 사령관이면 누구나 한 번쯤 뻗대 볼 상황이었다. 더구나 막강 권력의 경찰권까지 빼앗긴 고지마는 기분까지 떨떠름한 상태였다. 수뇌들의 그러한 위상 변화는 모두 관제 개정의 부산물이었다.

총독부 관제가 개정된 것은 궁극적으로 만세 운동의 여파였다. 만세 운동에 당황한 일제가 어쨌든 파국은 면하고 보자며 유화책의 하나로 내놓은 작품이었다. 한데 그조차도 이미 사이토가 감지한 바와 같이 여러모로 음모 일색이었다.

관제 개정 가운데 첫째가 총독 임용 범위의 확대였다. 종전의 조선 총독은 무관전임제(武官傳任制), 그러니까 현역 육해군 대장에 한해서 임명토록 못을 박았다. 완전한 군정(軍政) 지배였던 셈이다. 그런데 이 조항을 확대하여 "예비역은 물론 문관도 총독에 임명될 수 있다."라고 개정하였다. 일견 융통성을 발휘한 것도 같았다. 그러나 이 첫머리부터 알고 보면 가랑잎으로 눈 가리고 아웅 하는 식의 속임수요, 얄팍한 수작에 불과했다.

먼저 문관 총독이란 표현으로 현혹한 뒤 임명한다고 규정한 게 아니라 임명될 수도 있다는 광의적이고 유보적인 표현법을 구사했다. 뒤집어 말하면 계속 무관만 임명해도 그만인, 일시적 선전 효과를 노린 잔머리 굴리기의 수준이었다. 일제의 그동안 행태를 보더라도 답은 이미 뻔했다. 하긴 조선이 원래 독립 국가인데 문무관 총독을 따지는 일 자체가 사리에 어긋날 수도 있었다.

"반갑습니다. 새해 복 많이 받으세요."

단정한 기모노 차림의 중년 여자가 시선을 땅바닥으로 향한 채 허리를 깊숙이 숙였다. 사이토의 아내인 하루코(春子)였다. 곁에는 녹차를 준비한 하녀가 따랐다. 사이토는 아내와 함께 조선에 부임한 첫 총독이었다. 하루코가 미인인 데다 헌신적이라서 애처가 기질이 발휘되었을 법도 했다. 하지만 사이토에게 있어 마누라의 존재는 한층 특별했다. 해군에서 자신이 출세할 수 있었던 배경에 장인이 존재했으니 하루코는 이래저래 복덩어리임이 분명했다.

"한결 아름다워지신 걸 보니 부인께서는 조선이 그다지 싫지 않으신 모양이군요. 폭탄을 생각하면 조선 땅이 진저리나지 않습니까?"

이미 안면을 익힌 우쓰노미야가 자신의 까까머리를 매만지며 물었다. 평생을 무인들에게 길든 여자답게 하루코는 언뜻 미소를 거두며 야무지게 답했다.

"그 폭탄으로 인해 죽은 사람까지 있는데 다친 곳도 없는 저야 무슨…. 저는 한 아녀자에 지나지 않지만, 남편을 따라 조선 땅에 올 때는 이미 죽음까지도 각오했답니다."

이들이 운운하는 폭탄은 남대문 역 사건을 가리켰다. 사이토 총독 일행은 조선 부임 선물로 남대문 역에서 폭탄 세례를 톡톡히 받았다. 그런데 폭탄을 투척한 사람은 환갑을 훌쩍 넘긴 노인이었다. 세상이 깜짝 놀란 것은 당연했다.

이윽고 참석자들은 차를 홀짝거리며 본론에 들어갔다. 그런데 조선 치안에 대한 대책 회의라지만 사실 특별히 대책을 세우고 자시고 할 것도 없었다. 만세 운동이란 태풍이 외견상 소멸한 데다, 관제 개정으로 자잘한 치안은 총독부 경무국의 전담 사항이 되었다. 그래서 만세 운동 때 세계적으로 악명을 떨친 헌병은 일단 치안에서 한발 물러난 상태였다.

우쓰노미야 대장은 치안이라면 먼저 골부터 지끈거렸다. 만세 운동을 거치며 커다란 곤욕을 치른 탓이었다. 일찌감치 만세 운동 진압에 투입된 군인들은 잔인한 짓을 예사로 저질렀다. 특히 여성을 심문할 때 종종 성적 학대와 희롱의 기회로 삼았다. 일본 국내에서조차 비난 여론이 들끓을 정도였다. 마침내 조선군 사령관 우쓰노미야는 기미년 가을에 특별 훈시까지 하달했다.

"우리 일부 군이 만세 소동을 진압하는 과정에서 불필요한 행위와 과민 대응을 한 사례가 속속 밝혀지고 있다. 검거와 수사는 행정 관청의 업무다. 따라서 군은 소요 예방에만 전념할 것을 엄히 훈시하니 이를 양지하기 바란다."

황족 출신인 우쓰노미야는 가능하면 말썽의 소지가 발생하지 않기를 바랐다. 그래서 조선 주둔군은 일상적 치안에는 관여할 필요조차 없으며, 다만 의연히 존재하는 자체로 위압적이라는 것이 그의 주장이었다. 그런저런 이유로 치안 대책 회의는 하나의 요식 행위에 지나지 않게 되었다. 날짜가 잡히면 총독부와 군 수뇌가 만나 안부나 묻고 식사하는 자리 정도로 전락해 버렸다. 하지만 그조차도 뭔가 버성기었다. 문무관에다 육해군이란 다양성이 미묘하게 작용했고, 헌병과 경찰 조직 간에도 앙금이 쌓였기 때문이다. 그러나 최고 기관끼리의 대책 회의인 만큼 대략적인 정보 교환도 없이 그냥 넘어갈 수는 없었다.

총독부를 대표해서 아카이케 경무국장이 나섰다. 새해 치안과 관련하여 총독부의 2대 중점 사업을 밝혔다. 첫째는 보통 경찰제의 정착화 방안이었고, 다른 하나는 재외 조선인에 대한 단속 문제였다. 경무국장의 장황한 설명에 장성들은 거의 냉소로 일관했다. 총독부에서 왕왕대는 문화 정치라는 게 무슨 짓거리를 하자는 것인지 도무지 생리에 맞지 않았던 때문이다. 특히 머리에 뚜껑이라도 있으면 열릴 정도로 골이 난 고지마는 천장에다 눈길을 던진 채 애써 무관심을 가장했다. 그러다 간도 독립군 문제에 이르러서는 마침내 못 참겠다는 듯 피식하며 바람 빠지는 소리까지 냈다. 총독부의 대책이란 게 도무지 가당찮은 모양이었다. 그런 헌병 사령관을 사이토 역시 애써 외면했다.

조선 통치의 최후 보루인 조선군 사령부는 경성 용산에 웅크리고 있었다. 일제에 있어 조선군 사령부의 의미는 한층 각별했다. 단순히 조선 지배를 무력으로 뒷받침하는 정도 이상이었다. 장차 대륙으로 큰 발걸음을 떼려면 조선을 군사 기지화한 사령부가 거점이 돼야 한다는 게 일본 군부의 계산이었다. 조선군 사령부는 형식을 중히 여기는 군인 집단답게 오늘 회의를 위해 괘도까지 준비했다. 사령부 참모장인 오노(大野豊四)가 괘도를 넘기며 일반 사항부터 설명했다.

"다음은 우리 조선 주둔군의 배치 현황 및 국경 수비와 관련하여 말씀드리겠습니다. 조선에 상주하는 우리 군은 2개 사단으로 19와 20사단입니다. 19사단 본부는 함경북도 나남(羅南)이며 담당 지역은 함경도 일원입니다. 이 나남 사단은 두만강 국경 수비를 전담하며 아울러 만주 대륙의 동향에도 예의 주시하고 있습니다. 그런 나남 사단과 달리 20사단은 조선 국내에 치중하고, 국경은 압록강 일원을 책임지고 있습니다. 즉 나남 사단의 함경도를 제외한 조선 전역은 20사단이 통제하며 만일의 사태에 대비한다는 뜻입니다. 사단 본부는 사령부와 함께 현재 용산에 있습니다. 그리고 연해주로 통하는 국경은 현재 전략 지역으로 간주 중입니다. 왜냐하면, 그쪽은 시베리아에 출병한 우리 일본군이 점령한 지역이기 때문입니다. 따라서 조선에 상주 중인 2개 사단 외에 만주 관동군(關東軍)과 시베리아 출병군의 간접 지원까지 받게 됨으로써 조선의 치안 공백 내지는 군사적 문제로 인한 뜻밖의 사태는 현재 상상할 수 없습니다."

참모장은 조선 치안을 설명하면서 시베리아 출병군을 거론했다. 청일 전쟁 직후 일본이 러시아로부터 '삼국간섭'을 당했다면, 1918년에 일제가 시베리아에 출병한 일은 소비에트 정권을 무너뜨리려는 '간섭 전쟁'의 참전을 뜻했다. 단순히 명칭만 놓고 본다면 간섭에는 간섭으로 응한 셈이었다. 러시아는 늘 일본의 잠재적인 적국이었다. 제국주의에 중독된 일본 조슈 군벌은 세계 대전의 연합국 가운데서도 최대 병력을 시베리아에 출병시켰다. 출병을 밀어붙인 주동자는 문제의 데라우치였다. 통감 시절에는 매국노의 대명사인 이완용을 꼬드겨 강점을 밀어붙이고, 뒤이어 6년간 초대 총독으로 군림하며 조선 천지를 암흑으로 몰아넣었던 데라우치 마사타케! 그는 그것도 공(功)이라고 군인으로서는 최고 영예인 원수가 되고 내각 총리대신으로 영전까지 하였다. 조슈 군벌의 핵심인 동시에 최고 권력까지 구가하게 되자 오만한 행동은 실로 극에 달했다. 단적인 예가 바로 시베리아 출병이었다. 뚜렷한 명분이 없는 데다 반대가 대세임에도 불구하고, 오직 제국주의에 대한 과욕과 고집불통 하나로 출병을 관철했던 것이다.

오노 참모장의 괘도 설명이 끝나자 사이토가 조선군 사령관을 향했다.

"시베리아 출병 얘기가 나온 김에 한 가지 물어봅시다. 러시아를 봉쇄했던 연합국이 해제를 선언했고 미국도 끝내 철병을 한다는데, 우리 육군의 방침은 어떻습니까?"

"현재 시베리아 철수는 전혀 고려 사항이 아닌 것으로 알고 있습니다."

우쓰노미야 대장이 단정적으로 답하자 사이토가 조심스레 반박했다.

"세 얘기에 혹 오류나 과장이 있더라도 여러분은 선입견을 품지 말고 들어주시기 바랍니다. 그것은 제가 조선 총독, 특히 해군 대장이기 이전에 대일본 제국을 누구보다 사랑하기 때문에 하는 말입니다. 저도 개인적으로 시베리아 출병은 큰 실정이라는 세론(世論)에 동감입니다. 이득도 명분도 없는 싸움에 막대한 희생자와 엄청난 전비(戰費)를 소모하고 있어요. 러시아인을 쓸데없이 자극하고 군이 국민에게 신뢰까지 잃어가면서 얻은 게 무엇입니까? 이왕 출병하고도 또 여러모로 허점투성이에요. 한마디로 너무 즉흥적으로 대처한다 이겁니다."

잠시 머뭇거리던 총독이 다시 말을 이었다.

"제가 막말로 케케묵은 육해군 간의 감정 때문에 이런 말을 하는 것은 결코 아닙니다. 또 우리 군이 연해주에 진을 치고 있으면 조선 통치에도 여러모로 도움이 될 텐데, 내가 왜 군이 눈총까지 받아 가며 아는 척하겠어요? 잘못인 줄 알면서 우기는 건 이미 옹고집에 미련한 짓입니다. 조금 과한 점이 없지 않습니다만, 방금 제가 한 말을 가감 없이 육군 참모본부에 전달하여 참고되었으면 합니다."

사이토는 어쨌든 일본 정계의 핵심 인물이었다. 자기 나라를 위하는 마음이 없을 수 없었다. 그래도 그의 마음 한구석에 꺼림칙한 게 있다면 출병으로 인해 죽을 쑤고 있는 조슈파가 뜻밖에 전화위복의 공이라도 세우면 어쩌나 하는 노파심이었다.

관저 별실은 술자리로 변했다. 그렇고 그런 회의가 끝나기만 기다린 듯 별미에다 진수성찬이 푸짐하게 펼쳐졌다. 양측 수뇌들은 서로 섞여서 상대편에게 술을 권했다. 그동안 인색하던 웃음소리가 왁자하니 방 안을 날아다녔다. 사내들 자리에는 뭐니 뭐니 해도 역시 술이 필요했다. 오늘따라 더 고개를 외로 꼬던 고지마 중장도 눈가가 불그레하니 술에 젖었다. 마루야마의 확실한 모시기에 기분이 등등해졌는지 연신 헤픈 웃음을 날렸다. 이따금 마루야마의 등을 다독이는 것도 잊지 않았다.

"내가 경무총감을 겸임해 봐서 잘 알지. 치안은 뭐니 뭐니 해도 정보가 생명이야."

"명심하겠습니다."

"특히 이번에 간도 불령선인 문제를 떠맡았다면서? 그거 생각보다 쉽지 않은데…."

"각오는 되어 있습니다."

생선회 한 점을 고추냉이에 찍어 우물거리던 고지마가 다시 마루야마의 손을 끌었다. 벌써 몇 번이나 주워섬긴 말을 또 반복했다.

"업무상 상담이나 도움이 필요하면 날 찾아오란 말이야, 알겠어? 군의 고급 정보를 아무려면 경찰에다 비할까."

좌석이 웬만큼 무르익자 사이토가 슬며시 별실을 빠져나갔다. 마누라인 하루코에게 공치사라도 올리려는 모양이었다. 한겨울의 바깥은 벌써 캄캄한 밤중이었다. 그때 문득 사이토의 뒤편에서 인기척이 났다.

"각하, 저 마루야마입니다."

"분위기 잘 맞추던데 왜 따라 나오나?"

"드릴 말씀이 있습니다."

"뭔가?"

"간도의 은행 돈 강탈 사건과 연관하여 제가 한시바삐 출장을 다녀왔으면 합니다. 먼저 블라디보스토크에 갔다가 귀로에 용정을 경유하면 어떨까 싶습니다."

"좋지, 좋아! 군인들 정보에 마음이 급해졌구먼. 특별부 책임자라면 그 정도 열의는 가져야지. 하면 내가 도울 일은?"

"간도 업무에 더 충실해지고 싶은데 경무국장의 간섭이 심합니다."

2. 무너지는 꿈

　노령 연해주는 압록강 건너편의 서간도, 두만강 건너편의 북간 도처럼 한반도와 강을 격해 있었다. 백두산에서 흘러온 물이 푸른 동해로 흘러드는 두만강 하구가 국경 지역이었다. 이름처럼 연해 주는 동해에 길게 몸을 담그고 있었다. 만주 일부분인 연해주는 그 옛날 발해의 영토였다. 다시 여러 민족이 차례로 말발굽 아래 두었 으나 여진족이 세력을 떨친 뒤에는 청나라 영토가 되었다. 그러다 1860년에 불평등 조약인 북경 조약이 체결되면서 결국 러시아가 주인으로 등장했다. 부동항 확보를 위해 지속해서 남하 정책을 펼 친 결과였다. 이리하여 중국은 북만주로는 바다와 통하는 길이 모 두 막혀버렸다.

　조선 사람이 연해주로 이주한 역사나 과정은 간도와 엇비슷했 다. 굶주림과 착취에 허덕이던 농민은 곳곳에 널린 기름진 땅에 그 만 넋을 잃었고, 재기를 다짐한 의병과 지사는 눈물을 흩뿌리며 두 만강을 건넜다. 그 수는 해가 갈수록 증가하여 이제 연해주의 백의 민족은 20만 명을 헤아렸다.

　노령 연해주의 주도(州都)는 항구 도시인 블라디보스토크였다. 해삼이 많이 난다고 하여 중국과 조선 사람은 해삼위(海蔘威)라고 불렀다. 러시아 지명인 블라디보스토크는 '동방을 지배하라'는 뜻이었다. 지명에서도 드러나듯이 러시아는 항구가 적격인 이곳에 심혈을 기울여 도시를 건설해 나갔다. 땅덩어리는 세계에서 단연 선두지만 블라디보스토크가 유일한 부동항이기 때문이었다. 사실 블라디보스토크 역시 겨울에는 외항이 얼기 때문에 쇄빙선이 없으면 항구 이용이 어려웠다. 그러나 적어도 내항은 얼지 않아서 불편하나마 부동항으로 쓸 수 있었다. 그러한 블라디보스토크는 세계에서 가장 긴 시베리아 횡단 철도의 출발지이자 반대로는 종착역도 되었다.

이주 초기에는 두만강 건너 지신허나 연추 등이 조선인 마을의 중심이었다. 이주민은 대부분 함경도 농민이었다. 그러다 차츰 블라디보스토크와 니콜리스크(=우수리스크) 등지로 정착지를 넓혀 갔다. 블라디보스토크 서남쪽의 아무르만 주변에도 조선인 마을이 형성되었는데, 새 땅을 개척한다는 의미로 개척리(開拓里)라 불렸다. 블라디보스토크 시내와는 지척으로, 이곳에 망명 지사들이 붐볐다. 한데 러시아 당국은 개척리의 조선 사람을 도시 외곽 지역으로 쫓아내지 못해 안달이었다. 결국은 개척리의 콜레라 창궐을 핑계하여 강제로 이주를 시켰다.

새 정착지는 개척리에서 북쪽 언덕 너머에 있는 산비탈 지역으로 정해졌다. 그 비탈에서 아무르만을 내려다보면, 까마득한 낭떠러지 밑에 푸른 물이 넘실거리는 절역(絶域)이었다. 이리하여 단계적인 강제 이주는 1911년 봄에 마무리되었다. 조선 사람의 보금자리였던 개척리는 끝내 기병대의 병영지로 바뀌어버렸다.

새 정착지는 가로 세로가 7백 미터 내외인 구획 지대였다. 평행으로 4개의 주요 거리가 지나가고, 여기에다 큰 길이 하나 세로로 질렀다. 세로로 난 길은 '서울 거리'라 불렀다. 러시아풍의 목조 건물에다 양철 지붕을 머리에 이고 온돌을 깐 작은 집들이 자꾸 불어났다. 이곳이, 블라디보스토크 시가를 다 지나고 또 공동묘지도 지나서 바윗등에 굴 붙듯이 집들이 다닥다닥 붙은 신한촌(新韓村)이었다. 신한촌 저 아래의 아무르만은 겨울이면 결빙하여 서남쪽으로 향하는 인마는 바다 빙판을 걸어서 북간도를 오갈 수 있었다. 신한촌은 차츰 명실상부한 연해주 조선인의 중심지로 자리 잡았다. 만여 명의 조선 사람이 북적거릴 때도 있었다. 양옥이 즐비한 장소에 학교와 교회 건물은 특히 두드러졌다. 어엿한 신문사도 신한촌의 발전을 대변했다. 용정이 간도 조선인의 서울이라면, 신한촌은 연해주의 서울이었다.

조선 사람이 사는 지역에 독립운동은 떼려야 뗄 수 없었다. 망국의 한을 품은 열혈 지사들이 신한촌에 몰려들었고, 마침내 독립운동 기지로 우뚝 섰다. 만세 운동 열기가 휩쓴 것은 더 이를 것도 없었다.

경신년 1월 12일의 밤이었다. 매서운 겨울바람이 비탈진 언덕을 쓸어 대는 신한촌에 사람이 방 안 가득 모였다. 철혈광복단의 비밀회의가 열리는 중이었다. 한데 블라디보스토크의 주요 간부들과 함께 현금 호송대를 습격한 단원들의 모습도 보였다. 그저께 블라디보스토크에 도착한 윤준희와 임국정, 그리고 최봉설과 한상호였다. 머나먼 길을 이들과 동행한 김하석도 회의에 참석했다. 주요 안건은 새로 획득하게 된 군자금을 처리하는 문제였다. 군자금은 자그마치 15만 원이나 되었다. 역시 간도에서 탈취한 돈이었다. 따라서 윤준희 일행이 회의에 참석한 것은 너무도 당연했다.

먼저 자금 출처부터 밝히자 참석자들은 놀라움과 흥분으로 한 번 벌린 입을 다물 줄 몰랐다. 한동안 감탄과 격려가 쏟아졌다. 이윽고 자금 사용처가 의제(議題)에 올랐다. 연해주 산악 지대에 사관학교를 건립하는 문제가 거론되는가 싶더니 이곳 신한촌에 사무소 건물을 장만하는 일까지 일사천리로 의결되었다. 간도에서 눈밭을 뒹군 돈 일만 삼천 원이 뭉텅 떨어져 나갔다.

왕방울 같은 눈을 이리저리 굴리던 한상호가 입매를 실룩거린다. 처음부터 회의 자체를 미타하게 여기더니 결국은 폭발 일보 직전에 이르렀다. 곁에 앉은 윤준희가 눈치를 채고 허벅지를 꼬집는다. 좀 더 두고 보자는 만류였다. 회의가 탐탁지 않기는 윤준희도 마찬가지였다. 방금 의결된 안이 연해주에서는 전부터 논의도 되고 또 절실한 문제일 수도 있었다. 그러나 북간도 단원들의 피나 진배없는 돈을 쉽사리 날려서는 안 될 일이었다. 만약 그 돈이 없으면 어쩔 뻔했는가. 그리고 무엇보다 무기 구입이라는 명백한 목적을 지니고 탈취해온 돈이었다. 쏟아진 격려에 뭔가 계산된 저의도 느껴져 윤준희는 한층 심사가 불편했다. 다행히 나머지 자금은 무기를 구매하는 데 쓰기로 의견이 모였다. 그것도 거사 주역인 4명에게 전적으로 일임한다는 내용이었다. 세부적으로는 윤준희가 자금과 서류를 관리하며 총책임을 맡고, 무기 구입은 다음 선임자

이자 마당발인 임국정이 책임지기로 했다. 그제야 한상호의 얼굴에도 미미하게나마 웃음기가 비쳤다. 철혈광복단 회의는 대략 그렇게 마무리되었다. 윤준희를 비롯한 4명은 신한촌의 합숙소로 돌아왔다. 술상이 마련되어 있었다.

"정말 우리가 해낸 게 맞습니까?"

최봉설의 들뜬 목소리였다.

"쉿!"

윤준희가 목소리를 줄이라는 뜻으로 집게손가락을 입술에 갖다 댄다. 그리고는 나지막한 소리로 답했다.

"아무렴. 여부가 있나."

그동안 다그치던 때와 달리 윤준희의 목소리에는 여유가 느껴졌다. 술잔을 가져가 살짝 입술만 적셨다.

"저는 아까 속이 끓어올라 그만 복장이 터지는 줄 알았습니다. 사관 학교 건립은 또 그렇다 치더라도 이곳 사무실의 구매비까지 손을 벌리는데 화가 안 나고 배기겠어요? 우리가 고생 고생한 장면이 떠오르면서 눈물까지 나려고 했습니다."

다시 감정이 북받치는지 한상호가 눈시울을 적셨다. 곁에 앉은 최봉설이 건배 의미로 한상호의 잔에 자신의 술잔을 갖다 대며 친구를 거들었다.

"이미 의결된 사항은 어쩔 도리가 없고 앞으로 시원찮은 일에 손 벌리면 매몰차게 거절합시다. 그래야만 총 한 자루라도 더 살 것 아닙니까?"

단숨에 술잔을 탁 털어 넣는다. 강혁의 충고를 무슨 신조처럼 간직한 한상호가 주의를 환기했다.

"아무래도 우리 거사가 사람들에게 너무 알려지는 것 같아요. 이곳 신한촌에도 왜놈 영사관의 주구들이 설치지 않습니까? 어떡하든 무기 구입을 빨리 서두르는 게 좋을 것 같습니다."

팔짱을 낀 채 듬직한 상체를 좌우로 흔들던 임국정이 대꾸했다.

"옳은 말이야. 내가 책임을 진 만큼 내일부터 움직여 봐야지. 그건 그렇고, 지금까지 애쓰시느라 속이 많이 상했을 텐데 대표로 제가 한잔 드리지요."

임국정이 제법 공손한 자세로 윤준희에게 술을 따랐다. 분위기가 이내 화기애애해졌다. 술기운이 오르는지 얼굴을 쓸던 최봉설이 지나는 투로 불쑥 한마디 던졌다.

"용정이 꽤 시끄러울 텐데? 그쪽만 무사하면 이제 아무 걱정이 없겠습니다."

합숙소 단원의 한결같은 심정을 대변하는 말이었다. 그동안 단원들은 하루하루가 긴장과 고난으로 점철되어 돌아볼 겨를이 없었고, 어쩌다 머리에 떠올라도 대범한 척 그냥 넘겼다. 그래서 굳이 약속한 것은 아니지만, 가족 걱정은 일종의 금기 사항으로 여겼다. 더구나 한상호는 결혼 날짜까지 받아 놓고 거사에 동참하지 않았는가. 한데 이제는 거사가 거의 성공 단계로 접어들며 단원들은 마음의 여유도 생겨났다. 자연 친지의 안전과 함께 용정 뒷일이 궁금할밖에 없었다.

갖은 고생을 치른 뒤 블라디보스토크에 도착한 윤준희 일행은 몰래 신한촌으로 숨어들었다. 만약을 대비한 김하석의 주선으로 두 사람씩 분산해서 투숙했다. 임국정과 최봉설의 숙소는 여관 주인이 채성하(蔡成河)였다. 중년인 채 씨는 조국애가 남다른 사람이었다. 이틀 동안 네 사나이는 말 그대로 밥만 먹고 잠만 잤다. 만주 추위에는 소까지 얼어 죽는다고 했다. 한데 일 년 중에 최고로 추위가 맹위를 떨칠 때, 약 일주일간의 극기 훈련은 단원들을 녹초로 만들고도 남았다.

피로가 조금은 가신 듯 여겨지자 김하석은 숙소를 차례로 방문한 뒤 합동 투숙을 제안했다. 일리가 있었다. 당면 과제인 무기 구입을 원활히 추진하려면 무엇보다 의견 통일이 중요했다. 또 이제는 군자금으로 굳어진 뭉칫돈도 통합 관리가 필요했다. 따라서 분산 유숙은 여러모로 불편했다. 그러나 분산 대신 집중은 한편으로 위험의 집중을 의미했다. 결국, 의논 끝에 합숙이 결정되었다.

경계는 아무리 강조해도 지나치지 않았다. 러시아 내전에 많은 군대를 출병시켜 간섭 중인 일제는 동부 시베리아의 요지를 점령하고 있었다. 그중에서도 블라디보스토크는 출병군의 중심이었다. 총사령부와 헌병대가 이곳에 주둔했다. 뿐인가! 독립운동가에게는 복마전이나 다름없는 일본 총영사관까지 웅크리고 있었다. 연해주 독립운동의 중심인 신한촌을 주시하며 여러 음모를 꾸미는 곳이 바로 총영사관이었다. 일제 영사관이 있는 곳에 조선인 밀정 양성은 이제 공식이나 다름없었다.

합숙소는 신한촌의 임 참봉 집으로 정해졌다. 내부 구조는 역시 함경도식 가옥이었다. 부엌의 열기를 헛되이 잃지 않으려고 방과 부엌 사이에는 벽이 없고, 방과 부뚜막의 높이도 같았다. 그 부뚜막 주위가 바로 정주간이었다. 비교적 큰 편에 속하는 중간 방이 합숙소가 되었다. 들창 대신 뒷문이 딸린 방이었다. 주인인 임 참봉은 남의 일에 무관심한 데다 가는귀먹은 사람이었다.

사실 윤준희 등은 블라디보스토크가 그리 낯설지 않았다. 적어도 한두 번씩은 다녀간 곳이었다. 특히 동림 무관 학교 출신인 임국정과 최봉설은 함께 와서 막노동까지 한 곳이었다. 지금 지닌 권총도 그때 장만한 물건이었다. 그러나 고락은 물론 생사까지 함께한 일행이 블라디보스토크에서 합숙한 것은 오늘 밤이 처음이었다.

이제 어지간히 몸도 추스른 상태였다. 거기다 김하석의 배려로 미리 조촐한 술상까지 차려져 있었다. 모두 만감이 교차하는 것은 당연했다.

"어이쿠! 목이 타는 것 같네요. 배갈보다 더 독한 것 같습니다."

한상호가 목울대를 손으로 당기며 오만상을 찌푸렸다. 원래 술을 못 마시는 편인데, 권에 못 이겨 독한 보드카를 마신 탓에 엄살이 나올 법도 했다. 모두 벌그스름한 얼굴에 웃음기가 떠돌았다.

"이거야 원. 변 사또 잔치에 이 도령 술상 아닙니까?"

술이 바닥에 깔린 보드카 병을 흔들며 임국정이 불만을 터뜨렸다. 사람 사귀기를 좋아하는 만큼 술은 없어서 한인 사람이었다. 윤준희가 가볍게 받았다.

"몸도 정상이 아닌 데다 혹 실수라도 할까 봐 신경이 쓰였겠지. 한데 러시아 사람들은 이 독한 술을 안주도 없이 홀짝거린다지, 아마?"

"술술 넘어간다고 술 아닙니까."

모두 정상을 눈앞에 둔 산사람처럼 들떠 있었다. 술기운이 성취감을 부채질한 탓도 없지 않았다. 술기운을 빌린 윤준희는 가벼운 해방감을 느꼈다. 사실 그동안은 너무도 긴장된 나날의 연속이었다. 그런 윤준희는 동지들을 따뜻이 격려라도 해줄까 싶다가 이내 생각을 접었다. 오랫동안 한마음으로 행동한 만큼 격려가 오히려 형식적일 수도 있었고, 또 긴장이 풀어질 염려도 없지 않았던 때문이다. 무엇보다 커다란 성취감은 각자의 몫으로 돌리고 싶었다.

이번 거사는 크게 4단계로 나눌 수 있었다. 은행 호송대를 습격하여 현금을 수중에 넣는 일이 첫째였다. 위험 부담이 크고 세심한 처리를 요구하는 만큼 좁은 의미의 거사라고도 할 수 있었다. 다음은 돈을 지니고 무기를 살 수 있는 연해주로 무사히 이동하는 것이었다. 3단계가 무기 구입이었다. 그리고 사들인 무기를 무사히 독립군 단체에 인계하는 작업이 거사의 대미에 해당하는데, 이때는 독립군 단체의 무기 운반대 지원이 필수적이었다. 갖은 고생 끝에 연해주 이동까지는 무사히 성공을 거두었다. 다음 차례인 무기 구입은 가장 쉬운 일 같아도 실상은 그렇지도 않았다.

혁명과 간섭 전쟁의 소용돌이 속에서 지금 블라디보스토크를 통제하는 세력은 러시아 백위군과 일본군 연합이었다. 일제 헌병들이 물 만난 고기처럼 설쳐댔고, 뿌리 깊은 밀정의 마수도 거미줄처럼 뻗쳐 있었다. 따라서 단원들이 무기를 사려면 비록 육체적 고통은 덜할지 몰라도 세심한 주의력과 긴장은 한층 요구되었다. 특히 김하석이 상스러운 단어까지 동원하며 들려준 충고는 윤준희의

귓가에 계속 맴돌았다. 결코, 한 귀로 듣고 다른 귀로 흘릴 말이
아니었다.

"어느 조직이나 독종 한둘은 있게 마련이지만 이곳 왜놈 영사관
도 예외는 아닐세. 기토란 자가 있는데 아주 독사 같은 왜놈이야.
내가 이곳에 처음 발을 디딘 때가 국치를 당한 경술년인데, 그놈
도 엇비슷하게 여기 영사관의 밥을 먹었어. 집 지키는 구렁이도 아
니고 벌써 세월이 얼마야? 겉으로는 번드르르하게 통역관이니 뭐
니 하고 내세우지만, 사실은 못돼 먹은 고등 경찰이 그놈 정체야.
그자의 술수와 잔꾀에 우리가 큰 곤란을 겪은 적이 한두 번이 아닐
세. 그게 전부 조선 사람이 사냥개 노릇을 한 탓이다 싶으면 한편
으로 서글프기도 하지. 어쨌든 우리 신한촌을 제 손바닥 들여다보
듯이 하는 놈이니까 특히 조심하게."

기토 가쓰미(木藤克己)였다. 블라디보스토크의 독립운동을 탄압
하는 고등 경찰이었다. 소속은 경술년인 1910년부터 조선총독부의
고등 경찰과였다. 한데 소속과는 딴판으로 처음부터 블라디보스
토크의 총영사관에 파견 근무 중이었다. 대외 직함은 '일본 외무성
촉탁(嘱託) 조선총독부 통역관'으로 통했다. 통역관은 신분을 가리
기 위한 일종의 위장 용어였다. 벌써 내부적으로 명시된 기토의 임
무를 보더라도 통역과는 한참 거리가 멀었다. '블라디보스토크 총
영사관 관내에서 무뢰한인의 동정을 조사하고 그를 단속하는 것'
이 임무였다. 무뢰한인이란 말은 독립군을 지칭하는 불령선인과
맥락을 같이하는 조어였다.

긴장한 윤준희가 물었다.

"말씀을 들어보니 여간 교활한 자가 아니군요. 한데 원래 소속인 조선총독부를 두고 하필 블라디보스토크에서 계속 뭉그적거리고 있을까요? 똥싸개도 아니고."

"들기로 예전에 이곳에서 여관 주인으로 행세한 모양이야. 손님을 상대하다 보니 러시아는 물론이고 우리말에도 귀가 뚫렸겠지. 그러다 러일 전쟁 와중에 통역이니 뭐니 하며 어떻게 관직에 빌붙은 뒤 지금은 간부 행세까지 하는 놈이야. 공부로 출세한 것은 아니고 밑바닥에서 권모술수로 기어오른 놈이지. 한데 그런 자들이 대개 그렇듯이 눈치 하나는 기막히게 빠르고 또 잔머리 굴리기는 천성으로 타고났어요. 우리끼리 하는 우스갯소리로 신한촌에서 방귀 뀐 사람이 누군지 소상히 아는 놈이 기토라면 얘기 끝난 것 아닌가? 무식한 놈이 호랑이 잡는다고, 한 번은 큰일을 저지르고 말거야, 아마."

김하석의 충고를 되새김질하던 윤준희는 끝내 잠을 놓쳐 버렸다. 이틀 동안 원 없이 구들장 신세를 진 탓도 있었다. 다른 일행은 그래도 잠이 모자라는지 코 풍선을 불어 대며 꿈나라에서 노닐고 있었다. 눈이 말똥말똥해진 윤준희는 구석에 있는 철궤를 열었다. 그 속에는 거액의 지폐와 함께 문서 따위가 잘 보관되어 있었다. 윤준희는 일지를 꺼냈다. 그동안에 일어난 여러 중요한 일이 낱낱이 기록되어 있었다. 일지를 뒤척이는 윤준희는 지난 일들이 주마등처럼 머리를 스쳤다. 불과 얼마 전인데 정말 오래 지난 듯 아득했다.

지난여름이었다. 그날도 윤준희는 무더운 날씨만큼이나 맥이 탁 풀렸다. 며칠간 단원들이 고생고생하며 거둬 온 군자금이란 게 고작 푼돈 수준밖에 안 되었다. 그런 실적으로 무기 구입 운운한다 는 것은 실로 하품 나오는 이야기였다. 철혈광복단에 투신한 윤준 희는 그동안 만만찮은 투지를 불살랐다. 그러나 이제 자신부터 어떤 한계를 절감하며 정열이 점차 스러짐을 느끼고 있었다. 한데 이 날 따라 최봉설은 자신감이 넘쳤다. 명동 방면으로 동행했던 한상 호의 언행도 예사롭지 않았다. 모금 실적이 최하위인데도 그랬다. 윤준희가 애써 심드렁한 목소리로 물었다.

"실적과 달리 기분이라도 좋으니 다행이군. 무슨 큰 군자금 건수라도 약속받았나?"

"먼저 제 말을 한번 들어보십시오."

최봉설이 문득 진지한 표정을 지었다.

"한상호 친구 중에 제갈량 별명을 듣는 사람이 있어요. 속으로 미타하게 여기고 있었는데 이번에 직접 만나 보니 소문 이상으로 대단했습니다. 추리력을 바탕으로 빈틈없이 상황을 전개해 나가는 데 절로 고개를 끄덕이게 만드는 친구였어요."

최봉설은 먼저 강혁 칭찬부터 시작했다. 이어 감걸에서 나눈 얘기를 줄줄이 엮어 갔다. 간간이 한상호가 거들 때도 있었다. 윤준희가 들어보니 내용이 실로 거창했다.

"그 친구 말처럼 왜놈 돈으로 우리 무기 한번 시원하게 장만해 봅시다. 쩨쩨하게 고달픈 동포 집만 들락거리는 사이에 연해주의 무기가 바닥났다고 한번 생각해 보세요. 그때는 독립 전쟁이고 뭐고 말짱 헛일 아닙니까? 장날마다 꼴뚜기 나는 것도 아니고, 나라를 통째로 뺏은 놈들한테 그깟 돈 좀 뺏는다고 뭐가 대수겠어요? 보나 마나 원래는 우리 돈일 테고 또 독립운동을 방해하려는 자금 아니겠습니까?"

열에 들뜬 최봉설이 한껏 부추기자 윤준희도 가만히 고개를 끄덕였다.

"하긴 왜놈들 아니면 우리가 왜 이 고생이겠는가? 그깟 돈 뺏을 필요도 없지."

그런데 일이 성사되려고 그랬는지 가장 핵심적인 문제가 매듭이 풀릴 조짐을 보였다. 단원들과 의논 삼아 윤준희가 거사에 대해 대강을 말할 때였다. 마당발인 임국정이 선뜻 나섰다.

"제가 잘 아는 사람이 용정은행에 근무하고 있습니다. 어떻게 도움이 되지 않을까요?"

"그래? 하지만 우리가 의논 중인 일은 목숨을 담보로 하는 것일세. 그 정도로 출세한 사람이 뭣 하러 위험한 일에 발을 담그려 들겠나?"

고향이 회령인지라 조선은행에 대해서 귀동냥을 한 윤준희가 시뜻하게 대꾸했다. 단번에 임국정은 억울한 표정을 지었다.

"만약 그런 사람이라면 애초에 말을 꺼내지도 않았지요. 용정 만세 시위에 참여했을 뿐만 아니라, 당시 부상자들의 병원 이송에도 제일 앞장섰다면 대략 알겠지요? 한마디로 저보다 더 격정적인 사람인데 암암리에 독립운동에도 관여하는 줄로 압니다."

그리하여 임국정이 먼저 은행원인 전홍섭부터 접촉하기로 의견을 모았다. 한데 임국정이 전하는 전홍섭의 답변은 크게 고무적이었다.

"현금 수송에 관한 것은 은행 내부에서도 큰 비밀이다. 더더구나 조선 사람에게는 극비 사항에 속한다. 그런데 내가 꼭 도움을 주고 싶다. 왜냐하면, 돈을 뺏으려는 목적이 사사로운 욕심과 무관한 데다, 쓰임새가 너무도 훌륭하기 때문이다. 겨울 정도로 작정하고 느긋하게 기다리면 내가 어떡하든 염탐해서 미리 수송 일자를 통지하겠다. 그러니 나를 믿고 나머지 일은 그쪽에서 차질 없이 준비하면 좋겠다."

윤준희는 이런 일련의 흐름에서 어떤 거부할 수 없는 운명 같은 것을 느꼈다. 그것은 이미 오래전부터 예정된, 마치 철혈광복단의 숙원 사업으로 여겨질 정도였다. 단원들은 군자금 모금을 계속하면서 한편으로는 거사도 차근차근 준비했다. 지리 탐색이나 적정 정찰은 회령과 용정의 중간 지점인 명동촌이 꼭 알맞았다. 그 때문에 단원들은 몰래 명동교회서 합숙 생활까지 했다. 교회 관리자는 최봉설의 장인으로 숨은 지사였다. 그런 중에 전홍섭은 용정에서 회령은행으로 근무지가 바뀌었다.

기미년은 그렇게 저물었다. 한데 새해가 밝자마자 윤준희는 애타게 기다리던 전홍섭의 정보를 접했다. 그것은 바로 현금 수송 날짜였다. 1월 4일이었다. 단원들은 이제나저제나 하고 날짜만 고대했을 뿐 더는 준비할 것도 없었다. 강혁의 충고대로 관찰도 여러 번 했다. 일제의 통상적인 물자 수송에 대해서는 이제 훤히 꿰고 있었다. 습격 장소도 일찌감치 물색해 두었다. 동량어구였다. 도착지인 용정을 앞두고 제일 늦게 통과하는 데다, 습격을 위한 지형지물까지 맞춤이었다. 그렇게 준비에 공을 들인 거사가 실패할 리 만무했다. 단원들은 차라리 너무 싱겁다는 느낌마저 들었다. 다만 부득이 저지른 살인만큼은 가슴이 무거웠다.

이제 1월도 하순이었다.

"총 한 자루가 고작 10원이란 말입니까! 그것도 신식으로."

한상호가 눈을 크게 홉떴다. 방 안의 사람은 역시 단원 넷이었다. 저녁 무렵이지만 집 안에 다른 사람은 없었다.

"그렇다네."

개털 방한모를 벽에다 걸며 임국정이 답했다. 아침에 외출했다가 지금 돌아오는 길이었다. 검은 수염에는 성에가 허옇게 얼어붙어 있었다. 무기 구입을 책임졌기 때문인지 오늘따라 더 듬직하게 굴었다.

"고작이 뭔가! 고작이. 10원이면 쌀이 반 가마가 넘네. 이 친구야."

체격이 다부진 청년이 싱글거리며 한상호에게 핀잔을 주었다. 최봉설이었다.

"그렇다면 우리 돈으로 전부 총을 사면 도대체 몇 자루야? 엄청나겠는걸."

머리를 설레설레 흔드는 한상호를 보며 윤준희가 실쭉 웃었다.

"그렇다고 총 한 자루에 10원 하는 식으로 계산하면 곤란하지. 총알 없는 총이 어디 무기인가? 무엇보다 총알이 많아야지."

"지당한 말씀입니다."

임국정은 무기 구입에 앞서 대략이나마 시장 조사를 했다. 비밀스러운 일이라 제약이 많이 따를 수밖에 없었다. 한데 그런 임국정이 방에 들어서자마자 마음이 급한 한상호가 질문 공세를 퍼부었다.

"바깥이 엄청 추운데 고생했네. 이리로 앉지."

앉아서 차분히 얘기하라는 뜻으로 윤준희가 엉덩이 걸음으로 곁자리를 만들었다.

"신식 총이라도 가격 차이가 다소 난다고 하네요. 얼마 전에는 탄알 1백 발이 든 탄띠까지 포함해서 한 자루당 30원에 거래되었답니다. 대략 그쯤으로 기준을 맞추면 될 성싶어요. 또 무기는 다양할수록 쓰임새가 좋으니까 권총에다 수류탄, 그리고 이왕이면 기관총도 필요하지 않을까요?"

"와! 기관총까지나…."

한상호는 그대로 껌벅 넘어간다.

"쉿, 목소리를 더 낮춰! 낮에는 새가 듣고 밤에는 쥐가 듣는다지 않나?"

윤준희가 다시 경계심을 돋우었다. 김하석의 충고로 밀정에 대한 경각심을 한층 다진 상태였다. 임국정은 속삭이다시피 말했다.

"기관총은 일 문(門)에 200원 정도로 예상하면 될 것 같습니다."

"구식 총도 모자라 애간장을 태웠는데 언감생심 기관총이라니…."

큰 눈을 껌벅껌벅하며 한상호는 계속 기관총 타령이었다. 목소리는 들릴락말락 했다.

"단가는 또 그렇다 치고 안전하게 살 수 있을까? 참으로 산 넘어 산이다."

책임자인 윤준희의 어깨는 늘 무거웠다. 임국정은 자신만만했다.

"잘될 것 같아요. 엄 선생님을 다시 만나면 자세히 알 수 있습니다. 이번 무기 구입은 그분을 앞세우기로 했어요."

"엄 선생이라니, 누구 말인가?"

독립운동의 중견인 엄인섭(嚴仁燮)이었다. 연해주 독립운동의 대부인 최재형의 생질이며 특히 안중근과는 형제의 결의를 맺은 사이였다. 지사들 간에 회자하는 엄인섭의 독립운동 공적은, 특히 1908년에 이뤄진 의병의 국내 진공 작전을 들 수 있었다. 김하석은 임국정에게 무기 구입을 위한 적임자를 추천했다. 자기보다 10여 년 연상인 엄인섭이었다. 두 사람은 평소 막역한 사이였다. 한데 마당발인 임국정은 이미 엄인섭과도 구면이었다. 좀 더 정확히 말하면 의형제까지 맺은 사이였다.

동림 무관 학교는 만주와 연해주의 국경 지대인 왕청현 나자구에 소재했다. 임국정이 재학생일 때였다. 학교가 재정난으로 어려움을 겪자 사관후보생 40여 명은 맹약을 맺은 뒤 우랄산맥의 삼림 지대로 향했다. 노동력이 필요한 그곳에서 벌목으로 노임을 벌어 학교를 살리자는 게 맹약 내용이었다. 과연 무관 학교의 열혈 청년들이 아닐 수 없었다. 임국정은 여기서 엄인섭을 만나 의형제까지 맺었다. 엄인섭이라면 대략 알 만한 인물인지라 윤준희도 고개를 끄덕였다.

"무기를 대량으로 사려면 엄 선생이 지금 출처를 궁금히 여길 텐데?"

"대략 아는 눈치였어요. 김하석 선생이 미리 언질을 준 것 같았습니다."

그때 한상호가 대화에 불쑥 끼어들었다.

"이제 독립운동에 발만 담갔다 하면 죄다 우리 행적을 꿰고 있구먼. 이러다 기관총은 두고 어디 권총 구경이나 할까 모르겠네."

"사람들을 자꾸 의심하면 어떡하나! 우리 거사가 남의 도움 없이 될성부른가?"

임국정이 제법 엄한 기색을 보였다. 두 사람은 이와 비슷한 일로 충돌한 적이 있었다.

"나는 김하석 부장이 끼어든 자체부터가 꺼림칙했어요. 의란구의 김 포수 집에서 우리가 선택할 수 있는 길이 얼마나 많았는데…,"

"그만, 그만! 물론 조심도 해야겠지만 우리가 여기 물정에 어두우니 어쩔 수 있나?"

중재도 윤준희의 몫이었다. 한상호가 길게 한숨을 내쉰다. 자꾸만 강혁의 얼굴이 어른거렸다. 뭔가 불안했다. 이건 아니라는 생각이 자꾸만 엄습했다. 실체는 없었다. 한상호 자신도 생사를 같이하는 동지와 다투고 싶은 생각은 추호도 없었다. 사내답지 않게 눈물이 맺히려 했다. 얼른 고개를 젖혀 천장을 쳐다본다.

"상호야! 네 마음은 충분히 안다. 앞으로는 내가 더 신중하고 조심할게."

임국정이 사과 비슷한 말을 하자 한상호는 그게 또 마음 아팠다.

"형님! 죄송합니다. 우리 독립군의 장래와 직결된 문제라서 제가 너무 예민했던 것 같아요."

최봉설은 처지가 딱했다. 어느 편도 손을 들어줄 수가 없었다. 그것은 단순히 친소(親疏)와는 별개의 문제였다. 자기 자신조차 선악을 구별할 수 없을 뿐만 아니라 어떤 선택과 운명의 문제였기 때문이다. 윤준희가 애써 화제를 돌렸다.

"그런데 엄 선생은 언제부터 무기 구입까지 주선했을까?"

"최재형 지사님의 생질인 데다 어릴 때부터 연해주에서 살았으니 두루 발이 넓지 않을까요? 예전부터 러시아 말은 막힘이 없었어요."

한상호와 화해한 임국정은 말투가 한층 신중해졌다.

엄인섭의 외숙부인 최재형은 연해주 독립운동을 대표했다. 한데 성장 과정이 한 편의 소설처럼 참으로 파란만장했다. 1860년에 함경도 경원에서 노비의 아들로 태어난 최재형은 아홉 살 때 가족을 따라 연해주의 연추로 이주했다. 그러나 이태 뒤, 형수의 구박을 견디다 못해 결국 집을 뛰쳐나와 항구에서 잠든 신세가 되었다. 인간만사 새옹지마(塞翁之馬)란 말은 최재형에게도 딱 어울렸다. 선원들이 그런 최재형을 상선으로 데려가자 러시아 선장은 마치 친아들처럼 대했다. 이름은 최 표트르 세묘노비치가 되고, 함께 배를 타고 다니는 선장 부인은 어머니에다 박학다식한 가정교사 역할까지 담당했다. 이후 6년 동안 상선을 타다 보니 최재형은 능숙한 외국어에다 세계 곳곳을 누빈 인재로 탈바꿈했다. 선장의 소개로 무역 회사에서 일할 때는 이재(理財) 수완까지 주위를 놀라게 했다.

노비의 아들은 가출한 지 10년 만에 아버지를 찾아 다시 연추 마을로 돌아왔다. 이 무렵에 남하 정책의 러시아는 블라디보스토크에서 두만강 하구의 국경 지대인 녹둔도(鹿屯島)까지 군용 도로를 건설 중이었다. 이주한 조선 농민이 대거 동원될 수밖에 없었다. 이때 따뜻한 인간애와 더불어 러시아 말을 자유자재로 구사하는 최 통사(統辭)는 약자인 조선인의 구세주였다. 농민들은 집에다 최재형의 초상화를 걸어 놓을 정도로 존경하며 러시아 말로 '페치카'라는 별칭으로 불렀다. 동포들에게 최재형은 '따뜻한 난로'였던 것이다. 익히 러시아 선장 부부의 애정을 경험한 데다 세계를 누빈 최재형은 턱없이 한쪽으로 치우치지 않았다. 그리하여 러시아 관리들도 인품에 반하기는 마찬가지였고, 결국 러시아 정부는 도로 건설의 공로로 훈장까지 수여했다. 이후 최재형은 유능한 사업가로 탄탄대로를 걸어 러시아에서 조선인 최고의 갑부로 거듭났다. 부자에 머물지 않고 명예도 따랐다. 자치 기관장인 도헌(都憲)에 선출된 데다, 두 번이나 러시아 황제를 알현하고 다섯 개의 훈장을 받았다. 조선 사람으로, 그것도 노비의 아들로서는 참으로 놀라운 성취였다.

한데 최재형의 참모습은 따로 있었다. 비록 귀화 러시아인이 되었지만, 뿌리를 잃지 않고 조국과 민족을 끝없이 사랑했다. 학교 설립과 유학 등으로 후진 양성에 총력을 기울이는가 하면 언론으로 동포를 일깨웠다. 그런 만큼 독립운동 후원은 최재형의 지상 과제였다. 간도 관리사를 지낸 이범윤과 함께 의병 부대를 조직하고 일체의 지원을 책임졌다. 맨주먹의 여러 지사가 기댈 곳은 최재형밖에 없었다.

일제는 안중근에게 하얼빈 의거의 배후를 집요하게 추궁했으나 결국 허탕을 쳤다. 배후에 최재형의 그림자가 짙게 드리워진 것을 끝내 밝혀내지 못했던 것이다. 최재형은 상해 임정의 초대 재무총장에 추대될 정도로 최고 갑부였지만 그즈음에는 온전한 집 한 채 없이 생활 중이었다.

눈발을 세우려는지 신한촌 하늘이 우중충한 늦은 오후였다. 외출을 나갔던 임국정이 동행인을 데리고 왔다. 통통한 체구의 동행인은 중년인데도 완력이 넘쳐 보였다. 러시아 옷인 루바슈카를 입고 있었다. 상의 깃을 세우고 목에서 어깨까지 단추가 달린 옷이었다. 어릴 때부터 연해주 생활을 한 덕분인지 동행인에게 잘 어울렸다. 단원들은 이미 상대가 누군지 짐작하고 있었다. 모두 자리에서 일어섰다.

"만나서 대단히 반갑소. 나는 엄인섭이라 하오."

엄인섭이 손을 내밀었다. 윤준희가 얼른 두 손으로 맞잡았다.

"윤준희입니다. 고명(高名)은 익히 들어서 잘 알고 있습니다. 늦게나마 만나 뵙게 되어 영광입니다."

윤준희는 상체까지 반쯤 숙였다. 일의 성사는 이 사람에게 달렸다는 생각에 예를 다했다. 머리를 끄덕이듯 마는 듯하던 엄인섭은 다른 청년에게도 차례로 손을 내밀었다. 윤준희는 자기도 모르게 자꾸만 엄인섭의 왼손으로 눈길이 갔다. 예상과 달리 엄인섭의 손가락은 멀쩡했다. 안중근 의사처럼 약지 마디를 절단하지 않았던 것이다.

엄인섭과 안중근은 평양 출신의 김기룡(金起龍)과 함께 결의 삼형제를 맺은 사이였다. 안중근을 기준으로 두 살 위인 엄인섭이 맏형이 되고, 한 살 적은 김기룡은 막내로 만족했다. 순국하지 않았다면 안중근은 지금 나이 마흔두 살이었다. 항간에는 떠도는 소문이 있었다. 안 의사의 두 의형제도 단지동맹의 일원이라는 내용이었다. 한데 윤준희가 오늘 눈으로 확인한 결과 맏형은 멀쩡했다. 삼국지의 유비를 상상했던지라 기분이 다소 묘할 수밖에 없었다.

이윽고 엄인섭이 자리를 잡고 앉았다. 한상호를 내보내 집 주위를 다시 살핀 윤준희는 먼저 무기 구입에 충당될 자금의 출처부터 밝혔다. 그것은 나름대로 최상책이었다. 무기 교섭에 엄인섭을 앞세우기로 한 이상 가장 중요한 덕목은 서로에 대한 신뢰였다. 그렇다면 이쪽에서 얼렁뚱땅 거짓말해서는 좋을 게 없었다. 더군다나 상대는 이미 거액의 출처를 귀동냥한 상태였다. 윤준희는 먼저 진실한 마음을 보인 뒤 협조를 얻으려는 절차를 밟았다. 상대의 마음을 읽었는지 엄인섭은 표정이 흔쾌했다.

"언뜻 얘기를 듣긴 해도 그 정도로 고생한 줄은 몰랐소. 참으로 대견하구먼."

"이제 뒷일은 선생님만 믿겠습니다."

"무기 구입에 관해서는 임국정 동생한테 대략 언질을 받았소.

죽음도 불사한 여러분을 생각해서라도 내가 최선을 다해야지. 안 그래도 무기상과 일차 접촉을 하고 오는 길이외다."

엄인섭은 두어 번 독립군의 무기 구입을 알선할 만큼 무기상이나 체코군에 손이 닿는 인물이었다.

"선생님, 일이 잘될 것 같습니까?"

윤준희가 엄인섭 곁으로 바싹 다가앉는다. 청년들의 눈빛이 초롱초롱했다.

"한두 번 해본 일이 아니라서 방법이야 환하지요. 대량으로 살수록 여러 군데 집적거렸다간 필경 탈이 나는 법이외다. 특히 우리 조선 사람은 자칫하다가는 왜놈한테 꼬리 밟히기에 십상이거든."

주먹을 입에 갖다 대고 잔기침으로 뜸을 들인 엄인섭이 말을 이었다.

"그래서 나하고 거래하는 단골을 은밀히 만나 봤소. 입이 묵직하고 값도 좋게 쳐주는 사람이지. 내가 단도직입적으로 얘기했어. 수량은 얼마 이상 살 테니 대신 장총 단가는 얼마다 하는 식으로 말이오. 두 번이나 펄쩍 뛰더구먼. 처음에는 사려는 양이 엄청난데 놀라고, 뒤에는 아무리 그래도 너무 헐값이라며 난색을 보이더구먼. 두말하지 않고 내가 돌아섰지. 그랬더니 뭐가 그리 급하냐며 소매를 붙잡고 아예 드러눕더구먼. 내가 동지들 피눈물 흘린 돈으로 배짱 한번 세게 부려 봤소, 허허허."

모두 조그맣게 따라 웃었다.

"저희가 기댈 곳은 선생님밖에 없습니다. 고생 좀 해주십시오."

"고생은 무슨! 다만 최선은 다해야겠지. 감히 어떤 돈인데 허투루 쓸 수 있단 말이오? 기왕이면 총알 하나라도 더 손에 쥐어야지. 그렇다고 너무 오래 끌다가는 또 일이 틀어질지 모르니 빨리 추진해서 좋은 결과를 얻도록 해보겠소."

엄인섭은 텁수룩한 수염을 쓸었다. 단원들은 서로 마주 보며 기쁜 빛을 감추지 못했다. 의형제인 엄인섭과 임국정은 다음날부터 함께 움직이기로 약속했다. 중요한 얘기가 대략 마무리되자 화제는 자연스럽게 안중근 의사로 넘어갔다. 엄인섭이 안중근의 의형이 될 뿐만 아니라 두 사람이 의병 부대의 선봉장이 되어 국내 진격 작전을 펼친 의거는 독립 진영에서 심심찮게 회자하였던 때문이다.

엄인섭은 말솜씨가 청산유수였다. 상대의 가려운 곳이 어디며 또 어떤 이야기를 원하는지 훤히 읽어 내는 이야기꾼이었다. 그 때문인지 안 의사의 영웅적 면모나 독립 의지가 다소 과장될 때도 없지 않았다. 의병 모병과 군자금 모금을 위해 안중근이 의형제들과 함께 유세를 다닐 때 동포들을 사로잡은 열변과 대중의 뜨거운 반응은 그대로 단원들의 혼을 쏙 빼놓았다. 목소리를 죽인 한숨과 탄성이 일시에 터져 오르고는 했다. 엄인섭은 어느새 안 의사에 대한 호칭이 중근 동생으로 바뀌어 있었고 단원들에게도 하대했다. 의병의 국내 진격 작전은 엄인섭에게 최고의 무용담이었다.

국내 진격 작전에서 빼놓을 수 없는 인물이 이범윤이었다. 조정의 소환에 불응하고 간도에서 노령 연추로 근거지를 옮긴 이범윤은 자신의 부대를 한층 추슬렀다. 무기 확보에도 많은 공을 들였다. 마적 습격이 잦아 연해주에서는 총기의 민간인 소유가 공인되었다. 구하기가 쉽지 않아도 러시아제 연발총은 구식 화승총과는 비교 자체가 우스울 정도로 성능이 우수했다. 일부 의병은 이 총을 소유했다. 최재형의 막대한 재산이 아니면 꿈도 꾸기 어려운 총이었다.

1908년에 드디어 의병들이 벼르던 국내 진공 작전의 막이 올랐다. 이범윤의 창의회(彰義會) 의병에 다른 부대들도 결진(結陣)에 참가했다. 을미년에 처변삼사 통문으로 항일 의병의 시초를 연 유인석과 더불어 최재형의 동의회(同意會) 소속 의병 부대였다. 결진은 '연추 의병 부대'의 탄생을 의미했다. 총대장은 이범윤이 맡았다. 동의회 소속의 대장은 전재덕(全齋德)으로 대한제국 진위대(鎭衛隊)의 장교 출신이었다. 그 아래 좌영장(左營將) 엄인섭에 우영장은 안중근이 맡고, 그들의 의동생인 김기룡을 비롯하여 6명은 영장이 되었다.

이즈음 국내 의병 전쟁은 전국적인 국민 전쟁으로 발전하고 있었다. 특히 함경도 지방은 홍범도를 비롯하여 여러 의병 부대가 싸움에 전력을 다하고 있었다. 연추 의병은 그런 국내 의병과 연계하여 항일전을 전개한 뒤, 장기적인 투쟁 근거지를 마련하는 것이 궁극적 목적이었다. 그리하여 작전에 앞서 선발대를 국내에 잠입시켜 일제 수비대의 배치 상황을 정탐하고, 철도와 전선을 절단하여 통신 연락을 두절시키기로 했다.

"국치를 당한 경술년 이태 전의 여름이었지. 나와 중근 동생은 부대원 백 명을 이끌고 두만강을 건넜어. 최재형 외삼촌이 있는 연추로 내가 간 시기는 아주 어릴 때였지. 그렇지만 경흥군은 명색

내 고향이 아닌가? 그 때문인지 거기 주둔 중인 왜놈들은 적개심을 더 끓어오르게 하더군. 노서면(蘆西面) 상리(上里)에 수비대가 있는 것을 보고 급습으로 일거에 박살을 내버렸어. 다시 연추로 돌아오면서 어지간히 반분은 풀리더구먼. 우리 전재덕 부대는 그 뒤에 재차 두만강을 건너갔지. 신아산(新阿山) 부근의 홍의동(洪儀洞)에서 또 왜놈 수비대를 박살 내 버렸어. 중근 동생과 내가 대한의군의 참모중장이 된 것이 왜놈들에게는 그대로 악몽이나 다름없었던 거야."

엄인섭은 신이 났다. 지금까지의 얘기는 진실이었다. 한데 서서히 왜곡이 시작됐다. 엄인섭의 통쾌한 무용담은 계속해서 회령의 영산(靈山) 전투 승리로 이어졌으나 사실은 그와 달랐다. 윤준희는 회령이 고향인 만큼 영산 전투의 대강을 꿰고 있었다. 따라서 엄인섭의 진실 왜곡이 내심 개운치 않았다. 물론 이야기에 재미를 더하기 위해 조금 각색을 하여 듣는 사람의 희망 사항에 영합할 수도 있었다. 또 안 의사와의 과거 인연에 기대 자신의 위상을 높이려는 엄인섭의 속셈도 이해 못 할 바는 아니었다. 그러나 지금은 무기구입이라는 막중대사를 의논하는 자리였다. 중개인에 대한 신뢰가 전제되어야 하는데 그런 면에서 엄인섭이 별로 탐탁지 않았던 것이다. 윤준희는 한편으로 그런 생각 자체가 기우(杞憂)이기를 바라며 자신의 신경과민을 탓했다.

신아산의 홍의동 전투는 엄인섭의 무용담과는 전개 과정이 달랐다. 여기서 전재덕 의병 부대가 일본군을 사살도 했지만, 더불어 군인 2명과 국경 지대에서 밀무역하는 상인 여럿을 생포하는 전과까지 거두었다. 한데 주변의 반대를 무릅쓰고 안중근은 일본 포로를 모두 석방했다. 사로잡은 적병을 죽여서는 안 된다는 만국공법(萬國公法)에 따른 조치였다. 아마도 천주교 신자로서 박애주의 정신도 작용했을 것이다. 그러자 엄인섭을 비롯한 몇몇 간부가 입을 모아 안중근을 비난했다.

"왜병은 우리 의병을 사로잡으면 처참하게 살해한다. 우리도 왜병을 죽이려고 이 고생인데, 기껏 사로잡은 놈들을 살려 보낸다면 도대체 우리의 사명은 무엇이냐! 포로들을 죽여야만 했다."

안중근이 답했다.

"그렇지 않다. 진실로 그렇지 않다. 적들이 그렇게 모진 폭행을 자행하는 것은 하늘과 사람을 다 함께 노하게 하는 짓이다. 그런데 우리까지 저들과 같은 야만적인 행동을 해야만 하겠는가? 또 그대들은 일본의 4천만 인구를 모두 죽인 다음에 국권을 회복하려고 하는가? 적을 알고 나를 알면 백 번 싸워 백 번 모두 이길 수 있다. 지금 우리는 약하고 적은 강하니 악전고투를 할 수밖에 없다. 따라서 충성된 행동과 의로운 거사로 이토의 포악한 정략을 성토하여 만국에 알린 뒤, 열강의 호응을 얻어야 우리의 한을 풀고 국권을 회복할 수 있을 것이다. 이것이 바로 약한 것으로 강한 것을 물리치고, 어진 것으로 악한 것에 대적한다는 뜻이다. 그대들이 더는 여러 말 하지 말았으면 한다."

막무가내식 싸움을 추구하는 엄인섭이 들어보니 무슨 귀신 씻나락 까먹는 소리였다. 그 자리에서 안중근에게 의절 선언을 하고 부하들을 재촉해 연추로 회군하였다. 이리하여 의병의 반이 뚝 잘

려나갔다. 심지어 안중근 직속의 영장 중에도 떠나는 이가 나왔다. 자중지란(自中之亂)이었다.

내우는 으레 외환까지 동반하기 마련이었다. 이번에는 포로 석방으로 의병 부대의 위치가 알려지면서 일본군의 기습 공격을 받게 되었다. 그게 바로 회령의 영산 전투였다. 결과는 의병의 대패였다. 이후 안중근은 12일 동안 단지 두 끼 요기로 버티면서 우덕순을 비롯하여 서너 명만이 구사일생으로 돌아올 수 있었다. 하도 몸이 말라서 사람들이 알아볼 수 없을 정도였다. 포로 석방으로 인해 주위의 눈총까지 따가웠다. 그러나 포로 석방에 자기 확신을 지닌 안중근은 의병 부대 재건에 나섰다. 돌아오느니 비웃음밖에 없었다. 포로를 석방한 의병장에게 의병과 군자금이 결국 등을 돌렸다. 안중근은 좌절감을 느꼈다. 하지만 조국과 민족은 물론, 동양 평화를 포기하기에는 아직 젊은 나이였다. 이듬해 단지동맹으로 다시 의기를 돋운 뒤 결국은 하얼빈행 열차에 몸을 실었다.

하얼빈 의거에 고무된 역전의 의병장들은 역량을 총 결집하여 의병 투쟁을 전개하고자 13도 의군을 결성했다. 1910년 6월의 일이었다. 최고 지도자인 도총재(道總裁)는 의병의 시초인 유인석이 추대되었다. 그러나 의군이 본격적인 활약을 펼치기도 전에 국권이 먼저 강탈되었다. 끝내 의병은 이리저리 흩어지고 말았다. 이리하여 유인석은 조선 말기 의병의 시작이자 끝이 되었다.

어둠이 짙어졌다. 그제야 시계를 본 엄인섭이 서두르는 기색을 보였다.

"중근 동생의 얘기를 다 하자면 어디 오늘 밤이 길겠는가? 여러분도 피곤할 테고 나도 내일부터 본격적으로 입씨름을 하려면 미리 대비해야지. 그만 일어나겠네."

바깥은 아무르만의 바닷바람이 비탈진 신한촌을 향해 마구 불어 댔다. 얼마간 내린 눈은 바람에 날려 구석진 곳에 몰려 있었다. 엄인섭은 합숙소를 나섰다. 서울 거리를 오르면서 세심하게 주위를 살피고 가끔 뒤도 흘끔흘끔 돌아본다. 행여 미행을 경계하는 눈치였다. 신한촌을 벗어난 엄인섭이 어떤 외진 곳에 다다랐을 때였다.

"많이 늦으셨군요?"

어둠 속에서 사내 하나가 불쑥 모습을 드러냈다. 조선말에 조선 사람이었다. 한데 차림은 엄인섭과 마찬가지로 허벅지까지 내려오는 검정 덧저고리의 루바슈카였다. 콧수염에 허옇게 성에가 얼어붙은 것으로 미뤄 사내는 바깥에서 오래 기다린 듯했다. 그 때문인지 목소리에 신경질이 묻어났다. 엄인섭이 가볍게 받았다.

"그들을 좀 더 안심시키느라 그리되었네."

"따라오시지요."

사내를 따라 엄인섭은 옛적 개척리 근처의 바닷가로 나갔다. 이윽고 횟집 구석진 방으로 들어서자 거기에도 엄인섭을 기다리는 사람이 있었다. 뜻밖에도 블라디보스토크 총영사관의 고등 경찰인 기토였다. 오래 기다린 탓인지 처음에는 표정이 실쭉했다. 그러나 엄인섭과 단둘이서 러시아어로 몇 마디 섞자마자 기토는 입이 귀에 걸렸다. 마치 대단한 손님이라도 맞은 양 공손히 술까지 따랐다. 한때 안중근의 의형이자 최재형의 생질로서 독립운동의 중견인 엄인섭! 그는 블라디보스토크 영사관의 밀정이었다.

1월도 하루를 남겨 둔 30일이었다. 큰길을 살피던 윤준희는 다시 합숙소로 돌아왔다. 표정이 어두웠다. 몇 번째 들락거리는지 몰랐다. 무기 구입을 결판내려고 나간 임국정이 아직 돌아오지 않았던 때문이다. 벌써 사흘째였다. 계약금을 고려해서 큰돈을 지니고 간 것도 윤준희의 불안감을 부채질했다. 한데 다행히 이날 임국정이 돌아왔다. 밝은 얼굴이었다. 동행했던 엄인섭도 함께했다. 두 사람은 저 멀리 국경 지대에 있는 동녕까지 다녀오는 길이었다. 하마나하고 애타게 기다리던 윤준희는 엄인섭을 얼마간 의심했던 자신의 속단이 부끄러워 한층 반가이 맞았다. 임국정의 환한 얼굴은 역시 기대를 저버리지 않았다.

"우리 형님이 힘을 쓴 덕택에 무기 계약이 원만히 성사되었습니다. 거래 상대는 백위군의 무기고 책임자인데 사령부 소속의 대위더군요. 우선 소총 1천 자루에다 탄약 1백 상자, 그리고 기관총 십 문을 계약했습니다."

"우와!"

최봉설과 한상호가 동시에 팔을 치킨다. 두 청년은 서로 손바닥까지 마주친다. 윤준희는 주먹을 불끈 쥐었다. 붉게 상기된 얼굴에는 환희의 기색이 뚜렷했다. 흐뭇한 표정으로 동지들을 일별하던 임국정이 구체적으로 보고했다.

"그 정도면 당장 독립군 1천 명은 무장할 수 있습니다. 형님이 돈을 자꾸 깎는 바람에 일정이 더 늦어졌는데, 그 덕에 거래 조건을 한층 유리하게 이끌 수 있었어요. 구매 총액이 3만 2천 원인데 계약금을 원해 1만 원을 먼저 지급했습니다. 무기는 31일, 그러니까 내일 밤 군용차로 아무르만의 빙판을 건넌 뒤 훈춘 국경 지대까지 수송해 주겠다고 약속했어요."

만족할 만한 거래였다. 그 정도면 무기 인수인계 조건도 훌륭했다. 흥분으로 들떴던 윤준희는 갑자기 마음이 급해졌다. 당장 내일 밤에 무기를 인수하려면 운반 인원이 여럿 필요한 때문이었다. 한데 알고 보면 임국정의 보고는 단지 엄인섭의 말을 앵무새처럼 반복한 데 불과했다. 임국정이 사령부 대위와 뭔가 체결한 것은 사실이었다. 그러나 러시아 글과 말을 전혀 모르니 그대로 눈 뜬 봉사였다. 엄인섭이 계약 서류라고 하니 그대로 믿을 수밖에 없었다. 일의 성격상 통역을 따로 둘 형편도 못 되었다. 윤준희는 엄인섭이 여러모로 고마웠다. 장차 기댈 언덕이 생긴 것도 큰 소득이었다.

"선생님, 약소합니다. 사례금이라고 생각지 마시고 저희 성의로 받아 주십시오."

봉투를 본 엄인섭은 언뜻 눈까지 부라렸다.

"내가 말하지 않던가? 최선을 다하겠다고. 이 돈 때문에 자네들은 목숨까지 걸었는데 내가 뭘 했다고 돈을 받겠는가? 진심을 몰라주고 이럴 테면 다시는 나를 찾지 말게!"

거물 밀정다운 위장술이었다. 윤준희는 가슴이 먹먹했다. 얼굴 가득 부끄러운 빛을 띠고 고개를 숙였다.

"그건 그렇고 내가 부탁할 일이 하나 있는데…."

당당하던 엄인섭이 왠지 쭈뼛쭈뼛했다.

"말씀하십시오."

윤준희가 잔잔한 미소를 띠며 답했다.

"그럼 염치 불고하고 얘기하지. 나도 오랜 세월 관여해 왔지만 사실 여기 연해주는 독립운동을 펼치기에는 취약한 곳이야. 당국의 탄압이 심한 데다 또·혁명 뒤부터는 아예 왜놈 군대가 쳐들어와 설치는 지역이 아닌가? 한데 지난 만세 운동 뒤부터 조선 청년들의 의식이 확 바뀌었어요. 평화적으로 안 되면 전쟁밖에 없다는 식으로 말이지. 아마 자네들도 '적의 적은 우리 편이다.'란 말을 들어봤을 거야. 무슨 뜻이냐 하면, 단지 왜놈과 싸운다는 이유 하나만으로 러시아 혁명군에 가담하는 조선 청년이 많아요. 그들은 혁명 세력의 무슨 주의 주장이나 토지 분배 약속과는 별개로 오직 조국의 독립을 위해서 왜놈들과 싸우는 중이야."

설명이 조금 장황했다. 엄인섭은 목소리를 가다듬은 뒤 말을 이었다.

"상황이 그러함에도 과격파 소리를 듣는 혁명군에 몸담기는 싫고, 독립을 위해 왜놈과는 싸워야겠다는 조선 젊은이들이 의외로 많아요. 따라서 혁명군에 참가하는 것보다 훨씬 환경이 열악한데, 굳이 따지자면 연해주 독립군이나 유격대쯤 되겠지. 이들은 지금 총이 모자라서 제대로 싸움다운 싸움을 못 하고 있어요. 그래서 내가 부탁하고 싶은 것은 다름 아닌 총일세. 여러분도 힘들게 구매한다는 것은 알지만, 장차 형편 봐서 우리에게 조금만 지원을 해줘도 큰 힘이 될 거란 얘기야."

임인섭의 부탁은 불과 얼마 전의 철혈광복단 처지를 떠올리게 했다. 윤준희는 따로 생각하는 법도 없이 흔쾌히 답했다.

"난 또 무슨 말씀이시라고? 당연히 드려야지요. 비록 구매는 저희가 하지만 어차피 독립군 손에 다 건너갈 물건입니다. 더군다나 선생님께서 이토록 애를 써 주시는데 여부가 있겠습니까? 그래도 제 마음대로는 할 수 없으니 의논해서 좋은 소식을 드리도록 하겠습니다."

"갑자기 만석꾼이 된 기분입니다."

최봉설이 불쑥 한마디 던졌다. 모두 표정이 흐뭇했다.

"여러분, 고맙소. 정말 장하고 듬직하구먼. 분명 안 의사도 지금 하늘나라에서 크게 기꺼워하고 있을 걸세."

거물 밀정이 펼치는 위장술의 연속이며 비정한 농락이었다. 어쩌면 돈을 노리거나 밀정 행각이 탄로 났을 때를 대비하는지도 몰랐다.

이즈음 블라디보스토크 시내에 있는 일본 총영사관의 별실에서는 사내 단둘이 밀담을 나누고 있었다. 한 사람은 고등 경찰 기토였고, 눈이 쭉 찢어진 사내는 뜻밖에도 총독부의 마루야마였다. 총독의 충견은 귀한 수달피 모자를 쓰고 있었다.

"정말 선배님의 수완은 따를 자가 없어요. 은행 돈을 강탈한 도적놈들 때문에 용정 영사관은 물론이고 우리 경무국에서도 속만 끓이고 있었는데, 선배님은 가만히 앉아서 범인들의 동향을 손바닥 들여다보듯이 하고 있었으니 말입니다. 고등 경찰로서는 최고예요, 최고!"

엄지손가락을 치켜세우며 마루야마는 칭찬 일색이었다. 그런 마루야마는 은행 돈 사건과 관련하여 미리 귀띔을 받고 출장을 왔다. 내심 크게 기대한 것은 아니었다. 그런데 막상 와서 보니 명성이 자자한 경찰 기토가 사건의 열쇠를 쥐고 있는 게 아닌가. 자다가 떡이 생긴 마루야마는 신이 났다. 해외에서 대형 사건을 해결한 뒤 총독부로 금의환향하는 자신의 모습은 상상만 해도 꿈같았다.

"과찬에 몸 둘 바를 모르겠습니다. 다행히 범인들이 제 담당 속으로 기어들었기에 망정이지 다른 곳으로 줄행랑을 놓았더라면 전들 무슨 방법이 있겠어요?"

기토가 제법 겸양을 떨었다. 어찌 보면 지나친 저자세였다. 기토는 만세 운동 뒤 단행된 조선총독부의 인사이동에 촉각을 곤두세웠다. 비록 근무지는 아니라도 원소속이 조선총독부인 까닭이었다. 정보의 중요성을 하늘보다 더 믿는 기토는 경무국 사정을 정탐했다. 그 결과 신임 총독의 총애에다 간도 선인 특별부장까지 맡은 마루야마가 실세임을 알아챘다. 실세는 음모가로서 자신과 성향까지 비슷했다. 마침 기토는 최고급 정보를 손에 쥐고 있었다. 거물 밀정인 엄인섭이 물어온 것이었다. 최고급 정보니만큼 기토는 미리 최대한의 실속을 챙겨둘 필요성을 느꼈다. 숙고 끝에 경무국의 실세인 마루야마에게 슬쩍 정보를 귀띔했다. 역시 예상대로 마루야마는 만사를 제쳐놓고 블라디보스토크로 달려왔다.

"저들 불령선인을 정탐하는 선배님의 재능은 정말 일품입니다. 그동안 쌓은 실적이 만만찮은 거로 아는데 무슨 특별한 비결이 따로 있지요? 정말 궁금해서 묻는 겁니다. 저한테만 살짝 가르쳐 주시지요."

음모가인 마루야마의 은근한 물음에 기토는 겸양의 뜻으로 손부터 내저었다. 그러다 제법 비밀이라도 전수하는 듯 말했다.

"비결은 무슨…. 그래도 나름대로 정한 원칙이 있다면 유능한 조선 정보원을 선발해서 그들을 적절히 활용하는 것이지요. 저는 다만 뒤에서 물어 온 정보의 진위를 규명한 뒤 분석하고 대처하는 정도입니다. 세상에 돈 싫어하는 사람은 없더군요. 허허허."

"엄인섭이라는 거물은 또 어떻게 포섭했습니까? 전력만 따진다면 보통내기가 아니던데요."

기토는 잠시 망설이는 눈치였다. 그러다 이왕 자신의 속까지 다 내보인다며 털어놓았다.

"그자는 제게 든든한 밑천입니다. 한데 사실을 말하자면 제가 여기 근무하기 전에 제 발로 찾아와서 정보원을 자청했다더군요. 당시 내막은 저도 잘 모르고 또 새삼스레 묻기도 뭣해 그냥 묻어 두었지요. 굳이 알아봐야 돈 냄새밖에 더 풍기겠어요? 방금 말했듯이 저는 정보원을 적절히 활용하는 것이 관건입니다. 엄인섭은 저하고 벌써 십 년이나 손발을 맞추었는데도 무뢰한인들은 아직 깜깜한 상태지요. 그만하면 제법 관리를 잘한 셈 아닌가요? 허허허."

마루야마는 놀랍다는 뜻으로 머리를 내둘렀다. 장장 10여 년 동안 정보원을 잘 관리한 자도 대단하지만, 꼬리를 밟히지 않고 첩자 노릇을 한 자도 타고났기 때문이다.

"행여 그런 사람이 변절하면 우리 쪽 타격이 클 텐데?"

"아마 자기가 죽기 전에는 힘들 겁니다. 술은 그다지 즐기지 않아도 여자와 잡기에는 환장한 사람이지요. 남을 속이는 게 천성인지 카드도 잘 치고 여자관계는 하도 문란해서 그만 뒷조사를 중단한 상태지요. 한마디로 돈맛을 제대로 알고 또 목돈이 늘 필요한 사람입니다. 그래서 저도 거물 대접을 하지요. 다른 정보원처럼 고정급을 주는 게 아니라 정보의 가치에 따라 돈의 액수도 천양지차지요. 그래야만 더 환장해서 덤빌 거 아닙니까?"

기토는 제법 어깨를 으쓱한 뒤 말을 이었다.

"제가 엄인섭에 대해서 나름대로 분석을 해봤습니다. 젊은 시절에 폭도 대장으로 나선 것은 어떤 확고한 신념에 의해서라기보다 일시적인 영웅심의 발로가 아닌가 싶더군요. 한데 그조차 의형제를 맺었던 사람에게 함빡 쏠려 버리니까, 어떤 심리적 허탈감에 빠진 거지요. 우리 이토 공을 암살한 안중근이 조선인들에게는 우상 아닙니까? 더구나 음모의 바탕인 이곳에서는 그대로 영웅 대접을 받지요. 반대로 엄인섭은 더 방탕하고 일시적인 쾌락에 빠져드는 겁니다. 의형제라도 원래부터 그릇이 달랐던 거지요."

말을 맺은 기토는 언뜻 자신의 실수를 깨달았는지 마루야마의 눈치를 살폈다. 자기도 모르게 그릇 운운하며 안중근을 띄운 까닭이었다. 마루야마는 애써 못 들은 척하며 화제를 돌렸다. 그동안 다소 헤프던 표정이 눈으로 모였다.

"내일 새벽에 헌병이 출동하면 범인들도 완강히 저항할 텐데… 우리 쪽도 다소간의 위험부담은 각오해야겠군요."

고등 경찰 기토는 그게 무슨 말이냐는 듯 고개부터 저었다.

"그건 걱정 않으셔도 됩니다. 몰랐으면 모르되 이쪽에서 만반의 준비를 하고 덮치는데 위험 부담이라니요? 엄인섭의 손아귀에서 놀아나는 자가 있는데 평소 저를 무척 경계하는 편이지요. 그자를 이용하면 아마 방금 말씀하신 문제는 잘 풀리지 싶습니다."

묘한 미소와 함께 벽시계를 쳐다보던 기토가 자리에서 일어서며 말했다.

"벌써 엄인섭과 약속한 시각이 다 되었군요. 러시아 당국과도 이미 교섭을 해두었습니다. 살인 강도범을 체포하는 현장에 저들도 입회시켜야만 뒷말이 없지 않겠어요? 우리 사무관님은 말 그대로 굿이나 보고 떡만 자시면 됩니다. 다녀와서 또 보고 드리지요."

밤이 되었다. 다음날의 무기 인수 문제를 협의하기 위해 임국정이 외출을 서두르는데 문득 김하석이 찾아왔다. 방금 한걱정을 하던 단원들은 오늘따라 조력자의 방문이 한층 반가웠다. 김하석은 방금 엄인섭을 만나고 오는 길이었다. 무기 구매와 관련하여 단원들에게 축하를 표했다. 말뿐이 아니었다. 김하석은 품속에 축하주까지 챙겨왔다. 독한 보드카가 두 병이나 되었다.

술잔이 두어 순배 돈 뒤였다. 무기 인수와 관련하여 임국정이 김하석에게 지원을 요청했다. 꾸지람부터 돌아왔다. 당연한 일을 가지고 말을 빙빙 돌린다는 것이었다. 한데 그런 김하석도 나름의 임무를 띠고 합숙소를 방문했다.

"축하도 축하지만 나도 부탁할 일이 있어서 왔네. 이제 러시아 내전이 어지간히 승패가 드러나는데도 왜병이 물러가지 않아서 골칫거리야. 그래서 우리 청년들이 왜놈 병영에다 철병을 촉구하는 선전 전단을 뿌리기로 했네. 쇠뿔도 단김에 빼랬다고, 말이 난 김에 오늘 밤중에 해치우기로 작정했어.”

김하석이 술잔을 돌리자 윤준희는 점잖게 거절했다.

“저는 약주로 끝냈으면 하는데…. 많이 마시면 망주(妄酒)라는 말도 있지 않습니까?”

임국정이 대신 술잔을 받았다. 술병을 기울이면서 김하석이 뒷말을 이었다.

“그 일 때문에 권총과 수류탄을 좀 빌렸으면 하네. 아무래도 위험이 따르는 만큼 호신용 무기 정도는 지녀야 하지 않겠나? 갑자기 구하려니 부탁할 곳이 마땅찮아서 축하도 할 겸 겸사겸사 걸음했네. 이곳 신한촌은 러시아 군인들이 지키고 있으니 별 탈이야 있겠나?”

“몸은 둘째 치고 돈 때문에라도 우리한테 무기가 있어야만 합니다.”

한상호의 기색이 단호했다. 곧바로 최봉설이 친구를 거들었다.

“내일 무기 인수 때문에 우리도 권총이 더 필요합니다.”

“당장 오늘 밤에 필요해서 엄 선생과 의논하고 이리로 온 걸세. 늦어도 내일 오전 중에는 돌려주겠네.”

“우리가 도움받은 것에 비하면 큰 부탁도 아니니 빌려줍시다. 설마 오늘 저녁에 무슨 일이 생기겠어요?”

임국정이었다. 속으로 절충안을 마련한 윤준희가 김하석을 향했다.

“오죽 급하면 저희한테 왔겠습니까? 하지만 우리도 맨손은 곤란하니까 제 권총은 빼고 나머지는 모두 빌려 드리지요. 내일은 꼭 돌려주십시오."

"여부가 있겠나? 어쨌든 고맙네. 내일 권총이 더 필요하면 내가 따로 수소문해 보겠네. 이제 오늘 밤 거사 때문에라도 나는 그만 가봐야겠어."

오늘따라 합숙소에는 밤에 손님이 찾아왔다. 초저녁에 김하석이 다녀가더니 밤늦게는 나일(羅一)이 다시 놀러 왔다. 용정에서 단원들과도 무던하게 지내던 청년이었다. 며칠 전에 간호사 수업을 받으려는 여성들과 함께 신한촌에 왔는데, 호송대 사건 뒤의 간도 형편도 그때 나일이 전해 주어서 소상히 알 수 있었다.

용정의 일제 영사관 경찰은 와룽동을 급습한 뒤 최봉설 가족을 체포해 갔으며, 의란구의 김 포수 산막도 수색을 당했다는 비통한 소식이었다. 다행히 김 포수는 처가를 가는 바람에 화를 면할 수 있었다. 그날 나일이 준비한 술을 마시고 대취한 최봉설은 결국 황소 영각 켜는 듯한 울음을 내놓았다. 이제 단원들이 블라디보스토크에 온 지도 그럭저럭 이십 일이 흘렀다. 달이 밝았다. 보름달을 보려면 아직 닷새는 더 기다려야 했다. 지인이 방문하여 나눌 얘기는 많지만, 다음날의 무기 인수를 위해 단원들은 자정 전에 잠자리에 들었다. 나일도 합숙소에서 함께 잤다.

1월의 마지막 날인 31일이었다. 새벽 3시 경이었다.

컹, 커엉, 컹…

신한촌의 임 참봉 집 주위에서 개 짖는 소리가 요란했다. 아직 한밤중인데 난데없이 차와 오토바이 소리까지 들렸다.

"빨리빨리 일어나! 뭔가 심상찮다."

개 짖는 소리에 얼핏 잠이 깬 최봉설이 동지들을 바삐 깨운다. 그러나 만반의 준비를 하고 출동한 일제 헌병이었다. 소대 병력이 잽싸게 임 참봉 집을 포위했다. 소대장을 조종하는 자는 영사관의 고등 경찰 기토였다. 마침내 단원들에 대한 체포 작전이 전개된 것이다. 최봉설은 어디서 일이 꼬였는지, 출동 병력의 숫자는 어느 정도인지 가늠할 틈도 없었다. 동지들을 바삐 깨우는데 벌써 정주 간 복도로 헌병들이 들이닥쳤다. 손전등 불빛이 온 방을 헤집고 다닌다. 언뜻 총부리도 불빛에 드러난다. 헌병의 숫자는 금방 불어났다. 웬일인지 윤준희한테 먼저 집중되었다. 윤준희는 권총을 꺼내자마자 제압당했다. 절망적이었다.

'내가 유인하겠다. 체포당하면 개죽음이다. 그럼 동지들! 안녕히….'

최봉설이었다. 그는 순간적으로 판단했다. 망설임은 일망타진이다. 내가 나선다. 내가 죽어 동지들이 산다면 떳떳이 그 길을 가리라. 최봉설은 온몸에 기운을 불어넣었다. 내복과 양말 차림의 몸이 부풀어 오르는 듯했다. 앞으로 다가드는 헌병의 면상에 그대로 주먹을 날린다. 옆에 서 있는 헌병은 아랫도리 급소에다 발을 내질렀다. 비명은 동시에 터져 올랐다. 최봉설은 뒷문을 발길로 냅다 걷어찼다.

쿠당탕탕탕….

문밖에는 장총을 짚은 헌병 둘이 조금은 방심한 채로 서 있었다. 느닷없이 문짝이 날아갈 듯한 서슬에 헌병들은 기함했다. 총을 겨누고 자시고 할 겨를도 없었다. 최봉설도 바깥 동정에는 백지

상태였다. 문 앞의 헌병이 눈에 들자 뛰쳐나가는 반동 그대로 둘의 목을 양팔에 감고 날았다. 용수철이나 다름없었다. 무관 학교에서 익힌 솜씨가 십분 발휘되는 순간이었다. 최봉설이 다시 오뚝이처럼 잽싸게 몸을 일으킨다. 마당에도 헌병들이 웅기중기 서 있었다. 최봉설은 바다 쪽으로 가로놓인 큰길부터 쳐다봤다. 차와 오토바이가 들이닥치는 중이었다. 비탈 쪽은 위험했다. 최봉설은 반대편 담장 쪽으로 몸을 날렸다. 비호가 따로 없었다. 초인적인 힘이었다. 눈 깜짝할 사이에 벌어진 일이었다.

"이놈들아, 날 잡아 봐라!"

최봉설은 남의 집 담장을 계속 타고 넘는다. 판자를 잇대서 짠 나무 담장이었다. 집이 다닥다닥 붙은 탓에 다음 큰길까지 가려면 담장을 여럿 넘어야 했다. 더구나 비탈이었다. 씻은 듯한 새벽 달빛이 교교했다.

탕, 타앙, 탕…

마침내 헌병들이 마구잡이식 총질을 해댄다. 집중 사격이었다. 그래도 최봉설은 훌쩍훌쩍 담장을 잘도 타고넘는다. 날다람쥐가 따로 없었다. 큰길까지는 이제 마지막 담장이었다.

"아악!"

끝내는 무사하지 못했다. 최봉설의 오른쪽 어깨에 총알이 파고들었다. 극심한 고통이 머리를 뚫는다. 솜 넣은 내복에 불길이 인다. 최봉설은 큰길 눈밭에 드러누워 불을 껐다. 피가 내복을 흥건하게 적셨다. 부상으로 인해 주춤한 것도 잠시였다. 이내 큰길을 내달았다. 골목이 나오자 바다 쪽을 향했다. 모든 일은 순간순간의 판단에 맡겼다. 어금니를 꾸욱 앙다물었다. 죽어도 뛰다가 죽는다. 내 한 발자국은 동지들이 몸을 피하는 데 필요한 한 발자국이다. 동지들이 무사해야 할 텐데. 최봉설은 헛되이 개죽음을 당하기는 싫었다. 붙잡혀서 왜놈에게 치욕을 당하는 건 개죽음보다 더욱 싫었다. 다시 젖 먹던 힘을 다해 뛰었다. 총소리가 차차 멀어진다. 최봉설은 비탈진 언덕을 다 뛰어내렸다. 이제 바다였다. 얼어붙은 아무르만이었다. 육지는 40여 리 바다 저편에 있었다. 빙판 위의 먼 길이었다. 붙잡히지 않으려면 방법은 하나밖에 없었다. 강을 건너야만 했다. 망설임은 그대로 개죽음 아니면 체포였다. 칼날 같은 새벽바람이 바다 위를 거침없이 휩쓸었다.

최봉설은 빙판 위를 뛰었다. 양말로 전해지는 한기가 그대로 뼈를 얼린다. 부상 부위를 감싼 왼손은 피범벅이었다. 뒤따르는 헌병은 없었다. 혼자 된 단원은 무의식적으로 뛰었다. 절반쯤이나 왔을까, 이번에는 다른 복병이 길을 막았다. 걸음을 계속 옮길 수가 없었다. 바닷물이었다. 얼지 않은 바닷물이 저만큼에서 넘실거렸다. 최봉설은 그 자리에 털썩 주저앉았다. 피를 너무 많이 흘렸는지 머리가 가물거린다. 달아나려는 의식을 붙잡고 옷을 찢어 지혈부터 했다. 동지들의 생사가 머리를 어지럽힌다. 눈물이, 피눈물이 볼을 타고 흐른다.

'여기 가만히 있다가는 어차피 죽는다. 왜놈들을 다시 만나면 혀를 깨물더라도 되돌아갈 수밖에 없다.'

나아갈 길이 끊긴 최봉설은 기껏 도망쳐 나온 곳으로 다시 발길을 돌렸다. 이우는 달빛이 야속했다. 어스름한 공간에 신한촌이

저만큼 다가왔다. 닭이 연달아 홰를 치며 새벽을 잦추었다. 최봉
설은 마을 언저리에서 동정부터 살폈다. 개들이 짖어 대는 신한촌
은 여전히 어수선했다. 합숙소 접근은 꿈도 못 꿀 형편이었다. 갈
곳이 없었다. 문득 채성하의 여관이 떠올랐다. 블라디보스토크에
도착한 날 처음 숙박한 곳이었다. 이제 다른 길은 없었다. 가물거
리는 의식을 붙잡고 여관에 이르렀다. 가까스로 문을 두드린 뒤 기
어코 혼절했다. 한편 합숙소의 네 사람은 모두 오랏줄에 결박당했
다. 합숙소 손님인 나일도 오랏줄에 묶였다. 결국, 최봉설만 용케
도주한 셈이었다.

고등 경찰 기토의 관심은 오직 철궤로 쏠렸다. 서둘러 철궤부터
열어젖힌다. 현금이 빼곡히 쌓여 있었다. 12만 원이 훨씬 넘는 거
액이었다. 철궤 속에는 현금 외에 서류가 있었다. 그동안의 행적
을 날마다 기록한 일지도 보였다. 움직일 수 없는 증거였다. 두 명
의 러시아 경찰이 출동 상황을 계속 지켜보고 있었다. 입회인 자격
이었다.

"동지들! 미안하다. 정말 미안하다. 모두가 내 불찰이다."

윤준희의 얼굴은 온통 눈물로 얼룩졌다.

반격할 총이 없을 때 임국정의 머릿속은 일순간 섬광이 번쩍했
다. 직감으로 자신의 실수를 통감했던 것이다. 다만 엄인섭인지,
아니면 김하석인지 당장은 알 수가 없었다. 어쩌면 둘이 공모했는
지도 모를 일이었다.

"한번 믿은 사람을 끝까지 믿은 것이 내 죄다. 인간의 탈을 쓰고
어찌 이럴 수가 있는가! 내가 모든 일을 망쳤다. 나는 이제 독립군

에게 씻을 수 없는 죄인이 되었다. 동지들! 부디 나를 용서하지 마시오."

임국정의 울부짖음은 처절했다. 올가미에 갇힌 맹수의 포효였다. 피가 배어나도록 입술을 앙다문 한상호는 말 한마디 없었다. 결박을 당하면서도 눈을 부릅뜨고 돈이 든 철궤로 한사코 기어간다. 헌병이 막아선다. 소용없었다. 군홧발이 막내 단원의 손을 짓이긴다. 소용없었다. 개머리판이 새신랑 될 청년의 등에 내리꽂힌다. 한상호의 얼굴은 온통 눈물로 번질거린다.

헌병이 돈뭉치를 쓸어 담는다. 단원들의 꿈이 쓸어 담긴다. 독립군을 무장시키겠다던 염원이 바닷바람에 흩어진다. 아무르만의 무심한 갈매기가 끼룩끼룩 울어댄다. 단원들은 침통한 얼굴로 눈물을 흩뿌린다. 체포당한 것이 억울해서 흘리는 눈물이 아니었다. 끝마무리를 못 한 데 대한 회한 덩어리의 소리 없는 통곡이었다. 추운 시베리아 땅에 오래도록 남을 그런 통곡이었다.

3. 신흥 무관 학교

합니하(哈泥河)의 신흥 무관 학교는 오지 중의 오지에 둥지를 틀었다. 인근의 도시는 서간도의 통화였다. 통화에서 두메의 신흥 무관 학교를 가려면 북쪽으로 길을 잡아야 했다. 큰길을 벗어나 한참 걷다 보면 무인지경의 깊은 산중을 지나게 되고, 어쩌다 널따란 벌판이 눈을 시원스레 틔워주기도 했다. 하지만 그것도 잠시, 다시 길은 첩첩산중으로 접어들었다. 백두산 자락에서도 저만큼 밀려나긴 해도 아름드리 장송의 밀림은 어느 태산준령에 못지않았다. 그렇게 통화에서 백 리를 좋게 가면 오랜만에 다시 눈앞이 탁 트였다. 두메산골에 이런 데가 있나 싶을 정도로 널따랗게 펼쳐진 들판이었다. 들판 언덕은 강줄기가 빙 둘러서 흘러갔다. 또 들판의 바깥 저편으로는 우뚝우뚝한 산과 함께 울창한 밀림이 한 폭의 병풍을 연상케 했다.

그런 들판의 천연적 요새에 신흥 무관 학교가 둥지를 틀었다. 연병장을 반 바퀴 두르는 강물은 마치 해자(垓字)를 연상케 했다. 해자는 그 옛날 적의 침입을 막기 위해 성 밖으로 둘러 판 못을 일컫는 말이었다. 북쪽 언덕을 따라 오밀조밀하게 들어선 시설은 학교 건물이었다. 조선 청년은 이곳에서 예기를 한층 다듬은 뒤 만주

벌의 동량으로 거듭났다. 만약 손자병법을 쓴 손자(孫子)가 여기에 들렀더라면 먼저 감탄사부터 쏟아냈을 터였다. 그리고 모르긴 해도 손자병법의 지형편(地形編)은 내용을 달리하거나 한결 심오해졌을 것이다. 그만큼 들판은 자연이 만든 군사적 요새였다.

그런 합니하의 신흥 무관 학교가 지금은 분교로 바뀌었다. 이 역시 만세 운동의 영향이었다. 만세 운동에 고무된 조선 땅의 청년들은 이제 무력 항쟁의 선봉이 되려고 강을 건너뛰어 신흥으로 몰려들었다. 개교 때부터 꾸준한 만주와 연해주의 청년은 말할 것도 없었다. 학교 관계자들은 머리를 맞댄 후 시급한 확장에 의견을 같이했다. 결국, 학교 본부는 유하현 고산자(孤山子) 부근인 하동(河東) 대두자(大肚子)로 옮겨갔다. 교통도 편리할 뿐만 아니라 조선 사람이 많이 거주하는 곳이었다. 여기에 40여 간(間)의 병영과 수만 평의 연병장이 들어섰다. 기미년 5월의 개교식 때는 학교 이름까지 드러내놓고 신흥 무관 학교로 개칭했다. 뿐만이 아니었다. 통화현 쾌대무자(快大茂子)에도 분교를 두어 이제 신흥 무관 학교는 모두 합해 3개나 되었다.

높은 하늘에는 뭇 별들이 총총히 박혔고 대지에 깔린 눈은 희끗 희끗 어둠을 밀어내고 있었다. 연병장 앞으로 흐르는 합니하도 빙판 위에 눈이 편편이 깔린 채 저 아래로 펼쳐졌다. 그로 인해 밤중이지만 시계(視界)는 넓었다.

긴 겨울밤이 제법 이슥할 무렵이었다. 언덕의 기숙사 건물에서 문득 한 청년이 모습을 드러냈다. 언덕에서 곧장 연병장으로 내려오더니 눈을 자박자박 밟으며 강변 쪽으로 걸어왔다. 움직임은 극히 자연스러웠다. 이윽고 청년이 다가간 곳은 강변 위 연병장에 있는 초소였다.

"거기 섯! 군호(軍號)?"

청년의 움직임을 계속 주시하던 보초가 또렷한 목소리로 물었다.

"광개토왕(廣開土王)"

우뚝 걸음을 멈춘 청년이 오늘 군호를 밝혔다. 보초를 안심시키려는 듯 양손을 머리 위로 치킨다. 신원을 확인하려고 다가가던 보초는 흠칫 놀랐다.

"아니, 선배님 아닙니까! 아직 교대 시간이 멀어서 순찰인가 했더니…."

사투리로 보아 보초는 고향이 평안도였다. 북간도에 함경도 사람이 많듯이 압록강 대안인 서간도는 평안도 사람이 흔했다.

"추운데 고생이 많습니다."

기숙사에서 온 청년은 뜻밖에도 강혁이었다.

북간도의 강혁이 통화에 도착한 것은 어젯밤이었다. 강혁은 오늘 아침에 일규가 근무했던 학교부터 들렀다. 북간도 여행 끝에 갑자기 학교를 떠난 일규에 대해 관계자를 만나 심심한 양해를 구했다. 이어 일규의 짐을 간단히 챙기고 볼일까지 더하자 그만 점심때가 훌쩍 지났다. 이제 신흥 본교가 있는 고산자만 가면 강혁의 이번 여행은 끝이 났다. 한데 오늘 본교에 닿으려니 시간이 어정쩡했다. 바쁘게 설쳐도 한밤중에나 도착할까 말까 한 거리였다. 그건 좀 곤란했다. 물론 한적한 밤길이 그다지 내킬 리는 없었다. 그보다는 야간 경계 중인 생도들을 괜히 긴장시키는 게 더 문제였다.

봉천성 유하현은 일찍이 애국지사들이 선정한 독립운동 기지였다. 세월이 흐르면서 기지는 성지(聖地)가 되었다. 그리하여 독립 단체가 있는 길목 요소요소에는 경계가 필요했다. 밀정의 암약도 골칫거리지만 마적 침입도 소홀히 여길 수 없었던 때문이다.

작년 기미년의 일이었다. 만주에서 악명을 떨치는 장강호(長江好) 마적 떼가 밤중에 고산자의 신흥 본교를 기습했다. 딱히 도둑이 탐낼 만한 물품이 있는 것도 아니어서 예상치 못한 일이었다. 한데 교직원과 생도들을 납치해간 것이 문제였다. 마적의 속셈은 뻔했다. 인질과 교환 조건으로 금품을 요구했다.

학교 측이 추구하는 궁극적인 목적은 오직 하나, 독립군 간부를 양성하여 일제와 독립 전쟁을 벌이는 것이었다. 따라서 마적의 행위는 괘씸하기 짝이 없지만, 영양가 없는 싸움으로 그나마 공들여 기른 힘을 분산 내지는 소진할 수 없는 노릇이었다. 게다가 남의 영토에서의 군사적 충돌은 최후의 선택 수단이었다. 그러잖아도 팍팍한 살림의 학교 측은 결국 마적에게 물품을 빼앗기다시피 건네주고 인질을 데려왔다.

경계에 따른 불상사도 간혹 발생했다. 예전에 만해(卍海) 한용운(韓龍雲) 스님이 뜻밖의 총격을 당한 사건이 대표적이었다. 바랑을 진 스님은 대삿갓에다 지팡이를 벗 삼아 만주 방랑길에 표연히 나섰다. 조국을 떠난 동포들의 척박한 삶을 둘러보려는 것이 목적이었다. 만주의 만해 스님이 대견스럽기 짝이 없는 신흥 학교를 그냥 지나칠 리 만무했다. 뿌듯한 마음에 무턱대고 달려와서는 별다른 기별도 하지 않고 학교 길목에서 얼마간 지체했다. 신흥 생도들은 그런 스님이 수상쩍었다. 결국은 조선에서 온 정탐꾼이라 여겨 미행 끝에 그만 총격을 가했다. 천만다행으로 목숨은 건졌지만, 그 뒤부터 스님은 날만 추우면 온통 뼈마디가 쑤시고는 했다. 하마터면 독립운동의 큰 별을 잃을 뻔한 아찔한 사건이었다.

마차도 곧잘 맞아떨어진 데다 바삐 서둔 덕분에 강혁의 휴가는 아직 이틀 정도 여유가 있었다. 따라서 경계 중인 생도에 대한 배려도 배려지만, 굳이 밤중에 무리해가면서 위험 지역을 통과할 이유는 없었다. 강혁이 주머니와 상의해보니 숙박 경비로는 무리였다. 궁리 끝에 가까운 합니하 분교를 찾기로 마음을 정했다. 익숙한 길인 데다 불현듯 학창 시절이 그리움으로 다가왔기 때문이다.

끝도 없는 산중을 지나 드디어 강혁이 모교에 도착한 것은 제법 어둑할 때였다. 당직 교관은 그런 강혁을 크게 환대했다. 뿐만이 아니었다. 교관은 특히 생도들을 모아서 자랑스러운 선배를 소개까지 했다. 보초가 한눈에 강혁을 알아본 것도 그 때문이었다. 보초는 자주색 바탕에 검은 글씨의 '주번' 완장을 팔에 차고 있었다. 20대 후반쯤 되어 보이는 실팍한 사람이었다. 신흥에는 어쩌다 40대의 노년 학생도 없지 않았다.

"아니! 이걸 주려고 추운데 여기까지…."

강혁이 옷 속에 품은 떡을 내밀자 보초는 감격한 몸짓을 보였다.

"통화에서 조금 샀는데 맛만 보세요. 불에 녹였는데 그새 얼음덩이가 되었습니다."

"날씨가 웬만해야지요."

보초는 말 그대로 아닌 밤중에 웬 떡이냐는 듯, 동한 식욕을 이기지 못해 떡 하나를 덥석 베어 물었다. 순간 강혁은 가슴 속이 저릿함을 느꼈다. 그것은 자신의 원이 이제야 풀린 듯한, 말하자면 일종의 대리 만족이었다.

생도 시절에 강혁이 먹는 밥은 시큼한 냄새가 떠돌았다. 거기다 바람이라도 불면 날아갈까 염려스러울 정도로 풀기라고는 없었다. 영양가도 있을 리 만무했다. 중국 지주의 창고 속에 묵힌 채로 있다가 몇 년 만에 햇빛을 보는 좁쌀로 밥을 지었으니 그럴 수밖에 없었다. 명색만 밥에다 반찬은 콩장 하나로 버틴 날이 새털처럼 많았고 또 그조차도 배불리 먹기가 어려웠다. 그런 식단은 교직원도 다를 바 없었다. 배가 등가죽에 달라붙는 밤을 이 초소에서 보내며 강혁은 떡 한 조각에 원을 세우고는 했다. 둥근 보름달이 휘영청할 때면 이태백의 낭만적인 한시보다는 추석 송편이 먼저 연상되었고, 동료와 복초(複哨)라도 서는 날이면 먹는 얘기로 시간을 죽이다가 허기를 더 느낀 경우가 허다했다.

예전부터 신흥 학생은 군사 훈련과 더불어 영농(營農)을 병행했다. 그러나 여러 형편상 경작은 소규모였고 전반적인 경제 문제는 동포들이 성의를 표하는 군자금에 의지했다. 머리 끊고 꼬리 자르니 먹을 것이 없다고, 고작 한 줌밖에 안 되는 군자금을 쪼개고 또 쪼개 쓸 형편이니, 그동안 식탁 사정이 별반 나아졌을 리 없었다. 그것은 고산자의 본교를 보더라도 짐작할 수 있었다. 그래서 강혁은 예전 생도 시절을 생각해 미리 떡을 준비했다가 밤늦게 초소를 찾았다.

"입학한 지 얼마나 됐습니까?"

보초가 자꾸 권하자 떡 한 조각을 베어 물며 강혁이 물었다.

"한 달 남짓 지났으니 이제 반은 부러진 셈이군요. 선배님에 비하면 훈련이라 할 것도 없지요."

보초는 짐승 털로 만든 모자를 고쳐 쓰며 실쭉 웃었다. 3개월 기한의 초등 군사반에 편성된 생도였다. 고산자 본교는 2년제의 고등 군사반으로 고급 간부를 양성하는 것이 목적이었다. 그러나 여러 형편상 기한을 정확히 맞추기는 힘들었다. 강혁은 이곳 합니하에서 2년 남짓 생도 생활을 했다.

"그러면 봄이 오기 전에 졸업이군요. 여기 봄과 가을은 눈이 황홀하다 못해 어지러울 정도로 절경인데 그걸 못 보다니…. 또 여름은 어떤 줄 압니까? 거짓말 조금 보태서 저 아래 강이 물 반에다 고기 반이라 고기 잡는 재미에 푹 빠지다 보면 더위가 언제 지나갔는지 모를 정도지요. 여기서 여름밤에 보초를 서다 보면 불을 켠 고기잡이 뗏목이 강 위에 불야성을 이루고는 했지요. 그게 참말 어제 같은데…. 주번님이 그런 절경을 못 보다니 참으로 아쉽군요."

고생을 겪어도 지난 시절은 아름답다고, 강혁은 손짓까지 해가며 생도 시절을 회상했다. 여름밤의 뗏목 얘기를 하다 보니 강혁은 자연스레 한 폭의 그림이 선연히 떠올랐다. 그것은 커다란 뗏목이었다. 자그마한 움집까지 갖춘 뗏목은 합니하를 떠다니며 심심찮게 밥 짓는 연기를 피워 올리고는 했다. 그러다 가끔은 고국의 압록강을 향해 천천히 떠내려갔다. 그를 지켜보고 있노라면 평화나

낭만 따위의 아름다운 정조는 차라리 뒷전이었다. 빼앗긴 나라를 되찾으려 이국땅에서 훈련 중인 생도라 더 그랬는지는 몰라도 당시의 감정은 슬픔과 아련한 향수 같은 것이었다.

"선배님도 참 모르시네. 아름답지 않은 봄과 장관 아닌 가을 산이 어디 있습니까? 그리고 아무리 절경이기로서니 내 고향 산천보다 더할까요. 왜놈 등쌀에 결국 등지긴 했지만….."

보초가 평범하면서도 날카로운 반격을 하자 강혁은 언뜻 현실로 돌아왔다. 졸업 후 오랜만에 걸음을 한 때문인지 자신도 모르게 감상에 빠져들다가 한 방 먹은 셈이었다. 그렇지만 기분이 상하거나 그러지는 않았다. 구구절절이 옳은 말인 데다 상대는 또 연륜이 쌓인 형뻘이었기 때문이다.

"선배님은 세상에서 가장 얄미운 소리가 뭔 줄 압니까?"

보초는 강혁을 말동무 삼으려는 듯 친근한 목소리로 물었다. 수수께끼는 아닌 듯한데 답은 모호한 질문이었다. 그때 강 위쪽에서 마귀 울음 비슷한 소리가 일더니 이내 칼바람이 휘몰아쳤다. 그게 살을 도려내는 바람이라는 걸 잘 아는 강혁은 얼른 초소 안으로 몸을 디밀었다.

"글쎄, 그게 뭘까요? 남녀노소에 따라 답이 다를 것도 같고….."

강혁이 자신 없는 목소리로 되물었다. 그러자 보초는 씨익 한번 웃은 뒤 두 주먹을 부풀려서 입술 쪽으로 나란히 가져갔다. 그것은 나팔수의 몸짓이었다. 그제야 강혁이 공감한다는 듯 고개를 끄덕였다. 곧바로 보초의 입에서 나팔소리가 울려 나왔다. 경쾌한 가락까지 실려 있었다.

"또 또 따, 또 또 따."

기상을 알리는 나팔 소리였다. 아침이면 어김없이 기숙사에서 단잠에 푹 빠진 강혁을 깨우고는 하던 바로 그 소리였다. 합니하의 신흥 학교는 아침 6시가 되면 나팔수가 기상나팔을 불어제쳤다. 새벽 별이 아직 총총한 혹한의 겨울에도 빈틈없었다. 그때부터 기숙사 생도에게 허용된 시간은 단 3분이었다. 그 안에 침구 정리를 끝내고 각반을 찬 단정한 복장으로 검사장까지 가야만 했다. 인원 점검이 끝나면 보건 체조로 일과가 열렸다. 나팔수 역할을 마친 보초는 이윽고 보충 설명에 들어갔다.

"제게는 참으로 얄미운 소립니다. 기상나팔 소리가 울리면 10분만 더 있다가 불지, 하다못해 딱 5분만 더 있다가 불지 하는 게 매일 아침의 제 소원이었어요. 그런데 단 하루도 제 소원이 이루어진 적이 없었지요. 이 한겨울의 6시는 말이 좋아 아침이지, 사방이 컴컴한 한밤중 아닙니까? 그 시간에 체조라도 할라치면 이게 바로 달밤의 체조인가 싶기도 하고…."

언변 좋은 보초는 얘기를 쉽사리 끝낼 눈치가 아니었다. 마침 심심하던 차에 말동무 삼아 떡값을 벌충하려는 호의까지 지닌 듯했다. 이제 강혁은 잠자리가 간절한데 보초의 족보 있는 늦잠 타령은 계속되었다.

"제 부친은 한때 군역(軍役)에 종사한 분인데 별호(別號)가 호랑이였지요. 그만큼 매사에 엄격했습니다. 한데 저는 매일 아침 호랑이의 포효 속에 깨어나곤 했지요. 당연히 그놈의 늦잠이 말썽이었어요. 천성적으로 저는 아침잠이 많아서 죽기보다 일어나기 싫은

걸 그럼 어떡합니까? 형편이 그렇다 보니 아침 늦잠은 가난 잠이라며, 아침마다 부친이 호통을 칠밖에요."

본인 생각에도 조금 멋쩍은 듯 보초는 뒤통수를 긁적였다.

"그러다가 끝내는 호랑이 부친께서도 제 늦잠에는 손들고 말았어요. 매일 아침을 이런 식으로 보내다가는 마침내 내 명에 못 죽겠다 싶어서, 한번은 큰마음 먹고 부친 앞에 무작정 무릎을 꿇었습니다. 그리고는 통사정을 했지요. 달뜨는 밤중까지 일해도 좋으니, 제발 아침잠만큼은 조금만 더 관용을 베풀어 주십사고 나도 모르게 손까지 싹싹 빌었지요. 처음에는 하도 어이가 없는지 제 얼굴만 멍하니 쳐다보던 부친께서도 결국은 풀썩 웃으시더군요. 그리고는 딱 한 마디 '예끼, 이 잠탱아!'라고 하셨는데 알고 보니 그게 반허락이지 뭡니까? 그때부터 저는 호랑이 담배 피우던 시절이 어떻고 하는 말을 곧이곧대로 받아들였지요. 갑자기 호랑이가 친숙하게 느껴진 거예요. 그러다 장가란 걸 들게 됐습니다. 마누라와 살을 맞대고 살다 보니 이번에는 이 여편네가 밤중에 방정맞게…. 괜히 쓸데없는 얘기를 꺼내 가지고 선배님을 고생시키네. 날씨가 추운데 그만…."

"아니, 견딜 만합니다. 그래서요?"

이불 생각이 간절하던 강혁은 크게 도리질을 했다. 아무래도 남녀, 게다가 밤중의 부부 얘기다 보니 귀가 솔깃해지는 모양이었다. 보초는 궁금한 대목에서 제법 추임새도 넣고 하는 것이 타고난 이야기꾼이었다.

"실없는 얘긴데 이왕 말을 꺼냈으니 마저 하지요. 이 여편네가 밤중에 가끔 저를 집적대는 겁니다. 아침에 늦잠 잘 양반이 벌써 자느냐는 둥 혼잣말로 꿍얼꿍얼하면서 말입니다. 그럴 때는 명색 사내대장부가 별수 있습니까? 마누라 안고 장단을 맞출밖에. 그러다 다시 잠을 청할라치면 제 딴에는 인심 쓴답시고, 신랑 늦잠이 좋은 점도 없지 않다며 제법 칭찬 비슷한 말까지 늘어놓더군요. 한데 거기 곁들이는 말이 더 가관입니다. 원래 늦잠 자는 양반이라 마누라 탓할 사람은 없을 거라며 저 혼자 히죽거리기까지 하는데…."

강혁은 보초의 말투에서도 가족에 대한 진한 애정을 읽을 수 있었다. 비록 가난하게 살았는지는 몰라도 가족 간의 따스한 훈기가 그대로 가슴에 와 닿았다. 유교에서 기본 윤리인 삼강오륜(三綱五倫)의 부자유친이나 부부유별이 뭐 별건가, 화목하면 만사형통이지. 아마 모르긴 해도 보초가 살던 집의 문설주 위에는 귀신을 쫓는 부적 대신에 가화만사성(家和萬事成)이란 글귀가 붙어 있었으리라. 마음이 따스해진 강혁은 그제야 작별인사를 건넸다.

"얘기 잘 들었습니다. 함께 노력하다 보면 좋은 세월이 빨리 오겠지요. 그런데 3개월 정도로 늦잠 버릇이 고쳐질까요? 워낙 아침잠 뿌리가 깊어 놔서."

"제 생각도 그렇습니다만 늦잠의 장점이 없지는 않더군요, 허허허. 아무쪼록 선배님도 몸조심하세요. 그래야만 나라를 위해 오래도록 큰일을 할 것 아닙니까. 그런데 장가는 들었지요? 여편네 얘기를 꺼내기 전에 물어본다는 게 그만…."

그럭저럭 교대 시간도 되어 가는 듯해 강혁은 가벼운 마음으로 보초와 헤어졌다. 연병장을 걷자니 거기서 함께 뒹굴었던 동기들의 얼굴이 언뜻언뜻 스쳤다. 한데 졸업 뒤 만남은 고사하고 근황조차 알지 못하는 얼굴이 수두룩했다. 그러다 일규가 떠오르자 강혁의 마음은 다시 북간도로 훌쩍 날아갔다. 시인은 무사히 북로군정서에 도착했을까? 한상호와 최봉설의 뒷일은? 연병장의 강혁은 언덕 저편의 하늘을 올려다보았다. 국자 모양을 이룬 북두칠성이 밤하늘에 뚜렷이 빛나고 있었다. 거기에 별만큼이나 반짝이는 정란의 눈망울이 떠올랐다.

정란에 대한 여러 불안한 상상으로 순복한테 정인(情人)의 근황을 듣기 전까지의 강혁은 그야말로 참새 가슴이나 다름없었다. 그러나 그것은 한낱 기우에 불과했다. 뿐인가! 이번에는 장래 약속까지 받아냈으니 이보다 더 좋을 수는 없었다. 강혁이 일념으로 겨울을 손꼽아 기다린 데 비하면 사실 이번 재회는 턱없이 짧았다. 그러나 자신을 괴롭히던 갈등도 결국 사라지고 모든 일에 감사하는 마음뿐이었다.

감걸에서 정란과 헤어질 무렵의 정경을 떠올리면 지금도 가슴이 철렁 내려앉았다. 지난여름 뒤부터 하루도 빠짐없이 자신을 달뜨게 했던 파랑새는 끝내 허공으로 날아갈 듯했다. 그대로 아득한 나락이었다. 그랬는데, 아니 그럴 줄만 알았는데 그녀가 몸짓으로 미래를 답할 때의 그 감동이란! 흐드러진 꽃밭을 나는 나비의 황홀함에다 그대로 가슴을 통째로 관통하는 짜릿함이었다.

이윽고 하늘에서 시선을 거둔 강혁은 기숙사로 향하는 언덕길을 올랐다. 땅을 보고 걷자니 이번에는 엄연한 현실이 가슴을 답답하게 만들었다. 막상 정란과 결혼까지 이르려면 거쳐야 할 난관이 한둘이 아닌 까닭이었다. 무엇보다 정란의 부모가, 강혁 자신의 처지를 속속들이 알고도 결혼을 승낙해줄지는 참으로 의문이었다. 더구나 순복의 귀띔에 의하면 정란의 아버지는 그다지 호락호락한 사람이 아닌 것 같았다. 어쨌든 정란에게 언약한 기한은 올 연말이었다.

언덕을 오른 강혁은 주위를 둘러보았다. 자신의 생도 시절에 비하면 무관 학교는 한결 규모도 잡히고 발전된 모습이었다. 도저히 분교라는 사실이 믿어지지 않았다. 잠재의식이 작용한 때문에 더 그런지도 몰랐다. 강혁이 생도 시절 때 지사나 교직원들은 합니하의 신흥 학교를 무슨 보물만큼이나 귀하게 여겼다. 물론 독립군 간부 양성이 목적인 만큼 존재 자체가 귀한 것은 사실이었다. 그러나 신흥 학교가 걸어온 시련의 역사가 없었다면 아마도 그 정도로 애정을 보이기는 어려웠을 터였다.

신흥 학교는 산고(産苦)부터 시작해 이미 어린 나이에 감당하기 어려운 고통을 겪었다. 그래서 초창기의 지독한 시련을 극복하고 무럭무럭 자라는 것이 학교 관계자들에게는 그렇게 가슴 뿌듯할 수가 없었다. 그것은 마치 반듯한 집안의 귀하디귀한 몇 대 독자 아들이 잦은 병치레를 꿋꿋이 이겨내고 어엿한 청년으로 성장한 것만큼이나 대견한 일이었다. 그런 이유로 지사들은 생도에게 학교 역사를 들려줄 때가 많았다. 그것은 독립 기지 개척기의 절절한 아픔과 분투에 관한 생생한 증언이기도 했다. 당시 생도들은 더할 수 없이 숙연한 자세로 경청했다. 그만큼 얘기는 감동적이면서 눈물겨웠다.

봉천성 유하현의 독립 기지 개척기를 논하면 빼놓을 수 없는 사람이 많았다. 그중에서도 우당(友堂) 이회영(李會榮)과 석주 이상룡은 반드시 포함되었다. 경술국치를 당하자 조선에서의 기득권을 초개같이 버리고, 온 가족이 독립 기지로 망명하여 끝없이 독립운동을 펼치고 있기 때문이었다.

일제가 식민지화를 노골화할 무렵, 조선에서는 한 비밀 결사 단체가 조직되었다. 반일 사상과 애국심으로 무장된 선구자를 구성원으로 하는 신민회(新民會)였다. 나라의 운명을 예감한 신민회에서는 비밀리에 간부 회의를 소집하여 중요한 안건 하나를 의결하였다. "만주에 독립 기지를 건설하고 군관 학교를 설립한다."라는 것이었다. 국내에서는 일제가 숨통을 조여 오는 만큼 국외에 독립운동 근거지와 함께 군을 양성한 뒤, 결정적인 시기에 국내 진입 작전을 펼친다는 뜻이었다. 장소를 굳이 만주로 택한 이유는 지리적 이점과 함께 동포가 많이 거주하고 있었기 때문이다. 또한, 만주는 민족의 얼이 깃든 고토(故土)이기도 했다.

회의 참석자는 그에 드는 군자금을 조달하기 위해 도별로 책임자와 함께 모금 액수까지 구체적으로 확정했다. 예를 들면 황해도 책임자는 백범(白凡) 김구(金九)며 할당 금액은 15만 원으로 결정하는 식이었다. 신민회의 예견대로 일제는 이듬해 여름에 끝내 조선을 강점하였다.

삼천리 금수강산이 유린당한 그해 여름이었다. 등짐을 진 일단의 종이 장수가 신의주에서 나룻배로 압록강을 건넜다. 바로 신민회 회원들로서 지난해에 의결된 안건을 실행에 옮기기 위해 만주 답사에 나선 길이었다. 그들 중에는 판서의 넷째 아들로 40대 중반인 이회영도 함께했다. 신민회 회원들은 드넓은 만주 땅 곳곳을 누볐다. 결국, 기지로 부상된 곳이 유하현에서도 삼원보(三源堡)의 추가가(鄒家街)였다. 성이 추씨인 중국 사람들이 누대(累代)로 살아온 첩첩산중의 촌락이었다. 인가도 드문 황량한 미개척지였으나 그게 오히려 장점으로 통했고, 기름진 땅에서 장래 가능성을 엿보았던 것이다. 이제 독립 기지가 선정되었으므로 다음 단계는 지사들의 집단 이주였다.

만주에서 돌아온 이회영은 이주 문제로 고심을 거듭했다. 이회영 집안은 정승만 해도 여럿 배출한 삼한갑족(三韓甲族)의 최고 명문가였다. 따라서 재산을 비롯하여 뿌리가 깊은 관계로 막상 이주하려면 문제가 한둘이 아니었다. 남자는 등에다 지고 여자는 머리에 이면 끝나는, 다른 것은 두고라도 배짱 하나만큼은 편안한 하층민의 이주와는 격이 달랐다. 어느 날 이회영은 형제들을 한자리에 모았다. 위로 삼 형제에 동생은 두 사람으로, 모두 육 형제였다. 그 자리에서 시국부터 시작해 만주 답사까지 대략을 밝힌 이회영은 간곡한 어조로 말했다.

"우리 집안은 대대로 나라의 큰 녹을 먹었고 백성들로부터는 공경을 받으며 살아왔습니다. 따라서 나라의 운명은 곧 우리 집안의 운명과 같다고 할 수 있어요. 한데 한스럽게도 나라에 큰 변고가 일어나 지금은 왜적의 땅이 되고 말았습니다. 우리 형제는 도적의

치하에 든 이 땅에서 구차히 생명 보전에 연연할 것이 아니라 마땅히 이번에 선정된 독립 기지로 옮겨가야 합니다. 거기서 나라를 되찾는 일에 일신을 매진하는 것이 대의이자, 선조에 부끄럽지 않은 후손이 될 거예요. 여러 형님분과 두 아우님은 제 뜻을 잘 헤아려 따라주시면 더는 바랄 것이 없겠습니다."

아무리 대의에 입각한 일일지라도 단번에 모두를 설득시킨다는 것은 어려운 노릇이었다. 반대자가 없을 수 없었다. 더군다나 이회영 형제는 높은 지위와 엄청난 부를 바탕으로 봉건적 양반에 안주해온 사람들이 아닌가. 그러나 뚜렷한 명분에다 형제의 우애까지 내세워 열정적으로 설득하는 이회영에게는 반대자도 결국 고개를 끄덕일밖에 없었다. 과연 이회영 형제로서 부끄럽지 않은 결정이었다. 한데 이번에는 바깥 사정에 어두운 부녀자들의 반발이 심했다. 느닷없이 오랑캐 땅으로 이주해 개척민 생활을 하자는 말이, 안방마님들에게는 그대로 마른하늘에 날벼락이나 다름없었다. 형제는 모두 한마음으로 그런 마님들을 끈질기게 설득했다. 정성을 다한 끝에 드디어 이주가 결정되었다.

다음은 재산 처분이었다. 워낙 많은 재산을 급하게 처분하려고 서둘다 보니 헐값 매매는 어쩔 수 없었다. 그런데도 형제들의 재산을 모두 처분하고 헤아리니 40만 원쯤 되었다. 쌀 한 가마니가 3원인 시절에 40만 원이면 엄청난 거금이었다.

겨울이 깊어가는 경술년 12월이었다. 결국, 이회영 육 형제는 망명길에 나설 준비를 끝냈다. 그러나 집안의 대식구가 한꺼번에 나라를 떠날 형편은 못되었다. 이제 막 조선을 집어삼킨 일제의 눈

초리가 사방에서 사나웠던 까닭이다. 그리하여 이회영은 한 가족을 한 단위로 하는 단계적 이주를 꾀하였다. 먼저 신의주에 주막부터 차렸다. 국경인 압록강을 무사히 건너기 위한 국내 거점이었다.

"이제는 그만 떠나자. 이다음에 반드시 돌아올 테니 너무 슬퍼 말아라."

차례가 된 형제의 가장은 자꾸만 뒤돌아보는 가족을 다독인 뒤집을 나섰다. 경성에서 아침 기차를 타면 밤 9시쯤에야 신의주에 도착했다. 압록강 철교는 가설 중이어서 신의주가 기차 종점이었다. 역을 빠져나온 가족은 곧장 비밀 장소인 주막으로 향했다. 압록강 대안인 신의주는 국경 지역이라 일제 군경의 경비가 훨씬 삼엄했다. 그래도 허점은 있었다. 주막을 차릴 때부터 이회영이 정찰을 거듭한 결과, 이른 새벽의 경비 체계가 그나마 허술하다는 것을 간파했던 것이다. 주막의 일가족은 그 시간에 맞춰 몰래 압록강의 약속 장소로 나갔다. 그곳에는 중국인이 썰매를 대기하고 있었다. 썰매 도착지는 강 건너 만주 땅인 안동(安東)이었다.

"어서 오세요. 추위에 얼마나 고생하셨습니까?"

환한 웃음으로 형제 가족을 맞는 사람은 이회영이었다. 미리 안동에서 대기하고 있던 이회영은 차례차례 강을 건너오는 일가친지를 세심하게 챙겼다. 긴장과 불안 속에 낯선 이국 산천을 처음 대하는 사람들, 특히 부녀자에게 있어 그런 이회영의 존재는 커다란 위안이었다. 이회영 가족은 경성에서 마지막에 출발했다. 그들까지 무사히 합류하자 국내 탈출 계획은 성공리에 끝났다. 이리하여

한 집안 권속(眷屬) 60여 명과 이삿짐을 실은 마차 열 대가 안동에서 출발했다. 목적지는 안동에서도 반 천릿길인 새로운 기지였다. 한데 말은 새롭다지만 그곳은 무릉도원(武陵桃源)과는 애초부터 거리가 먼, 이국의 한낱 두메산골에 지나지 않았다. 때는 추위가 최고로 맹위를 떨치는 정월 초순이었다. 마차는 만주의 설한풍(雪寒風)을 뚫고 낯선 길을 계속 달렸다. 이시영(李始榮)이 막막한 표정으로 물었다.

"형님, 도착하려면 아직 멀었습니까? 고국이 자꾸만 뒤로 밀리니 어째 서글픔이 이는군요."

이시영은 이회영의 동생으로 두 살 터울이었다. 이회영은 그런 동생을 물끄러미 바라보다 결연히 말했다.

"먼 길이니 마음을 단단히 먹고 조급증을 버려라. 길이 멀어지는 것은 두렵지 않으나 내 마음이 고국에서 멀어질까 두렵다. 왜놈들을 고국 땅에서 몰아내는 날 내 다시 이 길로 돌아가리라."

안동에서 출발한 대가족은 일주일 뒤 일차 목적지에 도착했다. 봉천성 환인현(桓仁縣)의 횡도촌(橫道村)이었다. 얼마간 횡도촌에 머물며 몸을 추스른 이회영 육 형제는 추가가에다 거주지 준비를 서둘렀다. 그곳이 지금은 비록 집안 식구들만의 처량한 땅이지만 머잖아 고국의 지사들이 몰려올 독립운동 기지였다. 그래서 땅을 고르는 일은 독립운동 대장정을 향한 첫걸음도 되었다. 머나먼 천릿길도 처음에는 한 걸음부터 시작되는 것이 아닌가.

시대의 흐름을 약삭빠르게 읽고 친일파로 변신한 권문세가(權門勢家)의 눈에는 참으로 한심하기 짝이 없는 이회영 형제였다. 아니,

그것은 굳이 똑똑한 그들을 들먹일 필요도 없이 보통 사람의 눈에도 그랬다. 대대로 닦아온 든든한 토대가 있어서 새로운 권력자인 일제에 밉상만 떨지 않으면 떵떵거릴 이회영 집안이었다. 한데 왜 사서 고생길을 떠났는지 참으로 알다가도 모를 일이었다. 그러나 지금은 빼앗긴 산천이었다. 탈 없이 몸보신 하려면 이회영은 침략자인 이민족의 지배에 아부를 떨어야만 했다. 그뿐인가. 백성들이 턱없는 핍박을 당해도 못 본 척 눈을 돌려야만 할 것이다. 어제까지 명색 양반과 선비의 이름으로 백성을 이끈 입장에서 그것은 굴종이며 비겁한 짓임이 분명했다. 배움과 양심을 속여 가며 희망 없는 하루를 이 땅에서 이어간다 한들 그게 무슨 대수겠는가. 아마도 이회영은 그보다는 청년들에게 장래 희망을 품은 것이 분명했다. 조선 젊은이를 잘 가르치고 힘을 길러 국권이 회복된 조국 땅을 다시 당당히 밟고 싶었을 것이다. 대붕(大鵬)의 깊은 뜻을 어찌 친일파 따위의 연작(燕雀)이 짐작이나 하리오.

이 무렵 경북 안동의 애국지사인 이상룡은 국치 이후 두문불출하며 지냈다. 그날도 자신의 생가인 임청각(臨淸閣)에서 지도를 펼쳐놓고 독립 방략에 골몰하고 있는데 문득 손님이 찾아왔다. 신민회의 강원도 대표였다.

"석주 선생님께서는 우리 신민회 사업을 어떻게 생각하십니까?"

손님이 단도직입적으로 물었다. 이상룡이 기대 섞인 얼굴로 반문했다.

"신민회 사업이라니요?"

"우리 신민회는 지난해 의결한 게 있습니다. 만주에 독립 기지를 건설하고 군관 학교를 설립하기로 의견을 모았지요. 그래서 기지로 선정된 봉천성 유하현에는…."

이상룡은 얘기를 들으며 연신 무릎을 쳤다. 자신이 구상 중인 독립 방안이 이미 실행 중인 때문이었다. 신민회 사업을 밝게 알게 된 이상룡은 흡족한 표정으로 말했다.

"그것이 바로 내 뜻과 같소이다."

답답하던 가슴이 탁 트인 이상룡은 곧바로 만주행을 서둘렀다. 임청각의 종손으로서 집안의 큰 가산을 서둘러 정리하고 노비 문서를 불태웠다. 이어 나라 잃은 후손이 조상을 어떻게 모시겠느냐며 사당에 있던 조상의 위패까지 땅에다 묻었다. 그런 이상룡은 '아직 결행하지 못한 것은 다만 한 번의 죽음뿐'이라며 눈물을 흩뿌렸다. 고령으로 접어드는 나이에 만주 생활을 새롭게 시작하려는 데다 지금까지 살아온 안동 땅을 훌쩍 떠나려니 자연 감회가 새로웠다. 거기다 정통 유학자로서 동서양의 고전을 섭렵하고 학문을 닦아온 임청각을 떠나면서 비장한 시 한 수조차 없을 수 없었다.

더없이 소중한 삼천리 우리 산하여
오백 년 동안 예의를 지켜왔네
문명이 무엇이기에 늙은 적과 매개하였나
까닭 없이 꿈결에 온전한 사발이 던져졌네

이 땅에 그물이 쳐진 것을 보았으니

어찌 남아가 제 일신을 아끼랴

잘 있으라 고향 동산이여 슬퍼하지 말지어다

훗날 좋은 세상 되거든 다시 돌아와 머물리라

거국음(去國吟)이란 제목의 한시를 뒤로한 이상룡은 식솔 50여 명과 함께 망명길에 올랐다. 이회영과 똑같은 그 겨울의 일이었다. 선발대에 해당하는 이회영 일가에 이어 이상룡을 비롯한 쟁쟁한 지사들이 서간도의 기지로 속속 모여들었다. 그러나 이 원대한 사업은 초기 단계에 그만 일제의 정보망에 걸려들고 말았다. 계획은 두루 차질이 생길밖에 없었다.

조선총독부는 만주의 독립 기지 건설도 묵과할 수 없는 일이지만, 신민회를 중심으로 한 지사들은 참으로 눈엣가시 같은 존재였다. 강점과 무단 통치에 대한 거센 반발이 일쑤 그들과 관련된 때문이었다. 공작 정치로 악명을 떨친 아카시 헌병 사령관이 이를 두고 볼 리 없었다. 헌병을 앞세워 거침없는 독살(毒煞)을 피우는 한편, 어떡하든 지사를 옭아매려 잔머리를 굴렸다. 그런 헌병 사령관은 끝내 사건 하나를 완전히 날조했다. 이름하여 '데라우치 총독 암살 미수 사건'이었다. 내용은 대략 이러했다.

국치의 경술년이 저물어 갈 무렵, 평양역에서 한 사나이가 일본 헌병에 체포되었다. 안중근 의사의 사촌 동생인 안명근(安明根)이었다. 이회영과 함께 독립운동가 집안으로 쌍벽을 이루는 것이 바로 안중근 집안이었다. 당시 안명근은 간도에 무관 학교 설립을 목표로 한창 군자금을 모금하는 중이었다. 한데 안명근으로부터 자금

지원을 요청받은 어느 부호가 철딱서니 없이 밀고를 해버렸다. 김좌진이 당한 경우와 엇비슷했다. 여러 이유로 안명근은 평소에도 경무총감부의 감시 대상에 속하는 인물이었다. 당장 헌병이 안명근의 뒤를 밟아 체포한 것은 빈틈없는 일이었다.

문제는 단순하다면 단순한 이 사건을 헌병 사령관이 날조하여 확대했다. 압록강 철교 준공식에 참석한 데라우치 총독을 평안도의 선천역(宣川驛)에서 암살을 기도한 사건으로 완전히 변질시켰다. 해가 바뀌자마자 황해도와 평안도 일대를 시작으로 검거 선풍이 불어 닥쳤다. 헌병 사령관의 엄명이 떨어졌다.

"잔챙이도 가끔 물을 흐리는 법이다. 그물코를 최대한으로 좁혀 이번 기회에 아예 잔챙이까지 몽땅 잡아들이도록 하라!"

연행자는 무려 7백여 명에 달했다. 신민회 주위에 얼쩡거린 사람은 무조건 감옥행이었다. 이 날조 사건은 독립 기지 건설에 여러 모로 큰 타격을 입혔다. 그러나 기지 건설은 중단될 수 없는 막중한 민족적 사업이었다.

1911년 봄이 되었다. 드디어 만주 유하현의 지사들은 그동안 벼르던 군중대회를 개최하였다. 목자(牧子)를 잃은 양 떼처럼 허허벌판에 버려진 조선 사람을 위해 자치 기관인 경학사(耕學社)를 설립하고 취지서(趣旨書)도 발표했다.

"아아! 사랑할지어다 한국을. 슬퍼할지어다 한민(韓民)들아. 피로 맺힌 역사 4천 년에 예의 제도가 전비(全備)하고, 기름지고 여빈 땅 3천 리는…."

이상룡이 비장한 목소리로 취지서를 낭독하기 시작했다. 그때부터 산중에 모인 군중은 시시각각으로 감정의 변화를 보였다. 울분으로 가슴을 치다 이내 숙연해지고 다시 한숨 소리가 터져 나왔다.

"부여(扶餘) 옛 땅은 눈강(嫩江)에 달하였으니 이 땅은 남의 땅이 아니니라. 고구려 유족은 발해 땅에 모였던 것이니 모든 사람은 동포"라는 외침에는 아쉬움과 안도감이 교차했고, "모두 단결하여 조국 광복을 위해 총 매진하면 반드시 유리한 시기가 도래할 것"이란 대목에서는 주먹을 불끈불끈 움키고는 했다. 그렇게 설립된 경학사의 부속 기관이 바로 신흥강습소(新興講習所)였다. 지사들의 오랜 염원인 무관 학교가 드디어 문을 연 것이다. 이름을 그저 평범하게 강습소로 한 것은 중국과의 불필요한 마찰을 피하기 위한 일종의 위장용이었다. 학교 이름인 신흥은 신민회의 신(新)에다 다시 일어선다는 의미로 흥(興) 자를 썼다.

어떻게 무관 학교 설립은 보았다지만 형편이 너무 열악하였다. 다른 일은 고사하고 쓸 만한 학교 건물조차 없었다. 궁리 끝에 우선 중국인의 옥수수 창고를 빌려서 신흥의 개교식을 거행했다. 아무리 나라를 빼앗긴 지사들이 망명지에 세운 무관 학교라지만, 이 정도면 처량하다 못해 처절할 지경이었다. 그렇지만 터를 닦아야 집도 지을 수 있었다. 그러잖아도 독립 기지의 지사들은 앞길이 험난한데 중국인의 오해는 한층 어려움을 더하게 만들었다. 예전의 허름한 조선 농부와는 달리 지배 계급으로 보이는 사람들이 갑자기 몰려들자 중국인은 이들을 일제 앞잡이에 만주 침략의 선발대쯤으로 여겼다. 그리하여 현장(懸長)들은 조선 사람과의 토지 매매까지 엄금시켰다. 나중에는 교통까지 차단하여 지사들의 고통은 한층 가중되었다. 이때 중국의 실권자는 원세개 대총통이었다. 이회영은 그가 청의 관리로 조선에 머물 때부터 이미 얼굴을 익힌 사이였다. 찬물 더운물을 가릴 처지가 못 되는지라 북경으로 달려가 원세개를 만났다.

"우리는 오직 조국의 독립만을 위해 활동합니다. 지금 봉천성 유하현에 모인 조선 지사들은 일제라는 말만 들어도 이를 갈아붙일 정도지요. 그런데도 일제 앞잡이로 오인한 귀국의 관헌과 주민들이 우리 설명은 아랑곳하지 않고 핍박이 너무 심합니다."

비록 현실은 참담할지라도 이회영은 의연한 태도를 잃지 않고 전후 사정을 조리 있게 설명했다. 대륙의 실권자인 원세개는 조선에 머물 때부터 이회영의 인격을 높이 사고 있었다. 그리하여 어쩌면 망명자의 하소연 정도로 넘길 수 있었으나 대총통은 즉석에서 지원을 약속했다.

"공(公) 같은 분이 우리 땅에 와서 고통을 겪고 있다니 참으로 안타까운 일이구려. 공에게 내 비서를 딸려 드릴 테니 문제를 원만히 해결해 보시오."

대총통은 자신의 비서까지 동원할 정도로 성의를 보였다. 비서는 호명신(胡明臣)이었다. 이리하여 만주에 동행하게 된 호명신은 이회영의 열정적인 애국심과 인품에 반하고 말았다. 결국은 결의 형제를 맺을 만큼 둘은 절친해졌고 자연히 호 비서의 노력으로 중국인과의 관계도 점차 개선되었다. 호명신은 거기에 그치지 않고 이후 독립 기지 건설의 든든한 조력자 역할까지 충실했다.

여러 이유로 이 무렵의 만주 중국인은 대체로 조선 사람을 배척하는 편이었다. 그런 중국인들도 안중근만큼은 찬양의 대상이었다. 지도층은 말할 것도 없고 무지렁이 농부에 이르기까지 안중근은 일제로부터 만주를 지켜낸 조선의 은인이었다. 안중근 얘기가 나오면 이들은 먼저 고개 숙여 경의부터 표했다. 그리고는 자기 나라 대학자가 한마디로 정의했듯이 '아주제일의협(亞洲第一義俠)'이란 말과 함께 엄지손가락을 치켜세우고는 했다. 그리하여 안중근이 순국하자 원세개까지 만사(輓詞)를 지었다.

평생을 벼르던 일 이제야 끝났구려
죽을 땅에서 살려는 건 장부가 아닐세
몸은 한국에 있어도 만방에 이름 떨쳤소
살아선 백 살이 없는 건데 죽어 천 년을 가오리다

독립 기지의 지사들은 어려운 경제 사정도 큰 숙제 거리였다. 초기에는 이회영 일가의 재산으로 그럭저럭 경비를 충당했다. 하지만 그조차도 바닥을 드러내자 앞길이 막막해졌다. 처음 예상한 신민회 자금은 국내 지사들의 체포로 전면 백지화되었고, 개간한 토지의 농작물까지 흉작을 만났다. 끝내 경학사는 설립한 그해를 넘기지 못하고 해체되었다. 그래도 신흥 강습소만큼은 기를 쓰고 명맥을 유지했다.

겨울이 왔다. 이제는 날씨까지 망명객을 시험하려 드는지 추운 만주에서도 유례없는 혹한이 휘몰아쳤다. 얼어붙은 땅은 몇 길씩

쩍쩍 갈라지고 유리창에는 성에가 겹겹이 얼어붙었다. 행인들의 수염에는 조 이삭처럼 고드름이 주렁주렁 달렸고 바깥에서는 입술이 얼어붙어 제대로 말조차 나눌 수 없었다. 참으로 이국땅에서 몸과 마음을 꽁꽁 얼리는 유난한 겨울이었다. 만주벌에서의 고난은 거기서 그치지 않았다. 몇백 년은 됨직한 나무의 뿌리가 썩었는데 희한하게도 거기 고인 물은 한겨울에도 얼지 않았다. 현지 사정에 어두운 조선 사람들은 멋모르고 이 물을 마셨다. 동장군이 물러가고 봄이 되자 저승사자가 독립 기지의 조선 사람들을 기웃거렸다. 나무뿌리의 물을 마셨던 부녀자와 노약자가 대상이었다. 줄줄이 초상을 만났다. 수토병(水土病)이라는 괴질이었다. 이들의 역경을 단군 시조께서 안타까이 여기셨는지 1912년의 가을은 풍년이 들었다. 그러자 다른 지방을 유랑하던 지사를 비롯하여 각지에 흩어졌던 동포들이 다시 기지로 모여들었다. 차츰 활기도 되살아났다.

"이곳 삼원보 인근은 땅을 팔려는 중국인이 없을 뿐만 아니라 장기적인 독립 기지로도 부족한 점이 많습니다. 제가 알맞은 장소를 다시 물색해 보겠습니다."

열혈 지사 이회영이었다. 다시 여러 지역을 답사한 이회영은 끝내 합니하 요새를 찾아냈다. 유하현 삼원보에서 서남으로 90여 리 떨어진 곳이었다. 이번에는 호명신의 적극적인 역할로 땅까지 사들일 수 있었다. 초기의 혹독한 시련기를 거친 신흥 강습소가 마침내 합니하에 인연을 맺으며 재도약하는 계기가 되었다. 명칭은 여전히 강습소나 중학으로 불렸지만, 내부적으로는 활기 넘쳐나는 무관 학교가 되었다.

이와 때를 같이하여 지사들은 경학사를 대신한 자치 기구로 부민단(扶民團)을 조직하여 새 출발 의지를 다졌다. 부민단은 곧 부여 민족단이란 말로, 만주는 부여의 옛 영토인 만큼 우리 땅이라는 뜻도 내포되어 있었다. 그런 와중에 이회영 형제의 막대한 재산은 3년을 못 버티고 고갈되었다. 물론 허투루 낭비하지도 않았고 낭비할 수도 없었다. 대부분 독립 기지 건설에만 소용되었는데도 그랬다. 하긴 신흥 학교를 꾸려나가는 것만 해도 전부 돈이었다. 중국인에게 널따란 땅을 사들여서 건물을 지으려면 당장 목돈이 소용되었다. 유지비도 만만찮았다. 뛰어난 독립군 간부를 양성하기 위해 신흥 학교 생도는 처음부터 학비와 식비 등이 전액 무료였다. 이에 필요한 자금을 거의 이회영 형제가 충당했으니 아무리 거액일지라도 한계가 있기 마련이었다. 그렇다고 다른 지사들은 팔짱을 끼고 구경만 한 것은 아니었다. 특히 이상룡은 군자금 마련을 위해 임청각까지 팔려고 안동에 사람을 보냈다. 그러자 놀란 문중에서 임청각을 팔았다고 거짓으로 고하고, 따로 돈을 만들어 전달할 정도였다.

어느 지사가 독립 기지 개척기의 아픈 역사를 돌이킬 때, 당시 신흥 학교의 강혁 동기들은 숙연했다. 이회영과 이상룡을 비롯한 여러 지사의 고난이 조선에서 모든 것을 버리고 떠나올 때부터 이미 예견되었다는 말에는 한층 더 숙연했다. 그런 이회영 형제가 이제 강냉이죽으로 연명하는 것조차 힘들다는 말이 나왔을 때는 기다란 한숨 속에 흐느낌까지 끼어들었다.

합니하 모교에서 뜻깊은 밤을 보낸 강혁은 아침 일찍 길을 나섰다. 오늘은 시간이 많아 삼원보에 있는 한족회와 서로군정서의 사무실을 들렀다가 마지막 귀착지인 고산자의 신흥 본교로 갈 참이었다. 삼원보는 신흥 본교로 가는 큰길에서 가까웠다. 따라서 길을 따로 잡을 필요도 없었다. 남만주의 추위도 북만주에 못지않았으나 다행히 날씨는 쾌청했다. 음침한 삼림 지대를 한참 지나서 큰길로 빠져나오자 마침 마차가 맞아떨어져 강혁은 비교적 일찍 유하현 삼원보에 닿을 수 있었다.

"어허, 강혁 군 아닌가! 지금 북간도에서 돌아오는 길이야?"

사무실에서 바쁜 일과를 보내던 김동삼이 강혁을 반갑게 맞았다. 중키에 적당히 콧수염을 기른 모습이었다.

"예, 잘 계셨습니까? 선생님."

김동삼을 보자 강혁은 일규부터 떠올랐다. 용정 일송정에서 김동삼의 일송이라는 호로 인해 한바탕 웃었던 기억이 새삼스러웠던 것이다.

"북간도의 집은 무고하던가?"

고향이 같은 안동이라 그런지 김동삼의 안부 인사는 정이 묻어났다. 수심이 깃든 얼굴에 얼마간 웃음기도 비쳤다. 잠시 뒤 강혁이 궁금한 듯 물었다.

"독판 각하께서는 어디 출타하셨습니까?"

인사를 차리려는 독판 이상룡은 보이지 않고 사무실에는 낯선 사람들만 있었다.

"대한독립단이 있는 대화사(大花斜)에 가셨네. 자네가 온 걸 알면 무척 반기실 텐데. 아마 오늘 뵙기는 힘들 것 같네."

대화사는 같은 삼원보에 속했으나 길이 멀고 험했다. 그런 대화사의 대한독립단은 지금 내부 분열로 속병을 앓고 있었다. 비록 독립운동이라는 큰 기치 아래 모였지만 복벽주의와 공화주의 계열로 파가 갈린 상태였다. 이상룡은 그 일을 중재하기 위해 대한독립단에 출타 중이었다.

서간도를 대표하는 자치 단체인 부민단은 만세 운동 뒤 발전적으로 해체되었다. 더욱 효과적인 독립운동 전개를 위해 각 현의 조선 대표자가 모여 이번에는 한족회를 조직했다. 거기다 서간도 독립운동의 총본영인 군정부까지 구성하였다. 민정과 군정 업무를 따로 분리하여 효과를 극대화하려는 뜻이었다. 한데 정부라는 명칭이 문제가 되었다. 차차로 기틀이 잡힌 상해 임정에서 이의를 제기했던 것이다. 결국, 군정부는 임정 담당의 군사 기관인 서로군정서로 개편되었다. 이상룡은 군정서 책임자인 독판을 맡고 김동삼은 참모장이 되었다. 신흥 무관 학교는 그런 서로군정서의 산하 단체로 여전히 독립 진영의 희망이었다.

독립 기지 개척기에 역시 온 집안을 이끌고 합류한 김동삼은 서간도의 맹장이었다. 신흥 강습소 설립부터 시작해 오늘의 신흥 무관 학교에 이르기까지 산 증인이기도 했다. 그런 김동삼은 어언 40대 초반이었다. 비교적 희고 준수했던 얼굴이 그을리고 초췌한 모습이었다. 최근 몇 년간의 악전고투를 여실히 보여주었다.

신흥 학교가 합니하에 정착하자 이번에는 신흥학우단(新興學友團)이 결성되었다. 교직원과 졸업생은 정단원이 되고 재학생은 준단원이 되는, 일종의 동창회 성격을 지닌 모임이었다. 그러나 신흥학교의 정신을 그대로 살리려는 신흥학우단이 실은 강력한 결사 단체였다. "대의를 생명으로 삼아 조국 광복을 위해 최후의 일각까지 투쟁한다."라는 것이 그 기치였다.

1914년의 일이었다. 서간도 지사들은 그런 신흥학우단을 기초로 하여 드디어 독립군 기지 건설에 나섰다. 장소는 통화현 팔리초(八里哨)의 소북차(小北岔)로 정했다. 사람의 발길이라고는 닿은 적이 없는 온전한 원시 밀림 지대였다. 중국을 자극하지 않고 또 일제의 습격과 정탐을 피하고자 일부러 첩첩산중의 오지를 택했다. 이름은 백서농장(白西農庄)으로 정했다. 백서는 백두산 서쪽을 뜻했고 농장은 역시 위장용으로 붙인 명칭이었다. 사실상 군사 기지인 이 농장의 장주(庄主)가 바로 김동삼이었다.

세계 대전이 발발하자 중일 간의 전쟁을 예상하고, 그 기회를 틈타서 독립 전쟁을 펼치려던 것이 원래 농장을 설립한 배경이었다. 그러나 계획이 수포가 되자 이번에는 장래 일제와의 무력 투쟁을 대비하는 쪽으로 성격이 바뀌었다. 백서농장은 밤이 되면 호랑이와 곰 따위의 산짐승만 출몰하는 깊은 산중에 있었다. 그래도 신흥학우단의 단원들은 새소리를 벗 삼아 나무를 베어내고 터를 닦은 뒤 병영을 건설하고 훈련장을 만들었다. 중노동에다 보급마저 제때 대기 힘든 곳이라 어려움은 한둘이 아니었다.

오랜 고난 끝에 널찍한 기지가 완성되자 장주 김동삼은 4백여명의 젊은이를 입영시켰다. 무장 투쟁을 위한 본격적인 준비였다. 생활은 병농일치가 최선이었다. 식량과 군량미 마련을 위해 땀을 흘리는 농사꾼도 독립군이고, 한편에서 누구의 눈치도 살필 것 없이 군사 훈련에 열중한 청년들은 더 말할 나위도 없었다. 그러나 고난을 이겨내는 것도 한계가 있었다. 수백 명이 깊은 산중에서 집단으로 생활하다 보니 모든 것이 부족했다. 영양실조와 각종 질병은 독립군을 한계 상황으로 내몰았다. 결국은 새로 조직된 한족회의 지시로 모두 눈물을 머금고 철수할 수밖에 없었다.

하지만 백서농장의 청년들은 독립군으로서 엄청난 경험을 쌓았다. 원시 밀림 지대에서의 열악한 생활은 심신을 더욱 단련시켜 정예병으로 거듭나는 기초가 되었다. 이들이 서로군정서의 뼈대가 되었고, 4년 세월을 백서농장의 장주로 솔선수범한 김동삼은 참모장을 맡았다. 그런 김동삼은 벌써 눈빛부터 달랐다. 역시 동삼성의 한 그루 푸른 소나무다운 기개와 투지가 엿보였다. 이윽고 여행 중에 북로군정서를 방문한 사실을 강혁이 서로군정서의 참모장에게 밝혔다. 김동삼은 고개를 크게 끄덕였다.

"독립 단체 간의 합심이 무엇보다 중요하지. 방문은 참 잘한 일일세. 한데 그쪽 총재와 사령관은 열정이 넘쳐날 텐데?"

"새로 출발한 단체답게 투지가 솟구치는 걸 느꼈습니다. 이번에 덕원리에 있는 총재부와 함께 서대파의 사령부까지 들렀습니다."

"덕원리라면 나도 가보았네. 명동 학교는 여전하지?"

서간도의 김동삼은 북간도의 서일과 오랫동안 깊이 교류하였다. 간도로 망명한 시기가 국치 이듬해로 같았고, 무장 투쟁을 비롯하여 신념까지 닮은 점이 많았던 때문이다. 강혁은 북로군정서의 현황에 대해서 말했다. 특히 의욕적으로 추진 중인 사관연성소

건립에 관하여 상세히 설명했다. 김동삼이 한층 관심을 보였기 때문이다.

"나도 밀림 지대를 개간하고 기지 건설을 해봐서 잘 알지만, 그게 보통 힘든 일이 아닌데…. 여하튼 대단한 사람들이야. 김좌진 총사령관이라면 군사적인 일은 누구보다도 잘 추진할 것이구면. 거기다 밀림 속의 기지는 단점도 많지만, 무엇보다 간섭에서 벗어날 수 있으니 얼마나 좋아?"

북로군정서의 발전에 은근히 찬탄을 표하던 김동삼의 얼굴에 다시 그늘이 졌다. 강혁은 처음부터 김동삼의 표정에서 심상찮은 느낌을 받았다. 그러나 일송 김동삼은 참모장답게 이내 의기를 다졌다.

"강혁 군, 이제 자네도 유학을 마쳤으니 서로군정서를 위해 힘껏 노력해 주게나. 근래 군사적으로 우수한 자원이 많이 몰려들어 우리 쪽도 사기가 높아. 한데 신흥의 새 교관들과 인사는 나누었나?"

"북간도에 바로 가느라고 두어 분만 소개를 받았습니다."

"그러면 남만삼천(南滿三天)에 대해서는 잘 모르겠구먼?"

남만삼천을 꺼내는 김동삼의 얼굴은 눈에 띄게 밝아졌다. 강혁은 미소부터 지었다.

"만주 독립군이면 대부분 들어본 이름 아닙니까? 저도 우레 같은 명성은 익히 들어서 잘 알고 있습니다."

"하긴 그렇군. 일본군 현역 장교로서 탄탄한 출셋길을 놔두고, 붙잡히면 군법 회의에서 총살감의 길을 자청한다는 게 어디 쉬운 일인가?"

기미년 말경에 신흥 무관 학교에는 무관으로 출중한 재능을 지닌 교관이 세 사람 있었다. 이들은 조국을 위해 투쟁할 것을 맹세하고, 그 뜻으로 천(天) 자가 붙은 별호를 가졌다. 이리하여 명성을 얻은 남만주의 삼천은 동천(東天) 신팔균(申八均), 청천(青天) 지대형(池大亨), 경천(驚天) 김광서(金光瑞)였다.

나이 사십을 바라보는 신팔균은 육군 무관 학교를 졸업한 대한 제국의 군인 출신이었다. 그리고 서른셋으로 동갑인 지대형과 김광서는 일본 육군 사관 학교를 졸업한 뒤 일본군 장교로 근무했다. 한데 두 사람은 일본군 현역 중위임에도 불구하고 만세 운동 뒤 만주로 망명하더니 끝내 독립 투쟁에 몸을 던졌다. 이 놀랄만한 사건으로 만주 독립군의 사기는 크게 진작되었으며, 만세 운동으로 피끓던 청년들에게는 때마침 큰 용기와 감명을 선사했다. 뿐만이 아니었다. 현실적으로도 체계적인 군사 훈련을 이수한 현역 중위들은 전력 향상에도 커다란 보탬이 되었다. 현재 신흥 무관 학교의 교관인 남만삼천은 그렇게 태어났다. 신흥이 더 적극적이고 획기적인 사관 양성 기관으로 거듭날밖에 없었다. 남만삼천을 거론하던 김동삼이 또 한 사람을 들고 나왔다.

"자네를 보니 이범석(李範奭) 교관이 생각나는군. 아마 그는 잘 모를걸?"

"철기(鐵騎) 교관은 제가 북간도로 떠나기 전에 이미 만났습니다."

강혁이 중국 유학에서 돌아왔을 때였다. 어느 지사가 엇비슷한 나이와 뛰어난 능력 등을 참작하여 강혁에게 이범석 교관을 소개했다. 대화를 나누던 두 청년 기예는 상대의 비범함에 다 같이 놀랐다. 서로에 대한 믿음이 생겨나며 불과 얼마 만에 마음을 터놓는 사이로 발전했다. 인재가 인재를 알아보았던 것이다.

서울이 고향인 이범석은 이제 막 약관(弱冠)이 지난 스물한 살이었다. 장래가 촉망되는 젊은 인재가 출현하기까지는 곡절이 많았다. 이범석이 고등학교 3학년 때의 일이었다. 한강 마포 쪽으로 수영을 갔는데, 거기서 우연히 젊은 지사를 만나게 되었다. 뒷날 일제의 심장에서 조선 독립을 주장하는 열변으로 충격을 던지게 되는 몽양 여운형이었다. 이때 중국에서 대학을 다니던 여운형은 방학을 맞아 잠시 귀국한 상태였다. 여운형이 하는 얘기에 큰 감명을 받은 이범석은 독립운동에 뛰어들기로 굳게 결심하고 집을 나섰다. 그리고는 압록강을 건너 저 멀리 상해까지 갔다. 상해 지사들의 총애를 받고도 남을만한 결심과 행동이었다. 예관(睨觀) 신규식(申圭植)의 주선으로 이범석을 포함한 5명의 조선 청년은 운남의 육군 강무당에 입학하게 되었다. 강무당은 멀리 베트남과 접경한 곤명에 있었다.

평소 말을 탄 나폴레옹의 모습에 반한 이범석은 기병과를 택해 2년 6개월의 생도 시절을 보냈다. 어느 교관은 기병과를 수석으로 졸업하는 이범석에게 철기라는 아호(雅號)까지 지어 주었다. 때마침 조국의 만세 운동 소식을 접한 이범석은 상해 임정을 거쳐 독립운동의 땅인 만주로 왔다. 독립 기지인 삼원보를 찾아가자 신흥 무관 학교 고등 군사반의 교관 자리가 이범석을 기다리고 있었다. 강혁이 중국에서 돌아오기 얼마 전인 10월의 일이었다.

한데 참모장 김동삼이 굳이 남만삼천과 이범석의 애기를 함께 꺼낸 데는 그만한 이유가 있었다. 서로군정서는 야심 찬 국내 진공 작전을 준비 중인데, 이들 정예 교관과 깊은 관련이 있었던 때문이다.

지난 기미년에 대구의 한 부호가 독립 자금으로 써달라며 상해 임정에 5만 원의 거금을 보냈다. 정보를 입수한 서로군정서는 이 자금을 끌어와 군사 활동에 충당하자며 의견을 모았다. 상해 임정에 가서 설득 작업을 벌일 대표로 지청천이 선발되었다. 그러자 이범석은 육군 강무당의 동기인, 임정의 배천택(裵天澤)을 잘 활용토록 건의했다. 가난한 임정은 거금의 사용처를 두고 논란을 벌였으나 결국은 재무총장인 이시영이 용단을 내렸다. 이회영의 동생인 이시영은 만주의 무장 투쟁이 최우선 과제라며 서로군정서의 손을 들어주었던 것이다. 이리하여 이범석과 막역한 배천택이 자금을 가지고 삼원보의 서로군정서로 오게 되었다. 자금은 남만삼천이 공동 관리하다가 은행에 맡겼다.

서로군정서 관계자들은 힘들게 확보한 자금으로 국내 진공 작전을 계획했다. 즉 3·1 만세 운동 1주년을 기해 국경 지대인 자성(慈城), 후창(厚昌), 혜산진(惠山鎭) 가운데 한 곳을 점령하여 국내에 만세 운동 재봉기를 위한 정신적 자극을 가한다는 내용이었다. 그에 따라 남만삼천과 함께 이범석에게 각각 임무가 부여되었다. 신동천은 압록강 국경 지대의 독립운동 단체와 주민의 협조를 구하고, 지청천은 상해에서 긴밀한 연락과 함께 대외 선전을 담당할 것이며, 김경천은 노령 연해주와 통하는 길을 열어 무기 구입을 책임지도록 했다. 동기를 끌어들여 자금 확보에 힘을 보탠 이범석도 중책을 맡았다. 국내 진공 작전을 펼칠 결사대 대장으로서 훈련을 총괄하는 책임자가 되었다.

이범석은 자신의 무장 투쟁 첫걸음인 결사대에 최선의 노력을 기울였다. 먼저 자신을 도울 3명의 소대장부터 고른 뒤 신흥 출신을 대상으로 최정예 대원을 선발했다. 개개인의 신상 명세는 물론, 군사적 장점과 성격 등 전반적인 사항이 고려되었다. 마침내 결사대 중대원은 135명으로 조직되었다. 중대원은 다시 본부, 선도와 함께 차단조, 공격조, 지원조 등으로 나뉘어 임무에 맡게 훈련을 받았다.

"이제 무기 구입을 위해 지난 연말에 연해주로 떠난 김경천 교관만 돌아오면 국내 진공 작전은 거의 완성 단계일세. 결사대를 무장시키는 일이 무엇보다 중요하거든."

참모장 김동삼은 마치 결전을 앞둔 장수만큼이나 비장했다.

"큰일을 도모 중일 때 저는 여행을 떠나 면목이 없습니다. 그런데 혹 정보가 새거나 일제의 방해 공작 같은 것은 없었습니까?"

신중히 얘기를 듣던 강혁이 가장 염려스러운 일을 물었다. 아니나 다를까 김동삼의 얼굴은 대번에 노기가 서렸다.

"다행히 계획이 아직 탄로 난 것 같지는 않네. 워낙 간교한 놈들이니 조심을 해도 장차 알 수 없는 노릇이지. 한데 왜놈들이 뒤에서 워낙 꼬드기고 협박을 가하는 바람에 중국 측도 이제 손을 드는 모양이야. 결국은 지난 1월 14일에 우리 한족회와 서로군정서의 해산을 정식으로 명하더구먼. 더군다나 이제는 행동으로 보여줄 참인지 이틀 뒤에는 중국 관헌들이 이곳에 들이닥쳤어. 신흥 무관 학교와 신문사를 폐쇄하라며 난리를 치더니 끝내 신문사의 인쇄기를 몰수해 가버렸지, 뭔가! 그뿐이면 다행이게? 문서란 문서는 몽땅 압수당했어. 중국 관헌들도 나중에는 왜놈 등쌀에 자기들도 어쩔 수 없다며 도리어 우리한테 빌더구먼. 입장 곤란한 중국 관헌을 탓할 수도 없고 장차 이 노릇을 어찌해야 좋을지….”

참모장은 길게 한숨을 내쉬었다. 구릿빛 얼굴에는 암담한 기운이 드리워져 있었다. 처음부터 수심 깃든 얼굴과 북로군정서의 밀림 지대를 부러워한 일들이 모두 중국 측의 탄압과 관련했다. 신문사는 한족회의 기관지인 《한족신보(韓族新報)》를 가리켰다. 등사판으로 인쇄한 한두 장의 국한문 주간지였다. 그래도 조선 사람에게는 더없이 반가운 활자요, 귀한 소식을 전하는 고마운 선물이었다. 오랜 세월 일제에 맞선 김동삼은 의기를 한층 돋우었다.

“이럴 때일수록 우리가 정신을 차리고 더 단결해야만 돼. 상해 임정도 지난해 말부터 군사 정책을 수립하는 것 같아서 그나마 다행이야. 올해를 독립 전쟁의 원년으로 선포한 일도 좋은 징조거든. 마침 신문에 났으니 이 기사를 한 번 보게.”

군무총장 노백린(盧伯麟) 명의로 발표된 ‘군무부 포고 제1호’였다. 주된 내용은 전 국민이 모두 광복군 전투 대열에 참가할 것을 당부하는 내용이었다.

“충용한 대한의 남녀여! 혈전의 시(時), 광복의 추(秋)가 내하였도다. 너도 나아가고 나도 나아갈지라. 정의를 위하여, 자유를 위하여, 민족을 위하여 철(鐵)과 혈(血)로써 조국을 살릴 때가 이때가 아닌가?

신성한 민족인 대한의 남녀여! 4천여 년의 조국을 일조에 도이(島夷)의 야심에 충(充)한 이래로 과거 10년간 가장 가혹한 압박을 수(受)하여도 가장 욕된 고통을 당하여도 오직 혈루(血淚)를 머금고 구차히 천명(賤命)을 투생(偸生) 함은 피차 금일을 대(待)함이 아닌가. 반만년 역사의 권위를 장(仗)하여, 2천만 민족의 의용을 합하여, 20세기 금일의 시대적 요구에 응하여 인도(人道)를 부르며 나아갈 때 무엇이 두려우며, 무엇을 근심할까? 네 앞에 독립이요, 내 앞에 자유뿐이로다. 그런데 우리의 충용과 우리의 피와 우리의 신성(神聖)과 우리의 권위로써 나아가 전(戰)하려면, 전하여 승(勝)하려면 무기를 말하는 것보다, 자금을 논하는 것보다 제일의 급무는 전투의 기초인 군인의 양성과 군대의 편성이라. 이것이 과연 우리의 정당한 요구요, 필연한 사실이요, 완전한 자각이라 하면 주저 말고, 고려 말고, 하루바삐 너도 나와 대한민국의 군인이 되며 나도 나가 대한민국의 군인이 되어 2천만 남녀는 1인까지 조직적으로 통일적으로 광복군 되기를 서심(誓心) 단행할지어다."

신흥 본교로 가기 위해 강혁은 서로군정서의 사무실을 나섰다. 배웅을 위해 함께 나왔던 김동삼이 문득 자신의 이마를 쳤다.

"정신이 없어서 내가 그만 깜박 잊은 게 있네. 여기서 잠시만 기다리게!"

얼마 뒤 김동삼은 강혁에게 편지 한 통을 건네며 말했다.

"이것은 남자현(南慈賢) 여사께서 아들에게 쓴 편지인데 좀 전해

주게. 그리고 자당께서는 무고하시니 염려 말라는 내 말도 동생한테 전하게."

남자현은 여성으로서는 드물게 서로군정서 소속의 독립운동가로 활동 중이었다. 그녀의 아들은 지금 신흥 무관 학교의 재학생인데, 바로 김동삼의 집안 동생뻘이었다.

경북 영양에서 통정대부(通政大夫) 출신의 유학자 딸로 태어난 남자현은 한학을 공부하며 자랐다. 그러다 아버지의 애제자인 김영주(金永周)를 오라버니처럼 따랐고, 결국 두 사람은 열한 살의 나이 차를 극복하고 결혼했다. 신부는 열아홉 살이었다. 한데 결혼 생활 6년 만에 그만 사건이 터져버렸다. 어느 날 김영주는 "나라가 망해 가는데 사내대장부가 어찌 집에 홀로 있을 것인가! 지하에서 다시 보자."라는 말을 부인에게 남기고 집을 떠났다. 이제 집에는 고부(姑婦) 둘만 남게 되었다. 비장한 각오로 을미의병에 뛰어든 김영주는 끝내 장렬히 전사해 남자현에게는 사랑하는 남편 대신 피 묻은 적삼만 돌아왔다. 남자현은 일제에 대한 한이 그대로 뼈에 사무쳤으나 당장은 어찌할 도리가 없었다. 첫 아이를 밴 몸인 데다 우선은 시어머니 봉양이 급선무였다. 하릴없이 유복자이자 3대 독자인 아들을 훌륭히 키우고 시어머니 봉양을 마친 뒤 원수를 갚기로 굳게 맹세했다. 그렇다고 일을 마냥 미룬 것만도 아니었다. 누에치기로 시어머니를 봉양하면서 한편으로는 독립운동에 힘을 보태고 교회도 다녔다. 25년 가까이 며느리로서 의무를 다한 남자현은 효부상까지 받았다.

절치부심하던 남자현에게 드디어 때가 왔다. 시어머니의 삼년

상을 치른 기미년이었다. 그녀는 어언 47세가 되었다. 여자로서 적지 않은 나이였다. 그러나 단 하루도 원수 갚음을 잊은 적이 없는 남자현은 먼저 장롱에서 남편의 피 묻은 적삼을 꺼냈다. 그것을 복대로 만들어 허리에 두르면서 평생 차고 다닐 것을 결심했다. 교회 인맥을 통해 상경하여 때마침 터진 만세 운동에 큰 힘을 보탰다. 그러나 일제의 감시도 감시려니와 평화적인 만세 운동에 어떤 한계를 느낀 나머지 결국 봄에 압록강을 건넜다.

만주의 남자현은 먼저 남편의 조카뻘인 김동삼을 찾았다. 유하현의 김동삼은 서로군정서의 참모장이었다. 조국에 있는 외아들을 불러 신흥에 입학시킨 남자현은 자신도 군정서의 일원이 되었다. 열녀와 효부의 삶에서 결국, 열혈의 여장부로 변신했던 것이다. 여성의 몸인 데다 나이까지 지긋했으나 철석같이 마음을 다진 남자현은 할 일이 많았다. 독립군으로서 하루해가 짧았다. 농촌에 교회를 세워 여성 계몽에 앞장서는가 하면, 독립군을 뒷바라지하면서 단체 간의 기밀 통신을 위해서도 열심히 뛰어다녔다. 기밀 통신은 여성이 더 적격일 때가 많았다. 모두가 훌륭한 독립운동이었다. 김동삼은 그런 남자현이 외아들에게 전하는 편지를 역시 같은 고향 출신인 강혁에게 부탁했다.

설날인 2월 20일을 막 지난 무렵이었다. 추운 날씨 속에서도 활기 넘치던 낮과는 달리 밤중의 신흥 본교는 적막감이 감돌았다. 간혹 건물에서 새어 나는 흐린 불빛에서 그나마 인적을 느낄 정도였다. 교무실에 딸린 작은 사무실에도 불빛이 있었다. 공중에 매달린 남포등은 간신히 어둠을 밀어냈고 난방이 안 된 실내는 냉기로 가득했다. 거기 혼자 덩그러니 남아서 책장을 넘기는 사람은 강혁이었다. 가끔 연필로 뭔가를 꼼꼼히 적기도 했다. 책은 병서였다.

휴가를 다녀온 강혁에게 맡겨진 임무는 크게 두 가지였다. 각종 병서를 참고하여 독립군 실정에 맞는 교재를 편찬하고 조선 북부 지방에 관해 상세한 연구를 토대로 군사 지도를 작성하는 일이었다. 결코, 소홀히 할 수 없는 임무였다. 특히 어렵게 구한 일본군 병서는 면밀한 연구가 필요했다. 지피지기면 백전백승이란 말은 영원불멸의 명언이었다. 그렇게 시간이 얼마쯤 흘렀을까, 문밖에서 언뜻 인기척과 함께 노크 소리가 들렸다. 연필을 놓은 강혁이 가볍게 기지개를 켜며 말했다.

"예, 들어오십시오."

"공부에 방해가 되는 건 아닌지 모르겠습니다."

문을 열고 고개부터 들이민 청년은 동그란 안경을 끼고 있었다. 이범석 교관이었다. 강혁은 자리에서 일어나며 반갑게 맞았다.

"철기 아니신가! 늦은 시간인데…. 무슨 일이라도 생겼습니까?"

"별일 아닙니다. 갑자기 이 교관님이 보고 싶어서 겸사겸사 왔어요."

강혁은 자신보다 한 살 적은 이범석을 아호로 불렀고, 이범석은 강혁을 교관이라 호칭했다. 장래가 촉망되는 두 신진기예였다. 한데 군사 부문에 빼어난 두 청년에게도 나름의 특징은 있었다. 굳이 군사적 재능을 비교하자면 각각 구별되는 차이점이 없지 않았다. 강혁이 전반적인 방략과 꾀에 해당하는 전략적 측면에서 귀재라면, 이범석은 그 전략을 구체적으로 수행하는 전투 방법이나 기술 면인 전술에서 발군이었다. 그런데 수레도 두 바퀴로 구른다고, 막상 싸움터에서 전략과 전술은 명백히 구분되거나 분리될 수 없었다. 두 가지가 상호 보완과 조화를 이루어야만 승리할 수 있었다. 독불장군 앞에는 단지 패배가 기다릴 따름이었다.

두 청년이 여유를 갖고 만나는 것은 오늘이 처음이었다. 만남 자체가 최근인 데다 서로의 일상이 너무 바쁜 탓이었다. 특히 국내 진공 작전의 결사대 대장인 이범석은 며칠 동안 얼굴조차 보기 어려울 때도 있었다. 그런 이범석의 얼굴에는 수심이 가득했다. 술기운까지 비쳤다. 강혁은 이범석의 지금 심정을 어느 정도 읽을 수 있었다. 그것은 좌절감이었다. 무기 구입을 위해 노령으로 떠난 김경천 교관이 무슨 사고를 당했는지 여태 돌아오지 않았던 때문이다. 그로 인해 이범석이 온갖 역량을 쏟아부은 결사대는 아직 무장조차 갖추지 못한 상태였다. 만세 운동 1주년인 3월 1일은 바로 코앞에 닥쳤다.

"어려운 일을 맡아 힘들겠네요. 어떤 병서를 위주로 교재를 작성합니까?"

책상 위에 펼쳐진 여러 병서에 눈길을 주며 이범석이 물었다. 강혁은 든든한 동지를 위해 난롯불을 피우며 답했다.

"나한테는 능력 밖인데 지시니 안 할 수도 없고⋯. 중국의《무경칠서(武經七書)》를 비롯하여 최신 병서도 많이 참고하는 편이지요."

"아무리 전쟁이 중하기로서니 웬 병서가 이리도 많을까? 보편적인 진리는 한 길로 통할 텐데 말입니다."

이범석은 마뜩잖은 표정이었다.

"그런 면이 없지는 않지요."

상대의 심경을 짐작한 강혁이 애매하게 답했다.

"그래도 중국 병서라면 역시…."

"맞아요. 아무래도 《육도삼략(六韜三略)》과 《손자병법》에 눈이 자주 가더군요."

강태공(姜太公)이 저술한 육도삼략은 병서 중의 병서로 꼽혔고, 동양의 병성(兵聖)으로 불리는 손무자(孫武子)의 손자병법은 심오한 가운데 간결하였다. 이윽고 난로 곁에 자리한 이범석은 병법 얘기를 계속했다. 견해는 대체로 부정적이었다.

"병법을 공부하다 보면 진절머리날 때가 없던가요?"

"왜 없겠어요. 온통 전쟁과 싸움 얘기뿐이니 당연하지요. 그렇지만 우리가 처한 현실은 부득이 전쟁을 피할 수 없는 만큼 병법의 가르침은 중요한 것 같아요. 또 시대를 떠나서 나름대로 심오한 철학이 담긴 구절도 많거든요."

이범석은 머리를 끄덕이면서도 말은 엇나갔다.

"숱한 전쟁에 대한 경험과 지혜를 압축하여 설파했으니 오죽할까? 그런데 병법에서는 도덕을 비롯한 삶의 우선적인 가치조차 단지 싸움의 한 방편으로 치부했거든요. 그럴 때는 가치 전도랄까, 당혹감 같은 것이 일더군요."

"전쟁이 무자비한 살인 놀음이니 이왕 병법은 그럴밖에 없잖아요? 거기다 재물 따위는 물론이고 나라의 존망까지 송두리째 걸린 게 바로 전쟁 아닙니까? 따라서 전쟁이 사라지지 않는 한 병법의 존재도 부정하기는 어려울 것 같아요."

반박이라기보다 강혁은 병법의 실용적인 면을 부각하려고 애썼다. 그러다 말이 조금씩 단호해졌다. 이범석의 의도적인 엇박자에 마냥 따라갈 수는 없었던 것이다.

"방금 철기가 도덕을 말했는데 도덕적이어야 할 인간이 전쟁을 일삼으니 문제지요. 따라서 침략은 불필요하지만, 이웃 나라가 일으킬지도 모르는 전쟁에는 반드시 대비가 필요할 것 같아요. 조선이 하늘처럼 모신 공자께서도 '문화의 꽃을 피우려면 군사적 방비를 튼튼히 해야만 된다.'라고 가르쳤는데, 어째서 그 경구(警句)는 그냥 흘려버렸는지 안타까울 따름입니다. 조선이 국방에 소홀한 셈 치고 지금 치르는 대가가 너무도 엄청나기에 하는 얘기지요. 물론 강자의 야욕이 늘 문제고 또 일제 침략에 따른 결과론이긴 합니다."

강혁은 따뜻해진 주전자의 물을 따라서 술기운이 있는 이범석에게 건넸다. 반은 건성으로 고개를 끄덕이던 이범석이 그제야 고백하듯 털어놓았다.

"제가 갑자기 이 교관님을 찾아온 것은 순전히 우울한 기분을 못 견딘 탓이지요. 오늘은 생도들에게 총검술을 가르쳤는데, 별안간 나 자신한테 소름이 쭉 끼치더군요. 이왕이면 사람을 많이, 그리고 좀 더 확실히 죽이는 법을 가르치고 있다는 생각이 엄습하더란 말입니다. 예전에도 어쩌다 그런 감정을 느끼기는 했어도 오늘은 왠지 참기 어려웠어요. 피는 피로써 응징하는 길밖에 없는 겁니까?"

총기 가득한 이범석의 눈에 다시 그늘이 졌다. 잘생긴 얼굴이었다. 국내 진공 작전이라는 큰 목표를 상실한 데 따른 좌절감 같은 것을 내비칠 법도 한데, 이범석은 나름의 자제력을 발휘했다. 지금 이범석은 복잡한 감정의 지배를 받고 있었다. 그를 참작한 강혁은 대체로 완곡한 표현법을 썼다.

"회의를 못 느낀다면 그게 오히려 이상하지. 예전에 나도 그와 비슷한 심적 갈등을 겪은 적이 있어요. 그러다 병법의 가르침으로 인해 나름대로 결론을 얻었지요. 내가 하는 일은 불의에 대해 부득이한 행위라고 말입니다. 그런데 이상한 것이 전에는 손자의 지피지기면 백전백승이란 글귀에 매료되었어요. 하지만 지금은 '싸움 없이 적을 굴복시키는 것이 바로 최상의 싸움'이라는, 다소 싱거운 말에서 병법 대가(大家)의 체취가 느껴지네요."

아무리 재능이 특출하다지만 이들은 아직 피 끓는 청년이었다. 가치관의 혼란은 당연했다. 좀 더 거목으로 성장하려면 자신을 지탱해줄 뿌리가 땅속 깊숙이 파고들어야만 했다. 거친 비바람에 잔가지가 부러지는 아픔도 겪을 일이었다.

강혁이 전략가로서의 기질을 보이는 것은 그의 말속에도 은연중 드러났다. 전략을 수행하는 수단인 전술은 임기응변하여 반드시 승리를 목적으로 했다. 즉 백 번 싸워 백 번 이기는 것이 최고였다. 그에 반해 최상의 전략은 싸우지 않고도 이기는 것이었다. 방금 강혁이 언급한 것과 같은 맥락이었다.

"행군 나간 생도들이 하나나 돌아올 때가 된 것 같은데…."

이범석은 문득 바지 주머니에서 니켈 회중시계를 꺼내며 중얼거렸다. 은색 줄은 바지 고리에 단단히 매어져 있었다. 이범석이 시계 용두(龍頭)를 누르자 뚜껑이 톡 하고 열렸다. 화제가 바뀌길 은근히 바라던 강혁은 시계에 관심을 보였다.

"시계가 아담한 게 깜찍하게 생겼군요?"

"예, 이건 중학교 입학 선물로 어머님께서 사주신 겁니다. 나한테는 세상에서 둘도 없는 보물이지요."

이범석은 시계태엽을 감으며 가만히 미소를 지었다. 우울한 감정에서 조금 벗어난 듯했다. 어머니란 말을 들은 강혁은 문득 표정이 굳어졌다. 아마도 절절한 그리움 같은 것이 불쑥 일었으리라.

교관과 생도들은 거의 야간 훈련을 나가고 학교에 없었다. 행군이 주목적이었다. 겨울이 아닐 때는 도강(渡江) 훈련 같은 것도 곁들였다. 독립군이 국내 침투 내지는 진격전을 펼치려면 맨 먼저 강부터 맞닥뜨렸던 때문이다.

4. 삼월 초하루

1920년 3월 1일이었다. 단기(檀紀) 4253년이며 대한민국 2년이었다. 한편으로는 중화민국 9년이며 일제의 대정 9년도 되었다. 고산자의 신흥 무관 학교 연병장에는 수백 명의 생도와 함께 교직원이 늘어섰다. 만세 운동 1주년 기념식을 거행하려는 것이었다. 다행히 날씨는 쾌청했다. 꼭 1년 전의 독립 선언 시각인 오후 2시가 되었다. 연단의 생도 대표가 우렁찬 목소리로 독립 선언서를 낭독하기 시작했다.

"오등(吾等)은 자(玆)에 아(我) 조선의 독립국임과 조선인의 자주민임을 선언하노라. 차(此)로써 세계만방에 고(告)하야 인류 평등의 대의를 극명(克明)하며, 차(此)로써 자손만대에 고(誥)하야 민족자존의 정권(正權)을 영유(永有)케 하노라. 반만년 역사의…"

생도들은 열중쉬어 자세로 숙연히 경청 중이었다. 어떤 사람은 선언서를 가만히 따라 읽기도 했다. 만세 운동 당시 주도적 역할을 담당한 학생 출신인지도 몰랐다. 이윽고 한용운 스님이 작성한 공약 3장을 마지막으로 선언서 낭독은 끝났다.

다음은 교성대장(敎成隊長)인 이청천이 연단에 올랐다. 만세 삼창의 선창을 하려는 것이었다. 이청천은 입을 꾹 다문 채 아무런 말이 없었다. 다만 좌에서 우로, 다시 우에서 좌로 고개를 돌려가며 생도들을 찬찬히 훑어볼 따름이었다. 연병장 분위기는 독립 선언서 낭독으로 한껏 숙연했다. 교성대장의 시선이 다시 정면으로 향했다. 어느 순간 양손을 치켜들며 큰소리로 외친다.

"대한 독립 만세."

선창이었다.

"대한 독립 만세."

뒤따라 생도들도 일시에 손을 번쩍 치키며 목청껏 외친다. 함성은 수만 평 연병장과 광대한 건물을 뒤흔들었다. 산중에서 터뜨린 함성은 이내 메아리로 돌아왔다. 그 메아리가 은은해질 무렵 다시 똑같은 순서로 두 번째 함성이 터져 올랐다. 모두 귀가 먹먹할 정도였고 산울림의 반향도 훨씬 컸다. 마지막 삼창은 그대로 일제의 혼을 빼놓았던 뇌성벽력, 바로 그것이었다. 이어 이세영 교장 선생의 훈시가 따랐다. 오늘 3월 1일은 독립운동에 있어서 그야말로 기념비적인 날이었다. 그것도 처음으로 맞는, 단 한 번밖에 없는 1주년이 아닌가. 예비 독립군 간부들은 몸짓조차 함부로 흐트러뜨리지 않았다.

"황천(皇天)이 돕고 국운이 다시 돌아와 마침내 우리 한민족은 분연히 일어섰습니다. 그날이 꼭 1년 전의 지금입니다. 수천 명의 학생이 운집한 파고다 공원에서 한 학생이 독립 선언서를 펴드는 순간, 민족의 염원인 독립이라는 심지에 불이 댕겨진 것입니다. 선언서 낭독이 끝나자 감격에 겨운 학생들은 모자를 공중으로 날렸고 몰래 감춰 온 태극기는 물결을 이뤘습니다. 이들이 목청껏 독립 만세를 외치며 거리로 몰려나가자 결국 만세 운동이라는 화산은 대폭발을 시작했던 것입니다."

그랬다. 서울 장안은 순식간에 독립 만세 함성으로 뒤덮였다. 이틀 앞으로 다가온, 고종 황제의 국장에 참여하려던 백립(白笠)의 무리까지 함께 가세했다. 뿐만이 아니었다. 사전의 주도면밀한 계획대로 이때는 다른 주요 도시에서도 만세 함성이 터져 올랐다. 다음날인 2일에는 벌써 소도시와 농촌까지 급속히 번져갔다. 요원(燎原)의 불길이라는 표현 그대로 온통 불타고 있는 벌판의 맹렬한 불길처럼 엄청난 기세였다. 흰옷이 몇 명만 모였다 하면 어김없이 대한 독립 만세가 외쳐졌다. 따라서 장날은 공식적인 만세 운동의 날이 되었다. 한데 시위는 놀랍도록 평화적이었다. 군중들은 이미 선언서의 공약처럼 일체의 행동은 가장 질서를 존중하여 광명정대했던 것이다.

무단 정치의 총본산인 조선총독부는 그만 기가 질렸다. 어제까지 총칼 아래 만만하던 조선인이 이토록 단결하여 돌변할 줄은 상상조차 못 한 때문이었다. 놀라움은 잠시였고 일제는 이내 약이 바짝 올랐다. 헌병과 경찰은 물론 조선 주둔군 2개 사단까지 총동원령을 내렸다. 무자비한 탄압의 신호탄이었다. 전국 각지에서 학살과 투옥, 그리고 방화가 자행되었다. 특히 만행이 극에 달한 3월 20일경부터 약 3주일간은 부상자와 감옥에 끌려간 사람은 제외하고 단순 사망자만 5천 명을 넘겼다. 그것은 참으로 억울한 죽음이었다. 너무도 정당한 요구인 대한 독립을, 그것도 평화적으로 두 손만 치켜 만세를 부른 것이 죽을죄가 되었다. 그래도 총알 한 방에 죽은 사람은 그나마 고통은 덜 당했다.

공개 처형이라는 게 있었다. 강제로 사람을 모아 놓고 그들이 보는 앞에서 체포된 만세 운동가를 죽이는 것이었다. 보는 이들이 극도의 공포심을 갖도록 만들어 예방 효과를 거두자는 최후의 발악이었다. 목적이 그런 만큼 처형 방법은 차마 눈 뜨고는 못 볼 정도로 잔인무도했다. 너무도 끔찍한 장면의 연출에 군중들이 전율할 무렵, 처형 집행을 담당한 군경 책임자는 비웃음과 함께 말을 내뱉었다.

"이래도 만세를 부를 텐가?"

감옥에 잡혀간 사람은 모진 고문이 기다리고 있었다. 온갖 방법이 동원된 잔인한 고문은 실로 지옥의 문턱을 넘나드는 고통이었다.

의병장 출신인 교장 선생의 목소리는 비애와 울분으로 떨려 나왔다.

"여러분은 대한의 남아입니다. 그것이 빈틈없는 사실이라면 여러분이 반드시 기억해야만 될 왜놈의 만행은 또 있습니다. 여학생을 비롯한 만세 여성들이 철창 속에서 겪은 치욕이 그것입니다. 그 수모는 차마 말로 옮기기조차 부끄럽습니다. 저들 미개인과 달리 우리 조선 여성에게 있어 정절은 곧 목숨입니다. 한데 심문하던 군경 놈들은 여성을 아예 성 노리개로 삼았습니다. 세상에 그런 짐승만도 못한 놈들이….."

생도 앞에 늘어선 교직원은 대개 국내나 만주, 노령 등지에서 만세 운동을 직간접적으로 겪었다. 그러나 중국의 강혁이나 이범석, 그리고 일본의 이청천처럼 일부 예외적인 사람도 있있다.

강혁은 다고난 천성에다 훈련 덕에 쉽사리 감정에 휩쓸리기보다는 냉철한 이성에 충실한 편이었다. 그러나 만세 여성의 심문과 관련하여 교장 선생이 터뜨리는 울분만큼은 여과 없이 전달되었다. 예전에 받은 엄청난 충격이 고스란히 되살아났기 때문이다. 만세 운동 당시 강혁은 보정의 군관 학교에서 수학 중이었다. 처음 만세 운동 소식을 접하고는 감격에 겨워 제대로 잠조차 이룰 수 없었다. 공부는 아예 둘째였다. 어쩌면 조국이 독립될지도 모른다는 꿈에 부풀어 하루하루를 보냈다. 중국 신문들은 연일 만세 운동 상황을 보도하면서 세계 혁명의 역사에 새로운 장을 열었다며 추켜세웠다. 평화적 시위에 대한 높은 평가였다. 그러나 시일이 흐르면서 강혁은 불안감으로 가슴을 조였다. 신문 지면이 차츰 일제의 만세 운동 탄압상으로 채워진 까닭이었다. 그러다 결국 강혁은 문제의 보도를 접했다. 4월 15일에 발간된 《북경 데일리 뉴스》라는 신문을 통해서였다.

"한국 부인은 감금실에서 헌병에 의해 의복이 찢기고 전라(全裸)로 심문실로 끌려갔다. 심문실에 들어가면 저들은 실내를 엎드려서 기어 다니게 하는 등 수모를 가하였다. 일본 순경들은 또 배를 차거나 잔혹한 행위를 일삼았고, 세수할 때나 다른 사람들이 걷는 장소에서도 나체로 서지 않으면 안 되게 시켰다."

그날 강혁은 신문을 찢고 또 찢어발기며 일제와 하늘을 끝없이 저주했다. 힘없는 나라를 물려준 조선 왕조와 양반들을 그날처럼 원망해본 적도 없었다.

며칠 뒤였다. 다시 신문을 통해 만세 운동 기사를 접한 강혁은 끝내 할 말을 잃어버렸다. 부인에 대한 나체 심문 보도로 절통한 심정을 가눌 길 없던 15일 그날, 조국 땅에서는 또 다른 참상이 벌어졌던 것이다. 수원에서 일어난 이른바 '제암리(堤巖里) 학살 사건'이었다. 조선의 외국 선교사들은 일제의 만세 운동 탄압에 큰 공분을 느끼고 있었다. 결국, 수원의 만행은 영국인 선교사에 의해 사진과 함께 미국 신문에 대서특필되었다. 제암리 학살 사건은 전 세계를 경악하게 만들었다.

"서울에서 45마일 떨어진 수원 제암리에서는 일본군이 도착하여 모든 기독교 여신도들을 교회로 모이도록 명령하였다. 여신도가 교회에 모이자 일본군은 그들에게 기관총을 난사하여 35명을 학살하였다. 이와 같은 사실은 영국과 미국의 영사관 직원의 조사에서 확인되었으며, 총독 하세가와를 비롯한 일본 당국자들도 이를 시인하였다. 제암리 가까이에 있는 또 다른 마을도 불탔는데, 불길에 싸인 집에서 뛰어나오던 주민들은 일본군의 사격과 칼질로 쓰러졌다. 보도된 바에 따르면, 이렇게 불탄 마을이 아홉 곳이며 그 밖에도 많은 교회가 파괴되었다고 한다. 평양에 거주하던 미국인 선교사 로버츠 목사에 의하면 정주(定州)에서는 1백 명이 넘는 한국인이 총살되고 타살되었다고 한다. 열 살밖에 안 되는 어린 소녀들과 부녀자들, 그리고 여학생들이 자기의 조국을 위하여 정열을 쏟아 독립을 외쳤다는 단순한 죄목으로 치욕적인 대우를 받고, 체형을 받았으며, 또 고문을 당하였다. 어린 소녀들이 꼬꾸라지고 잔혹하게 얻어맞았다. 7세 이하의 어린 소녀들 3백여 명이 이미 살해된 것으로 알려졌다. 트윙 목사의 증언에 따르면 한 살짜리 어린아이가 등에 총을 맞고 죽었다고 한다. 일본군들은 죽어가는 사람에게도 등에다 총을 쏘아댔고, 도망하는 사람은 쫓아가서 대검으로 찔러서 쓰러뜨렸다. 시위가 시작된 후 3개월 동안에 3만 명이 넘는 한국인이 피살되거나 부상을 하였다. 독립운동을 진압한다는 핑계로 모든 문명국의 법을 포기함으로써 일본의 군사 독재는 문명인의 존경을 더 이상 받을 수 없다는 것을 입증하였다.〞

교성대장은 신흥 생도들의 훈련을 총괄하는 책임자를 가리켰다. 지금은 이청천, 즉 남만삼천의 일원인 지대형이 맡고 있었다. 만세 운동 1주년 기념식은 교성대장인 이청천에게도 의미가 각별했다. 불과 1년 안쪽에 자신의 신분이 극에서 극으로 바뀌었기 때문이다. 만세 운동이 발발할 당시만 해도 이청천은 일본군 장교 신분이었다. 한데 지금은 민족의 무관 학교에서 생도 훈련을 책임지고 있었다. 더구나 뜻깊은 기념식 날 독립 만세까지 선창하고 보니 모든 게 꿈만 같았다. 자연히 매우 급했던 자신의 망명 과정이 머리를 스쳤다.

본명이 지대형인 이청천도 김좌진처럼 어린 나이에 부친을 여의고 편모슬하에서 성장하였다. 일본 관비(官費) 유학생으로 뽑히자 육군 유년 학교에 이어 일본 사관 학교에 입학했다. 나름의 속셈은 따로 있었다. 장래를 위해 일제가 대주는 돈으로 그들의 근대적인 군사 기술을 배워 오는 것이었다. 그리하여 일제의 미래가 조련되는 모순된 환경 속에서도 오직 공부에만 전념하였다.

일본군 장교가 된 이청천은 세계 대전에도 참전했다. 중국 청도

(靑島)를 두고 독일을 상대로 한 치열한 공방전이었다. 여기에서 이청천은 중요한 실전 경험을 쌓으며 육군 중위로 진급했다. 그러나 이때부터 서서히 망명 결심을 굳혀가고 있었다. 그러는 중에 일본의 심장 한복판에서 의외의 사건이 터졌다. 기미년 2월 8일을 기해 동경 유학생들이 독립 선언서를 발표했던 것이다. 일제로서는 뜻밖에 허를 찔린 셈이었다. 하지만 그것은 엄청난 폭풍의 전조에 불과했다. 얼마 후 한반도에서 폭발한 3·1 만세 운동은 마침내 일제를 기함시킨 때문이었다.

'이제 일본에서 더는 배울 것이 없다. 포(砲)를 비롯한 장비 부문을 알고 싶어도 조선 사람에게는 허락하지 않으니 어쩔 수 없는 일이다. 만약 잘못하여 때를 놓친다면 언제 조국을 위해 이 한 몸 바칠 것인가?'

유학생의 궐기에 고무된 이청천은 망명의 적기가 도래했음을 직감했다. 다행히 비슷한 생각을 지닌 동갑의 동료가 있었다. 나중에 함께 남만삼천의 일원이 되는 육군 중위 김광서였다. 두 일본군 장교가 망명을 단행하려면 어쨌든 군에서 몸부터 빠져나와야 했다. 일부러 몸을 혹사한 뒤 각각 자기 부대에서 휴양 차 임시 귀국을 허락받았다. 국내에서 다시 만난 중위 둘은 국내 탈출을 의논했다. 이미 망명지는 만주로 결정 난 상태였다. 헌병대의 눈을 속이기 위해 장교들은 당구장을 드나들고 밤에는 술집에서 죽쳤다. 만세 시위 현장에는 아예 얼씬도 하지 않았다.

6월 초가 되었다. 뒤를 맴도는 그림자를 간단히 떨친 그들은 드디어 독립운동의 땅 만주로 향했다. 기분에 취해 잠시 방심한 탓일까, 압록강을 건너기 직전에 그만 일이 터지고 말았다. 이청천이 일본 형사에게 불심검문을 당했던 것이다.

"이석교"

본명만큼은 숨겨야 했기에 모친 성에다 가짜 이름을 들먹였다. 독립운동가는 때로 동지에게조차 정체를 숨겨야 할 만큼 신분 노출은 민감한 문제였다. 만주 땅의 이청천은 오히려 헌병대 통과가 한결 쉬웠다. 일본군 육군 중위가 아직은 유효한 신분인 까닭이었다.

두 일본군 현역 장교의 망명은 세상에 큰 충격을 던졌다. 만주 독립군의 사기 진작은 물론, 만세 운동 후 열정이 넘치던 조선 청년에게는 만주 망명의 도화선이 되었다. 반대로 일본군은 체포와 함께 총살감인 두 중위에게 각각 현상금 5만 원의 거액을 내걸었다.

극적인 망명 과정을 더듬는 이청천은 다시 얼굴에 그늘이 졌다. 무기 구입을 위해 지난 연말에 연해주로 떠난 경천 김광서가 끝내 돌아오지 않은 때문이었다. 그로 인해 만세 운동 1주년을 기해 국내 진공 작전을 펼치려던 거사 계획도 결국 물거품이 되고 말았다. 무기 없는 군사 작전은 섶을 지고 불 속으로 뛰어드는 거나 마찬가지였다. 김경천이 돌아오지 않자 이청천은 불안한 심정을 감추지 못했다. 설사 하늘이 두 쪽 나더라도 그깟 돈에 욕심부릴 동지는 절대 아니었다. 또 적에게 붙들려 핍박당할 정도로 미욱하지도 않았다. 비록 이청천과 서른셋의 동갑 친구지만, 사관 학교 3년 선배인 김경천은 기병과를 수석으로 졸업할 만큼 여러 방면에서 출중한 인물이었다.

만세 운동가의 수난을 애통해하던 교장 선생의 훈시는 어느새 희망가로 바뀌었다. 그 때문인지 목소리는 한결 우렁찼다.

"그러나 작년의 만세 운동은 절대 헛되지 않았습니다. 우리의 단결된 힘을 저들 왜놈은 물론이요, 세계만방에 확실히 각인시킨 일대 쾌거였기 때문입니다. 또한, 민족이 흘린 피와 눈물은 우리 정부의 수립을 가져왔습니다. 저 상해의 대한민국 임시 정부는 만세 운동의 구현인 것입니다. 게다가 우리 독립군은 또 어떻습니까? 여러분처럼 독립군을 자원하는 젊은이가 끝없이 만주로 몰려왔고 지금도 강을 건너는 형편입니다. 대한 독립 만세가 무엇입니까? 더 보태거나 뺄 것 하나 없이 대한의 독립을 만세 부른 것입니다. 우리 민족으로서는 너무도 정당한 요구를 무저항으로 만세 시위했던 것입니다. 그보다도 더 어떻게 하겠습니까? 그런데도 저 무도한 왜놈들은 정당한 요구를 끝까지 무시하고 아직도 총칼에 의지하는 실정입니다."

이세영 교장은 거기서 문득 말문을 닫았다. 눈길은 생도들 머리 위를 지나 저편 앞산에 가 있었다. 연병장 사람들은 익히 알고 있었다. 교장 선생의 지금 행동은 최고의 주의력을 요할 때 가끔 써먹는 일종의 방편이었다.

"자랑스러운 생도 여러분! 이제는 비폭력적 평화주의나 단순한 애국주의에서 벗어나 무장 투쟁의 힘을 기를 때입니다. 무력으로 침략자를 몰아낼 수밖에 없게 되었습니다. 따라서 우리 앞에는 오직 독립 전쟁의 길만이 있을 뿐입니다. 예부터 전쟁을 일삼는 자는 망한다고 했습니다. 끝내는 여러 나라의 격분을 불러일으켜 전쟁으로써 전쟁을 종식하는 결과를 가져오는 것이지요. 성경에 총으로 흥한 자는 총으로 망한다는 구절과 일맥상통하는 말입니다. 따라서 다만 시기가 문제일 뿐 일제의 패망은 명약관화한 사실입니다."

잠시 목청을 가다듬은 교장 선생은 한결 목소리를 높였다.

"그러나 우리가 누구입니까? 바로 대한의 남아입니다. 사실이 그러하다면 일제가 패망하는 그 날을 기다리지 말고 기필코 우리 손으로 독립을 쟁취해야만 합니다. 그래야만 우리나라가 큰소리를 칠 수 있습니다. 다른 나라의 힘에 전적으로 의지해 독립을 이룬다면, 다시 그들이 우리를 지배하려 들거나 뭔가를 요구하기 마련입니다. 여러분, 이것은 동서와 고금을 통해서 변치 않는 진실인 만큼 반드시 기억해야만 합니다. 뒷날 후손들이 역사를 말할 때, 1920년에 우리가 여기 있었다는 사실을 자랑스럽게 기억하도록 만듭시다. 그러자면 우리는 모두 만주 벌판을 베게 삼아 눕는다는 각오를 다져야만 할 것입니다."

교장 선생은 한결 차분한 목소리로 훈시를 끝맺었다.

"생도 여러분! 우리 한민족으로서는 두고두고 잊지 못할 역사적인 날이라 추운 날씨 속에 말이 장황했던 것 같습니다. 끝으로 각오를 다지자는 의미에서 대한 독립 만세를 한 번 더 외치도록 하겠습니다. 여러분은 대한의 남아 중의 남아입니다. 그런 여러분의 함성이 저 고국 땅에도 미치지 못한다면, 미안하지만 오늘 저녁의 기념 특식은 취소토록 하겠습니다. 여러분, 알겠습니까?"

"알겠습니다."

이세영 교장의 훈시에 숙달된 생도들은 냅다 고함을 질렀다. 패기 없는 청년은 아예 청년도 아니라는 게 평소 이세영의 일관된 주장이었다. 이번 선창은 교장의 몫이었다.

"대한 독립 만세."

뒤따라 고산자의 산짐승들을 오줌 싸게 만든 함성은 기념 특식을 확실히 예약했다. 생도들이 후끈 달아오르자 교장이 마지막 주문을 던졌다.

"끝으로 묻겠습니다. 장차 왜적에 신명(身命)을 바칠 생도는 오른손을 거수하라!"

여기저기서 "저요! 저요!" 하는 외침과 함께 손이 번쩍번쩍 치켜졌다. 전 생도와 일치하는 숫자였다.

며칠 뒤였다. 고산자의 신흥 무관 학교 연병장에는 생도들이 한창 훈련에 열중하고 있었다. 그때 털모자에 두루마기 차림의 한 진객(珍客)이 연병장에 들어섰다. 흰 수염을 날리는 초로의 노인은 단장(短杖)에 의지한 채 생도들을 이윽히 바라보았다.

"독판 각하, 날씨도 찬데 미리 연락을 주시지 그랬습니까? 마중도 못 나갔습니다."

뒤늦게 사실을 안 이청천이 저편에서 뛰어왔다.

"허허, 마중은 무슨…. 내가 아직 할 일이 많기 때문인지 마음은 청춘이오. 그런데 우리 신흥에만 오면 이상하게도 기운이 더 팔팔해지는 게 몇 년은 젊어진단 말이지. 그것참."

방문객은 체구는 단아해도 정신은 태산보다 높은 서로군정서의 독판 이상룡이었다. 한족회와 함께 군정부가 조직되었을 때 이상룡의 직책은 최고인 총재였다. 얼마 후 임정에서 통합을 요청해오자 많은 지사가 이에 반대했다. 망명 정부는 상해에 그대로 두고 따로 무장 투쟁의 거점인 만주에도 군정부가 필요하다는 게 반대 명분이었다. 그러자 이상룡이 앞장서서 "하나의 민족이 정부를 어찌 둘씩이나 가질 수 있느냐?"라며 반대자를 일일이 설득했다. 평소 그의 높은 인품에다 주장 또한 정론이어서 결국 군정부는 서로군정서로, 총재는 독판으로 호칭이 낮춰졌다.

　　상해 임정은 독립운동의 한 방편으로 연통제(聯通制)를 시행하였다. 연통제는 암암리에 조선의 각 도와 군에 임시 정부의 책임자를 임명하여 통치 행위를 뒷받침하도록 만든 비밀 조직이었다. 독판은 이 연통제의 각 도 책임자를 지칭하는 말이기도 했다.

　　"이 대장, 늘 고마울 따름이오. 한데 오늘은 의논 거리가 조금 있는데 바쁘지요?"

　　독판 이상룡이 교성대장의 찬 손을 쓸어주며 다정스레 말했다.

　　"괜찮습니다. 교관과 생도가 자율적으로 열심히 하기에 시간은 충분합니다."

　　"서두를 필요는 없으니 천천히 할 일부터 하시오. 그리고 이강혁 군은 요즘 뭘 하지?"

　　"병서 교재를 집필 중입니다."

　　"직책은?"

　　"지금 맡은 일이 중요해서 거기에 집중토록 했습니다."

이상룡은 가만히 고개를 끄덕였다. 잠시 생각하는 눈치였지만 별다른 말은 없었다.

"그럼 나는 먼저 교장실에 가 있으리다."

이윽고 이청천과 대화를 끝낸 독판은 단장을 내짚으며 건물로 향했다. 교성대장은 그런 이상룡의 표표한 뒷모습을 잠시 바라보았다. 참 지사의 향내가 한껏 느껴졌다. 새삼 마음이 충만해지며 자부심과 함께 자신감마저 솟구쳤다. 그래선지 다시 훈련장으로 향하는 이청천의 발걸음은 한결 가벼워 보였다. 저만큼 걸어가던 독판의 눈길이 다시 생도들을 향했다. 입가에는 흐뭇한 미소가 떠나지 않았다. 독립 기지 건설의 초기에 용약(勇躍) 결심한 뒤, 한민족의 단합과 더불어 오직 일념으로 구국 인재 양성에 몰두해온 이상룡이었다. 신흥의 발전된 모습과 생도들을 바라보는 눈빛에 애정과 대견스러움이 묻어나는 것은 너무도 당연했다. 그런 이상룡은 문득 10여 년 전 망명길에 오른 자신의 모습이 떠올랐다. 거국음이란 시를 남기고 안동에서 출발한 뒤로는 계속 시로써 자신의 비통한 심정을 달랬다. 추풍령 위의 기차에서, 기차로 개성을 지나면서, 또 압록강 강변에서 만주를 바라보며 시를 지었다. 그러다 마침내 조국의 산하를 뒤로하고 강추위로 얼어붙은 압록강을 건널 때의 그 절통한 심정이란! 이때에도 하릴없이 시로 마음을 달랠 수밖에 없었다. 한데 그 뒤부터 어떤 결의를 다질 때면 이상하게도 당시의 심정과 함께 시까지 떠오르고는 했다.

삭풍은 칼보다 날카로워 나의 살을 에는데

살은 깎여도 오히려 참을 수 있고
창자는 끊어져도 차라리 슬프지 않다

옥토 삼천리와 이천만 백성의 극락 같은 부모국이
지금 누구의 차지가 되었는가
차라리 이 머리는 잘릴지언정
내 어찌 무릎을 꿇어 종이 될까 보냐

집을 나선 지 한 달이 못 되어 압록강을 건넜으니
누구를 위해 머뭇거릴 것인가
호연히 나의 길을 가리라

교장실의 이상룡은 만세 운동 1주년 기념식과 관련하여 교장과 담소를 나누었다. 대한제국의 육군 간부 출신인 이세영 교장은 충남 청양이 고향으로 이제 50대 초반이었다. 짙은 눈썹에 얼굴은 갸름한 편이었다. 한데 위로 치키는 카이저수염이 유행인데 교장은 까만 수염 끝이 아래로 단정히 처져 있었다. 얼마 뒤에는 이청천이 자리에 합류했다. 교장과 교성대장은 무관 학교의 핵심이었다.

"만세 운동과 관련해서 혹 사냥개 1호라는 신철(申哲) 형사의 얘기를 들어보셨소?"

교성대장이 의자에 앉기를 기다려 이상룡이 말을 꺼냈다.

"글쎄요? 처음 듣는 것 같습니다."

학교 수뇌들이 고개를 갸웃거리자 독판이 얘기를 이어갔다.

"나도 이번에 들었는데 참으로 아찔한 얘기더구먼. 그 신철이 누구냐 하면 왜놈 세상 때부터 10년간이나 종로 경찰서를 들락거린 고등계 악질 형사인데, 특히 우리 지사들을 엄청나게 괴롭힌 모양이오. 그자가 지사들의 동태를 어찌나 환히 캐내는지, 사냥개 1호다 하면 모두 고개를 돌릴 만큼 징글징글 여겼다는 거야. 또 일본말은 왜놈 뺨칠 정도로 능숙한 데다 사냥개라 냄새를 맡으려고 부러 그랬는지 몰라도 늘 한복 차림으로 싸돌아다녔는데…."

문제는 천도교의 보성사(普成社) 인쇄소에서 일어났다. 독립 선언서를 한창 인쇄할 때였다. 어떻게 냄새를 맡았는지 사냥개 1호가 인쇄소에 불쑥 나타나 현장을 확인하고는 이내 총총히 사라져버렸다. 민족의 막중한 거사를 불과 이틀 앞둔 관계자들은 아연실색할 수밖에 없었다. 결국, 천도교 중진으로 만세 운동에 깊숙이 관여 중인 최린(崔麟)이 사건을 맡고 나섰다. 은밀히 사람을 보내 사냥개 형사를 만난 최린은 먼저 거금 5천 원부터 내놓았다. 이어 당신만 입을 다물면 나라의 운명이 바뀔 거라며 호가 난 악질 형사를 구슬렸다. 한동안 침묵하던 신철은 뜻밖의 변화를 보였다. 최린에게 정중히 고개 숙여 인사하고 돈까지 거절한 뒤 물러갔던 것이다.

경찰서로 돌아온 신철 형사는 그때부터 거짓으로 설레발을 쳤다. 만주 독립군이 신의주로 잠입을 꾀한다는 정보를 이제 막 입수했다는 것이었다. 그리고는 부랴부랴 신의주로 출장을 떠나버렸다. 신철 형사가 없는 이틀 동안 경무총감부에는 막연한 첩보가 잇따랐다. 그러나 결정적 단서가 없어 흐지부지하는 사이에 결국은 만세 함성이 터져 올랐다. 그제야 배신을 눈치챈 경찰은 용산 헌병 대에 신철 체포를 긴급으로 요청했다. 곧바로 신철은 신의주에서 체포되었다. 하지만 사냥개 1호가 누군가. 형사 생활 10년 동안에 일제의 악랄한 고문에 대해서는 누구보다도 훤했다. 그래서 최악의 상황은 미리 대비하고 있었다. 본격적인 심문을 받기에 앞서 품속에 준비했던 청산가리를 입에 털어 넣었던 것이다.

"죽었습니까?"

교성대장이 급히 물었다.

"결과적으로 만세 운동 비밀과 자기 목숨을 맞바꾼 셈이지."

이상룡이 얕은 한숨과 함께 고개를 끄덕이자 교장도 한마디 거들었다.

"비록 악질에다 왜놈 앞잡이 질을 오래 했어도 어째 미워할 수가 없군요. 아예 요지부동인 민족 반역자를 생각하면 그자의 최후는 장렬한 느낌까지 들지 않습니까?"

"그러게요. 하마터면 우리 만세 운동이 사전에 발각될 뻔하지 않았소?"

이상룡은 자신도 모르게 안도의 한숨을 크게 내쉬었다. 거친 만주 벌판에서 어언 10년 성상을 오직 의지 하나로 버티어 온 이상룡이지만 얼굴은 아직 동안이었다. 거기다 탐스럽게 기른 성성한 턱수염은 희디흰 만큼 조화로운 위엄을 더했다. 그런 이상룡이 문득 떠오르는 게 있는지 말을 덧붙였다.

"교장 선생이 민족 반역자를 운운하니 대뜸 이완용이가 떠오르는구면. 사냥개 1호는 그래도 민족의 거사 앞에 자기 몸을 던졌지만, 나라 팔아먹은 매국노는 만세 운동이 일어나자 자기가 무슨 명사라도 되는 듯이 민족 앞에 경고문을 던졌다지 않소. 조선 독립을 선동하는 것은 허설(虛說)이며 망동이라고 했다네. 또 왜놈이 관대히 대해줘서 그렇지, 계속해서 망동을 벌이면 필경 강압책을 쓸 수밖에 없다고 지껄였답니다. 하여튼 이완용이 죽일 놈은 죽일 놈이요."

방금 이상룡이 인용한 두어 구절은 만세 운동과 관련하여 이완용이 발표한 세 번의 경고문 가운데 첫 번째에 해당했다. 만주의 이상룡은 어떻게 그 경고문만 접한 것이 확실했다. 왜냐하면, 총독부 기관지인《매일신보》에 실린 세 번째 경고문까지 익히 알았더라면, 그 해괴한 논리에 정신이상자로 취급해 아예 언급 자체를 피할지도 몰랐던 것이다. 세 번째 경고문의 주요 내용은 이러했다.

"3·1 운동이 세계 대전 여파로서의 민족자결주의에 영향을 받은 것이지만, 조선과 일본은 고대 이래로 동종동족(同宗同族), 동종동근(同種同根)이어서 민족자결주의는 조선에 부적당한 것이다. 또한, 한일 합방은 당시의 국내 사정이나 국제 관계로 보아 역사적 자연의 운명과 세계 대세에 순응하여 동양의 평화를 확보하기 위하여 조선 민족이 택할 수 있는 유일한 활로였다. 그리고 3·1 운동에 참가하여 경거망동하는 사람은 조선 민족을 멸망시키고 동양의 평화를 파괴하는 우리의 적이다."

일본에 나라를 팔아먹은 최악의 매국노가 이완용이었다. 을사오적의 하나로 이름을 올리더니 15년이 지난 지금에는 만세 운동

경고문에 의해 후작(侯爵)으로 승작까지 되었다. 만세 운동 1년이 되자 여러 가지로 아쉬운 점이 많은 이상룡이 말했다.

"왜놈들은 조선 지배에 대해 재고할 기회가 크게 두 번이나 있었어. 첫 번째는 안중근 의사의 하얼빈 의거 때야. 침략의 원흉인 저들의 이토가 총 맞아 죽고 하면 더 이상의 야욕을 버려야 했어요. 그러면 자연스럽게 동양 평화가 깃들어 자기들의 일본을 포함하여 모든 나라가 좋았을 거 아닌가? 한데 끝내는 대한제국을 집어삼키고 말았으니 자꾸 문제가 커진 게지. 또 한 번은 작년의 만세 운동이야. 이때라도 우리의 독립 요구를 겸허히 받아들여 지배를 포기했더라면 그 아니 좋아! 저렇게 싸움질로 이웃 나라를 괴롭히다가 필경 망해야 끝장이 날 판이니, 제 놈들 나라와 국민까지 큰 불행이 아니오?"

이청천은 다시 만세 운동 당시의 자신 처지가 떠올랐다. 그러다 어떤 상념에 잠시 빠져들었다. 만약 자신이 일본군 장교로 참전한 청도 전투에서 전사라도 했거나 아니면 현실적으로 절대 강자인 일제에 빌붙어 계속 영달을 꾀했더라면 하는 가정법부터 떠올랐다. 그러자 등허리로 한줄기 한기부터 스쳤다. 그랬더라면 신흥무관 학교의 교성대장 이청천이란 이름은 아예 존재하지도 않았을 것이다. 명예는 두고라도 더 섬뜩한 것은 사냥개 신철보다도 못한, 일제의 꼭두각시 지대형으로 끝날 일이 아니던가. 그런 이청천은 언뜻 머릿속으로 경구(警句) 한 구절이 스쳤다.

"사람은 죽기가 어려운 것이 아니라(人死非難) 죽을 때를 취하기가 어렵다(處死爲難)."

극적인 최후를 준비한 신철 얘기의 끝이라 이 경구가 자연스레 이청천에게 떠올랐는지도 몰랐다.

"만세 운동 1주년을 맞아 고국에서는 무슨 불상사나 없었는지…."

우려와 함께 어떤 기대 섞인 목소리로 이상룡이 중얼거렸다. 그러다 조국의 정치 현실과 관련하여 문득 떠오르는 게 있는지 궁금한 표정으로 이청천을 향했다.

"이 대장! 새 총독으로 온 사이토인가 사또인가 하는 그 작자 말이야. 일본 내에서는 평가가 어떠했소? 그자 하는 짓거리가 참으로 맹랑하다는 소문이거든."

꼬리를 물고 과거로 빠져들던 이청천이 퍼뜩 깨어났다.

"이미 들은 바 있으시겠지만, 일본군은 육군과 해군 간의 알력이 무척 심합니다. 저는 아무래도 육군 쪽 입장에 가까울 수밖에 없는데, 그 사이토에 대한 평가는 대체로 부정적이었습니다. 나름의 능력을 인정하더라도 한편으로는 겉과 속이 판이한 인물로 권모술수에 너무 능하다는 겁니다. 음험한 야심가이기도 하지요. 예를 들면 그자의 벼락출세는 일본 해군을 좌지우지하는 군벌 총수에 대한 맹종의 산물인데, 그 과정에서 총수를 교묘히 조종해 자신에게 걸림돌이 되는 선배들을 군에서 대거 축출했다는 것입니다."

잠시 생각하던 이청천이 말을 잇대었다.

"제가 일본에서 탈출할 무렵에는 뇌물 사건으로 벌써 몇 년째 썩고 있었습니다. 그래서 해군의 타고난 모사꾼도 끝장났다며 관심 밖의 인물로 치부했습니다. 한데 어떻게 총독이란 감투를 쓰고 조선 땅으로 훌쩍 날아들었더군요. 아무튼 잔머리 굴리기를 즐겨 하는 체질인 데다 그 방면에 일가견을 지닌 자임은 분명합니다."

간단하면서 명쾌한 인물평이었다. 교성대장의 설명에 귀 기울이던 이상룡은 이윽고 경계하는 목소리로 자신의 질문 의도를 밝혔다.

"나름의 수단은 지녔기에 그만큼 출세하고 또 재기를 도모해 총독 자리까지 꿰찼겠지. 만세 운동에 놀란 왜놈들의 왕이 해결사로 보냈다는 소문이고 보면 오죽하겠소? 문제는 사이토란 자가 입버릇처럼 달고 다닌다는 문화 정치인가 신정치인가 하는 데 있어요. 무력만으로는 통치 불능이 명백해지자 이제는 문화적이니 인간적이니 하는 따위의 꼼수로 우리 민족을 살살 구슬리자는 수작 아닌가? 한데 그 얄은꾀가 의외로 만만치를 않아요. 내리 핍박만 해대다가 조금만 잘 대해주면 사람인 이상 물러지기 십상 아니겠소? 친일파 놈들이야 애당초 논외로 치더라도, 배웠다는 자들이 마치 성군(聖君)이라도 만난 양 벌써 부화뇌동(附和雷同)한다는 소문이고 보면 무지한 사람들은 깜박 속을밖에요."

난로가 달아오르자 이상룡은 의자를 뒤로 물렸다.

"고국의 우리 백성이 이전보다 수난을 덜 겪는다면 당장은 열 번 아니라 백번 좋은 일이지. 한데 정신까지 흐려질까 봐 심히 우려된단 말이외다. 그 사이토라는 작자가 웃으며 뺨치는 줄도 모르고 세월을 까먹다 보면 다시금 무기력증에 지금의 현상이 고착될 게 아니겠소? 그게 제일 염려스러워. 신정치라는 핑계로 실상은 정신을 살살 갉아먹으려는 아주 못돼 먹은 수작 아니냔 말이야.

우리 독립군이 짧은 세월에 일취월장했는데 그게 다 무엇 때문이 겠소? 왜놈 총칼에 다스림을 받아보니 독립이 절실해 만세를 불렀고, 젊은이들은 애국심과 복수심이 솟구쳐 만주로 달려온 게 아니오? 달리 말하면 왜놈의 총칼이 적개심으로 똘똘 뭉친 지금의 독립군을 기른 셈이다, 이거지요. 한데 새 총독이란 자는 그런 사실까지 벌써 간파한 모양이야, 하는 짓거리가."

목소리를 키우던 이상룡이 호흡을 가다듬었다. 그러자 주로 경청하는 태도를 보이던 교장이 묵직하게 말했다.

"새 총독이 그토록 음험한 자라니 아닌 게 아니라 앞날이 켕기는군요. 하지만 그 사이토란 작자가 어떤 식으로 나오든 우리가 갈 길은 오로지 독립 전쟁 아닙니까?"

무인 출신답게 전의가 잔뜩 묻어나는 목소리였다. 이세영은 강습소부터 시작해 중학, 그리고 무관 학교에 이르기까지 자주 신흥의 교장을 역임한 인물이었다. 이세영이 독립 전쟁이란 말을 입에 올리자 독판이 무릎을 쳤다.

"그렇지요. 교장 선생의 말이 바로 내 뜻입니다. 만세 운동 기념식을 엊그제 치르고 오늘 비판하려니 좀 뭣합니다만, 그래야 또 우리가 나아가지를 않겠소? 만세 운동이 우리 민족의 역량을 보여준 일대 쾌거임은 분명하나 평화적으로 나갔던 것이 도리어 한계성을 지녔던 것 같아요. 민족자결주의니 파리 강화 회의니 하는 바람에 그만 들떠서 너무 외교적 환상에만 사로잡혔다 이 말입니다. 저 무도한 왜놈들을 상대로 독립을 쟁취하려면 애당초 사생결단식으로 덤벼야 했는데 그랬어요. 이제 독립은 천세나 만세를 불러서 되는 것이 아니고 장래 일을 잘 도모해서 실천하는 게 아주 중요해요."

아쉬움이 많은 듯 입맛을 다시던 독판이 다시 말했다.

"무릇 국가의 대계에는 으뜸으로 정한 방략이 반드시 서 있어야만 합니다. 특히 우리가 처해있는 암담한 현실을 고려하면 더 말할 나위도 없지요. 그래서 지사들이 독립운동 방략이라며 주장하는 바가 매우 다양합니다. 그 가운데 의열 투쟁론은 크게 보아 독립 전쟁론과 뿌리를 같이 하니 한 묶음으로 칩시다. 그리고 외교론이다 교육과 산업 우선론이다, 또 준비론이다 해서 참으로 방략이 다양합니다. 전부 나름대로 일리도 있고 훌륭한 방략임은 틀림없어요. 한데 나는 처음부터 독립을 위해서는 싸움 외에는 방법이 없다고 생각했으니 아마 독립 전쟁을 신봉하는 사람에 속할 거외다. 힘밖에 모르는 놈들을 그럼 어쩌겠소? 부득불 우리도 힘으로 왜놈들을 바다로 몰아내 빠져 죽든지 아니면 자기 땅으로 물러가든지 만들밖에 없지. 그래서 10년 세월 동안 매한가지로 독립 전쟁에 대한 내 뜻은 변함이 없고, 다른 여러 좋은 방략은 보완적 요소 아닌가 난 그렇게 생각해요."

이상룡은 한층 신중해졌다.

"무슨 일이든 거기에 맞춰 시기가 있는 법입니다. 만세 운동으로 독립 의지가 충만한 이때를 우리가 실기(失機)한대서야 어디 말이 되겠소? 하다못해 촌토(寸土)라도 회복하려는 의지를 보여야만 백성들도 무슨 희망을 품고 따를 것 아니오? 그걸 생각하면 엊그제 국내 진공 작전이 허사로 끝난 게 참으로 안타까워. 어쨌든 이 절호의 기회를 어물어물 넘겼다가는 아마 나나 교장 선생 생전에는 독립이 요원하지 싶소. 후손들에게 부끄럽고 또 당최 억울해서 눈을 감을 수 있겠소?"

동의를 구하듯 교장을 쳐다보았다.

"지당하신 말씀입니다. 지난해는 만세 운동과 연관하여 내심 외교적 기대가 컸던 게 사실입니다. 그러나 국제 사회라는 것도 필경 힘의 지배 원리에서 몇 발짝 못 벗어나더군요. 일제가 세계 대전의 전승국(戰勝國)이라는 이유 하나만으로, 소위 세계열강들이 우리 조선의 독립은 아예 거들떠보지도 않았으니 말입니다. 이제 독판 각하의 말씀처럼 열 일 제쳐 두고 오직 독립 전쟁에 매진할 때라고 봅니다."

무관 학교의 핵심인 교장과 교성대장이 이미 대세로 굳어진 독립 전쟁론의 실체를 모를 리 없었다. 그래도 행여 노파심에 분위기부터 띄우던 독판이 그제야 짐짓 정색했다.

"어허 참! 바쁜 이 대장을 불러 놓고 내 정신 좀 보게. 사실은 오늘 교장 선생과 이 대장께 청할 일이 있어서 왔습니다."

"부르시면 될 텐데 일부러 여기까지 걸음을 하셨습니까? 말씀하시지요."

교장은 짐짓 자세까지 고쳐 앉았다.

"교장 선생께서도 근래 북로군정서 총사령관의 편지를 받아보셨지요?"

이상룡은 먼저 김좌진부터 입에 올렸다.

"예, 북간도를 다녀온 이강혁 교관 외에도 두어 차례 더 받았습니다. 군사 학교로는 우리 신흥이 선발 주자인 관계로, 그쪽의 사관연성소 사업과 관련해서는 우리도 힘닿는 대로 협조하고 있습니다."

현재 북로군정서 최고의 역점 사업은 사관연성소였다. 독판의 말이 떨어지자마자 이세영이 그 점은 염려 말라는 듯 시원스레 답했다.

"암, 그래야지요. 한데 그 강혁 군과 관련해서는 무슨 언급이 없던가요?"

"웬걸요! 사관연성소의 힘찬 출발을 위해서는 이강혁 교관과 같은 인재가 필요하다며 간곡했습니다. 형편이 여의치 않으면 일 년 정도 파견을 보내달라는데 그게 어디 쉬운 일입니까?"

연전에 만주로 건너온 김좌진은 신흥 학교부터 찾았다. 거기 머물면서 동향의 선배인 이세영 교장의 도움으로 여러 군사적인 인물과 인맥을 쌓을 수 있었다. 지금 북로군정서 사령부에서 활약 중인 신흥 학교 출신들이 대부분 그들이었다. 한데 김좌진으로부터 강혁 전출 건을 요청받은 이세영은 참으로 입장이 난감했다. 동향 출신이라고 김좌진을 너무 도와주는 게 아닌가 해서 전부터 은근히 주위에 눈치가 보였던 때문이다. 거기다 기한을 떠나서 강혁은 밖으로 내돌릴 존재가 아니었다. 서로군정서를 위해 한창 물오른 재주도 필요했지만, 부민단 시절부터 꾸준히 공을 들인 만큼 장차 독립운동 성지의 대들보감도 되었던 것이다. 그래서 비록 동향 후배의 요청은 간곡하지만 무시할 수밖에 없다고 결론짓고, 교장은 곧 그 문제를 머리에서 지워버렸다.

교장이 강혁을 감싸고돌자 애써 미소를 감추던 이상룡이 이윽고 의논조로 말을 꺼냈다.

"얼마 전에 다시 백야 총사령관한테서 편지가 왔습디다. 그 사관연성소의 교관 요원으로 젊은 인재가 다수 필요한데 강혁 군과 이범석 교관은 필수적이라 하더구면. 그래서 군정서 간부들과도 상의를 해봤는데 까짓것 보내 줍시다. 아주 우리 신흥 졸업생 가운데 정예를 더 골라서 말이외다. 그게 내 청이오."

"그러면 이강혁에다 이범석 교관까지 포함하자는 말씀입니까?"

정색한 교장이 반문했다.

"하나가 빠지면 어디 최정예라 할 수 있나요?"

대수롭잖게 말하는 이상룡을 멍하니 쳐다보던 교장은 이윽고 이청천에게 눈길을 돌렸다. 교성대장도 뜻밖이긴 마찬가지였다.

"독판 각하, 이강혁 교관만 해도 과분한데 백야의 욕심이 너무 과한 것 아닙니까?"

짤막짤막한 질문과 반박이 이상룡을 향했다. 그러나 독판은 이따금 고개만 끄덕일 뿐 얼마간 침묵으로 일관했다.

신흥 무관 학교는 서로군정서에 예속된 단체였다. 따라서 군정서는 학교 운영과 관련하여 어떤 의결권을 행사할 수 있었다. 당연히 인사 문제도 포함되었다. 그렇지만 학교 당국의 의견도 무시할 수 없었다. 거의 모든 지사가 독립운동 대열에 자발적으로 참여한 이상, 단합은 규칙에 앞서 참으로 중요한 문제였기 때문이다. 그래서 이상룡은 처음부터 청이 있어서 왔다며 완곡한 표현법을 썼다. 학교 수뇌들은 이제 차분히 독판의 다음 말을 기다렸다. 평소 이상룡은 소수를 편드는 경우가 많았다. 그런데 나중에 돌이켜 보면 대부분 대국적 판단에 근거했다. 정부란 명칭을 선선히 양보해서 더는 분란의 소지를 없앤 것이 좋은 예였다. 그런 서로군정서의 독판을 중국 관리들은 이 대인(大人)이라고 칭했다. 실상 이상룡이 얼마나 큰 사람인지 모르고 그냥 존칭상 그렇게 불렀을 것이다.

"그들 두 인재가 우리에게 얼마나 중한지 나도 잘 알아요. 더구나 학교 측에서 보자면 보배 아니오?"

마침내 이상룡이 설득 작업에 들어갔다. 입가에 맴돌던 미소도 어느새 사라졌다.

"그렇지만 우리에게 가장 중요한 것은 궁극적으로 독립 전쟁이외다. 내가 방금 촌토 회복을 운운했는데 명분을 떠나 현실을 한번 냉정히 직시해 봅시다. 군사 대국이라는 일제와 비교하면 참으로 무력감이 일 만큼 우리 힘이 열세인 것은 사실 아니오? 따라서 우리는 최대한 효과적으로 전쟁을 준비하는 것이 아주 중요합니다. 효과적인 준비가 어디 한둘일까 마는, 먼저 독립운동과 연관하여 지역 문제를 놓고 한번 논해봅시다. 조선 땅은 어쨌든 왜놈 치하에 들었으니 일단 논외로 치고, 나라 밖의 독립운동도 지역적으로 각기 활동 양상을 조금씩 달리하고 있어요. 예를 들면 상해의 임시 정부는 독립운동의 상징으로서 어떤 중추적 역할을 담당한 상태고, 미주와 하와이는 군자금 지원과 외교 활동으로 한몫을 하는 편이지요. 그러면 만주와 연해주는 무엇이냐? 바로 독립 전쟁을 구체적으로 수행할 군사 기지가 되는 셈입니다. 조국 땅과 인접한 지리적 조건과 함께 우리 동포들이 이 일대에 많이 거주하기 때문이지요."

그쯤에서 문득 몸을 일으킨 이상룡은 창가로 다가갔다. 얘기가 길어지다 보니 잠시 정리할 시간을 갖는 듯했다. 성성한 수염을 손으로 쓸며 생도들의 훈련 모습을 이윽히 바라보던 독판은 다시 자리로 돌아오며 물었다.

"내가 군사 기지를 들먹이다 말을 멈췄던가? 마음과 달리 기력이 자꾸 쇠해지니 이거야 원! 교장 선생, 내가 갈 길은 멀고 해는 서산에 걸린 나그네 형국이오. 더군다나 독립이란 말만 요란했지, 제대로 성취한 것이 없으니…."

"겸양의 말씀이십니다. 조선 사람은 독판 각하께 의지하는 바가 매우 큽니다."

잠시 쓸쓸한 미소를 보이던 이상룡이 한결 차분한 목소리로 얘기를 엮어갔다.

"내가 만주와 연해주는 군사 기지라고 표현했는데 또 반드시 그렇지도 않아요. 남의 영토이다 보니 현실적으로는 그 범위가 극히 제한적일밖에 없거든요. 특히 연해주는 혁명으로 분위기가 어수선해서 차분히 무장 활동을 준비하기에는 제약이 많아. 당분간은 전력에서 제외하는 게 차라리 온당한 편이지요. 그러면 군사 기지는 만주 가운데서도 국경과 접한 간도가 거의 유일하거든. 한데 여러 형편상 여기 서간도보다는 북간도가 독립군 기지로 성장하기에는 훨씬 유망한 지역이오. 왜냐하면, 무엇보다 서간도는 왜놈들에게 너무 노출되었어요. 관동주(關東州)가 이쪽에 있고, 또 철도 부속지와 그 경비병들 때문에 일제의 마수가 자꾸만 뻗쳐 온단 말이외다. 형편이 그렇다 보니 왜놈 등쌀에 중국 측과의 관계도 우리가 노력한 만큼 원만치 않아요. 두고 보면 알겠지만, 탄압 정도가 더 심해져 점차 악화하기에 십상일 거요. 벌써 새해 들자마자 관청이 우리 단체에 해산 명령을 내린 것만 보더라도 심상치가 않잖아요?"

이상룡은 억울한 듯 한숨을 내쉬다가 말을 이었다.

"하긴 북간도도 용정과 국자가 같은 도회지는 왜놈들 손아귀에 들기는 했지. 하지만 그것은 일부분에 지나지 않아요. 저 시베리아까지 뻗쳐간 대삼림에 비하면 말이외다. 그 삼림 하나만으로도 북간도는 군사 지대로 유망해요. 우선 간섭을 피해 집단 거주와 훈련이 쉽지 않습니까? 또 산간 곳곳에 정착한 동포들은 독립 전쟁에서 필수적인 인적, 물적 기반이 되지요. 뿐입니까? 그 삼림은 연해주로부터 은밀히 무기를 가져오는 데도 든든한 보호막이 됩니다. 대저(大抵) 무기의 우열은 병력이나 훈련과는 별개로 전쟁의 승패까지 좌우할 정도지요. 교성대장, 신식 무기 없는 승리를 현대전에서 상상이나 할 수 있나요? 방금 내가 한 얘기는 대체로 백야 총사령관의 주장이기는 합니다만 상당히 일리 있는 것만은 분명해요"

관동주는 요동반도의 남쪽인 대련(大連)과 여순(旅順) 지역으로, 특히 일제로서는 군사적으로 중요한 조차지였다. 만주 침략의 거점이 된 관동주의 여순에는 지난해부터 일제 대본영(大本營) 직속의 사령부가 주둔하였다. 그런 관동주와 연관하여 남만주 철도의 경비를 담당한 군사를 관동군(關東軍)이라 불렀다. 독립군 둥지로 북간도의 중요성을 일깨우던 독판은 그쯤에서 화제를 신흥 무관 학교로 돌렸다.

"우리 신흥의 존재 의의를 정의한다면, 젊은 인재를 잘 키워 독립운동 일선에서 활동하게 만드는 것이외다. 다행히 그러한 사업은 나름대로 성과를 거둬, 신흥 졸업생은 지금 여러 독립군 부대와 학교 등지에서 중추적 역할을 담당하고 있어요. 한데 분교를 따로 둘 정도로 우리 신흥이 성장한 것도 사실이지만, 반면 독립군은 비교가 안 될 만큼 폭발적으로 세가 확장되었어요. 특히 방금 말했듯이 독립 전쟁의 거점이나 다름없게 된 북간도에서 왕성합니다. 그건 무엇을 의미하느냐? 수요에 공급이 못 미칠 거라는 얘깁니다. 다시 말해 신흥 졸업생만으로는 독립군 간부에 대한 공급조차 버거울 날이 머지않았다 이거지요. 따라서 신흥이 제 역할에 충실을 기하려면 다시금 시급히 교세를 확장해야만 하는데, 우리로서는 이제 여력이 없잖아요? 그런데 북간도에서도 가장 세력이 왕성한 독립군 부대가 때마침 자체적으로 간부를 양성하겠다고 나선 거외다. 불감청(不敢請)이언정 고소원(固所願)이란 말이 무색할 정도로 반가운 소식 아닌가요?"

말을 많이 한 때문인지 이상룡은 잔기침이 잦았다. 이청천이 따뜻한 물을 따라서 공손히 바쳤다. 독판의 목소리가 한결 부드러웠다.

"여기 교장도 산증인이지만 나도 신흥이 강습소로 출발할 때부터 죽 지켜봐 왔어요. 그래서 제대로 된 무관 학교 하나를 꾸려나간다는 것이 얼마만큼 힘든 일인지 누구보다도 잘 압니다. 우리와 비슷한 시행착오를 북로군정서가 거듭한대서야 말이 되겠소? 따라서 우리는 그 고마운 사관연성소가 이른 시일 내에 우뚝 설 수 있도록 힘껏 도울 필요가 있어요. 강혁 군과 이범석 교관 등은 대단한 인재들인 만큼 우리의 보배지. 하지만 그 사관연성소로 보내주는 것이 더 적재적소의 배치요, 대의일 거외다. 북간도의 다른 부대에 군사 학교 설립을 적극적으로 권장하는 차원에서라도 말이지. 그러다 보면 자연 인재에 대한 자원이 풍부해짐은 물론이요, 우리 신흥 졸업생은 또 선택의 폭이 그만큼 넓어지지 않겠어요?"

이윽고 이상룡은 긴 얘기를 마무리 지었다.

"강혁 군이 워낙 특출하다 보니 아끼는 마음 나도 잘 알아요. 일껏 공들여 키운 인재를 남 주는 일이 참으로 쉽지 않지요. 그러나 사람은 자신을 필요로 하는 곳이 따로 있게 마련이오. 구슬은 갈아야 광이 나고, 여의주를 지닌 용도 비구름을 만나야만 조화를 부릴 것 아닙니까? 우선 군사 기지나 다름없는 북간도로 그들을 보내주는 것이 상책일 것 같소이다. 우리 신흥은 이제 어느 정도 궤도에 올랐고 또 일기당천(一騎當千)의 이 대장이 교육을 책임지고 분투 중인데 뭐가 걱정입니까? 그 사관연성소가 부디 소기의 성과를 얻도록 정성껏 도와줍시다. 그나마 독립 전쟁을 앞당길 수 있는 첩경은 어쨌든 그런 곳에 있지 않나 싶소이다."

간도의 여러 독립운동 단체는 서로 간에 교류가 적은 편이었다. 나라의 독립이라는 대명제와 지사들 간의 안면으로 그저 느슨한 협력을 유지하는 정도였다. 그것은 임시 정부가 수립된 뒤에도 별반 다를 바가 없었다. 명색 최고 기관인 임정의 힘이 너무 취약했던 것이다. 그리하여 만주 독립 단체에 대한 임정의 통솔력이나 조정은 미미한 수준에 그쳤다.

사정이 그런데도 김좌진은 서간도의 뛰어난 인재에 목말라 했다. 혜안을 지닌 이상룡조차 처음에는 턱도 없는 얘기라는 듯 일축했다. 그러나 김좌진은 현실을 두루 살피며 재차 간곡히 요청을 해왔다. 숙고를 거듭한 이상룡은 결국 적극 지원 쪽으로 마음을 굳혔다. 그런 결심을 하기까지는 많은 갈등과 용기가 필요했다. 10년 세월의 독립 기지라지만 서간도 지역 역시 재정 빈약부터 시작해 난제가 산적한 때문이었다. 그런 만큼 내부의 반대 목소리는 넘어야 할 큰 산이었다. 독판은 먼저 군정서 간부를 상대로 일일이 설득 작업을 펼쳤다. 성공적이었다. 독립 전쟁론을 바탕으로 자기 뜻을 완곡히 전달한 이상룡은 교장실을 나왔다. 화장실을 찾는 척하며 학교 수뇌가 머리를 맞대도록 자리를 피했던 것이다. 바깥으로 나오자 오랜 세월 귀에 익은 노랫소리가 들려왔다. 훈련을 마친 생도들이 신흥 교가를 우렁차게 합창 중이었다. 총 3절인데 지금 부르는 것은 2절이었다.

장백산 밑 비단 같은 만 리 낙원은
반만 년래 피로 지킨 옛집이거늘
남의 자식 놀이터로 내어 맡기고
종 설움 받느니 뉘뇨
우리 우리 배달나라의
우리 우리 자손들이라

화장실은 가는 둥 마는 둥 복도의 이상룡은 자신도 모르는 사이에 교가를 따라 부르고 있었다. 그러자 문득 머릿속으로 정든 얼굴들이 스쳐 갔다. 그중에서도 특히 선명한 얼굴은 기지 개척기에 든든한 동지였던 이회영이었다. 독립 기지 개척의 선구자요, 일등공신인 이회영은 이즈음 북경의 천안문 근처로 터전을 옮겨 독립운동에 심혈을 쏟고 있었다.

"독판 각하, 날씨가 이토록 찬데 하필 바깥에서 구경하십니까? 어서 안으로 드시지요."

이상룡의 배려를 대략 짐작한 교성대장은 얼마 뒤 일부러 찾아왔다. 이세영은 새삼스레 몸까지 숙여 가며 말했다.

"독판 각하의 말씀이 백번 지당하십니다. 제 소견이 짧아 부끄럽습니다."

이상룡으로 인해 이제 교장은 그동안 동향이라는 이유로 김좌진에게 도움을 주었다는 부담감에서 벗어날 수 있었다. 그만큼 이상룡의 대의에 따른 설파는 여러 사람의 공감을 불러일으키기에 충분했다. 생도 교육을 총괄하는 교성대장이 정리에 나섰다.

"저도 느낀 점이 많습니다. 하지만 장래가 워낙 유동적이라 이강혁 교관은 일단 기한을 정해 파견 형식을 취하면 어떨까 싶습니다. 그래야만 소속감을 심어줄 수 있고 뒷날 복귀도 한결 수월할 것 같습니다. 그리고 이범석 교관은 무엇보다도 본인의 의사가 중요하지 않겠습니까? 그는 자진해서 우리 군정서를 찾아온 사람입니다."

신흥의 수뇌들은 이상룡에게 설복을 당한 셈이었다. 그러나 지금은 지극히 당연한 일이라는 듯 표정이 흔쾌했다.

"아무렴! 본인 의사를 존중해야지. 그리고 강혁 군도 장래 이곳 기지를 이끌어갈 사람이니만큼 당연히 소속감을 심어주어야지요. 이 대장 말이 딱 아귀가 맞습니다. 그 사관연성소가 아직 궤도에 오른 건 아니니까 너무 서둘 필요는 없어요. 다만 우리가 마음의 준비를 해두자는 뜻이지요. 그러면 이쯤에서 나는 빠지고 뒷일은 우리 교장 선생께 일임하겠소이다. 아마도 백야 총사령관이 우리 결정을 접하게 되면 기뻐서 펄쩍 뛸 것이오. 허허허. 여하튼 어려운 청을 들어줘 두 분 모두 고맙소이다."

결국, 자신의 결심을 관철한 이상룡은 얼굴이 환했다. 그의 기쁨은 비단 구체적 성과 때문만은 아니었다. 물론 북로군정서의 어려운 청을 들어줘 협력 관계를 다지는 일도 중요했다. 그러나 이상룡의 바람은 그 이상이었다. 이런 일을 계기로 독립 단체 간의 교류가 좀 더 활성화되었으면 하는 게 궁극적 목표였다.

"이강혁 교관이 다시 멀리 떠나면 대단히 서운하시겠습니다. 동향이라 평소 아들이나 손자 같은 정을 느끼셨을 텐데요."

교장의 말을 들은 이상룡은 언뜻 한 사람이 떠올랐다. 이 진사(進士)였다. 둘은 안동에서 친교가 제법 각별했는데, 이상룡이 만주로 떠나오기 연전에 이 진사는 그만 세상을 버렸다. 한데 둘의 오랜 인연은 거기서 끝난 게 아니었다. 신흥의 자랑인 이강혁이 그 이 진사의 느지막한 막둥이가 아닌가. 그러면 한층 사사로운 정을 보일 법도 한데 이상룡은 도리어 이때부터 조선의 제갈량에 대한 칭찬이 한결 인색해졌다. 거기에는 나름의 주관과 고충이 있었다. 교장이 고향 얘기를 꺼내자 문득 한숨부터 내 쉰 이상룡이 말했다.

"고향 까마귀만 봐도 반갑다는 말이 있지만, 그것은 시절이 좋을 때의 얘기지요. 지금의 나는 고향이 없어요. 왜냐하면, 우리의 고질병 가운데 하나가 출신이나 고향을 너무 따지는 것이오. 물론 사람인 이상 어떤 동류의식에 범상할 수는 없겠지요. 그러나 작은 정 때문에 막상 큰일을 망치는 경우가 비일비재하기에 이르는 말입니다."

뭔가 설명이 부족하다고 여겼는지 이상룡이 말을 덧붙였다.

"사색당파(四色黨派)가 반드시 옛말이 아니에요. 안타까운 일이지만 상해의 정부를 한번 볼까요? 수립된 지 아직 일 년이 못 됐고, 거기다 우리의 염원인 독립은 아직 까마득합니다. 한데 무슨 주의와 주장은 그리도 많고 또 지방색으로 분열까지 한단 말입니까? 민족주의 계열이다 공산주의 계열이다, 거기다 기호파(畿湖派)는 뭐고 또 서북파(西北派)는 무슨 얘긴가! 허허 참."

자신도 모르게 그만 얘기가 임정까지 치닫자 독판은 속이 상하는지 크게 한숨을 내쉬었다. 그 일은 생각해 볼 필요도 없다는 듯 교장이 곧바로 맞장구를 쳤다.

"그러게 말입니다. 어떻게 세운 정부인데 주도권 다툼으로 분열한단 말입니까? 지금 우리한테 누가 더 우월한 지위를 갖고, 누가 독립운동을 주도하느냐가 무슨 그리 대단한 일입니까! 그러니까 분열에다 당파의 조선인이란 소리까지 듣는 거지요."

임정에 크게 실망한 눈치였다. 그 때문인지 이세영 교장은 임정의 참모부 차장직도 겸했지만 그다지 내켜 하지 않았다. 임정의 감투를 맡아도 지사들 대부분은 여러 형편상 자기 근거지에서 계속 활동하는 경우가 많았다. 대한민국 원년인 지난해에 의정원으로부터 임시 대통령에 추대된 이승만(李承晩)은 여전히 미국에서 외교 활동 중이었다. 고향 얘기가 임정으로 흘러가자 이상룡은 씁쓸한 미소로 말을 아퀴 지었다.

"그런저런 이유로 나는 아예 고향을 묻거나 따지지 않기로 작정했어요. 그래도 이다음에 내게 돌아갈 고향이 있다면 그건 독립된 조국일 것이외다."

비록 말은 그러했지만 쓸쓸한 눈동자와 가벼운 한숨으로 미뤄 독판은 오히려 짙은 향수를 달래는 듯했다. 그러다 문득 떠오르는 게 있는지 다시 진지해졌다.

"더군다나 고향 얘기는 학생들 교과서에도 있습니다. '대지(大志)를 품은 소년 남아는 고향에 대한 연연의 정을 버리라.' 하고 쓰여 있어요. 우리 어른들이 그렇게 가르쳐 놓고 도리어 고향에 연연한다면 그도 참 우스운 노릇 아니겠소? 어쨌든 이런저런 연유로 인해 고향 말을 꺼내기가 참으로 수월치 않소이다. 고향은 꿈에 가도 반갑다 했으니 꿈길에나 다녀오면 모를까."

교과서란 《고등 소학(小學) 독본(讀本)》을 가리켰고, 이상룡이 방금 인용한 말은 소제목이 〈고향〉이었다. 거기에는 다음과 같은 구절도 실려 있었다.

모름지기 뼈를 분묘 아래에만 묻을 수 있겠는가(埋骨何須墳墓下)
남아 이르는 곳에는 어디든 청산이 있다(男兒到處有靑山)

청산! 소학 독본에 언급된 청산은 나라의 독립을 위한 활동과 희생에는 장소 불문이라는 다소 광의적이며 추상적인 지명이었다. 그러나 북간도 화룡현에는 청산리라는 지명이 엄연히 존재했다. 어쩌다 임정의 분열상을 개탄한 이상룡은 분위기가 무거움을 느꼈다. 교장은 단순히 동향 사람과의 석별의 정을 기렸는데 자신이 너무 고지식하게 대응했다는 데 생각이 미쳤다. 슬그머니 웃음을 머금으며 화제를 돌렸다.

"지금 얘깁니다만 백야 총사령관은 기백이 참으로 가상해요. 내 생각에는 우리 강혁 군을 본 뒤 그만 홀딱 반한 모양이야. 이리 이리하여 조선의 제갈량이 필요하니 책임지고 보내 달라! 그게 어렵다면 자신이 세 번이라도 좋으니 우리 군정서를 찾겠다! 유비의 삼고초려 성의까지 보이겠다며 잔뜩 겁을 주는데 그럼 어쩔 것이오? 내가 두 손 들고 말아야지. 지도자로서 인재를 아끼고 또 독립을 위해 정성을 다하는 그 기상이 참으로 놀랍지를 않소? 허허허."

기분 좋게 너털웃음을 터뜨린 이상룡은 뭔가 생각난 듯 말했다.

"만세 운동 기념식 때는 하도 뜻깊은 날이라 여기저기서 만세를 외쳤더니만 아직도 목이 얼얼하네. 한데 이상한 것이 만세는 여럿이 함께 목청껏 외쳐야만 제맛이란 말이지. 그나저나 우리 독립군이 만세를 원 없이 외칠 날이 빨리 와야만 할 텐데."

그런 이상룡이 문득 이청천을 향했다.

"이 대장, 온 김에 강혁 군을 한번 봤으면 싶은데 형편이 어떨지 모르겠소?"

5. 뿌리 앓는 나무

"아이, 참!"

마침내 순복은 투덜대며 걸음을 멈추었다. 그러자 머리에 인 물동이가 리듬을 잃고 앞뒤로 한층 더 나부댔다. 걸음을 멈추기 전에는 그나마 전 가장자리로만 물을 삐질삐질 흘리더니 이제는 아예 한 움큼씩 동이 밖으로 토해냈다. 순복의 불룩한 저고리 앞섶과 치마는 이내 물기로 척척해졌다. 나이 실팍한 처녀지만 순복은 아직 물 길어 나르는 일이 서툴렀다. 순전히 정 씨의 물지게 때문이었다. 정 씨는 어린 순복이 성장하자 부엌일은 차차로 맡겼다. 그러나 물 길어 나르는 일은 여전히 자신의 몫이었고 이즈음도 물지게로 하루를 열었다. 만주 생활을 하면서 몸에 배어버린 습관이었다. 그 물지게가 강혁의 어깨에도 맞춤이 된 뒤로는 어쩌다 물 당번을 빼앗길 때도 있었다. 물론 강혁이 집에 머물 때의 얘기였다.

한번은 순복이 재미 삼아 물을 길어오려고 시도한 적이 있었다. 생각해 보면 흥겨운 듯 쉬운 일이었다. 물동이에 물을 채우고 바가지를 띄운다. 물동이 갓을 손으로 훔친 뒤 똬리 얹은 머리에다 사뿐히 올려놓는다. 그리고는 엉덩이를 살래살래 흔들며 걸어간다. 그렇게만 여겼는데 웬걸! 물동이를 가까스로 머리에 얹고 몇 발자국 내딛는데, 그만 동이 속의 물이 출렁출렁 춤을 추었다. 그득히 채우지 않았는데도 그랬다.

"애고, 선머슴애야. 여태 물 길어 나를 줄도 몰랐더냐? 저런! 물 쏟아지는 것 좀 봐라, 쯧쯧."

하필이면 그때 맞닥뜨린 옆집의 무산 할미가 낭패한 순복의 꼴을 보면서 연신 혀를 끌끌 찼다.

무산 할미에게는 낙 아닌 낙이 하나 있었다. 말괄량이 순복을 걸핏하면 선머슴이라며 놀려먹는 일이었다. 따라서 순복으로서는 걸려도 된통 걸린 셈이었다. 그 어설픈 시도를 끝으로 순복은 물 길어 나르는 일을 애써 외면해 왔다. 한데 엊그제였다. 정 씨가 눈길에 엉덩방아를 놓으며 그만 다리를 삐쳤다. 제법 다쳤는지 다리를 절룩거리면서도 물지게를 찾았다. 순복은 그런 정 씨를 말리면서 얼굴이 온통 화끈거렸다. 명색 다 큰 처녀이면서 물도 못 길어 나르는 자신이 새삼 한심스러웠던 것이다. 그래서 이참에 물도 자신의 소관으로 만들려고 작심했다.

마을에는 위와 아래로 큰 우물이 하나씩 있었다. 순복의 집 근처에 있는 위 우물은 기껏해야 대여섯 집만 이용했다. 그래서 밥때가 아니면 우물가가 한산한 편인데, 아직은 날씨 찬 해동머리인지라 더구나 걸음이 귀했다. 이때를 틈타 순복은 물동이에 물을 반 넘게 채운 뒤 두어 번 길어서 날랐다. 일종의 연습이었다. 그런 순복이 이번에는 물을 그득 채우다시피 했다. 웬만큼 자신이 붙었기 때문이다. 그래도 자칫 요령부득한 날에는 낭패 당하기 십상인지라 처음에는 걸음이 신중했다. 조심조심 우물가를 벗어났다. 한데 문득 자신이 너무 소심하다는 생각이 일었다. 갑자기 자신감이 솟구쳤다. 마침내 남들처럼 엉덩이를 살랑대며 리듬을 주기 시작했다. 그러나 초보자가 너무 성급하게 고난도 기술을 구사했는지 그만 물동이의 물이 들까불고 말았다. 부엌에 들어선 순복은 얼른 불앞에 쪼그리고 앉았다. 물 묻은 옷에서는 금방 김이 무럭무럭 피어올랐다.

"외삼촌 때문에 안 길어 봐서 그렇지, 선머슴은 무슨 선머슴이람."

예전에 들었던 무산 할미의 타박이 언뜻 떠오른 순복은 변명하듯 혼자 좋알댔다. 아직 숙달된 것은 아니지만 그래도 미뤘던 숙제를 푼 듯한 성취감은 느낄 수 있었다. 이번에는 서늘한 등을 말리려 앉은뱅이로 돌아앉았다. 단출한 부엌살림이 한눈에 들어왔다. 살강에는 그릇 몇 개와 소쿠리, 함지박, 주전자 따위가 있고, 살강아래 바닥에는 작은 오지 독이 몇 개 놓여 있었다. 손이 기름이라고 하루에도 순복이 몇 번씩 행주질하는 독은 반들반들 윤기를 더했다. 따지고 보면 보잘것없지만 그래도 하나하나가 소중하고 손때 묻은 물건이었다. 웬만큼 옷이 마르자 순복은 다시 물동이를 들고 사립을 나섰다. 이번에는 실수 없이 물을 한 동이 길어올 듯도싶었다.

"할머니, 찬물에 뭐 하세요?"

그새 우물가에 와서 뭔가를 주섬주섬 씻고 있는 무산 할미를 보자 순복은 자신의 처지도 잊고 반갑게 인사했다.

"응! 복이구나."

고개를 반쯤 들다 말고 억지 대답인 무산 할미는 기운이라고는 없어 보였다. 어설프게 물동이를 든 순복을 보고도 무반응이었다. 평소 같으면 순복을 놀릴 생각에 눈가의 주름부터 모았을 터인데 지금은 영 딴판이었다. 물론 무산 할미의 그런 놀림은 싹싹한 순복에 대한 애정의 다른 표현이었다. 그래도 이즈음에는 혼잣말이 오갈 나이라며 선머슴이란 표현을 자제하는 편이었다.

무산 할미는 약재를 다듬고 있었다. 산 약초인 천마(天麻)와 야생화인 삼지구엽초 따위를 말린 것이었다. 약재의 쓰임새에 밝은 순복이 근심스레 물었다.

"아저씨가 또 아픈가 봐요?"

"그새 좀 우선하더니만…. 내가 전생에 지은 죄가 그리도 큰지…."

무산 할미가 깊은 한숨을 토한다. 나물 캐러 다니다 약초가 눈에 띄면 캐다 주고는 했던 순복이 무산 할미의 일을 거들며 말했다.

"이것도 찾으려니 귀하던데."

"먹어서 낫기라도 하게? 어쭙잖은 짓거리인 줄은 알아도 병에 좋다기에 이 짓이라도 해보는 게지. 설령 산에 지천으로 깔렸어도 이제는 내 몸뚱어리가 더 문제다. 사립문 밖이 천리만리인데 언감생심 산이라니? 물이 차갑다. 그만 네 볼일이나 보아라."

약재를 소쿠리에 담다 말고 무산 할미는 다시 땅이 꺼지라고 한숨을 내쉰다.

"애고, 불쌍한 우리 상갑이. 늙고 병들면 귀신밖에 찾아오지 않

는다는데, 내 하나 없어지면 천지간에 누구한테 의지할꼬? 내가
죽어도 눈을 못 감지, 못 감아. 천하에 둘도 없는 자식을 저 꼴로
만들다니…. 애고, 왜놈의 원수 덩어리! 어찌해야 이놈의 분을 풀
는지…."

끝내는 치마꼬리로 눈가를 훔친다. 벌레 먹은 배춧잎 같은 얼굴
검버섯이 오늘따라 더 도드라져 보였다. 그런 무산 할미를 보자 순
복은 마음이 짠했지만 그렇다고 위로할 말도 마땅치가 않았다. 집
안이 몰락하는 과정을 곁에서 지켜보았기 때문에 더욱 그랬다.

간도로 온 어린 순복은 무산 할미와 이웃해서 살았다. 당시만
해도 무산 할미의 집은 웃음소리가 담을 넘어올 정도로 평온했다.
무산에서 일찍 이주해온 덕에 입에 풀칠은 했고 식구 간에 의도 좋
았다. 식구는 무산 할미 내외와 막내딸, 그리고 외동아들 부부에
게 아들 하나가 있었다. 무산 할미는 외아들 위로 줄줄이 딸을 두
었으나 무산과 간도를 거치면서 모두 출가외인이 되었다.

무산 할미의 집은 가장의 죽음을 시작으로 액운이 닥쳤다. 그래
도 할아버지는 나름의 천수를 누렸으니 엄밀히 따지자면 호상(好
喪)이었다. 아버지가 죽은 그해 겨울, 외동인 전상갑(全尙甲)은 산판
에 간다며 집을 떠났다. 상주 노릇이 중요해도 우선은 호구지책(糊
口之策)이 문제였다. 전상갑은 늦둥이 외동아들이긴 해도 효성이 지
극한 사람이었다. 거기다 나름의 민족의식과 함께 정의감도 지닌,
한마디로 괜찮은 젊은이였다. 그런데 전상갑은 떠난 지 얼마 만에
다시 집으로 돌아왔다. 돈벌이는 고사하고 사람마저 성치 않게 돌
아온 것이 문제였다. 정신이 좀 이상했다. 멀쩡히 있다가도 갑자

기 몸을 사시나무 떨듯 떨어댈 때가 많았다. 발작이 심할 때는 한 겨울에도 식은땀을 흘리고는 했다. 거기다 모자라는 사람이 더 외고집이듯, 한번 고집을 피웠다 하면 제풀에 지쳐야만 끝장이 났다. 전에 없던 몹쓸 병이었다. 자연 예전의 생기 넘치던 모습은 온 데간데없어지고 낯선 사람을 보면 두려움에 떨고는 했다.

전상갑의 병은 역시 산판에서 당한 불상사가 원인이었다. 각국의 사람이 몰려드는 산판이지만 여기서도 조선 사람과 일본인은 층이 졌다. 똑같은 일을 해도 일본 인부들은 거의 갑절이나 품삯을 더 받았다. 뿐만이 아니었다. 다 같이 노동자 신분인데 일본인들은 굳이 지배와 피지배 관계를 형성하려 들었다. 산판 주인이 그들 동족이거나 하다못해 입김이라도 통할라치면 행패는 더욱 심했다. 그런 일본인들이 볼 때 전상갑은 고분고분하지도 않을뿐더러 중뿔나게 나서기 일쑤였다. 미운털이 박힐 수밖에 없었다. 그러다 어느 하루, 일본인 패거리에게 반죽음이 되도록 짓이겨졌다. 특히 머리 부위를 심하게 다쳤다.

외동아들이 다친 뒤부터 무산 할미의 집은 급격히 결딴이 났다. 전상갑의 아내는 병든 남편을 돌보며 그럭저럭 버티는 듯했으나 오래가지는 못했다. 용계촌에 흘러든 남도(南道) 놈팡이와 눈길을 맞추는가 싶더니 끝내는 야반도주를 택하고 말았다. 주름을 더한 무산 할미의 가슴에다 대못질한 것은 손자의 죽음이었다. 그나마 재롱둥이 하나에 마음을 붙이고 사는데 그만 돌림병이 손자를 데려가 버렸던 것이다. 그런 와중에 막내딸은 무산의 언니 집을 다녀온다며 떠나더니만 종무소식이었다. 도중에 무슨 큰 변이라도 당했는지, 아니면 어둠이 드리워진 집보다 자기 길을 택했는지 알 수 없는 노릇이었다. 제법 단란하던 무산 할미의 집은 졸지에 두 모자만 덩그러니 남게 되었다. 늙은 어미에 병든 아들이었다.

전상갑의 병은 세월이 흘러도 별다른 차도가 없었다. 그나마 다행인 것은 병으로 인해 남을 해코지하는 일은 없었고, 병세가 더 도지지 않고 고만고만하다는 정도였다. 어쩌다 옛날 정신이 언뜻 돌아올 때도 없지 않았지만, 말 그대로 반짝하고 끝이었다. 전상갑은 주로 뒷산에서 하루해를 보냈다. 그는 어릴 때부터 사냥하는 것이 커다란 취미였다. 총기류나 약 사냥은 아니고 주로 창을 사용하거나 올가미를 놓는 정도였다. 병을 얻은 뒤부터는 더 외곬으로 사냥에 빠져들었다. 취미만큼 소질은 지녔는지 토끼 따위는 곧잘 잡았고, 드물게는 송아지만 한 노루를 메고 올 때도 있었다.

잇따른 집안 풍파에 조상 묘를 잘못 쓴 것 같다며 신세타령이던 무산 할미도 얼마 뒤에는 안정을 되찾았다. 원래 성격이 밝은 데다 웬만한 곤경쯤은 혼자 시름으로 삭일만큼 삶의 연륜이 쌓였던 것이다. 그러나 오늘은 상심이 큰 듯 내뱉느니 기다란 한숨이었다.

"아저씨는 산에 갔어요?"

이윽고 순복은 물동이에 물을 채우며 물었다.

"아니다. 산에나 갔으면 좋게?"

맑은 물에 약재를 헹구던 무산 할미가 다시 넣을 놓는다.

"그럼?"

"그놈이 안 하던 짓을⋯."

입속말로 중얼대던 무산 할미가 문득 순복에게 눈길을 맞추었다.

"오늘 아침에는 어느 귀신이 붙었는지 글쎄, 그놈이 여편네는 놔두고 제 새끼 데려다 달라며 나한테 생 애원을 안 하나? 집 나간 년이 새끼 데려갔으면 어디 살아 있기라도 하지. 손자 죽은 지가 벌써 언제 적인데…. 할 수 없이 내가 이리저리 좋게 타일러도 통 말귀를 알아들어야지. 지금 이불을 푹 뒤집어쓰고는 고집 피우며 누워 있다, 제 새끼 데려다 달라고. 복아, 우리 상갑이 불쌍해서 어쩔꼬?"

그렁그렁하던 눈물이 결국은 무산 할미의 야윈 볼을 타고 주르륵 흘러내린다. 치마꼬리로 두 눈을 이리 씻고 저리 씻은 뒤에도 나오느니 한숨뿐이다.

"그러잖아도 노상 손자 녀석이 눈에 밟히는데 어찌나 속이 상하던지…. 저러다 병이나 더 더치는 건 아닌지 모르겠네. 귀신이 왜 놈들은 안 잡아가고 뭣 하는지 몰라. 여태 만고풍상 다 겪으며 살아왔지만, 세상에 거머리도 아니고 만주까지 따라와서 못살게 구니 사람이 어디 살 수가 있나!"

그래도 꽁하던 말을 쏟아내 마음이 조금 풀리는지 무산 할미는 머릿수건을 벗어 눈물과 말간 콧물이 비치는 코를 수습한다. 지켜보는 순복의 눈동자가 처연했다. 집으로 돌아온 순복은 아궁이 앞에 앉아 나물을 다듬었다. 방금 헤어진 무산 할미가 측은해서 머릿속은 여전히 산란했다.

'오늘 할머니는 더 폭삭 늙으신 것 같아. 참말 할머니가 일찍 돌아가시기라도 하는 날에는 아저씨 혼자 어찌 사는지…. 그런데 아주머니는 남편이 병들었다고 사람이 어떻게 도망을 다 하고 그럴까! 아저씨가 멀쩡할 때는 하늘처럼 받들더니만. 나 같으면 지성으로 병부터 고치려 들겠다. 지성이면 감천이란 말은 어디 허투루 지어낸 말인가! 그랬으면 애도 안 죽었을지 모르고 할머니도 참 좋아할 텐데.'

순복이 안타까운 마음으로 옆집 일을 생각하는데 언뜻 부엌에 찬바람이 돌았다. 얼른 아궁이에다 삭정이와 소나무 마들가리를 한 움큼 집어넣었다. 불길이 다시 살아났다. 나무 타는 소리가 피지직 피지직 났다. 도망간 옆집 여자 행실을 탓하다 보니 순복은 자기도 모르게 일규의 얼굴이 떠올랐다. 아마도 옆집 부부로 인해 자연 이성 관계가 연상된 것 같았다. 순복의 가슴은 금방 콩닥콩닥 방망이질했다. 전에는 틈만 나면 오빠인 강혁을 떠올리고는 했는데 어느새 일규가 그 자리를 점령해버렸다. 그렇다고 강혁의 자리가 처음부터 없는 것은 아니었다. 분명 오빠로 시작했는데, 나중에 정신을 차릴 때면 벌써 일규에게로 저만치 가 있는 자신을 발견하기 일쑤였다. 참으로 이상한 일이었다.

변화는 또 있었다. 예전에는 오빠인 강혁을 두고, 정란이 얼굴을 붉히거나 새침을 떼기라도 하면 공연히 트집을 잡지 못해 안달이었다. 한데 일규를 안 뒤부터는 동병상련 비슷한 감정이 일어 정란에 대한 이해의 폭이 넓어졌다. 일규 생각에 빠져들어 솥 주위를 건성으로 행주질하던 순복은 뭔가 주위가 어수선한 느낌이 일었다. 그러나 언뜻 스친 생각이라서 그냥 지나쳐버렸다.

순복은 일규가 그냥 좋았다. 생각만으로도 행복했다. 그 미소

띤 얼굴을 떠올리면 머릿속은 황홀한 빛깔의 무지개가 온통 수를 놓았고 가슴은 잔물결로 일렁였다. 일규와 함께한 그 며칠은 왕자의 입맞춤 정도는 비교도 안 될 만큼 달콤하고 소중한 것이었다. 당시의 추억만으로도 지금의 순복은 축복받은 삶이었다. 그래서 장차 집으로 돌아오는 강혁의 곁에는 어김없이 일규가 그려지고는 했다. 첫 만남처럼 존재조차 희미한 어둠 속이 아니라 따사로운 햇볕 아래였다. 거기에는 빠져들 듯한 일규의 그 환한 미소도 함께했다. 행복하고 아름다운 짝사랑이었다.

"어머나!"

윤기 반질거리는 솥뚜껑을 건정건정 닦으며 혼자 뺑시레 웃던 순복이 화들짝 놀란다. 아궁이에서 나무를 타고 나온 불이 하마 저만치나 가서 널름대고 있었다. 그제야 순복은 방금 산만했던 느낌의 실체를 알아차렸다. 그것은 아궁이 바깥으로 슬금슬금 기어 나오던 불꽃이었다. 일규 생각에 넋을 놓아 불이 멀찍이 타고 나올 때까지 자기 눈으로 번연히 보면서도 따로 감지를 못했다. 누구 말처럼 선머슴애도 아니고 참으로 불가사의한 일이었다. 불을 다독이는 순복은 별안간 정란과 명훈이 보고 싶었다. 갑자기 간절해졌다. 특히 정란에게는 꼭 물어볼 말이 생겼다. 강혁 오빠가 많이 보고 싶을 때, 마음을 어떻게 추스르는지 그것이 자못 궁금했다. 갑자기 순복의 마음이 급해진 줄도 모르고 불편한 다리로 마실을 나간 정 씨는 아직 돌아오지 않고 있었다.

"몸은 좀 어떻습니까? 편찮은 줄 알았으면 진작 찾아뵙는 것인데…."

훈장이 아프다는 소문을 듣고 사랑방을 찾은 정 씨가 안부를 물었다.

"바쁠 텐데 뭣 하러 일부러 오고 그러오? 감기몸살쯤 하기 예사지."

짐짓 여유를 부리지만 훈장의 얼굴은 많이 수척했다.

"약재를 좀 달여서 드셔야 몸조리가 빠를 텐데. 저 같은 경우는 몸이 안 좋으니까 고향부터 생각나더군요."

"나무도 옮겨 심으면 3년은 뿌리를 앓는다는데 하물며 사람이겠소? 인지상정이지. 어쨌거나 고향을 지키는 사람이 복은 타고난 게야. 여기 만주 땅에 안 살아본 사람이 앞대 그리운 줄을 어찌 알겠소?"

쑥 들어간 훈장의 눈에는 비애 같은 것이 일렁였다.

"이제는 연세가 있으신데 힘든 일은 조금 줄이고 그러시지요. 제가 감히 말할 처지는 못 되지만 큰일도 젊은 사람들에게 맡기시고…. 어차피 하루 이틀 사이에 해결 날 일은 아니지 않습니까?"

야윈 몸피에 병색까지 깃든 훈장의 모습이 안쓰러워 정 씨는 평소 조심스러운 얘기까지 입에 올렸다.

"내가 무슨 하는 일이 있어야지. 그건 그렇고 내일모레가 17일 맞지요?"

"날짜 가는 건 제가 둔한 편인데…. 아마 그렇지 싶습니다."

답을 하다 보니 정 씨는 퍼뜩 스치는 게 있었다.

"혹 작년 일 때문에 그러시는 것 아닙니까?"

"맞아요. 모레쯤 만세 묘지를 한번 둘러보려고 마음먹었는데 몸
이 어떨지 모르겠네. 벌써 그 일을 겪은 지도 일 년이 흘렀구먼.
세월도 참!"

훈장은 겻불 화로에 담뱃불을 붙였다. 이어 불손으로 화로의 삭
은 재를 다독다독 눌렀다.

훈장이 들먹이는 기미년 3월 17일은 용정의 남쪽 언덕에 새 무
덤이 여럿 생겨난 날이었다. 이역 땅 용정에서 대한 독립 만세를
외치다가 총탄에 죽어간 사람들이 무덤의 주인이었다. 참으로 눈
을 감기 어려운 죽음이었다.

조국에서 날아든 만세 운동 소식은 간도 지사들을 단숨에 들뜨
게 했다. 독립 선언서를 읽어보니 그 취지 또한 명확했다. 이에 지
사들은 고국의 독립 선언에 호응하여 축하 형식의 대대적인 군중
대회를 개최하기로 의견을 모았다. 날짜는 3월 13일로 정하고 장
소는 간도의 서울이자 일제의 거점인 용정, 그 중에도 서전대야(瑞
甸大野)가 제일 적당했다. 축하 형식의 평화적 시위를 계획한 만큼
주최 측은 이 사실을 중국 관청과 일제의 총영사관에 미리 통지하
였다. 총영사관은 아연 긴장했다. 만세 운동으로 인해 조선 땅이
발칵 뒤집혔는데, 이제 그 불길이 만주로 번져 오려는 조짐을 보인
때문이었다. 다급해진 스즈키 총영사는 먼저 만만한 중국 측을 위
협했다.

"조선인들의 집회를 제지해 달라. 만약 중국 쪽에서 책임질 수
없다면 우리 일본은 자체적으로 군경을 동원하겠다."

연길도윤인 장세전은 처지가 난처해졌다. 심정적으로 독립운동을 성원하는 데다 지사들과도 일정한 내왕이 있는 도윤이었다. 그러나 총영사관의 협박은 한층 부담스러웠다. 조선 사람의 독립 만세 시위를 구실삼아 간도에 일본군이 출병하지 않는다는 보장이 없었던 때문이다. 아니, 오히려 일제의 위세나 그동안의 행태로 볼 때 충분히 예상 가능한 일이었다. 그것은 곧 간도의 위기를 뜻했고 일선 관리로서 마땅히 수수방관해서는 안 될 중대 사안이었다.

군중대회가 예정된 전날이었다. 도윤 장세전은 집회에 핵심 역할을 하는 지사들을 불렀다. 도윤과 자리를 함께한 중국 관리는 간도 방면의 군사 책임자인 맹부덕(猛富德)이었다. 관청의 두 수뇌는 장시간에 걸쳐 거사 포기를 종용하였다. 그러나 지사들에게 있어 군중대회는 이미 신중하게 결정된 막중대사였다. 그 자리에 참석한 훈장은 도리어 사리를 따져 관리를 달래려 들었다. 대회 장소인 서전대야는 간도협약으로 일제의 구역이 된 상부지를 엄연히 벗어났으며, 따라서 주권을 지닌 중국이 자꾸 움츠러들면 결국 왜놈들의 기만 살려준다는 일침이었다. 평행선을 달린 상담은 끝내 결렬되고 말았다. 그러자 불상사를 우려한 중국 측은 군경들에게 상부지 경계를 강화하도록 지시를 내렸다.

상담 결과는 곧바로 영사관의 경찰 책임자인 스에마쯔의 귀에도 들어갔다. 경찰부장은 말을 다 듣기도 전에 주먹으로 책상을 내리쳤다. 중국 측의 방침이 그동안 조선인의 반일 행위를 묵인 내지는 조장해온 데서 한 발짝도 못 벗어났다고 판단한 때문이었다. 당장 발등의 불이 급한 경찰부장은 대책 강구에 골머리를 싸맸다. 독립운동에 맞서 자주 음모를 꾸미느라 머리 회전이 빨라진 걸까, 문득 섬광처럼 이간이란 단어가 스쳤다. 경찰부장은 앞뒤가 가지런한 술책을 짜낸 뒤 차가운 미소를 흘렸다.

스에마쯔 부장은 먼저 총영사와 쑥덕거렸다. 이어 현시달 경부를 통해 강호술 순사를 은밀히 불렀다. 군중대회에 관해 간략히 설명한 뒤 엄중히 물었다.

"충직하고 똘똘한 조선인이 몇 명 필요한데, 강 순사가 관리하는 정보원 중에 선발 가능한가?"

"충분합니다."

"좋다! 그럼 강 순사를 믿고 중대한 임무 하나를 주겠다. 내일 대회장에 조그만 돌멩이를 감춘 조선인 서너 명을 투입시켜라. 그냥 집회 군중인 양 자연스러운 행동은 필수적이다. 집회가 소규모이거나 조용히 끝날 듯싶으면 그들 역시 잠자코 구경만 하면 된다. 그러나 지금 조선인들이 보이는 망동과 집회의 성격으로 볼 때, 사람들도 떼로 몰려들 것이고 시위 따위의 소란한 사태도 예상되는 바이다. 그러다 보면 흥분한 집회 군중과 상부지 경계에 나선 중국 군경 간의 대치 상황까지도 어렵지 않게 예측할 수 있다. 선발된 조선인은 오로지 이때를 위해서 투입된 것이다. 기회를 잘 노려서 중국 군경을 향해 일시에 돌멩이를 던지는 게 바로 그들이 할 일이다. 여기서 주의할 점은 마치 성난 군중들의 행위인 양 행동이 아주 자연스러워야 한다. 요는 표나지 않게 대치 상황을 최대한 악화시키고 혼란스럽게 만드는 일이 그들의 임무다. 무슨 뜻인지 알겠나?"

"빈틈없이 해치울 수 있습니다."

그런 일은 자신이 적임이라는 듯 독거미 강 순사는 의기양양했다. 다만 진급과 관련하여 별다른 언급이 없다는 게 불만이라면 불만이었다.

"표정으로 봐서는 아직 심각성을 못 느꼈구먼. 이봐, 강 순사! 이번 일의 집행은 의외로 쉬울 수도 있어요. 그러나 집행보다 더 핵심적인 문제는 자연스러움과 비밀에 있단 말이야, 알아듣겠어? 투입된 사람의 입단속은 말할 것도 없고 군중에게 책잡히는 것도 절대 금물이야. 지금 즉시 일을 추진하되 내 말을 반드시 명심하게!"

경찰부장은 뒤를 확실히 다졌다. 강 순사에 이어 이번에는 일제에 맹렬한 조선 순사 하나를 불렀다. 자신의 심복이기도 했다.

"자네는 한복에다 몰래 권총을 휴대한 뒤 그저 군중인 양 집회에 참석하게. 그러다 시위 군중과 중국 군경 간에 대치 기미가 보이면 그때는 군경 쪽으로 최대한 접근하는 거야. 어느 순간 난데없이 중국 군경들에게 돌멩이가 날아들면서 분위기가 험악해지는 상황이 닥칠 걸세. 그 잠깐의 틈새를 놓치지 말고 자네는 연달아 공포탄을 몇 방 쏘는 거야. 여기서 특히 명심할 점은 마치 중국 군경이 총질하는 것처럼 연출하는 일일세. 한마디로 상황을 걷잡을 수 없을 만큼 험악한 상태로 몰아가란 얘기야, 알아듣겠어?"

음모는 치밀했다. 경찰부장이 이번에는 중국 군경을 담당한 일본 순사를 호출했다. 그리고는 다음 날 출동하는 중국 병력 가운데서 영사관 장학생에 대한 현황 파악부터 긴급 지시했다. 덧붙여 그들 장학생 군경이 다음날 취할 행동에 대해서도 순사 귀에다 자세히 일러주었다.

간도의 삼국 지도급 인사들이 밤중에도 제각기 분주하게 보내는데 마침내 날이 밝았다. 기미년 3월 13일이었다. 우중충한 용정 하늘에 흙먼지가 휘몰아치는 것이 벌써 일기부터 심상치 않았다. 그런 용정의 서전대야에 이른 아침부터 조선 사람이 우쭐우쭐 모여들었다. 새벽같이 출동한 중국 군경이 차단을 시도했지만 어림도 없었다. 씩씩한 걸음의 학생이 한 무더기 쏟아지는가 싶으면, 짝을 지은 농군과 초동들이 슬금슬금 주위를 살폈다. 연전에 세워진 해란강의 용문교(龍門橋)가 여인네들로 시끌벅적한 데, 저편 육도하에서는 은은히 악기의 합주 소리가 들려왔다. 악대를 앞세운 정동학교(正東學校)의 학생 백여 명이었다. 정동 학교는 두만강의 개산둔(開山屯)에 있는 관계로 아무리 못해도 하룻밤은 꼬박 걸었을 게 분명했다.

일제에 한민족의 단합된 힘을 보여주기 위해 주최 측은 일부러 일제 총영사관과 가까운 곳에다 대회장을 잡았다. 용정 북쪽의 서전대야는 일본인의 상부지 구역과 겨우 담 하나를 사이했다. 조선 총독부에 소속된 중앙소학교 뒤편의 널따란 조밭이 바로 대회 장소였다. 벌써 오전에 그 넓은 터를 가득 메운 군중은 커다란 깃발을 중심으로 둥글게 진을 쳤다. 크게 나부끼는 깃발의 한문 글씨는 '정의인도(正義人道)'와 '대한독립(大韓獨立)'이었다. 본부석에는 건장한 체구에다 숱 많은 팔자 수염이 허옇게 센 사람도 앉아 있었다.

명동촌의 대부인 김약연 명동 학교 교장이었다. 이때 방침대로 중국 군경은 일본인 보호와 만약의 사태를 대비하기 위하여 상부지 경계에 나섰다. 책임자는 길림육군의 맹부덕이었다.

대회 개최 신호는 천주교 성당의 12시 종소리로 미리 정해 놓았다. 그런데 웬일인지 시간이 다 되어도 종이 울리지 않았다. 끝까지 대회를 제지해 보려는 중국 측이 성당 출입을 통제한 때문이었다. 이때 부모를 따라 용정에 온 한 똘똘이가 살금살금 종루로 올라갔다. 그 소년이 종을 울렸다.

땡… 땡… 땡…

동그랗게 또 동그랗게 퍼져나가는 성당의 종소리였다. 만주 땅만세 운동은 열다섯 살인 소년의 타종을 시작으로 마침내 대장정의 막이 올랐다. 종이 울리자 골목골목에서 흰옷 차림의 사람들이 뛰쳐나왔다. 군중은 예상을 훨씬 뛰어넘어 무려 3만 명을 헤아렸다. 곧바로 개회를 선언하고 독립 선언 포고문이 낭독되었다.

"아(我) 조선 민족은 민족의 독립을 선언하노라. 민족의 자유를 선언하노라…"

포고문 낭독이 끝나자 만세 함성이 용정 땅을 들었다가 놓았다. 태극기 물결이 서전대야를 뒤덮었다. 흥분과 감동의 환호성이 대회장을 휩쓴다. 용정의 조선 사람 집에는 문전마다 태극기가 펄럭인다.

"대한 독립 만세."

거대한 함성은 오직 대한 독립 만세, 또 대한 독립 만세였다.

독립 축하회를 끝낸 군중은 이윽고 시위행진에 나섰다. '대한독립'이라 쓰인 깃발을 치켜든 선두는 북과 나팔 소리도 드높았다. 명동 학교 학생들로 구성된 충렬대(忠烈隊)였다. 호호탕탕한 군중의 기세에 대회장 근처에서 축하회 진행을 지켜보던 50여 명의 중국 군경이 바짝 긴장했다. 더 이상의 행진을 막으려고 일렬로 늘어섰다. 5층 건물이 있는 오층대(五層臺) 거리였다. 충렬대와 군경 간의 거리가 자꾸만 좁혀진다. 군중은 한발 또 한발 나아간다. 긴장감이 한층 고조된다. 마침내 맹부덕 단장이 앞으로 한 발 나서며 소리쳤다.

"상부지 진입만큼은 절대 허용할 수 없다!"

군중은 감격에 겨워 이미 흥분한 상태였다. 오늘만큼은 일제 영사관 앞에서 피를 토하듯이 대한 독립을 외치고 싶었다. 어찌 조국 잃은 설움과 원통함을 이들 외국 군경이 알겠는가. 군중은 계속 전진했다. 군경이 마침내 총을 꼬나 든다. 실탄이 장전된 총구가 군중을 향한다. 위협치고는 대단한 위협이었다. 그 때문에 발길을 돌리는 사람은 없었다. 오히려 선두인 충렬대의 사기를 북돋워 주려는 듯 만세 함성은 한층 고조되었다. 끝내 군경과 군중이 충돌 일보 직전에 이르렀다. 한데 난데없이 맹부덕 단장을 향해 돌멩이가 날아들었다. 주위의 군경도 돌멩이에 얻어맞았다. 돌멩이는 군경을 흥분시켰다. 그때였다.

탕! 타앙! 탕!

만세 함성에 뒤섞여 이번에는 웬 총소리가 또렷이 울린다. 온통 함성과 흥분의 도가니 속에서 누가, 또 무슨 이유로 쏘았는지 알 수가 없었다. 혼란 속에 더 큰 혼란이 빚어진 셈이었다. 총소리의 여운이 채 가시기도 전에 다시 총소리가 울렸다. 이번에는 몇몇 군경의 총구가 불을 뿜었다. 영사관의 뒷돈을 챙기는 장학생 군경임이 분명했다. 이미 흥분 상태의 군경들은 사격 신호가 떨어진 줄 알고 자기도 모르게 방아쇠를 당긴다. 총구에 불꽃이 인다. 총알! 총알이 군중을 향해 퍼부어진다. 비명과 함께 여기저기서 사람들이 고꾸라진다. 핏속에 다시 피가 튄다.

"전부 엎드렷!"

한 조선 젊은이가 힘껏 소리쳤다. 옳은 판단이었다. 중국은 적이 아니며 또 이 땅은 조선 사람의 땀과 혼이 깃든 용정이었다. 감정적 충돌은 일단 피하고 볼 일이었다. 마치 거센 비바람에 수풀이 눕듯, 수만 명의 군중이 땅바닥에 납작 엎드렸다. 총소리도 차츰 잦아들었다. 그러나 이미 엎질러진 물이요, 날아간 총알이었다. 현장 사망자 13명에다 중상자는 무려 30여 명에 이르렀다. 순식간에 벌어진 참사였다.

용정에는 일제의 상부지 외에 또 하나의 치외법권 구역이 있었다. 바로 영국 영사관이 있는 동산(東山) 일대였다. 조선 사람은 이곳을 '영국덕이'라고 불렀다. 그 영국덕이 내에는 캐나다 선교사가 설립한 제창병원(濟昌病院)이 있었다. 조선 사람을 끝없이 괴롭히는 일제 영사관을 사막에 비한다면 제창병원은 바로 오아시스였다. 가난한 조선 사람에게 무료 진료는 물론이요, 두메산골의 촌락까지 알뜰히 찾아가 진찰을 해주었다. 더하여 병원 측은 독립운동에도 매우 우호적이었다. 독립운동가가 일제 경찰에 쫓기게 되면 일쑤 안전한 피난처로 삼을 정도였다. 군중에게 감동을 준 독립 선언

포고문이 롤러 등사판으로 인쇄된 곳도 바로 이 병원의 지하실이 었다. 이역 땅에서 독립을 외치다가 뜻밖의 참변을 당한 조선 사람들은 의지할 곳이 어딘가를 알고 있었다. 제창병원 지하실에 시체 안치소가 설치되고 부상자는 입원을 시켰다. 의사와 간호사가 부상자를 성심껏 치료했다. 그러나 치명상을 입은 4명이 결국 사망해 희생자는 모두 17명으로 늘어났다.

참사 닷새째인 17일이 되었다. 지사들이 조직한 의사회(義士會)란 이름으로 용정에는 수천 명의 군중이 다시 모였다. 용계촌 훈장도 의사회의 일원이었다. 군중은 하나같이 지난번 참사에 격분한 상태였다. 희생자들의 관을 어깨에 메고, 주위에는 엽총과 칼을 든 청년들이 호위하는 가운데 시위행진을 벌였다. 비장하면서도 살벌한 분위기였다. 이번에는 어떤 세력도 감히 이들의 앞길을 가로막지 못했다. 그것은 이미 군중대회 때 유명(幽明)을 달리한 사람들의 관이었다. 울분 가득한 군중의 오열 속에 추도식을 거행한 뒤, 유해는 용정 교외인 허청리(虛淸里) 양지바른 언덕에 안장(安葬)하였다. 그때부터 조선 사람은 이곳을 만세 묘지라 불렀다.

17일과 만세 묘지를 들먹이며 훈장이 참배의 뜻을 보이는 것은 당시 의사회의 일원으로서 의무감 같은 것도 있었다. 아무리 생각해도 일 년 전의 비극은 너무도 쓰라린 현실이었다. 훈장과 더불어 용정의 군중대회를 회상하던 정 씨가 문득 목소리를 키웠다.

"당시 우리 조선 사람들이 중국 군경을 얼마나 원망했습니까? 굿이나 보고 떡이나 먹으면 될 사람들이 참견한다고 말이지요. 물론 그들의 잘못도 크기는 하지만, 왜놈 영사관이 사전에 못된 꾀를 부린 걸 생각하면 기가 찰 노릇이지요."

의병 출신으로 일제에 온몸을 부딪치며 살아온 훈장은 오히려 담담했다.

"그런 일이 어디 한두 번이어야 말이지. 진실은 언젠가 밝혀지기 마련인데 왜놈들의 오리발이 참말 가관이야. 마각이 드러나기 전까지는 제법 큰소리를 쳤지. 뭐랬더라? 맨주먹에 불과한 일제 신민을 살상까지 했으니 중국은 사과하라고! 내 참, 어이가 없어서."

주먹으로 가볍게 입을 막고 잔기침을 하던 훈장은 이윽고 만세 운동과 관련된 일화 한 토막을 들려주었다.

"나이를 먹다 보니 세월도 후딱 지나가고 기억력도 하루하루가 다르니, 이거야 원! 전에 내가 이 얘기를 누구한테 한번 한 성싶은데…. 어려워 말고 담배 한 대 태우시지. 나는 감기 때문에 도통 맛을 모르겠구먼. 그러니까 용정 군중대회가 있고 한 보름쯤 지났을게요. 지인의 초대로 만세 운동 경축식에 참석했는데, 아마 그때 일만큼은 내 눈에 흙이 들어가기 전에는 못 잊을 성싶소."

훈장은 잔기침 때문에 얘기가 자주 끊기고는 했다.

"거기가 연길현의 구사평(九沙坪)이란 곳인데 모르긴 해도 군중이 5천 명은 넘게 모였을게요. 대회장은 바로 두만강 대안이었지. 그래서 조선 땅의 우리 동포들도 잘 볼 수 있도록 먼저 태극기부터 높이 세우고 경축식을 거행했어. 그때는 중국 관리가 축하 연설까지 곁들여서 분위기가 한층 고조되었지요. 축하회가 끝난 뒤 군중이란 군중은 모두 강변을 따라 행진하면서 조국 땅을 향해 목이 터지라고 대한 독립 만세를 외쳤지. 그러자 강 건너 왜놈 군경들이 발을 동동 구르고 난리더구먼. 만만한 조선 사람이 바로 코앞에서 만세를 부르는데도 지켜볼 수밖에 없으니 자기들 딴에는 분통이 터졌겠지. 거기다 숙성한 애들은 혀를 내밀며 주먹을 까발리고 또 발길까지 내질렀으니 오죽 약이 올랐겠소? 그때는 참말 얼마나 통쾌하던지 국치 뒤 딱 10년 묵은 체증이 일시에 확 뚫리더구먼. 만세를 부르고 한참 뒤에야 알았소, 나도 모르게 눈물 흘린 것을."

그때 언뜻 바깥에서 인기척이 나더니 작은 상 하나가 들어왔다. 상 위에는 단출하게 고깃국 두 그릇과 콩장이 놓여 있었다. 밥때가 아니라서 느긋이 앉아 있던 정 씨가 어색한 몸짓을 보였다.

"술이 없어도 조금 들어봐요. 어제 무산댁이 산토끼 잡은 것을 가져왔더구먼."

주인인 훈장이 먼저 숟가락을 잡으며 손에게 권했다. 그러나 식욕은 통 없는지 정 씨를 생각해 국물을 떠먹는 시늉만 냈다. 산토끼는 전상갑의 사냥 전리품이었다. 정 씨는 마지못해 수저를 챙기며 말했다.

"우리는 옆집이라서 심심찮게 고기를 얻어먹습니다. 식구가 나눠 드시면 될 텐데, 뭣 하러 이런 걸⋯."

"그래도 집에서 먹는 것하고 어디 같소? 그나저나 그 집 아들의 병이 빨리 나아야 할 텐데, 무산댁 보기 딱해서라도, 원!"

상을 물릴 때 정 씨도 엉거주춤 몸을 일으키며 걱정스레 말했다.

"제가 용정을 한 번 다녀올까요? 약재라도 좀 지어오게."

"허허, 아까 들어설 때 보니 다리도 성치 않은 사람이 용정은 무슨…. 엊그제보다 차도가 있으니 아무 걱정하지 마시오. 그건 그렇고 강혁이 그놈은 간 뒤로 소식을 들었소?"

"아직 연락이 없네요. 전부터 무소식이 희소식이거니 여깁니다."

발회목의 느슨한 대님을 고쳐 묶는 훈장은 가만히 고개를 끄덕였다. 그러다 갑자기 생각났다는 듯 넌지시 한마디 보탰다.

"강혁이 그놈이 친구 하나는 잘 사귄 것 같았소. 제 누이하고 짝을 맞춰주면 잘 어울릴 성싶던데…."

제때 만세 묘지 참배를 못 해 마음이 짠하던 훈장이 집을 나선 것은 그로부터 열흘쯤 뒤인 26일 오전이었다. 탕건 위에 통영갓을 단정히 받쳐 쓰고 흰 두루마기 차림인 훈장은 전형적인 노유(老儒)의 체취를 물씬 풍겼다. 병세가 일정치 않아 그동안 용정 행보를 하기에는 사실상 무리였다. 아직 완쾌된 몸도 아닌데 굳이 이날을 참배 일로 택한 것은 훈장이 숙고 뒤에 내린 결정이었다. 의병 동지였던 안중근이 순국한 날이었기 때문이다

침략자 이토를 처단한 안중근은 일제의 여순 감옥에 갇혀서 재판을 받았다. 거사를 단행한 지 꼭 5개월 뒤인 이듬해 1910년 3월 26일이었다. 이날은 새벽부터 비가 부슬부슬 내렸다. 안중근의 사형이 집행되는 날이었다. 원래는 전날이 예정일인데, 순종 황제의 생일에 집행하면 조선 사람을 자극할 수 있다며 하루 연기된 것이었다.

안중근은 집행 직전에 '동양 평화 만세' 삼창(三唱)을 원했으나 무시되었다. 결국, 안 의사는 여순 항구가 내려다보이는 조그만 언덕에서 교수형(絞首刑)으로 머나먼 길을 떠났다. 마차에 실린 유해는 차갑게 쏟아지는 봄비 속에 형장에서 멀리 떨어진 감옥 묘지로 향했다. 훈장이 만세 묘지 참배를 택한 이 날은 안 의사가 순국한 지 정확히 10년이 되는 날이었다.

관동주라 하여 일제의 손아귀에 든 여순에 안중근의 무덤은 존재조차 불확실했지만, 가상 있다손 치더라도 훈장이 거기를 찾을 형편은 못되었다. 그래서 독립 만세를 부르다가 역시 순국한 이들의 묘지를 참배하는 김에, 곁들여 의병 동지까지 추모하고 싶었던 것이다. 의병 동지라도 박건호와 안중근은 나이가 층이 졌고, 함께 활동한 기간까지 짧았다. 그러나 대한제국의 운명이 내일을 기약할 수 없는 마당에 본질 외적인 것은 사소한 문제였다. 오로지 나라와 민족을 위하는 붉은 마음 하나로 둘은 의기투합했다. 훈장은 용정 가는 길을 잡고 발을 재게 놀려도 머릿속은 안중근에 대한 연연함으로 가득했다.

봉건에다 유교적인 박건호 앞이라 더 그랬는지는 몰라도, 집안 얘기가 나오면 안중근은 부친인 안태훈(安泰勳) 진사를 자주 들먹였다. 비록 황해도의 청계동(淸溪洞)에 은거 생활 중인 안 진사지만 일찍부터 그 문장과 지략은 각처 선비들에게는 물론 조정에서도 이름을 얻었다. 중후하면서 소탈한 성격에 얼굴까지 빼어났지만, 술을 너무 즐겨 한 탓에 딸기코인 것이 흠이라면 흠이었다. 안 진사는 아들 삼 형제를 두었는데, 동생들은 글공부를 채근해도 맏이인

중근에게는 공부하라며 꾸짖는 법이 없었다. 그래서 안중근은 상투에다 자주색 수건을 두르고 거의 매일같이 사냥을 일로 삼았다. 이때 연마된 사격술이 의병을 거쳐 만주의 하얼빈역으로 이어졌던 것이다.

부친과 관련된 얘기보다 정작 훈장을 크게 감명시킨 것은 뒷날 안중근의 모친이 보여준 의연한 태도였다. '이런 어머니에 이런 아들'을 뜻하는 '시모시자(是母是子)'란 제목의 신문 기사는 비단 훈장뿐만 아니라 한민족 전체에게 감동을 준 바 있었다. 안중근에게 사형 선고가 떨어졌다는 소식을 전해 들은 모친은 큰아들의 수의(壽衣)를 만들면서, 이제 이승에서 모자 상면은 없을 거라며 어떤 각오를 다졌다. 그것은 작은아들을 감옥에 면회 보내면서 밝혀졌다. 모친은 안중근에게 다음과 같은 이유로 항고하지 말도록 당부했다.

"너는 할 일을 다 했고 그것은 대한인(大韓人)이라면 누구든지 갈 길이다. 굳이 항고한다면 부모보다 먼저 죽는 불효를 생각해서 그럴 것이나 그것은 도리어 이 어미를 욕되게 하는 것이다."

참으로 그 어머니에 그 아들이었다.

역에 쓰러진 이토는 죽어가면서 총을 쏜 자가 누군지 물었다. 조선 청년이라는 답에 조선 청년이라면 그럴 만하다고 중얼거렸다는데, 이토가 감히 조선 청년 뒤에는 또 이런 어머니가 있을 줄 어찌 알았으리.

이토를 총살한 안중근은 도망 따위는 아예 머릿속에 없었다. 자기가 해치운 일이 너무도 떳떳했다. 거기다 이토의 죽음이 다름 아닌 조선 침략의 대과(大過) 때문이라는 사실도 명백히 밝힐 필요가 있었다. 이제 임무를 다한 권총은 던져버리고 안중근은 그 자리에서 '대한 독립 만세'를 힘껏 외쳤다. 그리고는 러시아 헌병에게 순순히 포박을 당했다. 어쩌면 순교자만이 보일 수 있는 의연함이었다.

일본 근대사에 이토는 빼놓을 수 없는 인물이었다. 빈농의 아들로 태어나 공식적인 학교 교육을 받은 적은 없지만, 명치유신의 공신으로 그 존재가 너무도 뚜렷했다. 구미 열강을 돌아보며 근대 국가의 기초를 공부하고 돌아온 이토는 이후 일본이 나아갈 길을 설계했다. 백작 작위를 받은 이듬해에는 마흔다섯 살의 나이에 초대 내각 총리대신이 되었으며, 50세에는 초대 귀족원(貴族院)의 의장에 올랐다. 모두 네 차례에 걸쳐 내각 총리대신을 역임하면서 일본을 진두지휘한 만큼 입지전적인 인물에다 거인임은 분명했다. 그러나 그것은 일본 자국의 이토로서 자기들만의 문제였다. 이토는 늙은 나이에 한국으로 건너와서 을사늑약을 강제로 체결하고 초대 통감이 되었다. 이후 고종 황제를 강제 퇴위시키고 정미7조약을 맺는 등, 안중근이 조목조목 열거한 죄상만 해도 15개나 되었다. 끝내는 '한국병합실행방침'까지 극비리에 만든 뒤 그제야 통감직에서 물러났다. 비단 안중근이 아니래도 이토는 의병들의 암살 대상 1호가 되었다. 한민족에게 있어 이토는 만 번 죽어도 싼 침략의 원흉, 그 이상도 이하도 아니었다. 대한의군 참모중장인 안중근의 하얼빈 의거에 대해 중국도 열띤 반응을 보인 것으로 미뤄, 이토는 동양 평화에도 저해되는 인물임을 알 수 있었다.

그런데 다른 일화는 훈장을 두고두고 씁쓸하게 만들었다. 이야

기를 처음 전해 들었을 때는 하도 어이가 없어서 자기 귀를 의심할
정도였다. 안중근 의거 뒤에 조정에서는 뒷공론이 무성했다. 단군
이래로 일찍이 없었던 나라의 큰 도적을 일껏 처단했는데, 국운이
다했는지 친일파는 앞다퉈 망발을 쏟아냈다. 어떤 자가 이토 송덕
비를 운운하니까, 다른 대신은 혹 친일 경쟁에서 질세라 아예 '한
국 황제가 일본으로 건너가서 천황께 사죄함'이 어떠냐고 혓바닥
을 놀렸다는 것이다.

　허청리 가는 길은 봄기운으로 땅이 녹아서 지질지질했다. 훈장
은 안중근이 지은 장부가(丈夫歌)를 읊조리며 길을 줄였다. 장부가
는 안 의사가 하얼빈 의거를 거행하기 직전에 지어서 동지인 우덕
순에게 준 시였다.

　　장부가 세상에 처함이여 그 뜻이 크도다
　　때가 영웅을 지음이여 영웅이 때를 지으리로다
　　천하를 응시함이여 어느 날에 업을 이룰꼬
　　동풍이 점차 차가워짐이여 장사의 의기는 뜨겁도다
　　분개함이 한번 뻗침이여 반드시 목적을 이루리로다
　　쥐 같은 도적 이토여 어찌 즐겨 목숨을 부지할꼬
　　어찌 이에 이를 줄 알았으리오 일은 돌이킬 수가 없도다
　　동포, 동포여 속히 대업을 이룰지어다
　　만세, 만세 대한 독립이로다
　　만세, 만세 대한 동포로다

만세 묘지에 도착한 훈장은 당장 서글픔부터 일었다. 억새 무성한 가운데 자잘한 봉분의 무덤이 더없이 황량해 보였던 것이다. 근래 사람이 여럿 다녀간 흔적은 그나마 위안거리였다. 훈장은 명복을 빌며 무덤 하나하나에 손길을 주었다. 일본인의 손아귀에 든 땅에서 묻히길 원치 않은 안중근은 자신을 하얼빈 공원 곁에 묻어 두었다가, 뒷날 독립이 되면 뼈를 조국 땅에 옮겨서 묻어달라고 유언했다. 그러면 이 무덤들은 장차 어찌할 것인가. 여기 차가운 땅속에 누운 사람들과 또 안중근이 그토록 원했던 독립의 날은 언제쯤 올 것인가.

양지바른 무덤가의 훈장은 저 아래 용정을 내려다보았다. 곰방대 연기 속에 일 년 전의 일이 다시금 생생히 떠올랐다. 특히 관을 메고 시위행진을 벌였던 그 날의 비장함이란! 훈장은 담뱃대를 털더니 쌈지 끈을 끌러서 다시 담배를 담는다. 또 여기서 안장 직전의 조사(弔辭)는 어떠했는가. 구절구절이 참석자들의 눈물을 흩뿌리게 했고, 일부는 아직도 훈장의 귀에 떠돌았다.

장하다 제공(諸公)이여 그 죽음이 영화롭다
슬프다 우리들이여 살아남은 것이 부끄럽다
오호라 오늘이여 오늘의 큰바람은 제공의 의기 때문이 아니런가

다시 찬찬히 무덤을 둘러본 훈장은 이윽고 걸음을 제창병원으로 향했다. 진찰보다는 캐나다 선교사를 만나 고마운 뜻을 전하고

더불어 새 학교도 한 번 둘러볼 요량이었다. 훈장은 조선 사람 뒷바라지를 천직처럼 여기는 선교사와 제법 친분이 두터웠다. 그 선교사가 새해에 특히 용계촌을 들러 부탁을 했다. 조선 사람을 위해 병원에서 중학교를 설립하는데, 거기서 가르칠 한학 공부를 훈장이 책임졌으면 한다는 취지였다. 훈장은 나이가 들어 완곡히 거절하고 대신 젊은 지사를 소개해 줬는데 이번에 그 학교가 문을 열었다는 소식이었다. 교명은 은진(恩眞) 중학이었다. 하느님의 은혜로 진리를 배운다는 뜻으로, 은혜와 진리에서 각각 첫머리를 딴 작명이었다.

"오늘은 용계촌 김 씨가 손덕이 별로구먼. 연달아 몇 판 나갔을걸?"

구석 자리의 개평꾼이 배갈 잔을 입에 털어 넣으며 속삭이듯 말했다.

"어제처럼 딸 수야 있겠소? 하긴 노름은 신발 신을 때 알아볼 일이지."

만두를 우물거리던 다른 개평꾼이 술잔을 채워주며 거들었다.

김달용은 다시 새 담배에 불을 댕긴다. 먼저 패를 받은 노름꾼의 표정을 슬쩍 살피며 자기 앞에 놓인 화투 두 장을 집는다. 그리고는 화투를 쥔 오른손을 천천히 눈앞으로 가져간다. 앞장은 5월 난초였다.

"종일 화투만 볼 건가? 시간도 없는데."

누군가 씨부렁거렸다. 돈을 잃고 안달이 난 사람임이 분명했다.

김달용은 화투에서 눈을 떼지 않고 혼잣말처럼 뇌었다.

"가만 좀 있어! 누구 끗발 나가는구먼."

짙은 눈썹을 잔뜩 찡그리고 눈까지 가늘게 좁힌 김달용은 엄지손가락으로 앞장을 살그머니 아래로 민다. 머리를 조금씩 내민 뒤패에서 새까만 점 몇 개가 언뜻 보인다. 순간 눈썹이 확 펴지며 한가닥 희열이 스친다. 뒷장 화투는 4월 흑싸리였다.

"후유, 언제 적 가보냐? 서방 죽고 사내 맛보긴 처음일세."

계속 죽을 쑤고 앉았던 김달용은 얄궂은 노름판 속어까지 입에담으며 바닥 돈을 쓸어갔다. 가보란 노름판에서 아홉 끗수를 가리키는 말이었다.

좁은 방안은 담배 연기로 가득한데, 철사로 천장에 매달아 놓은남포등에서는 그을음까지 자욱하게 피어났다. 방 가운데는 눈이시뻘건 노름꾼 5명이 둘러앉았고 구석 쪽의 개평꾼 둘은 술추렴중이었다. 그들 개평꾼도 노름판에 달려들었다가 밑천이 달려 뒤로 나앉은 경우였다. 돈이 흔한 노름판이라 향긋하고 독한 배갈에다가 요리는 양장피와 만두 따위로 푸짐했다. 값비싼 궐련 담배는주인 없는 공용이라 그런지 아까운 줄 모르고 피워대서 전부 코가굴뚝이었다. 바깥 동정과 밤참 따위를 책임진 노름방 주인은 방 안을 들락거리며 잔심부름에다 개평까지 확인하느라 엉덩이에서 비파 소리가 났다.

총영사관과 함께 일본인들이 밀려들자 용정은 뒷골목까지 차차 흥청거렸다. 주로 장꾼을 상대하는 작은 술집부터 시작해 색주가도 많이 생겨났다. 뒷골목은 밤이 되면 한층 윤기를 더했다. 노랫가락에 실려 장구 소리가 뚱땅거리는가 싶으면 한편에서는 술집 색시의 웃음소리가 간드러졌다. 그러다 취객의 고함이나 고향을 그리는 애달픈 곡조가 골목길을 흘러 다닐 때면 이슥한 밤중이었다. 색주가의 조선인 고객은 대개 장사치가 아니면 친일파로, 용정에서 방귀깨나 뀌는 작자들이 대부분이었다.

주색 있는 곳에 빠질 수 없는 것이 잡기였다. 색주가를 드나드는 시정잡배에다 금점꾼이나 산판꾼이 곁다리로 끼어들면 어김없이 노름판이 벌어졌다. 특히 춥고 밤이 긴 겨울철은 여러 곳에서 장이 섰다. 예전의 주 종목은 야회(押會)라는 청국 노름이었다. 그런데 일본인이 색주가와 함께 화투를 퍼뜨리면서 화투는 순식간에 노름 세계를 평정했다. 노름 방법도 민화투부터 시작해 다양하게 개발되었다.

"오래간만에 먹을 패가 들었네. 여덟 끗인데 누구 가보 패 있소?"

화투장을 까발리는 김달용의 목소리는 꽤 희망적이었다.

"어허, 노름이 어디 가보뿐이던가? 공산명월(空山明月)인 8땡이요, 8땡! 집 나간 년이 애 배서 들어왔나, 돈이 몇 곱절이구먼. 어허, 좋을시고."

훌떡 까진 이마에 윤이 반들반들한 노름꾼이 장단까지 먹여가며 바닥 돈을 쓸어간다. 무릎 앞에는 돈이 수북이 쌓여 있었다. 아홉 끗인 가보보다 높은 패가, 같은 그림 두 장으로 이른바 땡이라고 했다. 될 듯 될 듯하면서 물을 먹는 김달용은 똑 벌레 씹은 상판이었다.

"허허, 오늘은 깔축없이 이발소 날이구먼. 판돈 다 긁네, 다 긁어!"

독한 배갈로 얼굴이 벌그죽죽한 개평꾼이 비굴한 웃음으로 아첨을 떨었다.

"노름판 살림은 도깨비 살림인데 그래도 기분이 어디 그런가? 옜소! 주인하고 한 닢씩 노느시오."

호기를 부리는 이발소 사람이 밉살스러운지 맞은편의 노름꾼이 송곳니를 드러내듯 씨부렁거렸다.

"돈이 찬물에 뭣 줄듯이 주는구먼. 야바위 치다 어디 한번 걸리기만 해봐라, 쌍"

어제는 김달용이 돼지꿈이라도 꾸었는지 판몰이를 했다. 4원을 밑천 삼아 거의 80원을 붙였으니 노름꾼 표현처럼 그야말로 빈 마구간에 소가 든 격이었다. 두둑한 공돈에 입을 다물지 못한 김달용은 밤늦게 용정 뒷골목으로 행차했다. 가끔 들르는 '망향옥(望鄕屋)'이라는 색싯집이었다. 눈앞에는 푸짐한 술상이 턱 하니 펼쳐져 있고 양옆으로 색시를 끼니 적어도 이날 밤만큼은 그 옛날의 변 사또가 부럽지 않았다. 한편으로는 꼼꼼히 셈속을 다지는 일도 잊지 않았다. 자고 일어나는 길로 잡화상 주인을 만나 먼저 빚부터 깨끗이 청산하고, 이번에는 귀여운 아들 명훈은 물론 정란과 마누라까지 새 옷을 한 벌씩 안길 참이었다. 그보다 더 기특한 노릇은 이후로는 절대 노름을 끊겠다며 스스로 다짐까지 두는 일이었다. 오랜만에 충실한 가장 노릇을 하겠다는 상상은 김달용의 술맛까지 한층 흐뭇하게 만들었다.

새벽녘까지 술추렴에다 여러 가지로 무리를 한 김달용이 느지
막이 이부자리를 빠져나오면서 상황은 또 바뀌었다. 게으름만 안
피우면 볼일을 보더라도 해 안에는 충분한데, 집에 돌아가기에는
너무 늦다는 생각부터 가졌다. 거기다 노름 미련까지 진득이 달라
붙어 그냥 집에 돌아가면 뭔가 손해 본다는 기분까지 들었다. 발길
을 붙든 주범은 역시 뿌듯한 호주머니 사정이었다.

자기 집 안방이나 되는 듯이 '망향옥'에서 밑 질기게 뒹굴던 김
달용은 해 질 무렵에야 슬금슬금 용정 뒷골목을 빠져나왔다. 어디
서 술판이라도 벌어졌는지 벌써 게이샤가 샤미센을 동당동당 뜯고
있었다. 김달용의 발길은 마치 자석에 이끌리기라도 한 듯 노름방
으로 향했다. 주머니가 묵직하면 마음은 가벼운지 절로 가락을 흥
얼거렸다. 빚이 수월찮은 잡화상은 아예 들르지도 않았다. 노름꾼
은 뭐니 뭐니 해도 밑천이 두둑해야 마음이 꿀리지 않는 법이라며
나름의 노름 철학에 충실했던 것이다. 혹시 돈을 잃을지도 모른다
는 생각은 멀리 쫓아버렸다. 끗발이 불같이 일던 어젯밤 기분이 고
스란히 남아 있어, 오늘 밤까지 포함한 이틀 치 술 값쯤은 장난같
이 딸 것 같았다. 이른 귀가가 왠지 손해라는 느낌도 알고 보면 그
런 데서 연유했다.

새벽녘이 되었다. 김달용의 눈 아래 근육이 갑자기 파르르 경련
을 일으킨다. 그 많던 돈은 거짓말처럼 수중에서 빠져나가고 없었
다. 단번에 많이 딸 욕심으로 배짱 좋게 목돈을 풀풀 날린 탓도 있
었다. 흉년 곡식은 남아돌고 풍년 곡식은 모자란다고 했던가.

'미친놈! 어제 그만 집에 가면 될 텐데, 여긴 뭣 하러 또 왔던고?

공으로 생긴 재물은 공으로 나간다고 하더니만….'

밀물처럼 밀려드는 때늦은 후회로 김달용의 가슴은 새까맣게 타들었다. 향긋한 맛은 고사하고 독하기만 한 배갈을 연거푸 몇 잔 들이켠다. 개개풀린 눈으로 천장을 응시한 채 죄 없는 담배만 빡빡 빨아대다 건너편 골방으로 가서 퍼더버리고 누웠다. 천당에서 지옥으로, 색싯집에서 골방으로 나가떨어진 것이다. 방문이 희붐할 때까지 자책과 궁리로 잠을 이룰 수가 없었다.

점심때를 지나 장거리로 나온 김달용은 모습조차 꾀죄죄했다. 마침 이날은 한 달에 여섯 번 서는 용정의 육장이었다. 용정에서 제일 큰 앞십자 거리의 장은 활기가 넘쳐났다. 대부분 흰옷 차림이었다. 소매는 길고 통이 좁은 검정 바지저고리나 두루마기 같은 비단 다부쏸즈 차림도 심심찮게 눈에 띄었다. 대개 앞머리 절반은 파랗게 밀고 머리 꼬랑지를 길게 드리운 청국 사람이었다. 김달용은 먼저 단골 식당을 찾았다. 어제 오후부터 공복에다 술만 들이켠 탓인지 시장에 나와서 눈요기를 하자 갑자기 허기부터 몰려왔던 것이다. 단골 식당은 명동촌 사람이 주인인 국숫집이었다. 꿩고기를 우려낸 육수에다 동치미 국물로 만든 국수는 오들오들하면서 쫄깃쫄깃했다. 이 식당은 또 채소와 산나물을 고추장으로 양념해서 비벼 먹는 국수도 상큼하면서 얼큰한 맛이 일품이었다. 배가 부르면 다 좋다는 중국 속담까지 있었으나 김달용은 지금 간에 불이 붙은 상태였다.

'아쉬운 대로 저 돈만 있어도 어떻게 해보겠는데….'

김달용의 눈길은 물건값 치르는 돈을 탐스럽게 핥는다. 노름꾼이 돈 떨어지면 도둑질한다고, 정말 도둑질이라도 하고픈 심정이었다. 지금 와서 빈손으로 집에 돌아간다는 것은 억울하기 짝이 없는 노릇이었다. 어떡하든 돈 길을 만들어 반 본전이라도 건진다는 일념뿐이었다. 김달용의 반 본전 계산법은 원래 밑천의 반인 2원이 아니라, 자신의 호주머니에서 하룻밤을 묵새긴 돈의 절반인 40원을 의미했다.

"어허, 이게 누구야!"

뒤에서 누가 등을 툭 친다. 막다른 골목의 노름꾼은 그 순간 희망의 빛이 머릿속을 번개처럼 스쳤다. 안면 있는 사람을 만났으니 우선 돈부터 빌리자는 심산이었다.

"당신 누구요?"

돌아선 김달용이 눈에 쌍심지를 켠다. 상대는 갓이 비뚤어지고 아랫도리가 풀린 주정꾼이었다.

"나는 택진인 줄 알았더니 아니구먼. 뒷모습은 천상인데…."

경상도 사투리가 심한 주정꾼은 앞뒤로 건들건들한다. 꺼무럭꺼무럭하는 눈은 개개풀린 상태였다.

"해장술에 완전히 맛이 갔구먼. 계집 때린 날 장모 온다더니, 재수가 없으려니 원…."

장거리에서도 별다른 수가 안 터지자 김달용은 하릴없이 빚진 잡화상 근처를 얼쩡거렸다.

'어제 돈 많을 때 좀 갚아 둘걸.'

벌써 수십 번을 되풀이해도 때늦은 후회였다.

김달용의 채권자인 임 주사, 곧 임성찬(林成燦)은 남의 이목과 편의상 잡화상을 운영할 뿐 실상은 고리대금업자였다. 젊은 시절에 이미 매국적 친일 단체인 일진회(一進會)의 똘마니로 극성을 떨던 그는 특히 돈이라면 환장을 했다. 그래선지 조선을 경제적으로 침략한 동양척식회사를 들락거리더니만, 용정에 동척 출장소가 생겨나자 슬며시 간도로 옮겨왔다. 일본의 독무대가 된 대부(貸付)업에 친일분자로 한 다리를 낀 임 주사는 영사관을 등에 업고 조선 상인을 위주로 고리채(高利債)를 놓는데, 빈틈없는 대부에다 이자 끝돈까지 에누리라고는 없어 평판이 수전노였다. 게다가 여자라면 사족을 못 써 홀몸으로 떠다니며 홀아비 행세를 했지만, 실은 구식 여자라며 천대하는 마누라와 자식이 번연히 조선 땅에 살고 있었다. 그런 임 주사는 어쩌다 김달용과 안면을 트게 되었다.

열 살 가까이 층이 지는 나이 빼고는 자신과 견줄 게 없는 김달용에게 임 주사가 처음에는 데면데면히 굴었다. 그런데 두어 달 전의 일이었다. 회령을 갔던 임 주사가 용정 귀로에 올랐다가 도중에 그만 폭설에 갇히는 신세가 되었다. 마차 길도 끊겼는데 날까지 저물어 왔다. 난감하던 임 주사는 근처 용계촌의 김달용을 떠올렸다. 그리하여 웃계에서 하룻밤을 묵게 된 뒤부터는 김달용을 대하는 태도가 싹 바뀌었다. 그도 그럴 것이 활짝 핀 한 떨기 꽃이나 다름없는 정란을 본 뒤 어떡하든 자기 여자로 만들겠다며 작심했던 것이다. 임 주사가 그런 엉뚱한 마음을 먹게 된 저변에는 순전히 돈의 위력을 믿었기 때문이다. 세상살이에 얼추 돈으로 해결 못할 일이 없다는 게 임 주사의 신념이었다. 더군다나 그동안의 경험에 비춰볼 때, 처녀 아버지인 김달용은 가장 요리하기 쉬운 부류에 속했다. 집에 들면 제왕이요, 바깥에서는 놀기 좋아하며 씀씀이까지 헤픈 까닭이었다. 단지 돈 나올 구멍이 궁색한 게 한이라면 한인 그런 사람이었다.

임 주사는 김달용을 상대로 일 처리를 서둘렀다. 선심 공세부터 시작됐다. 김달용이 용정에 얼굴을 비쳤다 하면 어김없이 색주가로 몰고 가 질편히 대접하였다. 거기다 은근슬쩍 아편까지 맛 들이게 했다. 김달용이 집으로 돌아갈 때면 이번에는 선물 보따리를 심심찮게 챙겨주었다. 뿐만이 아니었다. 자청해서 김달용에게 선뜻 목돈까지 빌려주고는 했다. 수전노로서는 파격적으로 이자 한 푼 없는 돈이었다. 그러나 돈을 빌려준 그 날에 다른 곳에서 꼭 그만한 액수를 빌렸다. 그 돈에 대한 이자를 자신이 물고 영수증은 빈틈없이 챙겼다. 모두가 뒷날을 위한 꼼꼼한 장치였다. 이제 김달용에게 빌려준 돈은 원금만 50원에 육박했다.

하룻밤 머문 신세를 들먹이고, 어딘지 자기 친형과 닮은 점이 많다는 임 주사의 너스레에 김달용은 그러려니 하고 예사로 넘겼다. 한데 시간이 흐를수록 아무래도 석연치가 않았다. 임 주사에 대한 평판은 김달용도 귀가 있는지라 대략은 알고 있었다. 그래서 이즈음은 오히려 자신이 피하는 편이었다. 본능적으로 경계심이 이는 데다 이제 빚도 만만찮기 때문이었다. 김달용이 비록 노름에 미쳐 돈이 궁한 상태지만 임 주사를 만나는 것은 아무래도 내키지 않았다. 상대의 속셈은 나중 문제였다. 더 빌리기는 고사하고 도리어 이제는 돈을 갚으라며 거꾸로 나올까 봐 은근히 켕겼던 것이다. 궁리를 거듭하던 김달용은 결국 다른 길을 택했다.

"김 형이 갑자기 웬일이요? 무슨 긴급한 보고라도 있소?"

연락을 받고 영사관 담장 으슥한 곳으로 터벌터벌 걸어온 강 순사가 물었다. 매가리 빠진 얼굴이었다. 우중충해진 붉은 벽돌담에 가려서 영사관 건물은 보이지 않았다. 막상 강 순사를 대하자 김달용은 망설임이 일었다. 형편이 형편인지라 억지로 용기를 냈다.

"저, 갑자기 돈이 좀 필요해서…. 늦어도 내일 중으로는 갚지 싶은데…."

"허 참, 과붓집에 가서 바깥양반 찾기도 유분수지, 나한테 와서 웬 돈타령이요?"

강 순사는 바늘 끝도 안 들어갈 만큼 냉담했다. 김달용은 이왕 뱉은 말인 데다 내심 수상쩍게 여기던 부분을 슬쩍 건드려보았다.

"정 뭣하면 정보비를 먼저 변통해 주는 셈 치고 어떻게 좀…."

"정보비? 아니 그럼 내가 정보비를 가로채기라도 했단 말이오! 실적이 시원찮은 데 무슨 정보비 타령이오, 타령이."

정보비란 말에 강 순사는 대뜸 세모꼴 눈을 치뜨며 떠받고 나섰다. 목소리도 제법 으르렁거렸다. 중간에서 정보비를 슬쩍 칼질한 탓에 더 강하게 나간 면도 있었다. 똑같이 일제의 사냥개 노릇을 해도 등급에 따라 이른바 정보비 액수는 천양지차였다. 또 드러내 놓고 떠벌릴 입장이 못 되는 돈이라 중간 착복도 얼마쯤 가능했다. 강 순사의 날 선 핀잔에 김달용은 정색하며 변명에 급급했다.

"가로채다니? 무슨 그런 억지 말씀을 합니까. 강 순사님의 결벽증은 제가 보증하지요. 다만 저는 급전이 필요한데 손 벌릴 사람은 없고 해서 염치 불고하고…."

"나도 답답해서 한번 해본 소리요. 그놈의 은행 강도 사건만 내가 해결했어도…. 담배를 보니까 그다지 궁한 사람도 아닌데, 뭘! 돈은 얼마나 필요한 거요?"

강 순사의 기색이 조금 누그러졌다. 김달용은 어쨌든 정보원으로서 자신에게 필요한 존재였고 또 정보비를 착복한 것도 은근히 켕긴 탓이었다.

"대략 10원 정도면…."

"10원! 그런 큰돈이 나한테 있을 턱이 있나? 가만있자…. 다른 사람도 아니고 김 형 부탁인데 일단 주위에 손은 벌려 봐야지. 그렇다고 큰 기대는 하지 않는 게 좋을 거요. 그건 그렇고 요즘 별로 달갑잖은 소문이 들리던데 자주 손대서 좋을 건 없으니 알아서 하시오. 집을 자주 비우면 정보 활동도 지장이 많지 않소? 여하튼 여기서 잠시 기다려 보시오."

소문이란 노름을 두고 하는 말 같은데 혹 아편은 아닌지 김달용은 속이 켕겼다. 어쨌든 지금은 화투짝밖에 눈에 어른거리는 게 없었다. 마음이 콩밭에 간 김달용이 속으로 강 순사의 느릿한 걸음을 탓하는데, 별안간 삐뚜름한 뒤통수가 돌아갔다.

"오늘 같은 일로 다시는 여기 얼씬거리지 마시오! 남 눈이 무섭다는 것도 모르면서 무슨 정보비 타령은…."

돈은 글렀다고 판단한 김달용은 '호래자식'을 연발하며 발길을 돌렸다. 손을 주머니에 푹 찌르고 허정허정 걸어가는 곳은 임 주사의 잡화상이었다.

6. 더 삼 림 의 더 기운

백두산은 그 머리가 희다(白) 하여 백두(白頭)라 불렀다. 한민족의 성산으로 장백산맥을 깔고 앉은 백두산은 함경도와 중국 길림성을 아우르고 두만강과 압록강, 그리고 송화강의 발원지도 되었다. 당당한 모습으로 백두산을 받쳐 든 장백산맥은 온통 아름드리나무로 몸을 감춘 뒤, 마치 용이 몸을 뒤채듯 갈래갈래 흩어져 아득히 뻗어갔다. 북간도는 그런 장백산맥 중에서 서북으로 뻗어 나간 노야령(老爺嶺) 산줄기를 주맥(主脈)으로 하여 동쪽으로는 노령의 연해주, 남으로는 두만강을 격한 지역이었다.

북간도는 포이합통하와 해란강을 양대 젖줄로 하고 그보다 규모가 작은 가야하도 흘렀다. 포이합통하는 노야령 산맥 중간쯤의 합이파령(哈爾巴嶺)에서 발원했고, 해란강이 시작되는 곳은 장백산맥이 흑산령(黑山嶺)으로 갈라지는 지점에 있는 청산리였다. 용정을 지나는 해란강은 이윽고 연길 인근에서 포이합통하와 합류한 뒤 두만강으로 흘러들었다. 소하천인 가야하는 유역의 평지도 그리 넓지 못한 편인데 이 유역 일대가 왕청현에 속했다. 왕청현이 비록 밀림의 산악지대라고는 하나 큰 산 몇몇을 제하면 거의 구릉과 분지들로 형성되어 고원 지대의 색채도 짙었다.

독립군 부대는 왕청현의 지리적 장점을 십분 활용해 요소요소에 둥지를 틀었다. 지리적 장점 가운데 역시 으뜸은 울울창창한 대삼림이었다. 일제가 아무리 억지를 부리고, 그로 인해 중국 측이 마지못해 단속을 나서도 첩첩산중까지는 그 힘이 미치기 어려웠다. 거기다 한낮에도 음침한 기운이 감도는 원시적 삼림은 여러 군사적 효용성과 더불어 저 멀리 연해주로부터의 무기 구입까지 쉽게 만들었다. 대삼림의 군사적 혜택 외에 또 왕청현이 두만강과 격해 있다는 사실도 중요했다. 국경 지대로서의 특수성이 적지 않았기 때문이다. 그리하여 북간도를 대표하는 북로군정서와 국민회를 필두로 10개 이상의 독립 단체가 왕청현에 근거하여 한창 힘을 기르는 중이었다.

　평화적인 만세 운동은 이제 시효가 끝났다는 듯, 왕청현 삼림으로 우뚝우뚝 찾아든 젊은이들이 이번에는 총으로 기세를 올려대니 덩달아 일제 영사관도 분주해졌다. 조선 사람만 드문드문 사는 데다 치안 불안까지 고려해서 이력깨나 붙은 밀정을 투입했고, 임의로 경찰 분소를 설치하며 대응책 마련에 골머리를 싸맸던 것이다.

　현의 소재지인 백초구에 영사관 분관이 설치된 지는 이미 10년도 넘었다. 총영사관의 용정을 비롯하여 분관이 설치된 국자가, 두도구, 백초구는 이른바 간도협약에 따른 4대 개방지에 속했다. 그 백초구에서 동북으로 130여 리 떨어지고 두만강과도 멀찍한 이곳은 서대파의 십리평이었다. 최근 이곳 십리평에는 사관연성소가 들어섰다.

　"앞으로 갓, 뒤로 돌아 갓."

"앞에 총, 찔러 총."

울창한 삼림 한복판의 연병장에는 구령과 함성 등으로 활기가 넘쳐났다. 아름드리 거목을 자빠뜨리고 다시 나무뿌리를 파헤쳐서 비스듬하나마 평지 형태를 갖춘 연병장은 그래도 아직 손길을 기다리는 곳이 많았다. 연병장에서 조를 나눠 훈련 중인 사람은 사관연성소 생도였다. 모두 상등병의 견장을 달고 있었다. 2백 명은 넘는 것 같았다. 또 연병장 저편의 삼림에서는 귀한 실탄으로 사격 연습을 하는지 가끔 총소리가 산을 쩌렁쩌렁 울렸다. 당연히 생도 교육은 일반 독립군보다 과목이 더 추가되었다. 지휘관으로서 갖추어야 할 정신 교육과 함께 전술학과 지휘법 등이었다. 실전적인 종합 전술 훈련도 필요했다.

연병장 한 곁에서 동그란 안경을 치켜 가며 열심인 교관은 이범석이었다. 앞에는 소대 단위인 50명의 생도가 줄지어 앉아 귀 기울이고, 저만치 말뚝에는 교육에 필요한 말 한 필이 무심히 매어져 있었다. 이범석 교관이 말했다.

"말을 타고 싸우는 병사가 기병이며 기병대는 그런 기병으로 편성된 부대를 말합니다. 지금 세계의 여러 열강이 계속 신식 무기로 치장을 하지만 아직은 싸움하면 역시 기병대를 빼놓을 수가 없습니다. 정찰과 기습은 물론이요, 전선 돌파와 측면 방어, 후방 교란 등 그 임무가 실로 막중하고 다양하기 때문입니다. 물론 다른 병과도 그렇지만 특히 기병은 용감성과 민첩성, 그리고 대범함을 필요로 합니다. 거기다 기병만의 특징이 하나 더 있습니다. 말과 함께 움직이고 호흡하는 기병은 무엇보다도 말과의 일체감이 중요합니다. 굳이 명명하자면 인마일체(人馬一體)라고나 할까요. 그러려면 말의 특성 파악과 더불어 다루는 기술도 당연히 능숙해야만 될 것입니다. 하지만 역시 우선순위는 말을 사랑하는 마음가짐에서부터 시작할 일입니다."

눈으로 언뜻 봐서는 생도 개개인을 구분하기 어려웠다. 소매에 자주색 띠를 두른 하얀(白) 복장도 그러하거니와 태극 휘장의 황색 모자와 발목을 단단히 단속한 각반까지, 비록 세련미는 덜했으나 차림새가 통일된 까닭이었다. 그러나 푸른 풀도 자세히 보면 다 다르듯이, 얼굴을 조금만 뜯어보면 얘기는 또 달라졌다. 초롱초롱한 눈망울의 앳된 청년이 함박웃음을 짓는가 하면, 이제 불혹의 나이를 눈앞에 둔 근엄한 표정의 장년도 없지 않았다. 하지만 그들 모두는 일체였다. 굳이 나이를 따지자면 부자지간만큼이나 층이 졌지만, 사관연성소의 생도 이름으로는 모두가 하나였다.

잠시 휴식을 취한 기병 교육의 생도들은 이윽고 말을 매어 둔 곳으로 자리를 이동했다. 사람이 주위로 몰려가자 흑갈색 말은 발굽도 가벼이 마치 춤추듯 맴을 돌았다. 어찌 보면 생도들을 반기는 듯도 하고 한편으로는 자신의 늠름한 자태를 은근히 뽐내는 것도 같았다. 하긴 기름이라도 먹인 듯 윤기 찬란한 가죽과 늘씬한 사지는 명마로서 한 점 손색이 없기는 했다. 그런 말도 이범석이 다가가자 이내 수긋해졌다. 목의 갈기를 손으로 쓸어 줄 때는 아예 교관의 가슴에다 머리를 문지르기도 했다. 이미 친숙한 관계였으나 상대가 명마라면 이범석은 또 누군가. 운남의 강무 학교 기병과에서 2년 반을 수학한 만큼 말에 대해서는 일가견을 지닌 일등 교관이 아닌가. 생도들은 흐뭇한 정경을 보면서 방금 배운 말과의 일체감이 어떤 것인지 조금은 실감하는 눈치였다. 말고삐를 감아쥔 이범석은 등자(鐙子)에 발을 거는가 싶더니 훌쩍 몸을 날려 안장 위로 올랐다. 이어 또렷또렷한 설명이 뒤따랐다.

"가능하면 기병의 몸은 가벼운 것이 좋습니다. 그래야만 말에게 자신의 의사를 전달하기가 쉽고 반대로 말의 율동은 부드럽게 받아들일 수 있기 때문입니다. 일체감 조성과는 거리가 먼 채찍 사용은 일단 제외하고, 기병이 말에게 의사를 전달하는 방법은 대략 세 가지가 있습니다. 고삐를 통해서는 입으로, 다리를 통해서는 옆구리로, 그리고 안장을 통해서는 말의 등으로 연결되는 것입니다. 한데 이러한 모든 것은 오직 말과의 일체감을 위한 부차적인 행위일 따름입니다."

명마에 올라탄 이범석은 인마일체와 관련해서 갈수록 신명을 더했다. 말에 대한 애정이 각별한 그로서는 당연한 일이었다.

신흥의 교관인 이범석이 북로군정서로 온 것은 지난 3월 말경이었다. 거기에는 여러 곡절이 뒤따랐다.

만세 운동 1주년을 맞아 서로군정서에서 계획한 국내 진공 작전이 끝내 무산되자 이범석이 느낀 좌절감은 컸다. 항일 무장 투쟁을 결심한 이범석은 열일곱 살이 될 때 고국을 등졌다. 이후 온갖 고생을 다 한 끝에 뛰어난 군인으로 거듭난 뒤 무장 투쟁의 땅 만주로 돌아왔다. 이제 그토록 고대했던 첫 싸움이 다가오고 있었다. 적은 강 건너 고국 땅에 있었다. 이범석은 적개심과 투지가 끓어올랐다. 자신감은 당연히 넘쳐났다. 큰 임무를 떠맡은 결사대에 자신의 온갖 역량을 쏟아부으며 결전의 그 날을 기다렸다. 한데 무기 부족으로 작전은 끝내 무산되고 말았다. 앞으로도 쇠털같이 많은 날이 기다리고 있었으나, 젊은 혈기의 그가 당장 느끼는 좌절감은 상상 이상이었다.

한편 무기 구입의 통로 개척을 위해 노령으로 떠난 김경천은 중간 기착지인 북간도에 잠시 머물렀다. 여기서 동지들을 규합하려고 노력했으나 여의치 않자 다시 길을 떠났다. 그리하여 마침내 블라디보스토크에 도착한 김경천은 웬일인지 거기에 계속 머물렀다. 무슨 말 못 할 사정이 생겼는지 아니면 보다 큰 투쟁을 꿈꾸는지, 세인으로서는 참으로 짐작하기 어려운 행보를 보였다.

여러 이유로 방황하던 이범석에게 무장 투쟁에 매진할 새로운 전기가 찾아왔다. 북로군정서의 총사령관인 김좌진이 공식 경로를 통해 도움을 청해 왔던 것이다. 이범석은 새로운 환경에서 새 마음으로 뜻을 펼쳐 보기로 했다. 이리하여 결사대 일원이었던 김훈(金勳)과 함께 북간도 땅을 밟았다. 서로군정서에 간곡히 청할 만큼 인재에 목말랐던 김좌진은 이범석을 크게 환대했다.

"먼 길을 오느라고 대단히 수고가 많았소. 여기 대한군정서에서 철기가 힘들여 닦은 기량을 마음껏 펼쳐 보시오. 나도 무인을 보는 눈이 서툴지 않은 만큼 전폭적인 지원을 아끼지 않겠소."

예전 말에 "사나이는 자신을 알아주는 사람을 위해 죽고(士爲知己者死), 여인은 자기를 기쁘게 하는 사람을 위해 화장한다(女爲悅己者容)."라고 했던가. 김좌진이 보여주는 열과 성에 이범석은 깊이 감동했다. 거기다 자신을 압도하는 깊은 눈매와 듬직한 체구에서 장래 커다란 성취까지 확신하게 되었다. 또 첫 대면에서 서일 총재가 한 당부는 그대로 이범석의 가슴에 아로새겨졌다.

"우리 군정서의 총사령관인 김좌진 장군이 철기 자네를 적극적으로 추천하더구먼. 총사령관은 능력이 출중한 데다 인품까지 높아서 모두가 존경하고 있으니 부디 잘 보좌하기 바라네. 그런데 아무리 본인이 뛰어나도 아랫사람의 훌륭한 보좌가 없으면 어떻게 빛을 발하겠는가? 총사령관은 만나기 힘든 지도자인 만큼 최선의 노력으로 보좌해 주면 그보다 다행한 일이 없겠네."

이범석이 최선의 노력을 기울여야 할 이유는 이제 한둘이 아니었다.

연병장 입구에 생도가 우뚝우뚝 몰리며 웅성거림이 일었다. 모두 토사(土沙) 넣은 배낭을 지참하고 신발 들메끈을 단단히 조인 모습이었다. 행군 차림새였다. 인원 점검을 위해 4명씩 줄을 맞추자 갑자기 시장 바닥만큼이나 시끌벅적해졌다. 성질 마른 생도들은 큰소리로 한마디씩 입을 거들었다.

"어이, 중간에 얼렁뚱땅 새치기하지 말고 줄을 서요, 줄을!"

"어허 참! 이제 하루 이틀 해보는 것도 아닌데 이러다 또 기합받겠구먼."

"어떻게 모두 좀 잘해봅시다. 예!"

생도의 절반 이상이 행군에 나서 어수선할밖에 없었다. 그러나 이들이 일사불란한 정예병이 되려면 아무래도 세월을 두고 연병장 흙이 더 다져져야만 할 것 같았다.

"다시 앞줄부터 차례로 앉으며 번호!"

"하나, 둘, 셋…."

호루라기를 불며 생도들을 정렬시키는 교관은 뜻밖에 강혁이었다. 서간도에서 먼저 출발한 이범석이 도착하고 며칠 뒤 마침내 강혁도 북로군정서에 합류했다. 사관연성소 개소로 한층 인재 부족을 절감하던 수뇌부는 서간도의 신진기예들이 속속 도착하자 크게 반겼다. 특히 김좌진은 마치 용이 여의주를 대하듯이 강혁을 챙겼다. 평소 근엄한 표정의 서일 총재도 기쁜 빛을 감추지 못했다. 북로군정서에서 이처럼 젊은 인재들을 영입할 수 있었던 것은 김좌진의 끈덕진 구애도 주효했지만, 서간도의 이상룡이 그에 맞장구를 쳐 대국(大局)을 주도한 영향도 컸다.

북로군정서 조직은 총재부와 사령부로 이원화되었다. 따라서 강혁의 경우는 군사 담당인 사령부 소속이 당연한 것처럼 보였다. 한데 어느 간부가 조직의 이원화에 따른 문제점을 제기한 뒤 강혁의 역할에 어떤 기대감을 표했다. 그에 따라 강혁의 직책은 조직 전체를 살피고 조율하는 대한군정서의 참모로 결론이 났다. 거기다 사관연성소의 병법 교관까지 겸하게 돼 강혁은 일약 북로군정서의 핵으로 떠올랐다.

군정서의 당면 과제는 오직 독립 전쟁에 있었다. 나머지는 모두 부차적인 일로 취급되었다. 총재부는 민정을 비롯하여 여러 중요한 업무를 수행 중이었다. 하지만 지금의 총재부는 그 존재 의의조차 사령부의 군사 활동 후원에서 찾을 만큼 독립 전쟁은 총력 태세였다. 강혁의 직책은 비록 군정서 참모지만 아무래도 업무적으로는 사령부 참모라 할 수 있었다. 사령부 참모의 핵심적 임무는 '전반적인 군사나 작전 계획에 있어 총사령관을 보좌하고 자문에 응하는 것'이었다. 굳이 강혁의 별명인 제갈량 시대로 거슬러 올라가면 일급 모사(謀士)에 해당했다.

행군에 나선 생도들이 군가를 드높이 합창하며 차례로 연병장을 빠져나갔다. 알게 모르게 군기가 잡혀가는지 군가의 박자나 음정은 매끄럽지 못해도 소리만큼은 우렁찼다. 풀숲으로 꼬리를 감추는 뱀처럼 마침내 행군 대열은 후미까지 삼림 속으로 사라졌다. 오늘 행군을 책임진 교관은 신흥 출신이었다. 마침 짬이 난 김에 조교 역할을 자임한 강혁은 내처 행군까지 따라나서려다가 마음을 바꾸었다. 전입한 지 얼마 안 되는 신출내기가 너무 설친다는 인상을 줄까 봐 공연히 마음이 찜찜했던 것이다. 더욱 구체적인 이유는 따로 있었다. 교관은 물론이요, 자진해서 행군 대열에 동참한 김좌진 총사령관까지 모두 생도들과 똑같은 군장 차림이었다. 한데 아무리 얼결임을 고려하더라도 강혁 자신은 맨몸이 아닌가.

"강혁아!"

혼자 된 강혁이 무심하게 저편 교육장으로 향하는데 문득 귀에 익은 목소리가 들렸다. 역시 일규였다. 강혁은 반가운 마음을 애써 숨겼다.

"교무실에 있을 사람이 여긴 웬일이냐?"

"너까지 자꾸 사람을 샌님 만들고 그럴래? 그러잖아도 교무실이 갑갑해서 죽겠구먼."

사관연성소 교관이지만 일규는 주로 문과를 담당했다. 그래서 훈련 위주인 연병장보다는 5리쯤 떨어진 병영에서 주로 생활했다.

특히 요즘은 다시 역사 공부를 하느라고 일규 자신도 바쁜 편이었다. 지금 가르치고 있는 일본의 조선 침략사가 끝나면 곧바로 세계 각국의 독립에 관한 역사가 기다리고 있었다. 어쩌면 일규는 기껏 독립군 부대에 투신하고도 다시 훈장질인가 해서 탐탁잖게 여길 수도 있었다. 하지만 전처럼 턱없이 조급증을 내거나 그러지는 않았다. 오히려 북로군정서 사령부 소속의 교관으로서 생도 교육에 일익을 담당하게 된 것을 커다란 긍지로 여길 정도였다. 자신에 대한 냉철한 성찰의 결과였다. 그렇다고 야전 독립군에 대한 꿈을 접은 것은 절대 아니었다. 말하자면 여유를 지닌 유예 정도였다.

오늘 오전은 전 생도가 야외 훈련을 하는 날이었다. 일규는 머리도 식힐 겸 연병장에 왔다가 혼자된 강혁을 보게 되었다. 은근히 이런 만남을 기대하고 온 것도 사실이었다. 절친한 친구가 북로군정서에 온 지도 벌써 며칠이 흘렀다. 한데 어쩌다 보니 둘만의 오붓한 시간을 아직 갖지 못했다.

"여기도 불편한 점이 많지?"

그래도 전입 선임이랍시고 일규가 제법 자상하게 나왔다.

"우리 생활은 어디든 다 비슷하지. 오히려 이제 사회생활에 익숙해진 네가 더 불편할 것 같은데?"

강혁은 오랜만에 만난 친구 앞에서 자꾸 쭈뼛거렸다. 일규는 철혈광복단의 대사가 결국 실패로 끝나 자기에게 면목없어 그러는 줄 지레짐작했다. 위로의 말부터 건네고 싶었다. 안타까운 일임은 분명해도 제갈량은 불가항력일밖에 없지 않았겠는가. 그러나 일규는 그러한 마음을 섣불리 드러내지 않았다. 괜히 아픈 상처를 건드리기도 뭣한 데다 오랜만의 만남을 묵직하게 시작하고 싶지도 않았던 것이다. 강혁도 친구의 심중을 대략은 헤아리고 있었다. 이제 확실히 결론이 난 철혈광복단 얘기에 자신도 굳이 더 토를 달고 싶은 생각은 없었다. 그러나 아무래도 마음이 개운치 않은 것만은 확실했다.

"우리 저기 가서 얘기 좀 할까? 얼결에 여기 눌러앉고 보니 서간도 소식이 여간 궁금해야 말이지."

일규가 연병장을 둘러보며 강혁의 소매를 끌었다. 훈련 중인 생도들은 일부러 멀찍이 피했다. 거북 등보다 더 넓찍한 두 나뭇등걸에 교관이 마주 보고 엉덩판을 놓았다. 헤어진 뒤가 궁금하기는 매일반이나 아무래도 오랜 근거지를 떠나온 일규 쪽이 더 앞섰다. 한데 서간도 얘기가 길어질수록 강혁의 표정은 눈에 띄게 침울해지고 목소리는 격해졌다. 얼마 전에 겪은 참담한 기분이 고스란히 되살아났기 때문이다. 사실 강혁은 이번에 북로군정서로 둥지를 옮기며 내내 마음이 무거웠다. 출발 당시부터 그랬다.

서간도를 떠나오기 이틀 전이었다. 신흥의 강혁이 가까운 사람들과 석별의 정을 나누는데 문득 이상룡에게서 만나자는 전갈이 왔다. 얼마 전 학교를 방문했을 때 친견했던 강혁으로서는 다소 의외였다. 어쨌든 다음날 서로군정서 독판을 뵈러 갔다.

"마침 잘 왔네. 내일이면 멀리 떠난다지?"

의자에 앉아 생각이 깊던 이상룡은 강혁을 보자 반색을 했다. 그리고는 몇 마디 물음 끝에 강혁의 집안 얘기를 꺼냈다. 예전에 넌지시 한번 비친 뒤로는 없던 일이었다. 사적인 얘기라 그런지 말투도 전에 없이 옆집 할아버지처럼 다정다감했다.

"안 그래도 독자(獨子) 집안인데 아들이라고는 달랑 자네 백씨(伯氏) 하나라 춘부장이 내색은 별반 없어도 속으로는 무던히 애를 태웠지. 그러다 느지막한 나이에 자네를 얻고 보니 얼마나 귀했겠는가? 보물도 그런 보물은 없었지. 아마도 근동에 사는 사람치고 이 진사의 막둥이 사랑을 모르는 이는 없었을 걸세. 내가 어쩌다 자네 집 사랑방을 찾기라도 하면 춘부장이 아예 어린애를 무르팍에 끼고 살더구먼. 허허허."

탐스러운 수염을 슬슬 쓸어가며 이상룡은 안동 시절을 회고했다. 고향도 없다는 선언이 적어도 이때만큼은 빈말인 듯싶었다. 그러다 언뜻 얼굴색을 고치는가 싶더니 호칭까지 자네에서 너로 바뀌었다.

"네가 훌륭히 성장한 걸 알면 지하에 든 춘부장도 대단히 기껍게 여기겠지. 하지만 간사한 게 또 사람의 마음이라, 너는 앞으로도 매양 자신을 낮추고 매사에 흐트러짐이 없도록 몸과 마음을 잘 건사해라. 이건 모든 걸 떠나 단지 너희 집안과의 세교(世交)를 생각해서 내가 특히 이르는 말이야. 알겠는가?"

"예, 명심하겠습니다."

신흥의 제갈량에 대해 이상룡은 처음 대견하게만 여겼다. 한데 모두가 찬탄해 마지않는 학생이 이 진사의 그 막둥이일 줄이야. 그때부터 이상룡은 전보다 더 엄격히 대했다. 물론 깊은 헤아림의 뒤끝이었다.

이제 강혁은 오랜 둥지를 떠나 낯선 곳으로 떠나야 할 청년이었다. 대의명분은 그지없이 뚜렷했지만 어쨌든 이상룡 자신이 강혁의 파견에 앞장선 만큼 범연할 수는 없었다. 그동안 필요 이상으로 고지식하게 대했던 것이 행여 상처로 남을까 염려스러웠고, 한편으로는 혈육 같은 정까지 새삼 솟구쳤다. 장래 단속을 이유로 강혁을 다시 찾은 것은 차라리 자신에 대한 핑계인지도 몰랐다.

"이 진사가 세상을 하직하고 또 얼마 만에 너희 자당(慈堂)까지 뒤따르신 것은 참으로 애석한 일이야. 한데 요전번에 듣자 하니 형제라고는 단 하나뿐인 백씨와도 연락이 안 된다면서?"

"예, 가형(家兄)이 안동에서 집을 떠난 뒤로 소식을 못 듣다가 또 저희는 저희대로 만주로 이주를 오는 바람에 절로 왕래가 끊기고 말았습니다."

"저런 답답한 일이 있나! 그 사람도 이 진사의 자식 아니랄까 봐 성정이 괄괄해 놔서…. 모르긴 해도 아마 어딘가에서 우리와 비슷한 일을 하고 있을 거야. 모두 그렇게 노력하며 살다 보면 가까운 장래에 만나게 될 테니 너무 걱정 마라. 한데 너는 어쩌다 만주로 이주를 오게 되었나? 어디 오늘은 네 집안 얘기를 좀 듣자꾸나. 무슨 변명 같아도 나라를 빼앗길 그 당시에는 내가 어디 정신이 있었어야지."

이상룡이 조금은 곤혹스러운 표정이었다. 강혁은 단편적인 기억과 귀동냥을 토대로 신산(辛酸)했던 안동 시절의 막바지부터 얘기를 엮어갔다. 한 가지 이상한 것은 얘기 속에 정동만이 등장하자 이상룡이 별안간 긴장하는 빛을 띠었다는 점이다. 그 연장 선상에서 강혁 남매의 만주 이주에 정동만이 주장으로 나선 일은 도무지 믿기 어려운지 당시의 상황을 꼬치꼬치 묻기까지 했다. 강혁도 일말의 의혹이 일지 않을 수 없었다. 그래도 모른 척 내색하지 않고 그냥 지나쳤다. 외삼촌에 대한 이상룡의 인식은 대체로 부정적인 느낌이었다. 거기에는 반드시 그럴 만한 이유가 존재하기 마련이었다. 지난 얘기를 엮어가던 강혁은 그 부분에 대해서 속으로 빠르게 정리했다.

'대개 눈치를 보아하니 안동의 외삼촌이 뭔가 큰 잘못을 저지른 것 같다. 하지만 지금 새삼스럽게 그것을 들추어서 굳이 나까지 과거의 포로가 될 필요는 없지 않은가? 또 설령 그 이유를 묻더라도 쉽게 답을 구할 것 같지도 않다. 알아서 병 될 일은 차라리 모르는 게 약이다. 내가 알고 있는 외삼촌은 나한테 너무 과분한 분이 아닌가.'

신흥 학교 입학으로 강혁의 지난 얘기는 대략 끝이 났다.

"그것참, 대체 알다가도 모를 일일세."

수수께끼를 떠안은 듯한 이상룡이 입속말을 중얼거렸다. 그러다 문득 정신을 수습하는가 싶더니 서랍에서 편지 두 통을 꺼냈다.

"이건 북로군정서 총재와 총사령관께 보내는 편지야. 따로 안부도 묻더라고 전해라."

편지 갈무리하는 모습을 그윽한 눈길로 살피다가 이번에는 강혁의 손을 잡아끌었다.

"약소하지만 쓰일 데가 있을 것이야."

꼬깃꼬깃 접은 지폐를 건넨 뒤 손가락까지 꼬옥 움켜준다.

"독판 각하, 이러시면….."

"독판은 무슨? 그냥 어르신이라고 불러. 네 춘부장을 대신해서 내가 주는 것이야. 부담 가질 액수도 못 돼. 길 가다가 요기 몇 번 하면 없어질 돈이야."

더 사양했다가는 여지없이 꾸중이 날아들 것 같았다. 강혁은 언뜻 얼마 전에도 이와 비슷한 상황을 겪은 기억이 새로웠다. 용계촌의 훈장 얼굴이 스쳤다. 생전의 아버지 모습도 선명히 떠올랐다. 풍기는 체취가 모두 엇비슷했다.

"선생님!"

강혁은 입속말로 우물거렸다. 자기가 잘못 본 것일까. 작별을 고하는 큰절을 올리고 고개를 들었을 때 이상룡의 눈가에는 언뜻 물기 같은 게 비쳤다. 이내 독판이 얼굴을 천장으로 향하는 바람에 또렷하지는 않았다. 그러자 애써 자제하던 강혁의 가슴에 파도가 일렁였고 눈앞은 금방 뿌옇게 흐려졌다. 미리 작정한 바도 없는데 강혁은 말이 절로 엮어졌다.

"선생님! 이곳 형세가 점점 여의치를 않아 실로 마음이 무겁습니다. 일제는 갈수록 기광(氣狂)을 떨고, 덩달아 시달리다 못한 중국 측은 우리 독립 단체에 해산을 명할 만큼 옥죄는 형국이 아닙니까? 이렇듯 상황이 하루가 다르게 절박해지는데, 설사 힘을 보태지는 못할망정 오랫동안 몸담았던 곳을 갑자기 떠나려니 꼭 저 혼자 몸을 빼처내는 듯 민망스럽고 허망해서 참으로 발길이 떨어질 것 같지를 않습니다. 선생님께서 피와 땀으로 일구신 독립운동의 성지가….."

"그만 됐어. 그게 어디 어제오늘의 일이던가? 이곳 만주 벌판의 추위와 기아에다 또 왜적한테는 대들고 중국 측은 달래면서 보낸 세월이 장장 10년이야. 강산도 변한다는 세월 아닌가? 그래서 얘기지만 가끔 힘들다 싶으면 일부러라도 초창기의 개척 시절을 떠올리고는 하지. 당시에 비하면 대부분이 아주 호시절이고 그건 지금도 마찬가지야. 그러니 너는 떠나는 순간부터 여기 걱정일랑 아예 접고 새로운 곳에서 새 힘을 보태는 데 전념해라. 그게 바로 이곳을 돕는 일이 될 뿐만 아니라 궁극적으로는 우리 모두를 위하는 길이야. 아무쪼록 어디를 가더라도 남을 공경하고 또 자신을 돌아보며 몸 간수도 알아서 잘해라."

이상룡은 강혁의 어깨를 토닥이며 어버이처럼 당부했다.

이윽고 동향의 두 노소는 유하현 삼원보의 동구 앞에 섰다. 강혁이 힘껏 말렸으나 이상룡은 손사래를 쳐가며 굳이 배웅을 나왔다. 비록 한겨울은 지났어도 해가 설핏하니 바람은 매웠고 어디서 울어대는 새소리는 구슬픈 데가 있었다.

"선생님, 날씨가 찬데 그만 들어가시지요. 뒷날 다시 큰 가르침을 받들도록 하겠습니다."

거듭되는 작별인사였다. 강혁은 몇 발짝 걷다가 다시 뒤돌아서서 어물어물 허리를 접었다. 그런 강혁도 끝내 모롱이를 돌아갔다.

'이 진사! 나이를 먹다 보니 희로애락에도 점점 둔감해지는데 아까는 주책없이 눈물이 쏟아지려 해서 혼겁을 했다네. 왜 그랬냐고? 자네 막둥이가 저리도 늠름히 자랐는데 그럼 대견하지도 않은

243

가? 내가 자네 뒷일에 소홀해 낯이 없네만, 굳이 한 조각 변명하자면 당시 형편이 여의치를 못했네. 미안하구먼. 그래서 얘기네만 자네 집에서 기거했던 그 처남이 큰일을 했더구먼. 자네의 어린 남매를 거둬 지금껏 키운 게 바로 그 사람이야. 정성이 놀랍지 않은가? 예전에 그 사람의 허물이 과히 없지는 않은 거로 아네만, 이쯤에서 훌훌 털어도 될 듯싶은데 자네 생각은 어떤가?'

강혁이 떠난 뒤에도 이상룡은 동구에서 제법 서성거렸다. 해가 넘어가자 계절풍이 한층 거세게 불어 댔다.

이상룡을 만난 다음 날이었다. 신흥 무관 학교를 뒤로하며 강혁은 적잖이 가슴앓이했다. 사람이면 누구나 느끼는 이별의 정조며 감정이었다. 그러나 용정이 가까워질수록 가슴이 답답해지는 것은 훨씬 실체적이며 뼈저린 아픔이었다. 그 중심에 한상호가 있었다. 강혁의 제안에서 비롯된 철혈광복단의 막중대사는 끝내 실패하고 말았다. 거기다 최봉설을 뺀 나머지 단원들은 일제에 체포까지 당했으니 대사는 거의 참담한 수준에서 막을 내린 셈이었다. 그런데 음지가 있으면 양지도 있는 게 세상 이치인지라 꼭 그렇게만 단정할 수는 없었다. 비록 외관상으로는 대사가 실패했지만, 그 파장으로 인해 어쩌면 내용상으로는 성공 이상의 성과를 거두었던 것이다.

철혈광복단의 소식을 접한 조선 사람은 너나없이 발을 굴렀다. 명명백백한 거사 동기에 고개를 끄덕이다가 성공 일보 직전에 그만 체포된 것이 너무나도 안타까웠기 때문이다. 그 충격과 아쉬움은 사람들의 의식을 크게 바꾸어 놓았다. 독립군이 그토록 군자금에 목을 매는 이유도 좀 더 확연해졌다. 독립군에 있어 총은 목숨이고 군자금이 바로 총이니, 군자금은 곧 독립군의 목숨과 진배없다는 결론을 도출해 낼 수가 있었다. 이리하여 군자금이라면 실눈에 고개를 외로 꼬던 사람들조차 성의를 보였다. 만주 두메에서 강건너 조선 땅에 이르기까지 장소 불문이었다. 여러 독립 단체의 군자금 문제가 이로 인해 숨통이 트였고, 더불어 사기까지 진작된 것은 어쩌면 당연한 귀결이었다.

그러한 현상이 친구를 희생시킨 강혁의 심적 고통까지 없앨 수는 없었다. 대사가 거의 막바지 단계에서 틀어졌다는 소식을 처음 접했을 때 강혁의 탄식은 깊었다. 호송대 사건이 장기화하면서 그만큼 기대가 컸던 때문이다. 그러나 탄식은 일순간이었다. 퍼뜩 현실로 돌아온 강혁은 돌덩이라도 얹은 듯 가슴이 답답해졌다. 대사의 실패도 실패려니와 한상호를 비롯한 철혈광복단 단원들의 체포는 최악의 각본이었던 것이다.

감옥에 갇힌 단원들은 혹독한 고문에 시달린 데다, 근래는 일제가 본보기로 처형한다는 소문까지 나돌아 강혁의 가슴은 그야말로 칼로 저미는 듯 쓰라렸다. 거기다 늦은 친구 최봉설은 중상에도 불구하고 탈출에 성공했다는 설만 파다할 뿐 아직 생사조차 불분명했다. 감결에서 희색만면하던 친구들의 모습이 손에 잡힐 듯이 생생한데, 그들의 체취 물씬한 용정을 지나며 마음이 어찌 담담할 수 있었겠는가. 거기다 비하면 정란과의 문제는 잠깐의 아쉬움 정도로 마음을 추스를 수 있었다. 용정을 지나면서도 식구와 더불어 그녀를 못 보고 떠나는 아픔쯤은 차라리 사치 정도로 여겨졌다. 더군다나 일행까지 있어 마음대로 행동할 처지도 못 되었다.

　일규의 채근이 없어도 이제 강혁은 스스로 서간도 형편을 낱낱이 전했다.

　"중국 측에 대한 왜놈들의 생떼는 이미 옛날 얘기고 이제는 뒷구멍으로 살살 농간까지 부려대는 거야. 그 결과 유하현 인근의 중국 관헌한테는 우리 말이 아예 씨도 안 먹혀들어. 관청의 해산 명령을 철회시킬 목적으로 국민대회다 총회다 해서 대규모 항의 집회를 했지만 어디서 개가 짖느냐는 식이야. 얼마 전에 열린 3월 총회만 해도 그래. 각지에서 모여든 군중이 적지 않았고 의기까지 드높았는데 우리 주장이 어디 먹혀들어야 말이지. 성과라고는 고작 고종 황제에 대한 추도식 정도였으니 얼마나 허무했겠어?"

　어느새 강혁의 눈에는 은은한 불길이 일었다. 때리는 시어미는 당연히 밉고, 말리는 체하면서 편드는 시누이도 점차 미움이 생길 수밖에 없었던 것이다. 중국 측의 처사에는 진중한 일규도 울분을 터뜨렸다.

　"나도 중국 측이 줏대 없이 해산을 명했다는 소문은 들었어. 한데 유하현의 독립 단체는 어제오늘 생겨난 것도 아니잖아? 나라를 빼앗긴 뒤로 우리에게는 독립운동 본부나 진배없는 곳인데 그토록 막무가내로 해산이라니, 참으로 어이가 없군."

　따스한 기운이 퍼지자 음지에 쌓였던 눈이 스멀스멀 녹았다. 공중에 이리저리 몰려다니는 것은 흙가루 실린 황토 바람이었다. 맵고 긴 북만주의 겨울도 마침내 기운이 쇠하는 듯했다. 수심이 깃든 얼굴로 일규가 물었다.

"형세가 그 지경이면 우리 신흥도 영향을 받을 텐데?"

"둥지가 부서지는데 그럼 알인들 무사하겠어? 전번에는 신문사 인쇄기를 압수당하는 선에서 끝났지만, 장차 일이 어찌 될는지 참으로 걱정이다."

강혁은 그러한 수난이 온전히 자기 책임인 양 고개를 떨어뜨리며 말끝을 흐렸다. 자신을 깊이 신뢰하는 친구 앞이라 더 그런지도 몰랐다. 독백처럼 뇌는 강혁의 말이 징검징검 이어졌다.

"한데도 나란 놈은… 지사와 학우들의 기대에 부응키는커녕… 변변한 도움도 못 되고 훌쩍 떠나왔으니… 왜놈들이 독판을 치는 용정을 지나올 때는 마음이 어땠는지 알아?"

용정이란 말에 일규는 퍼뜩 짚이는 게 있었다. 계속되는 강혁의 자책이 이번에는 필경 철혈광복단으로 옮겨갈 듯한 예감이 일었던 것이다. 일규는 마음이 급해졌다. 적당한 화제를 찾아 바삐 머리를 굴렸다. 갈수록 자괴지심이 배어드는 강혁의 목소리도 신경이 쓰였지만, 자칫 지난 일로 인해 새 출발의 예기까지 다치지나 않을까 은근히 조바심이 일었다. 일규의 마음이 전달이라도 된 걸까, 때마침 연병장에서 간부 한 사람이 이리로 우쭐우쭐 걸어오고 있었다.

"강혁아, 잠깐만! 노병(老兵)께서 이쪽으로 납신다."

일규가 손까지 내밀며 다급한 모습을 보이자 강혁도 반쯤 숙였던 머리를 들며 반응했다. 얼굴에는 이내 긴장하는 빛이 떠올랐다.

"자네들은 어디서 유람을 왔는가?"

키가 작달막한 중노인은 저만치 오면서 대뜸 힐난조로 나왔다. 사령부 참모부장이자, 사관연성소의 교수부장인 나중소였다.

일찍이 무과 시험에 급제한 나중소는 대한제국의 무관 학교에다, 다시 국비 유학생으로 일본의 사관 학교를 졸업한 인재였다. 옛적 국경의 한 전투에서 청나라 군대를 크게 두들겨 실전에서도 무명(武名)을 떨친 바 있었다. 비록 나이도 들고 단란한 가정까지 지닌 나중소였지만, 나라가 맥없이 결딴나자 무인으로서의 의기와 애국심은 숨길 수가 없었다. 결국은 한 줌 남은 힘을 보태고자 오십 줄을 넘긴 나이에도 불구하고 만주 땅으로 건너왔다. 따라서 나중소도 애초 출발부터 어떤 세속적인 지위나 명망 따위와는 무관했다. 단적인 예가 사령부 내에서의 그의 직위였다. 참모부장 나중소는 총사령관인 김좌진과 참모장 이상녕(李章寧)에 이어 서열이 세 번째였다.

따지고 보면 사령부의 수뇌 3인은 모두 육군 무관 학교 출신인데다 나이도 나중소가 한참 윗길이었다. 30대 초반인 김좌진은 말할 것도 없고 참모장도 갓 마흔에 접어든 반면, 이제 흰머리까지 듬성듬성한 참모부장은 서너 고개만 더 넘으면 환갑이었다. 게다가 나중소는 총재인 서일과도 호흡을 먼저 맞추었다. 하지만 총사령관인 김좌진은 물론이요, 그 김좌진의 요청으로 북로군정서에 합류한 이장녕의 아래에 서는 것조차 개의치를 않았다. 물론 경력이나 나이가 반드시 서열의 척도가 될 수는 없었다. 나중소에게 보다 근본적이며 중요한 문제는 오직 나라의 독립이었다. 그에 대한 열정만큼은 누구에게도 양보할 수 없었다. 특히 지금은 사관연성소의 교수부장으로서, 생도 교육과 훈련을 뒷받침하며 자신의 모든 역량을 쏟아붓는 중이었다.

경력이나 외양으로 미뤄볼 때 나중소에게 노병이란 별명은 일견 그럴싸해 보였다. 하지만 푸근한 느낌의 별명과는 달리 그 엄격함은 이미 정평이 나 있었다. 원래 대쪽 같은 성격의 원칙주의자인데다 독립 전쟁에 대한 집념까지 더해진 탓이었다. 생도들에게 있어 교수부장의 웃는 모습을 본다는 건, 차라리 소가 웃는 모습을 찾는 편이 더 빠를지도 몰랐다. 그래서 노병이란 말을 듣자마자 심각하던 강혁도 적잖이 긴장했던 것이다.

"도대체 자네들이 지금 제정신인가? 아까부터 두고 보자니 명색 교관이란 자들이 한곳에 퍼더버리고 앉아 쓸데없는 잡담으로 시간을 허비하지나 않나. 이래서야 제대로 훈련과 교육이 되겠어! 저 연병장에서 땀을 흘리는 생도들에게 부끄럽지도 않나?"

사나운 범처럼 각진 나중소의 눈에서 은은한 노기가 비친다. 그러자 안면을 더 익힌 일규가 변명이랍시고 둘러댔다.

"예, 죄송합니다. 오랜만에 친구를 만난 데다 또 지금은 수업이 없어서…."

다 듣지도 않고 노병은 중간에서 사정없이 말을 무질러버렸다.

"어허, 그걸 지금 말이라고 내게 하는 건가! 암만 격조했더라도 때와 장소가 아니면 사적인 얘기는 두었다 할 일이요, 또 교관이 수업이 없으면 맡은 과목을 연구한다든지 아니면 생도 훈련이라도 거들며 솔선수범을 보여야지. 이 무슨…. 쯧쯧."

원래 인자한 성격의 나중소가 엄격한 가르침을 통해 노리는 바는 뚜렷했다. 군인에게 필수적인 군기를 불어넣고 아울러 긴장감 조성으로 교육의 성과를 높이려는 뜻이었다. 닫는 말에 다시 채를 치는 격이었다. 지금 다분히 의도적으로 연출 중인 상황도 대개는 그와 비슷했다. 여가를 활용 중이라는 일규의 말이 크게 흠잡을 일은 못 되어도 나중소는 짐짓 노여움을 가장했던 것이다. 앞에 선 두 청년이 비록 교관이라고는 하나 역전용사의 눈에는 여전히 애송이였다. 한데 이들이 교관입네 하고 벌써 권위나 찾고 배움을 멀리한다면 앞길은 뻔했다. 특히 그 같은 염려는 얼마간 지켜본 일규보다는 강혁을 향한 면이 강했다.

나중소는 이전에 강혁과는 일면식도 없었다. 그래서 제갈량의 합류 소식을 듣고도 별반 신통찮게 여겼다. 군정서의 총재와 총사령관은 큰 기대를 표했으나 나중소는 그저 좀 뛰어난 젊은이 하나가 오겠거니 하는 정도였다. 소문난 잔치는 그다지 먹을 게 없다는 식이었다. 한데 그게 아니었다. 명불허전(名不虛傳)이라고 별명이 제갈량인 청년은 과연 소문 이상으로 빼어난 기재(奇才)였다.

사령부 참모부장이자 연성소의 교수부장인 나중소는 강혁의 직속상관이었다. 자신의 젊은 시절을 떠올리게 만드는 부하의 번뜩이는 재주에 나중소가 애정이 솟구치는 건 당연했다. 한데 주위에서 그 재주를 너무 추키는 게 영 마뜩잖았다. 행여 나중에 고집불통의 독불장군을 만들지나 않을까 염려스러웠다. 그래서 자신만이라도 강혁을 엄격히 대하려고 마음을 다잡은 상태였다.

"앞으로 행동을 조심하겠습니다."

정말로 큰 잘못을 저지르기라도 한 듯 강혁은 고개를 깊숙이 숙였다. 노병의 주름살 가득한 얼굴이 조금은 펴진다. 그러나 아직은 어림없다는 듯 강혁을 향한 목소리가 엄했다.

"평시의 군 지휘관은 두 가지 큰 임무가 있네. 그게 뭔지 아는가?"

갑작스러운 질문이지만 강혁은 곧바로 답했다.

"군사 교육과 함께 통솔력인 것으로 알고 있습니다."

"통솔력이라…. 좋지! 한데 통솔 잘하는 지휘관이 어디 말처럼 쉬운 일인가? 좋은 방법을 알고 있거든 나한테도 가르쳐 주게."

벌써 상대의 의중을 읽은 병법 교관이 차분히 답했다.

"우선 병사의 사기를 북돋우는 것이 중요할 듯싶습니다. 그에 대한 소기의 성과를 거두자면 상벌이 공평해야 함은 물론이고 또 지휘관이 솔선수범해야만…."

"좋아, 거기까지!"

나중소가 속으로 은근히 채근한 답은 바로 솔선수범이었다. 강혁의 말을 자른 노병은 한결 표정이 풀어졌다. 그뿐만 아니라 코 아래 몇 가닥 남은 불그스름한 빛깔의 수염을 손바닥으로 쓸어본다. 기분이 좋을 때 미소 대신의 버릇이었다. 여전히 뒷짐 자세를 유지한 채 한바탕 훈계에 들어갔다.

"군 지휘관의 솔선수범은 곧 병사들과 생사고락을 같이한다는 뜻이다. 가령 밥이 익기도 전에 지휘관이랍시고 배가 고프다는 둥 경망해서는 못쓴다는 얘기야. 항차 병사들은 연병장에서 피땀 흘리며 훈련을 열심히 하는데 교관이란 자들은 턱 하니 엉덩판을 깔고 앉아서 잡담이나 하고 있으면, 어떤 병사가 승복할 것이며 어느 병사가 즐거이 따르겠는가?"

노병의 훈계가 대략 끝나갈 무렵이었다. 문득 연병장 입구 쪽에서 웅성거림이 일더니 사람이 줄줄이 뛰어들었다. 행군 나간 생도들이 선착순 구보로 도착하는 중이었다. 그쪽으로 시선을 돌린 나중소가 언뜻 감탄 섞어 말했다.

"저게 바로 솔선수범일세. 지휘관이 저토록 열심인데 어느 병사인들 안 따르고 싶겠나?"

김좌진이었다. 총사령관은 선착순 구보의 선두인 데다 또 손에는 낙오자의 것으로 보이는 배낭이 둘이나 더 들려 있었다.

"저 무거운 배낭을 두 개나 더 들다니…. 총사령관 각하가 대단하시군. 그런데 저것은 너무 무리하는 것 아닌가?"

노병이 저만큼 멀어지자 강혁이 안도의 한숨과 함께 불쑥 말했다. 솔선수범도 중요하지만, 과시욕(誇示慾)의 혐의도 다분하지 않으냐는 뜻이 내포된 물음이었다. 일규가 대뜸 변호하고 나섰다.

"그러고 보니 강혁이 너는 아직 모르는 모양인데 우리 총사령관님은 보통 사람들과는 체질 자체가 달라. 무슨 말이냐 하면 그냥 걷는 일은 다리가 부어서 단 십리 길도 고역인데, 반대로 저런 뜀박질은 백릿길도 거뜬하다는 거야. 그 이유는 어릴 때 구리 가루를 먹어서 그렇다더군. 차력(借力)한다고 말이지."

얼추 상황 설명이 된 것 같은데 일규는 크게 미진한 표정으로 말을 보탰다.

"정말 우리 총사령관은 여느 지휘관과는 차원 자체가 달라요.

총사령관이 틈만 나면 우리 교관들에게 이르는 말이 뭔 줄 알아? 바로 사랑이야, 사랑. '병사는 먼저 사랑을 베풀어 친하게 따른 뒤 벌을 줘야만 효과가 있다.'라는 병법 구절은 이제 귀가 따가울 정도로 들었어. 교육과 훈련을 잘 시키면 병사들이 명령에 기꺼이 복종할 것이고, 그걸 제대로 못 하면 아침저녁으로 독촉하고 책망해도 아무 소용이 없다는 게야. 실제로 총사령관은 몸소 행동으로 병사들을 깊이 사랑하시는데 또 위엄은 위엄대로 잃지 않거든. 사관연성소가 개소된 지 불과 얼마나 됐어? 한데도 우리 총사령관의 명령이라면 생도들은 불 속이라도 뛰어들려고 할 거야, 아마."

마음속 깊이 승복한 뒤 진심에서 우러나는 말이었다. 그런 일규는 헤어지기에 앞서 짐짓 미안한 표정을 지었다.

"오늘 나로 인해 노병에게 신고식을 단단히 치렀군. 어쨌든 미안하다. 한데 상사병이라도 나면 큰일 아니냐?"

일규의 뒷말에 강혁이 곧바로 반응했다.

"상사병이라니, 갑자기 무슨 생뚱맞은 소리냐?"

"이번에 집도 못 들르고 곧장 왔다면서? 임 생각에 밤에 잠이나 제대로 잘지 걱정이다, 걱정!"

"이틀 밤을 꼬박 지새운 줄 어떻게 알았을까?"

방금 자책이 심하던 강혁도 결국은 일규를 따라 열없이 웃었다. 물론 친구의 마음 씀씀이는 환히 읽고 있었다. 임이 어떠니 하며 일규가 실없는 듯 굴지만, 실은 여러 문제로 상심이 큰 자신에게 말을 에둘러서 위로한다는 사실을 알았던 것이다.

오전 훈련을 끝낸 생도들은 잠시 휴식을 취했다. 총사령관의 훈련 총평과 훈시 뒤에는 즐거운 점심시간이 기다리고 있었다. 오후에는 도로 확장과 병영 건설 따위의 작업이 예정된 상태였다. 정신교육은 주로 밤에 이루어졌다. 이제 생도들은 얼굴을 제법 익혔기 때문인지 끼리끼리 모여서 휴식 시간이 제법 단란했다. 신문지 조각에 잎담배를 둘둘 말아 침을 바른 뒤 성냥을 그어댔다. 담배 연기에는 훈련의 피로감까지 함께 뒤섞여 허공으로 흩어졌다.

생도들이 정렬하자 총평 겸 훈시를 위해 김좌진이 연단에 올랐다. 사관연성소에서 그의 직위는 교장에 해당하는 소장이었다. 연성소는 현재 북로군정서 최고의 역점 사업이었다. 소장의 지시로 생도들은 편히 앉은 자세로 경청했다.

"생도 여러분! 열악한 환경 속에 오늘도 고된 훈련을 받느라 고생이 많았습니다. 연일 계속되는 교육과 훈련에도 불구하고 별다른 사고 없이 잘 따라주어서 참으로 고맙습니다."

김좌진은 생도들을 다독이며 오늘 훈련에 대해 총평을 내린 뒤 교육과 훈련의 중요성을 다시금 일깨웠다. 처음 연성소 생도는 60여 명으로 출발했다. 덕원리 명동 학교의 재학생이거나 졸업생들이 대부분이었다. 그러나 개소 소식이 알려진 뒤에는 곳곳에서 청년들이 몰려들었다.

"여러분은 우리 대한군정서 사관연성소의 자랑스러운 제1기 간부 후보생입니다. 잘 알다시피 지금 받는 6개월간의 정규 교육을 이수(履修)하면, 병사를 이끄는 지휘관으로서 독립군의 기둥이 되기 위해 여러분은 지금 이 자리에 선 것입니다. 그런데 지휘관이 되려면 반드시 일정한 재능을 갖춰야만 합니다. 왜냐하면, 지휘관은 병사의 생사권을 위임받은 것이나 다름없기 때문입니다. 따라서 여러분은 재능 습득을 위해 부단히 노력해야만 하고 그것은 대부분 군사 교육을 통해서만 가능합니다."

김좌진 소장은 주먹을 불끈불끈 쥐어가며 열변에 빠져들었다.

"땅에 뿌린 씨앗은 대부분이 싹이 납니다. 많이 뿌릴수록 많이 나는 것은 당연한 이치겠지요. 그러나 씨앗도 안 뿌린 땅에서 원하는 싹이 돋아날 리는 만무합니다. 생도 여러분! 씨앗을 뿌리십시오. 그것도 가능하면 많이 뿌리십시오. 제가 말하는 씨앗은 곧 여러분의 땀입니다. 그리고 의지와 열정입니다. 여러분은 현재 병사 신분이며 병사 때 흘린 피와 땀은 뒷날 훌륭한 지휘관의 밑거름이 될 것입니다. 명색 대한의 남아가 칼을 뽑았으면 나라를 훔친 대적(大敵)과 한번 끝장을 본다는 각오를 다져야지, 고작 용렬한 지휘관으로 자신의 이름만 더럽힌 데서야 말이 되겠습니까?"

김좌진은 책에 있는 병법을 많이 인용했다. 지극한 정성으로 또 가장 절실하게 호소하니 생도들의 가슴이 울리지 않을 수 없었다. 그것은 이미 글이 아니라 살아서 팔딱팔딱 뛰는 말이었다. 그제야 강혁은 일규가 그토록 총사령관을 극찬한 이유를 알 것도 같았다. 지금 말만 들어도 가슴이 찡한데 하물며 스스로 언행일치까지 보임에랴. 훈시는 절정에 이르렀다.

"병사의 교련은 참으로 중요합니다. 훈련된 군대만이 적과 싸워 이길 수 있습니다. 훈련되지 않은 병사로 싸우는 짓은 그들의 생명을 짓밟는 것과 같다고 했습니다. 나는 여러분이 비록 오늘 훈련에 힘들어할지라도 내일을 위해 땀 흘리도록 채찍질할 것입니다. 그것은 비단 여러분만을 위하는 것이 아니라 나 자신을 위하는 길이 기도 합니다. 왜냐하면, 뒷날 전사한 여러분의 시체를 안고 그제야 눈물 흘리는, 그따위 무능하고 무책임한 지휘관은 나 김좌진이 결코 원하는 바가 아니기 때문입니다. 나아가 나는 조국과 대의를 위해서는 기꺼이 목숨까지 바칠 수 있는, 한층 명확한 사생관을 갖도록 여러분을 교육할 것입니다."

김좌진은 다른 지사에 비해 대체로 비분강개를 삼가는 편이었다. 이미 지나간 일을 시시콜콜 따지거나 일제의 야욕에 대한 통탄으로 일부러 적개심을 북돋우려 애쓰지 않았다. 다만 최선을 다해 빼앗긴 나라를 되찾겠다는 의연한 태도로 일관했다.

김좌진은 대한의 남아요, 문무겸전한 장군이었다. 용장(勇將)보다는 덕장(德將)이 되려고 애쓰는 지휘관이었다. 그런 김좌진은 가끔 시로써 마음을 달래거나 의기를 다졌다.

적막한 달밤에 칼 머리의 바람은 세찬데
칼끝의 찬 서리가 고국 생각을 돋우누나
삼천리금수강산에 왜놈이 웬 말인가
단장의 아픈 마음 쓸어버릴 길 없구나

문무겸전한 장군의 시는 어디가 달라도 달랐다.

만주에서 손꼽는 무장 단체로 우뚝 선 북로군정서 사령부는 울창한 삼림 속에 있었다. 그래서 무엇보다 외부의 공격권에서 멀찍이 벗어난 요새지였다. 만약 외부에서 사령부를 공격하려면 먼저 지리적으로 어느 쪽을 택해야만 될지 그것부터 난감한 일이었다. 인가와 멀리 떨어진 데다 길마저 없다시피 한 삼림 속이라 찾아들기가 매우 힘든 장소였다. 동으로는 훈춘 황구(荒溝), 동북의 나자구와는 각각 백여 리 떨어졌고, 북으로는 저 멀리 노령 연추와 통했다. 그렇다고 백초구의 서남 방향이 만만한 것도 아니었다.

불과 얼마 전까지만 해도 서대파의 십리평은 사람이 겨우 지나다닐 정도였다. 한데 4월에 들어서는 우마차도 들락거렸다. 사령부가 도로 확장에 꾸준히 공을 들인 결과였다. 한데 그 십리평에서 15리 떨어져서 연병장이 터를 잡았고, 다시 5리쯤 발품을 더 팔아야 겨우 병영과 간부 숙소에 닿을 수 있었다. 그리하여 십리평에서 병영까지의 20여 리는 여전히 사람 통행조차 불편할 정도로 길이 좁고도 험했다.

총 여덟 동의 신축을 예정한 삼림 속 병영은 현재 다섯 동이 완공된 상태였다. 천장은 천막 식으로 중앙을 높여 무명을 펼쳤고 외벽은 통나무로 빈틈없이 얽었다. 완공된 병영은 교무실과 인부 숙소가 각각 한 동씩 차지했다. 나머지는 독립군 숙소인데 그중 두 동은 연성소 생도들 몫이었다.

5월이 되었다. 겨우내 눈이 덮여 있던 칙칙한 느낌의 회갈색 땅이 빠르게 연둣빛으로 물들어갔다. 마침내 북만주 땅에도 봄기운이 스며들었다. 밤이 제법 이슥한데도 사관연성소 병영은 두런두런 활기가 살아 있었다. 월요일인 오늘은 야간 수업이 든 날이었다. 그리하여 교직원들은 병영 교육에 나가고 교무실에는 일규를 비롯하여 서너 사람이 남아 있었다.

책상머리의 일규는 이마를 손바닥으로 쓸며 끙끙 앓아댔다. 부호들에게 군자금을 청구하는 초안을 작성 중이었던 것이다. 한데 자기와 별반 상관도 없는 군자금 문제를 놓고 씨름하는 것은 다소 의외였다.

북로군정서는 독립 전쟁을 추구하는 무장 단체였다. 자연히 활동 양상도 군자금 모금과 무기 구입, 그리고 독립군 양성 등으로 대부분 독립 전쟁과 연관되었다. 한데 그 무기 구입과 독립군 양성에도 돈부터 필요하니 어쨌든 군자금 모금은 가장 기본적이면서 충실을 기해야만 될 사안이었다. 그리하여 군정서 총재부는 모연국(募捐局)을 두고 모연대를 운영했다. 직접 발로 뛰어 군자금을 거둬들이는 모연대는 총 여덟 대인데, 대장 하나에 대원 12명이 한 대를 구성했다. 강혁과 일규의 동기인 윤동철도 모연대의 대장으로 활동 중이었다.

모금 지역은 만주와 조선으로 구분되었는데, 조선은 지리적으로 가까운 함경북도가 중심이었다. 만주 지역의 가장 큰 기반은 세력이 미치는 관할 구역의 주민으로부터 군자금을 징수하는 것이었다. 다행히 왕청현 인근은 대종교를 토대로 일찍부터 서일 총재가 공을 들인 지역이라 세력 기반이 공고했다. 그래서 주민의 보유 재산을 고려하여 적절한 차등으로 징수를 신중히 했다. 관할 구역을 벗어나서 군자금을 징수할 때는 십시일반(十匙一飯)과 함께 아무래도 부호들의 큰 손에 의지하는 경우가 많았다.

엊그제였다. 노고 위로를 위해 군정서 수뇌부는 특히 신흥 학교 출신과 자리를 함께했다. 그때 화제가 군자금 문제에 이르자 강혁도 조심스레 의견을 개진했다. 철혈광복단 친구들을 생각하더라도 어쨌든 군자금 문제에 범연할 수는 없었기 때문이다.

"지금의 모연대는 대개 목돈을 내는 일부 부호들만 군자금 영수증을 발급 중인 것으로 알고 있습니다. 한데 이를 대폭 확대하면 어떨까 싶습니다. 비록 보잘것없는 물건이나 동전 한 닢을 보태는 동포가 있더라도 그에 대해 영수증을 발급하자는 것입니다. 그러면 자신의 행위와 관련하여 큰 보람을 느낄 뿐만 아니라 독립운동에 일조했다는 뿌듯한 자긍심까지 맛보게 될 것입니다. 더불어 그때 순간적으로 스치는 감동이 어쩌면 애국심을 강요하는 백 마디 말보다 더 효과를 거둘지도 모릅니다."

사령부의 부관이 강혁의 말을 받았다. 신흥 출신이었다.

"영수증이 너무 남발되면 나중에는 과연 소기의 성과를 거둘 수 있을까?"

"유교의 영향으로 조선 사람은 대체로 재물을 천하게 취급합니다. 또 돈을 가진 자나 가지려고 노력하는 사람을 멸시하는 경향이 있는데 잘못된 관습입니다. 그래서 모연대의 대원 선발과 교육이 다른 무엇보다도 중요시되어야 합니다. 영수증을 발급할 때 늘 대원이 보탬에 감사하고 진정성을 보인다면 그때는 이미 군자금을 주고받는 단순한 행위 그 이상이 될 것입니다. 또 관할 지역의 대표를 초청해서 군자금으로 장만한 물자와 함께 총을 가지고 훈련하는 모습도 보여주며 신뢰를 쌓는 일도 중요합니다."

역시 신흥 출신인 제2 학도대장이 물었다.

"영수증 발급을 확대하면 자연히 부호들이 군자금 납부를 대단찮은 일로 여겨 상대적으로 협조가 저하되지 않을까?"

일리 있는 질문이었다. 이미 예상했던 강혁이 설핏 웃으며 답했다.

"맞습니다. 뒷날 나라가 독립되면 무슨 대단한 문서나 될 듯이 미리부터 군자금 영수증을 챙기는 부호가 없지 않습니다. 발급을 확대하면 상대적으로 박탈감을 느낄 것은 당연합니다. 부호들은 감언이설이나 극단적인 협박 따위를 통해 일시적인 협조를 구할 게 아니라 좀 더 진실한 접근이 필요하다고 봅니다. 신망과 언변 있는 사람을 보내 대의를 앞세워 꾸준히 설득을 벌이는 것도 하나의 방법이지 싶습니다. 아직은 독립의 길이 멀고도 험하기 때문입니다. 같은 맥락으로 조선에서 모금할 때는 그 지역 출신으로 신망이 두터운 사람을 파견하면 성과가 더 나을 것입니다."

당장 서일부터 연신 고개를 끄덕였다. 신흥 출신늘은 모교의 자랑인 강혁은 물론, 군자금을 모금하느라 자리에 참석 못 한 윤동철까지 추키고는 했다. 이번에는 일규가 불쑥 나섰다. 평소 의견 개진에 신중한 성격임을 고려하면 조금은 뜻밖이었다. 아마 동기로서 윤동철에게 칭찬이 쏟아져 마음이 불편한 데다, 또 강혁에게는 힘을 보태기 위해 나선 것 같았다.

"저도 군자금과 관련해서 얘기할 게 있습니다. 독립 투쟁에 있어 군자금의 필요성은 아무리 강조해도 지나치지 않습니다. 그러나 그 쓰임이 정당하다고 해서 부호들의 개인 재산에 강제성이나 위협을 가하는 행위는 옳지 않다고 봅니다. 제가 듣기로 부호들에게는 벌써 군자금을 청하는 서신부터 편파적이며 살벌한 내용이 많다고 했습니다. 군자금 납부에 불응 시는 처단과 사형이란 말이 난무하고, 심지어는 집과 자손까지 없앤다는 극단적인 표현까지 등장한다는 것입니다. 물론 여기에는 일제의 이간질이나 유령 단체의 소행도 없지는 않을 것입니다. 하지만 부호들과의 알력에 여러 독립 단체가 자유롭지 못한 것 또한 사실입니다. 그렇다면 우리 군정서가 앞장서서 부호들과의 관계를 개선하고, 그 첫걸음으로 군자금을 청하는 서신 내용부터 일신하면 어떨까 싶습니다."

흡족한 표정의 서일 총재가 결론을 내렸다.

"급할수록 바른길로 가자! 참으로 좋은 말일세. 그러면 군자금 관계로 부호들에게 보낼 서신을 우리 임 교관이 작성해보면 어떨까? 그렇다고 너무 시적으로 나가서도 곤란하네. 허허허."

그리하여 일규는 뜻하지 않게 군자금 문제에 개입하게 되었다. 교무실의 일규는 종이에 의연금(義捐金)이란 글자만 적어놓고 한참을 끙끙댔다. 머릿속에는 좋은 말이 굴러다니는 듯한데 막상 그것이 글로 연결되지는 않았다. 민감한 사안인 데다 평소 거북살스럽게 여기는 돈 문제라 더 그런지도 몰랐다. 결국, 연필을 던지고 교무실을 나왔다.

낮에는 더러 봄이 속살거려도 밤기운은 여전히 차가웠다. 봄은 왔지만 봄 같지가 않았다. 일규는 복잡해진 머리까지 싸늘히 정리되는 느낌이었다. 바깥은 땅에 기어 다니는 개미가 보일 정도로 달빛이 환히 쏟아붓고 있었다. 보름달이었다. 저녁에 특식을 먹은 생도들은 활기가 넘치는지 가끔 웃음소리가 와자하니 터져 올랐다. 특식은 오늘 어천절(御天節)을 기념한 것이었다.

대종교에서는 신성한 날로 여기는 4대 경절(慶節)이 있었다. 중광절과 어천절, 그리고 가경절(嘉慶節)과 개천절(開天節)이었다. 정월 대보름의 중광절은 대종교가 조직된 것을 기리는 날이었다. 또 3월 15일의 어천절은 인간 세상에 강림한 단군이 교화를 마치고 백두산에서 다시 승천한 날이며, 8월 15일의 가경절은 초대 교주인 나철이 순교(殉敎)한 날이었다. 특히 나철은 사인(死因)을 찾을 수 없는 초인간적이며 불가사의한 타계라서 경절로 정했다. 그리고 10월 3일의 개천절은 기원전 2333년에 단군이 고조선을 건국한 날이었다. 기리는 날짜는 모두 음력이었다. 대종교가 바탕인 북로군정서에서는 어천절을 기념하여 생도들에게도 특식을 제공하였다.

일규는 하늘을 올려다보았다. 둥실 떠 있는 보름달이 옅은 구름을 재빨리 벗어나고 있었다. 그것은 인간 세상을 교화한 단군이 아직 교화가 모자라는 듯한 인간을 위해, 밝은 빛을 더 비추려는 마음 씀씀이인지도 몰랐다. 둥근 달을 보자 일규는 가슴을 옥죄는 슬픔에 젖어들었다. 둥근 달을 보게 되면 눈물을 자주 흘리는 까닭에 일규는 가능하면 밤하늘을 피하는 편이었다. 그때도 달이 밝았다. 어린 시절 추석 무렵의 둥근 달이었다.

임일규는 전라도의 광주 인근에서 고을을 대표하는 양반 집안에서 태어났다. 대대로 큰 벼슬살이를 해 세력 좋고 가세 풍족한 가계였다. 그런 집안의 장손이자 외동아들이다 보니 아버지인 임봉학(林鳳鶴)을 위시해 주위의 기대와 사랑은 다시 말할 것도 없었다.

집안의 어른인 임봉학은 여러 번 과거에 떨어진 낙방거자(落榜擧子)였다. 그러나 음관(蔭官)으로 출발해 얼마간 나라의 녹은 먹었다. 음관은 과거에 의하지 않고 아비나 조상의 공으로 벼슬길에 오른 관리를 가리켰다. 그러한 일들이 성격 형성에도 영향을 끼쳤는지 임봉학은 사람 사귐을 멀리하는 것도 모자라 일종의 피해망상증까지 보였다. 자연히 친척 간에도 내왕이 드물고 사랑채도 절간처럼 조용할 때가 많았다. 그래서인지 임봉학은 어떡하든 집안을 다시 일으키려는 집념만큼은 대단했다. 애정과는 별개로 외아들인 일규를 사랑방에서 가르치고 재우는 것도 거기서 연유했다.

일규가 열두 살 때인 1909년의 일이었다. 강점 직전의 일제는 의병 항쟁을 잠재우기 위해 온갖 공세를 펼쳤으나 전라도 일대만은 그 세력이 의연하였다. 일본군 토벌에 맞서 소부대로 분산한 의병이 든든한 백성들의 도움을 바탕으로 기민하게 움직이며 끈질기게 맞선 때문이었다. 이에 일제는 마침내 '남한 대토벌 작전'을 펼쳤다. 그것은 생명력 강한 전라도 의병을 상대로 9월 1일부터 약 2개월간에 걸쳐 잔혹한 토벌을 시행한다는 뜻이었다.

의병 항쟁이 끈질긴 것도 사실이지만 일제가 과잉 행위로 대토벌 작전까지 펼친 데는 또 다른 이유가 있었다. 하나는 전라도가 바다와 인접한 곡창 지대라 경제적 장점이 많아도 그때까지 세력 확대가 여의치 않았고, 다른 하나는 얼토당토않은 복수 정신의 가미였다. 즉 임진왜란 때 이순신 장군과 의병들의 활약으로 전라도에서는 쓰라린 패배만 맛보았으므로 이 기회에 당시의 복수까지 겸해 일본군의 진면목을 톡톡히 보인다는 속셈이었다. 이쯤 되면

임진왜란을 일으킨 주동자부터 헷갈리는 셈이니 방귀 뀐 놈이 성을 내도 유만부동이 아닐 수 없었다. 미리 다른 이유까지 염두에 둔 일본군이 대토벌을 펼쳤으니 작전 전개는 더 말할 필요가 없었다. 온 힘을 기울여 전라도 산야를 짓밟으려고 발버둥을 쳤던 것이다. 군이 토벌 대상을 의병에 국한하지 않은 데다 폭행과 약탈쯤은 다반사요, 방화와 살육도 예사로 저질렀다.

대토벌 작전이 절정에 이른 추석 무렵이었다. 그날도 사랑채에서 잠을 자던 일규는 문득 두런두런하는 소리에 잠을 깼다. 눈을 떠보니 아버지 서재와 칸을 지른 장지문에 흐릿한 불빛이 번져 있었다. 억누른 듯한 말도 그 방에서 들려왔다. 목소리로 보아 모두 세 사람이었다. 행랑채도 조용하고 노복들의 인기척도 없어 의아한 느낌이 들었지만, 일규는 다시 가물가물 잠 속으로 빠져들었다. 그러다 어느 순간 정신이 또렷해졌다. 어디 몸이라도 아픈지 가끔 깊은 신음을 토하던 부상자가 일규 자신의 이름을 운운한 때문이었다.

임봉학의 서재에는 역시 세 사람이 있었다. 주인인 임봉학과 부상자, 그리고 부상자를 부축해온 사내였다. 서른 안쪽의 방문객들은 몸이 건장했다. 부상자는 임봉학의 막냇동생인 임체구(林體球)였다. 그러나 그들에게 형제는 허울 좋은 이름뿐이었다. 적서(嫡庶) 차별이 아무리 봉건 시대의 잔재니 어떠니 하지만, 어엿한 정실 소생의 장남과 첩의 몸에서 난 자식이 형제라는 이름으로 한 묶음이 되기에는 아무래도 무리였다. 평소 내왕도 거의 없다시피 했다.

임체구는 한국군이 해산당하던 날 순국한 박승환 참령 직속의 하사관이었다. 그날 대대장의 피를 본 임체구는 무기고를 들부수는 데도 앞장섰고, 이틀간 치러진 일본군과의 시가전에서도 큰 활약을 펼쳤다. 대단한 의기에도 불구하고 역시 세에서는 중과부적이었다. 결국은 동료 대부분이 전사 내지는 체포되는 현장에서 눈물을 머금고 탈출했다. 그 전투가 결코 끝일 수는 없었던 것이다. 그때부터 임체구는 의병이 되었다. 든든한 동지도 있었다. 역시 한국군 해산 때 탈출에 성공한 사람으로 지금 서재에 함께 있는 김 참모였다. 그들 몇몇은 신출귀몰한 게릴라전으로 일본군을 괴롭혔다. 세월이 흐르자 해산된 군인을 비롯하여 가담자들이 늘어났다. 그동안 활약이 볼만했던 임체구는 열 명 이상의 부하를 거느린 의병 대장이 되었고, 동지는 든든한 참모로 그를 충실히 보좌했다.

그런 임 대장도 일본군의 발악적인 대토벌 작전에는 비껴가지 못했다. 부하들에 앞장서서 포위망을 뚫다가 그만 큰 상처를 입고 말았다. 부대의 상황은 점점 최악으로 치달았다. 화승총이 뇌관식(雷管式)으로 개조돼 비바람에도 끄떡없을 정도로 성능이 우수해졌지만, 탄환을 제때 보충할 수 없으니 총은 오히려 몽둥이보다도 못했다. 또 부대가 고립된 상태에서 군량까지 바닥나 초근목피로 겨우 목숨만 연명하는 상태였다. 거기다 대장인 자신이 중상인지라 임체구는 그야말로 낭떠러지로 내몰린 셈이었다.

예전부터 임체구는 장남인 임봉학에게 의지한다는 생각은 눈곱만큼도 없었다. 그러나 절체절명의 위기 상황이었다. 결국, 임 대장은 아픈 몸을 잠시 맏형에게 의탁하기로 결정을 내렸다. 그뿐만 아니라 군량 조달도 임봉학을 통하지 않으면 뾰족한 길이 없었다.

임 대장은 여러모로 찜찜했으나 물불을 가릴 처지가 못 되었다.

한밤중에 난데없이 불청객을 맞은 임봉학은 바짝 긴장했다. 배다른 동생과는 전부터 내왕이 없다시피 했으니 새삼스레 형제간의 우애를 따질 형편은 못되었다. 그러나 의병들이 찾아온 만큼 어쨌든 처신을 신중히 할 필요가 있었다. 새로운 지배자로 등장한 일제에 맞서 눈 밖에 나는 짓을 한다는 것은 임봉학으로서는 상상조차 할 수 없었다. 그렇다고 중상을 입고 찾아온 동생을 그 자리에서 내치기도 어렵거니와 의병들의 보복도 염려하지 않을 수 없었다. 두리뭉실하게 두 길 보기 할 일도 못 되어 임봉학은 입이 바짝 말랐다. 궁리 끝에 뒷일은 형편 따라 나중으로 미루고 일단은 동생에게 구석진 골방을 내주었다.

다음 날이었다. 임봉학과 김 참모는 외출하고 사랑채에 없었다. 일규는 골방의 아픈 사람이 누군지 자꾸만 궁금증이 일었다. 자기 이름까지 아는 사람이라 더욱 그랬다. 골방 근처를 서성거리던 일규는 심하게 앓는 소리를 몇 번이나 들었다. 안을 들여다보려니 실상 겁도 나고 망설임이 일었다. 그러나 알 수 없는 이끌림과 안타까움에 결국은 살포시 문을 열었다.

"너 일규구나, 맞지?"

잠시 방문자를 살피던 임 대장이 억지웃음을 지으며 아는 체를 했다.

"아저씨는 누구세요?"

"나는 네 막내 삼촌이다. 그런데 내가 지금 목이 엄청나게 마른데 물 좀 떠다 줄 수 있겠니?"

막내 삼촌이란 말에 일규는 당장 친근감이 솟구치는 걸 느꼈다. 그렇게 봐서 그런지 자신과 삼촌은 닮은 구석이 많은 듯했다. 특히 삼촌의 수려한 눈썹과 크고 맑은 눈이 보기에 참 좋았다. 늘씬한 키에 헌헌장부(軒軒丈夫)인 임 대장은 허벅지에 큰 총상을 입었다. 그동안 약도 없이 응급조치만 취했던 터라 부상은 한결 심각했다. 물을 마신 임 대장이 조카에게 물었다.

"지금 집에는 누가 있느냐?"

"어머니하고 행랑채 사람밖에 없어요."

임 대장은 연신 식은땀을 흘렸다.

"어머니는 너한테 무슨 말이 없더냐?"

"네, 바깥에 나가지 말고 집에만 있으래요. 그런데 삼촌은 왜 다쳤어요?"

지금 한창 시끄러운 의병에 대해서는 일규도 대략 알고 있었다. 단지 아버지와 다른 사람들의 얘기에 차이가 나는 것이 좀 이상했다. 임 대장은 입속 가득한 신음을 억지로 삼켰다. 온몸에 식은땀이 흘렀다. 결국은 잠을 핑계로 삼아 임 대장은 얼굴 가득 귀여움이 묻어나는 조카를 골방에서 내보냈다.

다음날 일규는 다시 골방을 찾았다.

"너는 장래 뭐가 되고 싶으냐?"

이런저런 얘기 끝에 임 대장이 조카에게 물었다. 하룻밤 사이에 부상이 많이 호전된 듯 이제 신음은 거의 흘리지 않았다. 일규는 평소 아버지로부터 주문받은 말을 그대로 옮겼다.

"일인지하만인지상(一人之下萬人之上)이 되고 싶습니다."

임금 아래지만 만 사람의 위, 즉 영의정이 되고 싶다는 말이었다. 그러자 임 대장은 서글픈 표정으로 일규를 물끄러미 바라보았다. 얼마 뒤 타이르듯 차근차근 말했다.

"네가 조정에서 큰 벼슬을 할 만큼 나라가 온전하면 오죽이나 좋겠니? 한데 흘러가는 꼴로 봐서는 매우 힘들지 싶다. 그렇더라도 젊은이가 꿈을 접어서는 안 된단다. 꿈 없는 젊은이는 젊은이도 아니고 또 아무짝에도 쓸모없단다. 그래서 얘긴데 예전의 정승 가운데서도 우두머리인 영의정을 꿈꾸는 것은 참 좋은 일이다. 처음부터 네 아버지의 바람이지 싶다만 그렇더라도 집안의 더할 수 없는 영광이자 개인적으로는 커다란 성취이기 때문이다. 하지만 말이다. 행여 지금 영의정 노릇을 하는 작자처럼 되려면 아예 벼슬이고 뭐고 집어치우는 게 낫단다. 도리어 백성들에게 해독을 끼치는 몹쓸 자가 지금의 영의정인 때문이다."

어린 일규는 잘 몰랐지만 바로 내각 총리대신인 이완용을 두고 하는 말이었다. 경술국치의 주역으로 매국노의 대명사가 된 것은 그다음 해의 일이고, 임 대장의 말처럼 이완용은 이때에도 친일파의 최선봉이었다.

대토벌 작전이 펼쳐지기 두어 달 전인 7월 초에는 이런 일도 있었다. 자기 나라 왕에게 초대 통감 자리를 자청했던 이토는 지난달에 통감 자리에서 물러나 추밀원 의장이 되었다. 그런 이토가 사무 인계 따위로 다시 서울에 오자 고종은 덕수궁 함녕전(咸寧殿)에서 송별연을 베풀었다. 한국 대신과 통감부의 간부들도 자리를 함께했다. 여러 사정으로 비록 송별연을 열기는 해도 고종은 이토라면

치가 떨렸다. 한데 자리가 온통 이토에 대한 칭송 일색이니 마음이 한층 불편해졌다. 때마침 비가 내리는 걸 본 고종은 슬며시 주의를 다른 곳으로 돌렸다. 글자 셋을 내려 시를 지어보라며 주위에 권했다. 일종의 시회(詩會)를 열도록 부추긴 셈이었다. 송별연의 주인공인 이토가 일어나 첫 구절을 적었다. 그러자 이토를 수행한 간부와 신임 통감인 소네가 그 뒤를 잇고, 마지막으로 내각 총리대신인 이완용이 칠언절구를 완성했다. 시의 내용은 이러했다.

단비가 내려 많은 사람을 적셔주니
함녕전 위에 이슬빛이 새롭구나
일본과 한국을 어찌 다르다 하리오
두 땅이 한 집 되니 천하가 봄이로다

비록 을사늑약으로 나라가 기울었다고는 하나 아직은 엄연히 대한제국이었다. 한데 이완용은 '두 땅이 한 집 되니 천하가 봄'이라며 망발을 쏟아냈다. 어쩌면 나라를 팔아넘기기로 이미 마음을 굳혔는지도 몰랐다. 고종은 그런 내각 총리대신이 밉다 못해 불쌍한 생각까지 들었다.

이토의 귀신에라도 씐 것일까, 임 대장이 아주 몹쓸 놈이라고 한탄한 지 불과 얼마 만에 이완용은 백성들의 감정과는 전혀 동떨어진 짓을 저질렀다. 그것은 하얼빈 의거와 관련되었다. 안중근이 나라의 큰 도적인 이토를 일껏 처단했는데, 이완용은 그 도적을 위해 내각령으로 3일간 노래와 춤추는 것을 금지하는가 하면 정부

대표로 대련에 가서 조문까지 했던 것이다.

임 대장 얘기는 벼슬하는 자의 처신에 국한되지 않았다. 이날 일규는 삼촌을 통해 세상의 다른 면을 알게 되었다. 아버지한테는 전혀 듣지 못한 얘기들이 수두룩했다. 어렴풋하나마 대장부의 길과 대의에 관해서 눈을 떴고, 막연하나마 나라와 민족의 장래까지 걱정하게 되었다. 거기다 일본군과 의병의 싸움에 대해서도 그 속사정을 명확히 숙지할 수 있었다. 마침내 일규는 의병 대장인 삼촌이 그토록 자랑스럽고 또 의젓해 보일 수가 없었다.

이날 밤중이었다. 하늘에는 추석 무렵의 둥근 달이 환했다. 달빛은 임봉학의 사랑채에도 환히 내리 부어지고 있었다. 사랑채의 마당에 문득 장정 셋이 조용히 모습을 드러냈다. 하나는 어디론가 급히 사라지고 나머지 두 사람은 주위의 동정부터 살폈다. 그러다 미리 마련된 쌀부대 따위를 담장 곁으로 옮기며 기민하게 움직였다. 역시 이들은 군량 조달을 위해 김 참모가 데려온 의병이었다. 김 참모는 임 대장을 만나기 위해 잠시 골방에 들어가고 없었다. 의병들이 담을 넘어온 바람에 행랑채는 또 그렇다고 쳐도 인기척을 느낄 법한 사랑방까지 괴괴했다. 임봉학은 김 참모와 약속한 대로 낮부터 집을 비웠고 일규도 이날은 안방에서 잠을 자고 있었다.

그런데 잠시 뒤였다. 느닷없이 사랑채 주위에 함성과 함께 큰 소란이 일었다. 호각소리가 달빛을 찢을 듯이 날카롭게 울렸다. 달이 밝은데도 횃불이 여기저기서 타올랐다. 일본군이었다. 잽싼 김 참모는 어떻게 몸을 피했으나 군량을 옮기던 의병 둘은 꼼짝없이 체포되었다. 거동조차 못 하는 임 대장은 말할 것도 없었다. 처음부터 일본군은 상황을 파악하고 출동한 것 같았다. 김 참모를 놓친 뒤에는 별다른 단속이나 집뒤짐이 없었다. 기겁했던 집안사람들은 여기저기서 머리를 내밀고 일본군의 행동을 지켜보았다. 그속에는 일규도 끼어 있었다.

다리를 절며 골방에서 끌려 나온 임 대장은 하늘을 우러르며 한 괴성을 질렀다. 그 모습은 언뜻 노송(老松)을 배경으로 한 호랑이가 보름달을 쳐다보며 포효하는 벽화를 떠올리게 했다. 괴성 속에는 의병의 꿈을 중도에 접어야 하는 한이 서려 있었고, 서자로서 냉대받은 설움이 녹아 있었으며, 인간의 배신에 대한 허탈감 따위가 한 덩어리로 뭉쳐 있었다. 그러나 그뿐이었다. 의병들이 분하고 억울하다며 울음을 내놓았지만 임 대장은 단 한 번의 괴성으로 끝이었다. 입을 꾹 다문 채 다시는 말이 없었다. 일규는 손등으로 두 눈을 이리 씻고 저리 씻으며 그런 대장 삼촌을 지켜보았다. 누구하나 나서는 사람이 없었다. 일규 자신도 몸만 떨고 있었다. 그렇다고 김 참모가 홍길동처럼 의병을 몰고 나타날 것 같지도 않았다. 하필이면 이럴 때 집을 비운 아버지가 원망스러울 따름이었다.

일규는 조마조마한 가운데서도 조금은 안심이 되었다. 일본군이 삼촌의 손바닥을 칼로 뚫지 않았기 때문이다. 일규는 또래들한테 무서운 얘기를 귀동냥해서 알고 있었다. 일본군이 의병을 잡으면 철사로 손바닥을 꿴 뒤 끌고 간다고 했다. 그리고는 작두나 칼로 목을 벤다는 얘기를 들었던 것이다. 마침내 일본군이 철수를 시작했다. 군인 두 명이 임 대장의 양쪽에서 팔을 끌었다. 그리고는 마치 개 끌듯이 끌고 나갔다. 환한 달빛 아래서 그러한 광경은 일규의 머릿속에 선명하게 각인되었다.

삼촌을 구할 사람은 아버지밖에 없다며 일규는 큰 기대를 걸었다. 아버지는 거의 모든 일이 가능한 양반이었기 때문이다. 그러나 새벽같이 돌아온 아버지는 일규의 간절한 호소를 외면했다. 아니, 도리어 지금까지 한 번도 보지 못한 무서운 얼굴로 일규를 단속하고 들었다. 끝내 일규의 삼촌인 임채구 의병 대장은 일본군에게 무참히 살해되었다. 몸살을 하던 일규가 정말로 큰 충격에 휩싸인 것은 그로부터 며칠 뒤였다. 이 무렵 들어서 갑자기 사랑방을 뻔질나게 드나들던 사람이 이날 따라 아침 일찍 찾아왔다. 방에는 임봉학과 앓아누운 일규만 있었다. 방문객은 임봉학을 보자마자 마치 장원급제한 사실을 통지하러 온 사람만큼이나 떠들썩했다.

"어르신! 이제 안심하십시오. 그놈이 어젯밤에 붙잡혔답니다."

그러자 얼른 아들부터 살피던 임봉학이 한쪽 눈을 끔적거리며 입단속에 나섰다.

"어허, 이 사람이 아침부터 웬 호들갑인가! 행랑채 아랫것들이 무슨 난리가 난 줄 알겠구먼."

이제 지각(知覺)이 나기 시작한 일규는 뭔가 수상한 낌새를 눈치챘다. 아니나 다를까 두 사람의 은밀한 대화를 엿들어보니 체포된 사람은 그날 밤 탈출에 성공했던 김 참모였다. 그리고 임 대장을 비롯하여 의병 3명이 체포된 사건은 순전히 임봉학의 밀고에서 비롯된 것이었다. 일규의 눈가는 저절로 눈물범벅이 되었다. 따뜻한 물기는 귓속으로도 흘러들었다. 코도 시큰거렸다. 일규는 모든 일을 짐짓 모른 체했다. 안다고 나서봤자 이미 엎질러진 물이었다.

일규는 커다란 충격과 함께 칼로 저미는 듯한 마음의 상처를 입었고, 새삼 아버지에 대한 두려움까지 생겨났다.

동생을 밀고한 사건 뒤, 한층 친일로 기운 임봉학은 세월이 흐르면서 지방의 친일파 거두로 거듭났다. 사리 분별이 뚜렷해진 일규는 그런 아버지를 간곡히 깨우쳤다. 그러나 임봉학은 그대로 소귀에 경 읽기였다. 세상 물정 모르는 아들을 달래는가 싶더니 나중에는 아예 꾸중으로 일관했다. 결국, 일규는 피눈물로 얼룩진 편지 한 통을 남기고 만주로 향했다.

신흥 학교를 졸업한 일규는 곧바로 조선 땅을 밟았다. 목적은 뚜렷했다. 자신의 편지에도 불구하고 아버지가 여전히 친일파의 앞잡이라면 마땅히 자식 된 도리로서 또 신흥 졸업생으로서 마음을 돌이켜 볼 요량이었다. 일이 여의치 않으면 몇 날이고 눈물로써 호소할 작정이었다. 그러나 대단한 결심도 끝내는 소용이 없었다. 임봉학은 아들에게 의절을 선언할 정도로 요지부동이었다. 어쩌면 그의 친일은 이미 돌아올 수 없는 다리를 건넜는지도 몰랐다. 일규는 하릴없이 이번에도 글 한 통을 남기고 압록강을 건널 수밖에 없었다.

갑자기 병영에서 생도들이 왁자하니 웃는 소리가 들렸다. 조금은 지겨운 야간 교육에 활기를 불어넣으려고 교관이 우스갯소리를 한 모양이었다. 일규는 다시 달을 올려다보았다. 아버지의 얼굴이 떠오르고 거기에 참혹했던 임 대장의 마지막 모습이 겹쳐졌다. 일규가 그토록 독립군에 목을 맨 이유는 아버지의 죄를 자신이 조금이나마 속죄하고 또 막내 삼촌이 의병으로 못다 이룬 꿈을 이으려는 뜻에서였다. 그러나 현실적으로 삼촌보다는 아버지에 대한 연민으로 가슴이 더 쓰라린 것은 어쩔 수 없었다. 임 대장은 이미 저세상 사람인 데다가 그래도 나름의 꿈을 펼친 데 반해, 다른 한 사람은 계속 악만 쌓고 있었기 때문이다. 이제 임봉학은 의열단이 암살대상으로 삼는 7악(七惡)에 두 가지나 해당했다. 친일파에다 반민족적 토호열신이었다.

일규는 평소 그런 의열단 비슷한 단체에 들려주고 싶은 말이 있었다. 군자금이라면 고개부터 돌리는 친일 부호를 표적으로 삼았을 때, 단원은 무작정 처단부터 할 게 아니라 먼저 부호에게 유언장을 작성토록 해보면 어떨까 싶었다. 부호가 그 가운데 문득 삶과 재물의 덧없음을 깨닫고 마음을 고치면, 그에게 재생의 길을 걷도록 한 번 더 기회를 주자는 뜻이었다. 그것은 어쩌면 아버지에 대한 일규의 안타까움인지도 몰랐다.

둥근 달 아래 시름을 더하던 일규는 다시 교무실로 돌아왔다. 종이에는 의연금이란 말만 적혀 있었다. 마음을 가다듬은 일규는 부호에게 군자금을 청구하는 초안을 작성했다. 물론 다른 격문이나 좋은 글귀도 참고했다. 그것은 어쩌면 아버지를 향한 글인지도 몰랐다. 초안의 중요한 내용은 대략 이러했다.

"참으로 국가 없는 우리는 어디를 가나 독립국의 국민으로서 떳떳한 삶을 살 수 없고, 망국노란 이름 아래 멸시를 받는 것을 생각하면 실로 가슴이 찢어집니다. 이는 귀하도 잘 알고 계실 것이며 또 당하는 일이라 생각합니다. 이에 우리 독립군은 오직 독립 대업을 위해 총력 매진하고 있습니다. 군자금을 내는 일은 대한국민의 의무이지 결코 우리 독립군에게 은혜를 베풀거나 구호하는 것이 아닙니다. 슬프다! 총 한 자루, 하루의 훈련에도 군자금이 없으면 허사이니 이를 어쩌겠는가. 그리하여 산간벽지의 농민까지 정성을 바치는 지금, 귀하와 같은 명망가가 또 귀하와 같은 재산가가 작은 의연에 인색하지는 않으리라고 봅니다. 귀하의 재력을 가지고도 의연에 눈을 돌리고 적의 그늘에 피하여 안일만 도모하다 후일 대업이 이루어지면 무슨 면목으로 재물을 보장받을 것이며, 또 죽어서는 감히 어떻게 선열을 대할 것입니까? 귀하는 다른 사람보다 혜택을 누리는 재력가로서 어찌 국가를 외면할 수 있겠습니까? 또 국가를 위해 노력하지 않고 무엇을 하리오. 귀하는 깊이깊이 생각하시어 우리 독립군의 군자금 모금에 성의를 표해 주실 것을 당부드립니다."

7. 남산의 낮과 밤

"요릿집치고는 제법 풍치를 지녔구먼."

총독부의 마루야마가 기대 섞인 목소리로 말했다. 전등 불빛에 은은히 자태를 드러낸 전통 한옥은 저만큼에서 초저녁 봄기운에 피어나고 있었다. 남산에서도 웬만큼 한갓진 곳이었다.

"마음에 드십니까? 근래 문을 열었는데 벌써 장안 주당(酒黨)들에게 제법 명성을 얻고 있는 집입니다."

앞장서서 안내하던 민원식이 반쯤 돌아서며 의미심장한 미소를 던졌다. 일본 말이 유창한 이유는 예전에 한동안 일본물을 먹었기 때문이다.

"술집은 분위기도 중요하지만 기실 계집 맛 아닌가? 그건 내가 민 사장을 믿지. 한데 저기서 아는 얼굴을 맞닥뜨리지나 않을까?"

"지금 보니 형님도 소심할 때가 다 있네. 벌건 대낮에 술 마시러 온 것도 아닌데 남 눈치 볼 것까지야 뭐 있소? 정 뭣하면 뒷문으로 들어갑시다. 까짓것."

마루야마의 경계심을 핑계 삼아 민원식은 얼렁뚱땅 쪽문으로 향했다. 아무리 직업적 친일분자라지만, 보란 듯이 경무국의 일제 간부와 활보하기에는 뒤가 켕겼던 까닭이다. 더군다나 이즈음은 그 살벌한 의열단이 본격적으로 활동을 시작했다지 않는가. 두 사람은 요릿집 '은하장(銀河壯)'의 쪽문을 통해 은밀한 특실로 안내되었다. 특실이라 그런지 바닥은 왕골자리였다. 마담과는 구면인 듯 얼굴을 보자마자 민원식이 대뜸 수작을 걸었다.

"오늘 마담은 마치 선녀가 하강한 것 같구먼. 우리 살림 한번 차릴까?"

"아서라! 민 사장님과 정분나면 우선은 곶감이지만 뒷날 안방마님께 경칠 일은 또 어떡하고요?"

한창 농익은 마담이 눈웃음치며 속살거린다. 도톰한 입술에 볼우물까지, 꽤 고혹적인 모습이었다. 옷차림이 자주색인 탓도 있었다. 민원식이 히죽거리며 말을 받았다.

"범 무섭다고 숲에 못 갈까? 그건 그렇고 여기 우리 형님을 잘 모셔야만 하네. 긴말 필요 없이 한마디로 조선 팔도를 쥐락펴락하는 분일세."

"왕림해 주셔서 큰 영광입니다. 앞으로도 잘 부탁드릴게요."

예의 그 눈웃음과 함께 마담이 서툰 일본말로 공손히 인사를 올렸다. 마루야마가 무게를 잡느라고 헛기침만 쿵쿵거리자 민원식이 다시 나섰다.

"조금 있다가 일본 고관 한 분이 나를 찾으면 이리로 모시도록 하게. 그리고 애들은 틀림없겠지?"

"민 사장님도 차암! 분부만 내리셔도 될 터인데 하물며 몇 번이나 당부하셨는데요. 아주 장안의 일등 명기들이 오직 부름만 애타게 기다리는 중이오니 아무 염려 마시어요."

"역시나! 말만 들어도 사지가 용솟음치는구먼. 그럼 우선 목축일 술상부터 들이게나."

제법 민원식의 얼굴까지 세워준 마담은 살랑살랑 뒷걸음질로 방을 나간다. 그런 마담을 흘끔흘끔 훔쳐보는 마루야마는 벌써 실눈이 게슴츠레했다.

"민 사장은 단군을 어찌 생각하나?"

마담이 자리를 뜨자 괜히 입맛을 다셔대던 마루야마가 다시 무게를 잡으려 들었다.

"엊그제 《동아일보》의 공고 때문에 그러시는군요?"

그래도 《시사신문》의 사장이랍시고 민원식이 시사(時事)에 그리 어둡지는 않았다.

민족지를 표방한 《동아일보》는 드디어 4월 1일에 창간호를 냈다. 하지만 그 논조가 도전적이라 하여 총독부 경무국으로부터 불과 5일 만에 발매 금지 처분을 받기도 했다. 그런 《동아일보》는 창간 첫 사업으로 4월 중순에 단군 영정(影幀)을 현상 공모하였다.

"맞아! 그 얄궂은 공고 때문일세. 그깟 허구적인 인물의 영정 따위, 만들어 본들 미신 같은 짓거리지 싶어서 심상히 넘겼지. 더구나 하늘의 조상신을 섬기는 일은 우리 일본에서도 오래된 문화라서 트집을 잡기도 뭣하고 말이야. 한데 지난 뒤에 곰곰 생각하니 그때 그만 단속할 걸 그랬나 싶은 게 영 기분이 찜찜하거든."

잔을 기울이자 황갈색 액체가 마루야마의 목으로 꿀떡꿀떡 넘어갔다. 쌉쌀하고 냉한 맛에 트림을 끄윽 했다. 술병의 상표는 기린 맥주였다.

"아하, 참! 미신 같은 짓이 아니라 바로 미신이지요. 지금이 어떤 세상인데 단군 시조니, 단군 조선이니 하는 그따위 케케묵은 얘기가 통하겠습니까? 애들 장난 같은 짓거리 실컷 하게 내버려 두라지요. 뭐."

"그렇지만 내가 알아본 바로는 문제가 그렇게 단순하지 않아요. 이른바 저들 지사란 자들이 그 단군을 가지고 갖은 책동을 부린단 말이지. 민족의식을 불어넣는답시고 신앙 차원에서 받든 지는 이미 오래되었고, 지금은 아예 독립운동의 한 방편으로 삼는다지 않나? 대종교란 이름의 단군 사상이 간도에서는 제법 뿌리를 깊이 내렸어요. 북로군정서라 칭하는 불령선인 단체는 아예 그 단군교로 똘똘 뭉쳤다지 않나? 그런데 하필 그 단군 영정 공모라니, 글쎄."

간도 선인 특별부 책임자인 마루야마는 입맛이 영 특특한지 연신 고개를 갸웃거렸다. 그러다 문득 생각이 났는지 민원식에게 물었다.

"방금 말한 북로군정서는 간도의 무장 단체인데 두목이 김좌진이라고 하더구먼. 민 사장도 아는 이름 아닌가?"

"김좌진? 알다마다요. 저보다 두셋은 아래인 애송인데, 어릴 때부터 상것들과 놀아나고 그놈들의 비위나 맞춰 철딱서니 없다는 소문이 파다했지요. 예전에 내가 군수 노릇 할 때지 싶은데 그자가 강도질을 저지르다 감옥 갔다는 얘기는 익히 들었습니다. 당시도 무슨 무관 학교를 세운답시고 남의 돈을 강제로 뺏으려다가 그랬다던가? 어쨌든 아직도 정신을 못 차리고 만주서 그 작당이군요."

민원식은 마치 불한당으로 풀린 제 동생 나무라듯이 김좌진을 닦아세웠다. 그러면서 독립 단체는 또 무슨 어린애 병정놀이쯤으로 치부하는 것이었다. 간도 사정에 어둡고 무관심한 민원식과 더불어, 긴한 척 얘기를 더 끌어 봤자 별무소득이라 여겼는지 마루야마는 그쯤에서 화제를 돌렸다.

"도쿄는 언제쯤 갈 텐가?"

"곧 떠나야지요. 몸뚱이는 하나뿐인데 일본과 조선을 오가려니 워낙 바쁩니다. 거기다 신문사까지 맡았으니 더 말할 나위도 없지요."

신문사를 내세우는 민원식은 은연중 거드름기까지 보였다. 사실 이즈음 민원식만큼 잘 나가는 친일파도 드물었다.

이완용과 송병준(宋秉畯) 따위의 나라를 들어먹은 친일파 거두들이 외견상으로는 여태 건재한 것처럼 보였다. 사이토 총독도 굳이 그들의 한 줌밖에 안 되는 권세까지 핍박하지는 않았다. 그러나 이미 폐물로 취급하는 분위기였다. 대신 사이토는 젊은 층에 대폭 힘을 실어주었다. 신정치를 표방한 만큼 소장 친일파를 구슬려 협조를 받는 것이 여러모로 효과적이라 판단한 것 같았다. 다시 말해 지난날이 매국 친일파라면 지금의 친일파는 동화주의가 필요했다. 그래서 총독은 소장파 가운데서도 특히 고종의 처조카 사위가 되는 민원식을 주목했다. 그가 표방한 소위 '신일본주의'가 마음에 쏙 들었던 때문이다. 신일본주의의 내용은 대략 이러했다.

"일본이 이제는 일본 민족만의 일본이 아니다. 합방된 만큼 조선의 토지와 사람을 포함하여 새로운 일본이 된 것이다. 즉 완전한 일선일가(日鮮一家)가 바로 신일본주의다."

사이토의 내선일체나 민원식의 일선일가는 결국 그 나물에 그 밥이었다. 그러나 총독은 오히려 신일본주의에 흔쾌히 박수를 보냈다. 중추원 참의(參議)로 있는 조선인이 주창한 만큼 이용 가치가 높다고 판단했던 것이다. 그런 꿍꿍이속의 총독은 의형제라며 죽이 잘 맞는 마루야마를 통해 민원식의 뒤를 봐주었다. 마루야마도 장단에 맞춰 잘난 동생을 제법 위하는 체했다. 신일본주의의 운동 단체인 국민협회를 발족시키는 데 상당한 역할을 담당했으며, 더불어 국민협회에 재계의 거물까지 끌어들였다.

총독의 손바닥에서 놀아나게 된 민원식은 다시 참정권 청원 운동이란 걸 벌렸다. 신일본주의의 연장 선상에서 일본 의회에 조선 의원도 참석시켜 달라는 게 바로 참정권 청원 운동이었다. 노회한 정치가 사이토의 고단수 모략 가운데 하나임은 두말할 필요도 없었다. 정치적 기대감이 높은 조선 식자들을 끌어들여 친일파를 양산하자는 게 참정권 청원 운동의 궁극적 속셈이었다. 이제 민원식은 소장 친일파의 대표 주자로서 일본 의회에 청원 운동을 한답시고 도쿄를 드나들었다. 주머니는 두둑했다. 도쿄의 특급 호텔을 전전하며 돈을 물 쓰듯이 해도 또 샘솟는 게 바로 돈이었다. 어느덧 민원식에게 유흥은 일상사나 다름없게 되었고 든든한 후원자인 마루야마는 단짝으로 어울렸다. 민원식은 어쩌다 여자에 대해 결벽증을 보일 때가 있었다. 그것은 젊은 시절에 접한 한 여인네 때문이란 소문이 파다했는데, 입담 좋은 술꾼들이 마치 정설처럼 풀어놓은 얘기는 대략 이러했다.

동학 혁명 때 부모를 잃은 어린 민원식은 전국을 떠돌다가 일본으로 건너갔다. 거기서 조선에 눈독을 들이던 이토의 그늘에서 친일 교육을 받았다. 대한제국에 통감부가 개설되자 곧바로 일본에서 돌아와 친일 행각을 벌였다. 을사오적의 하나인 이지용(李址鎔)과 손발을 맞춰 스물 두셋의 젊은 나이에 벌써 대한 실업협회라는 친일 단체를 조직했다. 이후 직업적 친일분자로 협회나 구락부(俱樂部) 따위를 구성하는 기초를 다진 셈이었다.

내부대신으로 을사늑약에 서명한 이지용은 왕실의 종친이었다. 그런 매국노에게는 이옥경(李玉卿)이란 마누라가 있었다. 빼어난 미모에다 일본말과 영어까지 구사할 정도로 재색을 겸비한 신여성이었다. 안방마님 노릇은 고리타분했던지 그녀는 바깥으로만 싸다녔다. 남편 이지용도 별다른 간섭이 없었다. 하긴 똑똑한 마누라가 궁중을 출입하며 손을 쓴 덕에 자신이 다시금 요직에 능용될 수 있었으니 그럴 만도 했다. 어찌 보면 신여성의 적극적인 내조라고 할 수도 있었다.

이 양장 차림의 신여성이 궐련을 빼 문 채 버젓이 활보하여 행인들의 빈축을 자초한 것은 아무래도 지나쳤다. 문제는 매국노 남편을 무색하게 만드는 친일이었다. 일본 공사관인 하기와라(荻原守一)와 구니와케(國分象太郞)의 마누라들이 선동하자 이옥경은 그들에다 조선 고관들의 처를 끌어모아 한일부인회를 조직했다. 부회장은 그녀의 몫이 되었다.

친일보다 여성으로서 더 큰 문제는 방탕한 행실이었다. 한일부인회의 일본인 남편들이 자신의 미모에 은근히 침을 흘리자 이옥경은 처음 하기와라와 정을 통했다. 얼마 후에는 구니와케와도 이상한 소문이 떠돌았다. 뿐만이 아니었다. 당시 한국 주차군 사령관은 뒷날 2대 조선 총독으로 부임한 하세가와였다. 사령관 관사인 대관정(大觀亭)에서 호랑이란 악명을 떨치며 의병을 토벌하던 하세가와! 이 작자와는 아예 드러내놓고 놀아날 만큼 이옥경의 화냥기는 나날이 발전했다.

일본 관리 중에서 이옥경을 최초로 자빠뜨린 하기와라는 마치 제 조강지처라도 빼앗긴 것처럼 분하게 여겼다. 하릴없이 술로 마음을 달래다가 다시 일본으로 돌아가게 되었는데 전송 자리에 마침 이옥경도 참석했다. 제 딴에는 이별의 선물인지, 아니면 자신의 존재를 새삼 각인시킬 요량이었는지는 몰라도 여하튼 이옥경이 옛 사내에게 입맞춤했다. 그러자 하기와라는 그동안의 철천지한을 풀 기회라 여긴 모양이었다. 주위의 체면이고 나발이고 다 팽개치고 그만 상처가 나도록 여자의 혀를 깨물었던 것이다. 이를 고소하게 여긴 어느 한가한 문사가 혀를 씹었다는 내용의 작설가(嚼舌歌)를 짓자 사람들이 즐겨 불렀고, 이옥경이 일본인을 바꿔가며 놀아나는 선정적인 그림이 한때 장안의 화젯거리가 되었다. 이 무렵의 민원식은 협회 일로 이지용의 집을 무상출입할 때였다. 따라서 음란한 이옥경이 뺀들뺀들한 청년을 가만둘 리 만무했고, 그게 어떤 식으로든 민원식의 여성관에도 영향을 끼쳤다는 게 소문의 핵심이었다.

민원식처럼 침략의 원흉인 이토의 그늘에서 자라고, 친일과 행실에서는 이옥경을 능가하는 여자가 또 있었다. 이제 50대가 된 요녀(妖女) 배정자(裵貞子)였다. 원래 이름이 분남(粉男)인 배정자는 대원군 시절에 김해에서 아전의 딸로 태어났다. 그녀가 어릴 때, 아버지는 대원군의 잔당으로 몰려 처형되고 어머니는 그 충격으로 실명이 되었다. 이후 어머니와 유랑 생활을 하다 소문난 미모로 인해 열두 살 때 밀양의 관기(官妓)로 팔렸다. 어떻게 양산 통도사로 도망쳐 여승이 되었으나 2년 만에 다시 속세로 뛰쳐나왔다. 곤경으로 얼룩진 불우한 성장기를 보낸 셈이었다.

배정자는 10대 중반에 인생의 큰 전기를 맞았다. 아버지의 친구인 밀양 부사의 도움으로 일본에 갔는데, 거기서 개화파의 망명객에게 인도되어 일본 교육을 받게 되었다. 관기 때의 첫사랑을 일본 유학생으로 다시 만나 결혼까지 했으나 아들 하나만 남기고 남자가 병사하는 바람에 인연은 일찍 끝을 맺었다. 역시 망명객인 김옥균(金玉均)을 통해서 배정자는 운명적으로 이토에게 소개되있다.

그녀의 뛰어난 미모에 끌린 이토는 하녀 겸 양녀로 삼은 뒤 이름까지 사다코(貞子), 즉 정자로 개명시켰다. 한데 말이 좋아 양녀이지 사실은 호색한(好色漢)인 이토의 애첩이라는 소문이 파다했다. 뿐만이 아니었다. 장래를 위해 이토는 재색을 겸비한 배정자를 고급 밀정으로 키웠다. 그에 필요한 승마와 수영, 그리고 사격술과 변장술 따위를 가르쳤던 것이다. 20대 중반의 꽃으로 피어난 배정자는 다시 조선 땅을 밟았다. 대외적으로는 일본 공사관의 통역을 내세웠으나 실제는 일제의 고급 밀정이었다. 배정자는 왕실에 선을 대려 하고, 벼슬아치들은 그녀를 통해 일본의 동정을 정탐하려던 이해관계가 맞아떨어져 마침내 요녀 밀정은 경운궁(慶運宮=덕수

ㄲ) 진출에 성공했다. 고종은 출중한 미모에다 일본말까지 능숙한 배정자를 크게 총애했다. 이리하여 배정자도 이옥경처럼 양장 차림에다 모자까지 쓰고 궁중을 무시로 출입하게 되었다.

대한제국 황실에 대한 배정자의 첩보 활동에는 이런 것도 있었다. 명성황후 시해 사건을 직접 겪은 고종은 일제의 암살 위협에 크게 시달렸다. 그 때문에 러시아 공사관으로 몸을 피해 일 년간이나 머물렀다. 거기서 환궁할 때는 명성황후가 시해된 경복궁을 외면하고 초라한 경운궁을 택할 정도로 피해의식은 컸다. 경운궁은 러시아 공사관과 바로 이웃해 있었다. 육로로 이동이 어려울 경우를 대비해 고종은 지하도까지 건설했다. 비단 러시아 공사관뿐만 아니라 경운궁 주변은 외국 공사관의 밀집 지역이라는 점도 작용했다.

러일 전쟁의 풍운이 감도는 때였다. 친러파는 고종의 신변 안전을 이유로 평양 천도(遷都) 내지는 아예 고종의 블라디보스토크 천거(遷居) 계획을 세웠다. 한데 고종은 총애가 도를 넘어선 배정자에게 상황이 그런 식으로 전개되면 함께 떠나자며 비밀 계획을 사전에 누설해 버렸다. 고급 밀정은 고급 정보를 일본 공사관에 통보했고, 사전 계획은 방해 공작으로 결국 물거품이 되고 말았다. 양 세력이 한창 각축 중인데 그 계획이 실행에 옮겨진다면 그것은 일제 세력의 전면적 몰락을 의미했던 것이다. 이 무렵 배정자는 일본 공사관의 조선어 교사와 결혼했으나 불과 1년 만에 헤어지고 딸만 하나 얻었다. 그래도 남편이었던 교사는 초고속 출세를 했다. 그 뒤 배정자는 교사의 후배와 5년 정도 살다가 다시 이혼해버렸다.

러일 전쟁이 막바지에 이르렀을 때였다. 배정자는 고종이 이토에게 보내는 친서를 지니고 일본으로 갔다. 아마도 고종은 전쟁의 결과를 예단하기 어려운 상황에서 일제와도 관계를 개선할 필요성을 느껴 친서를 보냈을 터였다. 오랜만에 만난 배정자를 이토가 여러 의미로 환대한 것은 말할 필요도 없었다. 귀국한 배정자는 고종에게 이토의 답신을 전했다. 한데 답신 내용이 너무나 방자하고 위압적이라 고종은 큰 충격을 받았다. 친러파 내각은 이 같은 답신을 지니고 오는 행위는 황제에 대한 능멸이라며 배정자의 행각을 문제 삼았고, 결국 그녀를 부산 앞바다에 있는 절영도(絶影島=영도)로 귀양 보냈다.

전쟁의 승리로 일제는 대한제국 지배에 대한 마지막 걸림돌인 러시아마저 물리쳤다. 특파 대사 자격으로 부산항에 도착한 이토는 한껏 위세를 뽐냈다. 을사늑약 체결을 위해 파견된 이토는 조선 땅을 밟자마자 제일 먼저 배정자의 석방부터 종용했고, 석방된 배정자는 또 제일 먼저 손탁 호텔에서 여장을 푸는 이토부터 찾았다. 그런 이토가 초대 통감으로 부임해 왔으니 배정자의 콧대가 어떠했겠는가. 그녀는 막후 권력자 중의 권력자였다. 오라비는 한성판윤이 되고 동생에게는 경무 감독관이라는 큰 감투를 안겼다. 헤이그 밀사 사건이 터졌을 때는 예전의 총애는 아랑곳없이 고종에게 퇴위를 압박할 만큼 권력의 단맛을 즐겼다. 이때의 배정자는 자부심이 하늘을 찌를 듯했다. 자신의 어떤 글에서 당시를 이렇게 회상할 정도였다.

"정자의 행차가 얼마나 위풍이 당당하고 기세가 등등한지 장안

사람 중에 우러러보지 않는 이가 없었다."

세상에서는 그런 배정자를 '흑 치마'라 불렀다. 한데 권불십년(權
不十年)이요, 화무십일홍(花無十日紅)이란 말이 예사로 생겼겠는가. 마
침내 배정자도 날개가 꺾였으니 바로 이토의 죽음이었다. 통감 자
리에서 물러난 이토는 결국 하얼빈에서 '대한의군 참모중장인 안
중근에 의해 처단'되고 말았다. 자신에게는 청천벽력이나 다름없
는 소식을 접한 배정자는 그 자리에서 실신했을 뿐만 아니라 며칠
동안 식음까지 전폐했다. 그만큼 이토의 사망은 만사휴의(萬事休矣)
를 뜻했다.

그러나 배정자는 나름대로 기사회생했다. 음흉한 속셈까지는
속속들이 알 수 없으나 과거의 밀정 경력을 높이 평가하여 헌병대
촉탁으로 채용한 자가 있었다. 바로 공작 정치의 명수로 악명을 떨
친 초대 헌병 사령관 아카시였다. 이때부터 배정자는 주로 만주와
시베리아에서 군사 첩자로 활동했다. 그러다 한번은 중국 마적단
에 납치를 당했다. 예전부터 우두머리급과 놀아난 솜씨와 미모가
통했는지 여하튼 마적 두목을 유혹하여 한동안 동거 생활까지 했
다. 이런 상황에서도 정보를 캐내 일본군에 넘길 정도였으니 어쩌
면 타고난 밀정인지도 몰랐다.

친일파를 떠나 배정자가 독립운동에 방해 공작을 펴는 것이 큰
문제였다. 만세 운동을 전후한 일 년간은 하얼빈 주재 일본 총영사
관 직원으로, 이후에는 봉천의 영사관에서 촉탁으로 근무하며 항
일 세력의 동향을 정탐하거나 귀순 공작을 펼치며 암약했다. 특히
올해 들어서는 만주 지역 최대의 친일 단체인 보민회(保民會) 결성

에도 관여했다. 조선총독부를 통해 운영 자금까지 조달하며 막후에서 커다란 역할을 담당했던 것이다. 일진회 잔당이 축이 되어 결성된 보민회는 독립 단체를 파괴하는 무장 활동은 물론, 조선인에 대한 통제와 선전 활동까지 펼쳤다. 급기야 5월 8일 자 독립신문에는 이런 논설까지 실렸다.

"배정자는 작년 하얼빈에서 다수의 동포를 적에게 잡아주거나 협잡(挾雜)을 하고, 봉천으로 와서는 동포의 사정을 적 영사관에 고하여 동포가 받는 곤란이 막심하다. 아아, 이 가살의 요녀 배정자는 '나는 만주에 있는 백만 조선인의 모(母)'라 한다. 아아, 언제까지나 저 요녀의 명(命)을 그대로 두겠는가."

가살(可殺)은 응당 죽여 마땅함을 뜻했다. 한데 그 대상자가 이제 노년기로 접어든 여성이었다. 유학을 공부한 조선 식자가 웬만하면 이런 표현까지 썼겠는가. 그렇다면 암민 나이 먹은 여자라도 배정자는 가살의 요녀였다.

서로군정서의 남자현과 일제 영사관의 배정자는 나이가 엇비슷했다. 또 같은 시기에 남만주에서 활동 중이었으나 걸어가는 길은 극과 극이었다. 가살의 요녀와 민원식 뒤에는 아직도 이토란 자의 그림자가 어른거렸다.

은하장의 마루야마와 민원식은 차츰 주기가 올랐다.

"일본 사람인 나는 조선에 건너와서 경찰 노릇을 하고 반대로 민 사장은 일본 의회에 가서 청원 운동이라…. 이러다 결국 동화가 되긴 될 모양이군."

마담을 기다리는지 출입문 쪽을 자주 흘끔거리던 마루야마가 무뚝뚝하게 한마디 던졌다. 그 말에 신이 오른 민원식은 상대에게 술을 권하려던 것도 잊고 맥주병을 든 채 나불거렸다.

"이를 말씀입니까. 이번에 세기의 잔치를 벌이는 것도 다 동화 정책 차원이 아닙니까? 그나저나 도쿄에 가면 저는 꽤 바쁘게 생겼습니다. 의회 일을 보랴 또 잔치에 참석하랴."

민원식이 운운하는 세기의 잔치는 바로 대한제국의 황태자인 영친왕(英親王)의 결혼식을 가리켰다. 고종의 아들이자, 순종의 이복동생인 영친왕은 일본에서 교육을 받고 자랐다. 황태자로 책립(冊立) 되자마자 통감 이토에 의해 인질로 끌려갔던 것이다. 명목은 일본 유학이었다. 육군 사관 학교를 졸업한 영친왕은 지금 근위 사단에 배속되어 있었다. 그 영친왕 이은(李垠)과 일본 황족의 딸인 마사코(方子) 사이의 정략 결혼식이 4월 28일에 도쿄에서 거행될 예정이었다.

원래 마사코는 대정 천황의 황태자인 히로히토(裕仁)와 혼담이 오가던 황태자비 후보 가운데 한 사람이었다. 그런데 건강 진단 결과 마사코의 불임(不妊) 가능성이 제기되자 조슈 군벌은 후사를 염려해 그녀를 후보에서 탈락시켰다. 하긴 황태자비로 정식 간택된 여자의 외가에 색맹이 있다는 의견서 하나로 궁내성(宮內省)이 발칵 뒤집힐 정도이니 마사코의 탈락은 극히 정상적인지도 몰랐다. 한데 문제는 그 뒤의 일이었다. 군벌은 그런 마사코를 군이 인질로 데려온 영친왕과 결혼시키려고 책동을 부렸다. 양국 왕실 간의 변함없는 유대 운운하며 명분은 그럴싸했다. 그러나 실상은 불임의 마사코를 통해 조선 왕실의 대(代)를 끊어 놓으려는 음흉한 책략이 숨어 있었다. 더구나 영친왕은 이미 오래전에 조선 규수와 약혼까지 한 몸이었다. 군벌의 사주를 받은 총독부는 조선 규수와는 강제로 파혼까지 시켜가며 정략결혼을 끝까지 밀어붙였다.

정략결혼은 기미년 1월에 동경에서 치러질 예정이었다. 그런데 고종이 갑자기 붕어(崩御)하고, 뒤이어 만세 운동의 격랑에 빠져들면서 결혼식은 무기 연기되었다. 총독으로 부임한 사이토가 이 좋은 호재를 놓칠 리 만무했다. 조슈 군벌의 책동과는 별개로 명실상부한 동화 정책의 전시 효과로는 더없이 좋았던 것이다. 세기의 결혼식이라며 총독이 채근하여 다시 잡은 날짜가 이제 코앞에 다가왔다.

"업무상 아무래도 형님은 잔치 참석이 어렵겠지요? 제가 도쿄에 끝내주는 술집을 개발했는데 참으로 아쉽네요."

생각만으로도 회(蛔)가 동한다는 듯 민원식은 쩝쩝거리며 입맛을 다셨다.

"끝내주는 술집이 도쿄 바닥에 어디 한두 곳인가? 자네나 도쿄의 봄 계집에 흠뻑 취하게나. 나 같은 봉급쟁이야 이 남산에 틀어박혀 벚꽃 구경이나 해야지, 별수 있나."

"형님도 참…."

마루야마가 은근히 시기심을 돋우는데 문득 노크 소리가 났다.

"오래 기다렸지요? 하여튼 경성은 하루도 조용한 날이 없다니까."

기다리던 일본인 간부가 자리에 합석했다. 경성 치안을 다잡으려는 경기도 경찰부장 지바료였다. 마루야마와 지바료는 조선에 와서 죽이 잘 맞았다. 특히 종로의 상가 개점 때의 둘은 찰떡궁합을 과시한 바 있었다. 정무총감 미즈노가 조선의 경찰 간부진을 새로 구성하면서 고심을 거듭한 자리가 경기도 경찰부장이었다. 조선의 치안 불안을 없애려면 어쨌든 경성만큼은 확실히 틀어쥐어야만 했던 것이다. 그래서 특히 차출된 사람이 지바료인데, 좋게 해석하면 그만큼 일본 경찰에서 명성을 날린 자란 뜻이었다.

"형님, 조선 사람들이 독립 기념일로 꼽는 3월 1일 직전에 조선 귀족을 승작시키거나 작위를 더 수여하여 친일 인사를 다독인 조치는 참으로 시의적절했어요. 만세 소동 1주년이 별다른 사고 없이 넘어간 것도 아마 그러한 조치가 크게 영향을 끼치지 않았을까요?"

민원식이 제법 진지해졌다. 그는 지바료 부장과도 친분이 없지 않았다. 그러나 단짝 둘이서 시시덕거릴 때보다는 아무래도 공적인 화제로 나갈밖에 없었다. 민원식의 작위 운운에 노련한 지바료가 대뜸 정곡을 찌르고 들었다.

"그러고 보니 우리 민 사장 같은 분에게 아직껏 작위를 수여하지 않았군요. 뭔가 문제가 있는 것 같은데…."

"부장님도 별말씀을 다 하시네. 저는 아직 나이가 창창하지 않습니까? 그리고 작위 정책으로 말미암아 저는 덕을 톡톡히 본 셈이지요. 참정권 운동에 호의적인 인사가 그만큼 늘었으니 말입니다. 허허허."

속셈이 까발린 민원식은 일그러진 웃음으로 받아넘겼다. 상석의 마루야마가 자릿값을 하려는지 점잖게 끼어들었다. 그도 이제 주군인 사이토를 닮아 가는지 말이 꽤 많았다.

"활동이나 공으로 따진다면야 단연 우리 민 사장이 앞줄이지. 그래도 아직은 민 남작이 뭔가 어색한 것도 같구면. 시기가 문제지, 귀족 반열은 떼 놓은 당상 아닌가? 그건 그렇고 조선 땅을 자주 비우느라 민 사장이 정세에 어두운 구석이 없지 않구면. 소위 독립 기념일 1주년을 별다른 사고 없이 넘긴 결과만 놓고 얘기하는데, 우리 경찰 관계자들 무지하게 애 많이 썼어요."

반쯤 남은 맥주를 들이켠 마루야마가 말을 이었다.

"우려는 했어도 막상 3월 1일이 가까워지니까 긴박한 정보들이 마구 쏟아지더군. 재차 만세 소동이 터지는 건 기정사실이라는 둥 학교는 일제히 휴교할 것이라는 둥 경성 분위기가 점차 험악하게 돌아갔지. 한데 1주년이란 이유로 그런 불상사가 막상 일어났다고 한번 가정해 봐요. 보나 마나 독립 기념일이란 악순환은 해마다 되풀이될 것이고, 그러다 보면 조선 통치에 커다란 화근거리로 작용할 게 아니겠어? 그래서 우리 경무국은 어떡하든 원천적으로 봉쇄하려고 필사적인 노력을 기울였지. 경성을 책임진 지바료 부장은 당시 아마 제정신이 아니었을걸?"

마루야마의 말에 지바료가 어림없다는 듯 정색을 하는데 다시 노크 소리가 났다. 볼우물이 매력적인 마담이었다.

"민 사장님, 요리가 준비됐는데 어떡할까요?"

"어허, 사람하고는! 어서 들여보내야지."

오늘의 본격적인 요리는 쇠갈비였다. 육질이 반지르르한 쇠갈비는 방금 구운지라 아직 석쇠에서 기름이 자글거린다. 방 안에는 이내 구수한 냄새가 떠돌며 사내들의 구미를 돋우었다. 요리에 맞춘 술은 조일양조(朝日釀造)서 생산하는 금강표 소주였다. 침을 삼키던 마루야마가 고기 한 점을 입에 넣고 우물거리더니 곧바로 탄성을 터뜨렸다.

"바로 이 맛이야, 이 맛! 평양 쇠갈비는 저리 가라는 걸."

예부터 일본은 불교의 영향으로 육식 금지령이 잘 지켜져 대체로 해산물 위주의 음식 문화가 발달했다. 네 발 달린 가축 고기는 혐오 식품에 속했다. 쇠고기도 굳이 멧돼지라 부르며 몸보신 약으로 몰래 먹을 정도였다. 육류 요리는 명치유신으로 개방된 이후에 등장했다. 한데 일본 사람이 조선에 건너와 쇠고기를 정식 요리로 먹어보니 맛이 비할 데 없이 일품이었다. 특히 평양 쇠갈비는 이미 크게 명성을 얻은 상태였다. 총독부의 일본 미식가들이 평양에 떼거리로 몰려가 갈비를 뜯어댄다는 사실은 이제 이야기 축에도 못 끼었다.

경무국의 간도 책임자인 마루야마는 북쪽으로 출장길이 잦았다. 그때는 예외 없이 평양을 들렀다. 물론 남쪽은 대구, 북쪽은 평양이 최고의 중심 도시라 다른 볼일도 있긴 했다. 그렇지만 평양은 또 명승(名勝)에다 색향(色鄕)의 고장이 아닌가. 주색을 밝히는 마루야마가 평양을 찾는 것은 마치 참새가 방앗간을 못 지나치는 것과 다를 바 없었다. 그러다 평양 관리들에 둘러싸여 쇠갈비까지 통달한 덕에 지금은 냄새만 맡아도 코를 벌룽거릴 지경이었다.

"내가 이다음에 본국으로 돌아가면 쇠갈비 때문에라도 조선에 자주 올 것 같단 말이지. 민 사장, 뒷날 힘 빠진 늙은이가 바다를 건너오면 괄시하지 않고 갈비를 사줄 텐가?"

이미 쇠갈비를 단단히 맛 들인 입이 재촉을 거듭하자 마루야마는 갈빗대 하나를 뽑아들며 뒷날까지 기약했다. 민원식이 대뜸 정색하고 나섰다.

"이건 순전히 제 예측입니다만 형님은 조선총독부와 계속 인연이 깊을 것 같아요. 그 끝은 아마도 조선 총독이 아닐까 싶습니다. 그 뒤에는 저라고 뭐 늙지 않고 별수 있나요? 그때는 세상사 다 잊고 평양의 대동강 부벽루(浮碧樓)에 올라 이 쇠갈비나 뜯도록 합시다. 까짓것!"

마치 세상사가 자기 손아귀에 든 듯 민원식이 호기를 부렸다. 자신의 후원자를 한껏 띄우는 한편, 예리한 지바료도 섭섭지 않도록 소주에다 먹음직한 쇠갈비를 골라서 건넸다. 그러다 잠시 깜박했다는 얼굴로 말을 보탰다.

"그런데 형님 얘기를 듣다 보면 가끔 고칠 부분이 있어요. 본국이다, 아니면 조선에 건너온다는 표현이 꼭 틀린 건 아닙니다. 그러나 어딘가 조선을 계속 외국처럼 여기는 것 같아요. 합방과 더불어 조선의 모든 것이 새로운 일본에 합류되었는데도 말입니다. 지바료 부장님, 제 말이 틀렸습니까?"

민원식의 반문에 지바료는 건성으로 고개를 끄덕였다. 언뜻 경멸하는 기색도 스쳤다.

갈비로 배를 불린 사내들이 게트림해댈 때 마담이 기생 셋을 몰고 왔다. 모두 가르마를 탄 머리에 얼굴 단장이 곱고, 한복으로 맵

시를 떨친 차림이 요요(姚姚)했다. 기생으로 제법 경륜이 쌓인 듯 행동까지 자연스러웠다. '희(囍)'란 글자가 큼직하게 새겨진 발 앞에 나란히 줄지어 앉더니 하나씩 사뿐히 고개를 숙여 가며 이름을 밝혔다.

"미향(美香)이라 하옵니다."

가운데 여인이 숙였던 머리를 들자 사내들 눈이 일제히 빛을 뿜는다. 그럴밖에 없는 게 미향은 미인 셋 중에서도 특히 아름다움을 더한 데다 취한 듯 어린 듯 쌍꺼풀진 눈은 보는 이가 녹아들 만큼 매혹적이었다. 뿐인가! 얼굴까지 일본 사내라면 몸살을 앓는 계란형이라 늑대들은 자신도 모르게 침을 꿀꺼덕 삼키고는 했다. 대략 인사가 끝나자 기생들은 앉은 자리서 병창(竝唱)을 시작했다. 미향은 가야금을 뜯고 장구 소리가 쿵기덕쿵 장단을 맞춘다. 꾀꼬리 같은 소리를 합하여 권주가를 부르는가 싶으면, 어느새 애달픈 곡조의 수심가로 넘어간다. 한창 피어나는 꽃처럼 아리땁기도 하거니와 예인(藝人)으로도 과연 손색이 없는 일등 명기들이었다.

"마담이 신경을 많이 썼구먼. 훌륭해."

소리가 끝나자 민원식이 고개를 주억거리며 손뼉을 친다. 입이 연신 벙실거리는 것이 꽤 흡족한 모양이었다. 빳빳한 지폐를 꺼내 마담과 기생들에게 뿌리는 것도 잊지 않았다. 민원식은 오늘 한껏 멋을 부린 차림새였다. 가운데 가르마를 탄 머리는 기름을 발라 윤기가 흘렀고 얄브스름한 콧수염도 단정히 손질했다. 거기다 넥타이는 느슨하게 풀고 셔츠 깃을 세운 모습이 제법 도쿄를 들락거린 티까지 냈다.

조선 시대의 기생은 대부분 궁중이나 지방 관아에 속한 관기였다. 기생을 부르는 별칭인 '해어화(解語花)'가 '말을 알아듣는 꽃'이란 뜻을 지녔듯이 기생은 주로 가무를 선보이는 예인이었다. 기생은 삼패(三牌)로 나뉘었다. 일패는 지적 수준이 높은 고급 기생으로 매춘과는 거리가 먼, 전통적인 예인 기생을 가리켰다. 이패는 은근짜라고도 하는데 생활고에 시달려 드물게 매춘도 하는 기생이었다. 마지막으로 더벅머리라 불리는 삼패 기생은 '벙어리 기생'으로도 통했는데 가무와는 별개로 매춘이 업이었다. 유교 국가인 조선은 원래 매춘이 금지되었고 발각되면 노비로 만든다는 법도 있었다. 따라서 벙어리 삼패 기생은 모든 면에서 미미한 편이었다. 이러한 관기도 근대에는 예속에서 벗어나 자유 신분이 되었다.

대국과의 전쟁을 위해 한반도에 진주한 일본군이 유곽(遊廓)을 만들었다. 이 유곽 지대가 일종의 공창(公娼) 지대였다. 그러자 일본의 저질 게이샤와 작부들이 이곳으로 몰려들었다. 이런 식으로 삼패의 벙어리 기녀들이 늘어나면서 기생이란 이름은 서서히 천한 매춘부와 동일시되기 시작했다. 풍류와 예술 따위의 기예 중심이었던 조선의 밤 문화가, 일제가 퍼뜨린 공창과 요정의 저질적인 밤 문화로 서서히 전락하였다. 여기에는 주색으로 조선 식자와 젊은 이들을 타락시키려는 의도도 숨어 있었다. 그 주범은 별호가 '색귀(色鬼)'인 이토와 '색작(色爵)'으로 통하는 송병준이었다. 강점 이후에는 전에 없던 공창 제도까지 공포되었다. 또 기생들은 권번(券番)이라는 조합에 기적(妓籍)을 두고 세금을 내며 활동하는 허가제로 바뀌었다.

마루야마를 비롯한 세 사내는 요정 문화에 이골이 난 자들이었다.

"가야금을 뜯은 미향이란 아이는 저기 앉히고…."

민원식은 마담을 통해 기생이 앉을 자리까지 친절히 안내했다. 그 정도는 벌써 눈치로도 때려잡은 듯 마담은 시원시원하게 고개를 끄덕였다. 상석의 마루야마는 입이 떠억 벌어진다. 기생들이 방에 들 때부터 오직 한마음으로 미향을 눈독 들이고 있었는데, 마침내 그녀가 사뿐사뿐 자기 곁으로 걸어와서 앉는 게 아닌가. 마루야마는 마치 화살이 과녁에 명중한 듯한 희열을 느꼈다. 새로 구운 쇠갈비에다 여인의 섬섬옥수가 술잔을 채우자 사내들의 고개는 연신 뒤로 꺾였다. 그런데 기생들이 합석하자 좌석은 오히려 말수가 줄어들었다. 공적인 얘기를 하기도 뭣했지만, 그보다 민원식을 빼고는 여자들과의 언어 소통이 힘든 때문이었다. 일본 관리들은 기생 손을 슬며시 끌어보지만 돌아오는 것은 고운 눈 흘김이었다. 일종의 화풀이인지 지바료 부장은 조그맣게 깔리는 축음기(蓄音機)의 노래마저 정신 사납다며 꺼버렸다. 사내들은 자꾸 술에 젖어갔다. 분위기가 좀체 달아오르지 않고 버성기게 되자 마침내 지바료가 딸꾹질을 섞어가며 투덜댔다.

"곁에 양귀비가 앉아 있으면 뭘 해! 이건 뭐 벙어리 놀음하자는 것도 아니고 말이지. 무슨 말이 통해야 계집의 속마음도 알 것 아닌가?"

술기운으로 얼굴이 벌그데데한 마루야마가 픽 웃으며 넋두리를 받았다.

"우리 지바료 부장이 엔간히 답답한 모양이군. 경찰이 조선어를 알면 특별 수당까지 받는데 부장도 이참에 조선말을 좀 배우지, 그래. 말이 난 김에 하는 얘기지만 일본 순사가 조선말을 배워두면 좀 좋아. 말귀 알아먹어 단속이 쉬운 데다 또 통역 수당까지 받잖아? 게다가 가끔 순사 강간이 말썽인데 아예 말을 배워서 살살 꼬드기면 될 거 아냐, 꼬드기면! 아닌 말로 자꾸만 쑤석대는데 가랑이 안 벌릴 계집이 어디 있어? 여자 집에서 알면 쫓겨날까 봐 숨겨서 그렇지, 우리 순사들이 조선 부녀자를 제법 건드리고 하는 모양이야."

딴에는 듣기 거북했던지 민원식은 얼른 술잔에 손이 간다. 마루야마가 언어 소통에 대해 운운하자 지바료가 담배를 비벼 끄며 말을 받았다.

"거기 대해서는 나도 얘기할 게 있으니 한번 들어봐요. 내선일체? 동화 정책? 다 좋다 이거야. 한데 구호로 끝낼 일이 아니면 우선 세밀한 계획부터 세우는 게 순서 아닌가? 다방면에 걸쳐 종합적으로 추진되어야만 비로소 정책이 실효를 거둔다는 얘기야. 내 관심 분야 중의 하나인 데다, 마침 조선 기생과 노닥거리는 중이니 화류계를 한번 예로 들어볼까? 거기다 신일본주의로 바쁜 우리 민 사장도 함께 있으니 잘됐군. 한번 들어보고 틀린 점이 있으면 지적해 주시오."

경성 치안에 골머리를 싸매는 지바료가 본격적으로 입에 거품을 물었다.

"내가 치안에 다소 여유가 생겨서 만세 소동의 원인을 여러모로 캐봤어요. 치안 확보에 도움이 될까 해서 말이야. 한데 엉뚱하게 도 밤의 세계까지 그 만세 소동에 한몫을 담당한 거 아니겠어? 현재 경성에는 기생 조합으로 네 개의 권번이 있고, 기생 숫자는 대략 8백 명에 이르는데, 이것들이 한마디로 살아 있는 독립 격문(檄文) 역할을 한 거야. 전문학교 학생이 기생방에 들라치면 나라를 되찾을 생각은 않고 웬 술타령이냐며 문전박대가 예사였고, 심지어 가난한 청년 학생에게는 학자금까지 쥐여주며 이다음에 독립투사가 되라고 부추겼단 말이지. 그래서 기생방은 흔히 독립을 모의하는 소굴로 쓰였고, 학생들은 만세 소동의 중심이 된 거야. 알고 보면 제방 둑이 개미구멍에 무너진 셈이지. 그뿐인 줄 알아? 요 맹랑한 기생년들은 어쩌다 우리 일본 사람이 들기라도 하면 아예 무시하는 거야, 같이 못 놀겠다 이거지. 오늘은 민 사장이 애쓴 덕에 재미가 쏠쏠하니까 그나마 다행이야."

잠시 입가를 훔치던 지바료는 개개풀린 눈으로 기생들을 차례로 훑어본다. 상석의 미향은 눈길이 불안했다. 그녀는 일본 말을 알아듣는지 간혹 남모르게 긴장하는 눈치였다. 지바료 나름의 경성 화류계 조명은 계속됐다.

"그런 기생방 문화가 어느 날 갑자기 달라지겠어? 보나 마나 지금도 매일반이지. 그렇다고 기생방을 단속하기도 뭣 하거든. 조선 식자들이 엉뚱한 생각을 못 갖도록 만들려면 어쨌든 밤의 세계는 더 흥청댈수록 좋은데, 언감생심 단속이라니! 우리가 일부러 퍼뜨린 유흥 문화를 없앤다는 건 더 말도 안 되지."

그때 곁에 앉은 기생이 보다가 못해 지바료 입가의 허연 침 버캐를 닦아준다. 취중에도 조금은 무안했던지 지바료는 소주를 털어 넣고 쇠갈비 한 조각을 우물거린다. 무안을 떨치려고 서투른 조선말로 계집 희롱도 잊지 않았다.

"말인즉슨 개미를 그대로 두더라도 제방 둑은 안전하다! 그런 묘책이 뭘까?"

상석의 자릿값을 하려는지 마루야마가 제법 진지하게 나왔다. 그러자 지바료는 마치 연구 결과라도 발표하듯이 기세를 올렸다.

"상대가 뭉쳐서 힘이 들면 흩어버려라! 답은 바로 이 명언에 있어요. 기생이라고 뭐 다를 것 같아? 그들이 지금 똘똘 뭉쳐서 힘이 들지 분열만 시키면 사실 아무것도 아니거든. 당연히 그에 대한 세부적인 방법도 생각해 봤지."

다시 기세 좋게 술을 들이켠 지바료는 이제 안주 따윈 필요도 없었다.

"먼저 기존의 기생 조합에 대항할 새로운 조합부터 만드는 거야. 그런 다음 특혜와 차별로써 변절자가 생기도록 유도하고, 더불어서 신출내기 기생을 육성하면 새 조합은 금방 틀이 잡힐 거 아니겠어? 그러한 새 조합의 기생들한테는 우리 일본말과 노래 따위를 가르치는 거야. 한마디로 친일 기생 단체를 구성하자 이거지. 그런 뒤 일본인 요정에서는 친일 기생을 부르고, 반대로 조선 요릿집은 우리 일본 게이샤를 찾도록 정책을 펴나가는 거야. 예를 들어 내지에서 중요한 방문객이 왔다고 치자! 비록 연회 장소는 일본 요정을 이용하더라도 가능하면 여자는 조선 기생을 부르자는 얘기야. 그런 게 바로 명실상부한 동화요, 신일본의 구현이 아닌가? 민 사장 생각은 어떻소?"

미향은 얘기에 둔감한 척 시선을 방바닥으로 향했다. 일본말을 모르는 척 귀머거리 행세도 필요했지만, 지바료의 침 버캐에 그만 속이 매스꺼웠던 때문이다.

"기생 환갑은 서른이니까, 장차 지금 기생들은 다들 퇴기(退妓)가 될 것이고."

마치 경찰부장이 빠뜨린 말을 보충이라도 하듯 민원식이 냉큼 받았다.

"지바료 부장이 연구를 많이 했구면. 기생은 길가의 버들이라는데 그러면 당장 그 동화(同化)를 한번 실천해볼까?"

말이 끝나기 무섭게 마루야마가 주둥이를 미향의 입으로 가져간다. 화들짝 놀란 미향이 저항 반, 울음 반으로 겨우 화는 모면했다. 민원식은 뭐가 그리 재미있는지 히죽히죽 웃으며 뼈 담긴 말을 했다.

"네가 복이 터진 줄이나 알아라. 뒷날 나한테 고맙다고 인사할 날이 올 것이다."

뜻을 못 이룬 마루야마는 빈 병을 흔들며 소리를 꽥 지른다.

"야, 여기 술 더 가져와!"

그렇게 또 남산의 하루는 밤이 깊어갔다. 저만큼 솔가지 사이로 총독부의 전등 불빛이 어른거린다. 총독부의 뒤뜰 앵곡(櫻谷)에 가득 심어 놓은 벚나무가 꽃망울을 터뜨리는 밤이었다.

어느덧 5월도 하순에 접어들었다. 남산의 총독 관저 뒤편에서 문득 사람 하나가 어슬렁거렸다. 백발동안의 사내는 총독 사이토였다. 모처럼 한가한 일요일 오후인 데다 날씨까지 화창한 봄날이라 바람이나 쏘일까 해서 언덕을 오르는 중이었다. 사실 총독은 이번에 봄바람을 원 없이 쐬었다. 영친왕의 결혼식 참례 차 바다 건너 도쿄까지 나들이했다. 한데 계절 순환에 따른 눈요기의 봄바람 같은 것은 이제 사이토에게 별반 감흥을 주지 못했다. 대신 어떤 내적인 충족감 비슷한 봄바람은 만끽했다.

결혼식장을 찾은 일본인은 사이토를 크게 환대했다. 오늘 세기의 결혼식을 하게 된 것도 결국 총독이 조선 통치를 잘한 덕분이 아니냐며 입을 모았던 것이다. 어쩌면 그날은 사이토의 금의환향을 축하하는 자리라 해도 과언이 아닐 정도였다.

이제 늦봄으로 접어든 남산은 녹음이 하루가 다르게 짙어지고 있었다. 한 달 전쯤 만개했던 벚꽃은 동시에 피어났듯이 또 일시에 스러지고 없었다. 이윽고 총독의 발길은 관저 위쪽에 자리한 별채로 향했다. 녹천정(綠泉亭)이라는 안가(安家)였다. 통감 이토 시절부터 관저 주인이 여러 용도로 이용하는 장소였다. 총독은 나름의 정국 구상과 함께 생각을 정리할 요량으로 녹천정 안가를 찾았다. 문을 열고 들어서자 먼저 긴 액자부터 눈에 들어왔다. 통감으로는 첫 주인인 이토가 쓴 한시로, 이름하여 '녹천정의 자작시'가 들어있는 액자였다.

남산 발아래 녹천정에서
삼 년 세월을 꿈속에서 보냈네

인간의 마음은 곳에 따라 변하여
때로는 한가로이 구름도 쳐다보네

부임 당시 사이토는 이 편액을 떼어 없애려 했다. 어쨌든 이토
도 자신과는 대립각에 서 있는 야마구치현 출신이기 때문이었다.
그러나 주위 사람들이 자신을 옹졸하다고 여길까 봐 아직은 그대
로 둔 상태였다. 턱을 괸 사이토는 다소 방심한 상태로 창밖에 시
선을 던졌다. 그곳은 약동하는 봄이 한창이었다. 포르르 날아다니
는 새들의 날갯짓은 한결 힘차고, 따스한 오후의 햇살 아래 아지랑
이는 현란하게 춤추며 봄기운을 돋웠다. 그 생동감 때문일까, 사
이토는 자신도 모르게 열다섯 살의 소년 시절로 돌아갔다. 산골 소
년은 아무런 연고도 없는 도쿄를 바라고 길을 떠났다. 긴 여정의
출발이었다.

봄기운에 취한 총독은 지난 세월을 더듬었다. 여러 장면이 두서
없이 펼쳐지긴 해도 대개는 희로애락으로 구분되었다. 또 당시는
그토록 절박했던 여러 일이, 그 해결의 선악을 떠나 지금은 기억조
차 희미한 것이 태반이었다. 실로 산골의 겨울밤만큼이나 긴 듯하
면서 한편으로는 한바탕 꿈인 양 덧없는 세월이었다. 그런 사이토
는 문득 한 조선 노인의 얼굴이 떠올랐다. 강우규였다. 자신의 총
독 부임 선물로 폭탄 세례를 안긴 만큼 두고두고 잊지 못할 인물
이었다. 폭탄을 던진 사람이 노인이라는 사실에 당시 세계가 놀랐
다. 사건의 경위는 대략 이러했다.

기미년 9월 2일의 오후 5시였다. 새로 부임하는 조선 총독 일행

은 마침내 남대문 역에 도착했다. 플랫폼과 대기실은 마중 나온 사람들로 넘쳐났다. 귀빈석을 중심으로 군인석, 조선 귀족석, 총독부 직원석 따위는 이미 만원이었고, 광장에도 1천 명 이상의 군중이 운집한 상태였다. 귀빈석에는 우쓰노미야 조선군 사령관을 필두로 조선에서 내가 냅네 하는 사람은 거기에 다 모여 있었다. 이때 매국노의 첫 이름인 이완용은 기차에서 얘기 중이었다. 이른바 귀족단 대표라 하여 멀리 부산까지 마중하러 갔던 때문이다.

예포 소리 힘차게 울려 퍼지는 가운데 하얀 예복 차림의 해군 대장 사이토가 기차에서 내렸다. 곁에는 아내인 하루코가 함께 했다. 만면에 웃음을 띤 새 총독은 귀빈석 사람과 일일이 악수를 하였다. 뒤따르는 사람은 2대 정무총감인 미즈노였다. 두 쌍의 부부는 이윽고 광장 쪽으로 나왔다. 이제 마차에 올라 총독 관저로 가면 다음은 부임 만찬이 기다리고 있었다. 한데 총독이 탄 마차가 저만큼 나아가고 미즈노가 자기 마차로 향할 때였다.

꽈 쾅!

요란한 굉음이었다. 뒤이어 비명과 아우성이 터져 올랐다. 광장은 대혼잡에 휩쓸렸다. 새 총독을 겨냥한 한 발의 폭탄은 사이토의 마차 뒤에서 폭발했다. 주위의 여러 사람이 그 자리에서 쓰러진다. 그러나 정작 총독의 마차는 멀쩡했다. 긴박한 순간이지만 사이토의 비상한 머리는 또 비상하게 돌아갔다.

'폭탄은 한 발이다. 설사 더 있더라도 이제 명중시키기는 어렵다. 마차에 엎드리거나 도망쳐본들 거기서 그 자리다. 남에게 추한 꼴을 보여서는 안 된다.'

천행인지 더 이상의 폭발이나 소동은 없었다. 어찌 보면 사이토는 혼이 공중에 뜬 듯 마차에 가만히 앉아만 있었다. 그러나 관저로 뒤따라온 신문 기자들 앞에서 사이토는 제법 어금니까지 꾸욱 깨물며 선언하듯 말했다.

"본인의 목숨은 내 것이 아니다. 왜냐하면, 부임 전에 이미 국가에 바쳤기 때문이다. 따라서 폭탄 따위를 두려워할 내가 아니다."

새 총독의 연기는 거의 완벽했다. 폭탄에 의연했던 모습과 애국적인 소감 한마디는 기자들에게 언행일치의 전형처럼 보였다. 곧바로 사이토 총독은 일본 신문에 도배되다시피 했다. 필마단기(匹馬單騎)로 적진에 뛰어들어 커다란 무공을 떨친 뒤 극적으로 생환해 온 장수처럼 그려졌다.

영웅을 극적으로 띄우려면 그에 따른 악역도 필요한 법인가. 애매한 정무총감에게 그 악역이 맡겨졌다. 느닷없이 폭탄이 폭발하자 미즈노는 어리벙벙하여 자기 마차 곁에 그냥 멍청히 서 있었다. 한데 신문은 굳이 귀빈실로 줄행랑친 겁쟁이로 각색했다. 얼마 뒤이 사실을 안 미즈노는 발을 굴렀다. 서로 멍청한 상태에서 꼼짝없이 당한 것은 매일반인데, 오직 마차의 출발 여부 하나로 영웅과 겁쟁이로 갈린 것이 도무지 억울했던 것이다.

"유언비어는 세상에 호랑이를 풀어놓은 것과 같다."

미즈노는 속담까지 인용해가며 억울함을 호소했다. 그러나 이미 사또 행차 뒤에 나팔 부는 격이었다. 사이토까지 그 일에 적극적 해명은 고사하고 오히려 은근히 즐기는 눈치였다. 미즈노로서는 참으로 앙앙불락할밖에 없는 노릇이었다.

막상 폭탄을 던진 범인 체포는 불발로 끝났다. 경찰은 눈이 뒤집혀 설쳐댔으나 미리 약속이나 한 듯 조선 사람들은 하나같이 모르쇠로 일관했다. 혐의자는 물론 목격자조차 없으니 경찰도 어떻게 해볼 도리가 없었다.

대체로 현장 사건은 시일이 지나면 미궁에 빠지고는 했다. 폭탄 사건이 터진 지 보름이나 지난 뒤였다. 고등계의 조선 순사가 폭탄 투척 혐의자라며 사람을 체포해 왔다. 그는 두루마기 차림에 허름한 가죽신을 신고 있었다. 경찰 관계자들은 고개를 갸웃거렸다. 혐의자란 사람이 파나마모자를 벗기자 머리가 허연 노인인 때문이었다. 노인은 보통이 아니었다.

"너희 경찰 조직의 최고 우두머리를 데려오너라! 그러면 모든 것을 밝히겠다."

노인은 단지 그 말만 되풀이했다. 그다음은 혐의부터 시작해 일체의 조사에 불응하며 완강히 버티었다. 상황을 보고받은 경기도 경찰부장 지바료는 뭔가가 있음을 직감했다. 노인의 요구대로 통역과 함께한 지바료는 고개까지 다소곳이 숙여 가며 경청할 자세를 갖추었다. 그러자 노인은 언제 그랬느냐는 듯 이번에는 능변으로 일관했다.

"군이 경찰 간부를 찾은 것은 행여 내 진의가 왜곡되지 않을까 염려된 때문이었다. 너는 명색 간부인 만큼 진실하리라 믿고 싶다. 나는 조선 사람인 데다 또 목사이므로 거짓이란 있을 수 없다. 내 이름은 강우규로 그날 남대문에서 폭탄을 던진 사람이다. 나라를 빼앗긴 이듬해 나는 만주로 건너가….."

만주와 연해주에서 강우규는 열심히 종교 활동을 했다. 한편으로는 독립운동에도 관여해 나중에는 노인단의 단원이 되었다. 마침내 만세 운동이 터지자 강우규는 나라의 독립을 의심치 않았다. 한데 독립은커녕 조선에 새 총독이 부임한다지 않는가. 격분한 나머지 강우규는 러시아인에게 신형 폭탄을 산 뒤 경성으로 향했다.

　"폭탄을 던진 나는 새 총독의 죽음을 예견하고 하나님께 기도를 올렸다. 그리고는 내가 지은 시를 춤추며 읊으려고 할 때였다. 가까이 폭탄이 터졌는데도 불구하고 총독을 태운 마차가 똘똘 굴러가는 게 보였다. 나의 낙담은 이루 말할 수 없었다. 한데 그런 소동이 일어났는데 아무도 나를 붙잡지 않았다. 나는 문득 총독도 불쌍히 여기시고 나도 죽지 말라는 하나님의 안배가 아닐까 하는 데 생각이 미쳤다. 그래서 다른 곳으로 달아나지 않고 계속 서울에 머물렀다. 의심스러우면 이것을 봐라. 내가 폭탄을 싸고 다녔던 명주 수건이다."

　경찰부장에게 자신의 행적을 들려주는 강우규는 하얀(白) 머리, 하얀 수염과 조화를 이뤄 위엄이 넘쳐났다. 절대 자백이 아니었다. 처음부터 조선 독립의 당위성을 일깨우며 자신의 신념을 밝히는 자리였다. 긴 얘기는 일부 사과의 말로 끝을 맺었다.

　"내가 던진 폭탄으로 인해 일본인 다수가 상한 거로 알고 있다. 신문 기자를 비롯하여 죄 없이 상한 사람에게는 고개 숙여 사과하고 싶다. 그러나 관리들이 상한 것은 하나님의 뜻으로 받아들였으면 좋겠다. 이유는 명백하다. 정신이 똑바로 박힌 자라면 애초 남의 나라를 억압하려 바다를 건너오지도 않았을 것이고 또 그런 욕된 자리에 참석하는 일도 없었을 것 아닌가?"

사이토의 과거 회상에 강우규는 빼놓을 수 없는 인물이었다. 조선 땅을 밟자마자 자신을 저승으로 안내하려던 사람이니 오죽하겠는가. 한데 오늘따라 강우규가 새삼스러운 것은 이유가 있었다. 얼마 전에 강우규는 끝내 사형 판결을 받았다. 만물이 소생하는 이 봄에 그것은 언뜻 사이토에게 인생무상을 떠올리게 했다. 더군다나 강우규는 자신과 엇비슷한 연배였다.

'그자는 조선 사람이지만 또한 목사이기도 하다. 그렇다면 조선 사람은 종교인도 서슴없이 칼끝을 겨눌 만큼 현재의 내 삶이 악이란 말인가?'

그쯤에서 총독은 도리질을 쳤다. 자신이 괜한 감상에 젖어들어 점차 원초적 물음에 빠져든다는 사실을 깨달았던 것이다. 어쩌다 자신을 향한 그런 질문은 유쾌하지도 않을뿐더러 단지 감정이 낭비에 불과하다는 게 사이토가 내린 결론이었다. 총독은 팔을 쭉 뻗으며 크게 기지개를 켰다. 왠지 기분이 자꾸만 울적했다. 창밖의 남산은 여전히 화창한 봄 날씨였다. 벚꽃은 졌지만 온 산에 철쭉이 피어나는 조선의 봄이었다. 도쿄의 결혼식장 분위기까지 떠올리며 사이토는 봄기운에 취해보려고 애썼다. 오늘 안가를 찾은 이유도 곰곰이 되새겼다. 불현듯 정무총감 미즈노가 의식 속에서 불쑥 떠올랐다. 그것이었다. 산책을 나설 때부터 뭔가 헝클어진 느낌에 머리 한구석이 찌무룩했던 것도, 까닭 없이 자꾸만 울적한 기분에 휩싸인 것도 미즈노가 원인이었다. 정확히 말하면 미즈노와 관련된 어떤 사건 때문이었다. 그 일은 사이토가 도쿄에 가 있을 때 벌어졌다.

만세 운동 1주년이 다가오자 총독부는 아연 긴장했다. 경찰은 공포 분위기를 한껏 조성하는 한편, 사전 탐지를 위해 말 그대로 혀가 빠지게 싸돌아다녔다. 다각적인 예방책이 주효했던지 경신년 3월 1일의 경성은 비교적 분란 없이 넘어갔다.

한데 다음날이었다. 경찰은 휴교를 막느라 분주했는데, 오히려 이를 비웃기라도 하듯 이번에는 학교 운동장에서 만세 함성이 터져 올랐다. 배재고보(培材高普)의 학생들이었다. 총독 부재로 우두머리가 된 미즈노는 이를 즉각 범죄 행위로 규정했다. 학생 수십 명은 주모자란 이름으로 경찰에 연행되었고 교장인 선교사 아펜셀라는 책임자란 이유로 직무 해제되었다. 평소 조선 땅의 외국인 선교사에 대해서는 일제가 매우 관대한 편이었다. 조선 통치가 "동양의 평화를 확보하고 조선 민중의 복리를 증진한다."라는 일관된 주장을 구미 열강에 먹혀들게 하려면 어쨌든 선교사는 우군으로 만드는 게 유리하다고 판단했던 것이다. 그런데 미즈노는 선교사인 교장을 가차 없이 해직시켰다. 역대 무관 총독들보다 오히려 문관인 정무총감이 한층 강경책을 구사한 셈이었다. 갑자기 대두령을 맡아 어깨에 힘이 들어갔는지 미즈노는 말조차 단호했다.

"조선 통치에 있어 치안보다 상위 개념은 있을 수 없다. 따라서 아무리 선교사가 경영하는 학교라 할지라도 치안 규칙은 반드시 준수되어야만 한다. 마찬가지로 선교사라 하여 면책특권을 가질 수는 없다. 총독부의 위엄을 살리기 위해서는 이번 기회에 외국보다 우리 일본의 힘이 훨씬 강하다는 것을 조선인에게도 명백히 주

지시킬 필요가 있다."

　총독부의 강경 조치에 선교사들은 크게 분노했다. 결국, 선교단의 미국인 감독은 도쿄의 사이토 총독에게 부당함을 지적하고 아펜셀라의 교장 복귀를 요청했다. 외국의 배일 감정 악화를 초래할지도 모르는 선교사와의 갈등은 장차 사이토에게 큰 부담으로 작용할 수 있었다. 총독은 교장 해직을 취소하면 좋겠다는 뜻의 전보문을 총독부로 띄웠다.

　한데 웬걸! 미즈노로부터 온 답신은 불가(不可)였다. 이미 결정된 처분을 금방 취소하면 좋지 않은 선례를 남길 뿐 아니라 장차 조선 통치상에도 악영향을 미칠 거라며 제법 훈계조의 설명까지 곁들였다. 속이 울컥 치밀긴 해도 사이토는 그냥 참아 넘겼다. 항명의 명분이 전혀 생뚱맞은 것이 아닌 데다, 평소 단세포적인 감정 표출은 치자로서 피해야 할 금기 사항으로 여겼던 때문이다. 대신에 전보다 더 엄한 문구로 거듭 해직 취소를 촉구했다. 한데 이 무슨 해괴한 하극상인가. 정무총감은 어느 집 개가 짖느냐는 듯 결정은 불변이라며 아예 못을 박아버렸다.

　사이토는 어처구니가 없었다. 그날로 조선행을 서두르며 입술을 앙다물었다.

　'내가 호랑이 새끼를 키우고 있었던가? 귀엽게 봐줬더니 아예 수염을 잡고 흔들려는 수작이 아닌가! 반년 남짓한 세월로 이 사이토를 평가했다면 큰 오산이다. 정치적으로 조금씩 숨통이 트이니까 군부는 아예 뒷전이고 문관 세상이 도래한 양 착각들 하는 모양인데, 천만에! 내가 예전만큼 다시 군을 등에 업긴 힘들겠지만 그

렇다고 적어도 너희들에게 끌려다닐 이 사이토는 아니다.'

총독부로 돌아온 사이토는 짐짓 대인의 풍도를 보이며 정무총감의 손을 들어줬다. 마치 총독의 인내심을 시험이라도 하듯 그 사이 미즈노는 해직 대상 선교사를 3명으로 늘려 놓고 있었다. 사이토는 이조차도 군말 없이 승낙했다. 본능적으로 자신의 상처를 드러내지 않았던 것이다.

지금 찬찬히 돌아봐도 그 사건은 참으로 충격적이었다. 사이토는 자신의 초고속 출세에 대해 나름대로 자부심이 대단했다. 그것은 얼추 자신의 판단력과 정치력에 대한 확고한 믿음에 근거했다. 한데 선교사 사건은 그 믿음을 송두리째 흔들어 놓았다. 그러다 보니 어디서부터 일이 꼬였는지, 어쩌다 자신의 권위가 이토록 흔들리게 되었는지 그조차도 불분명한 상태였다.

'이럴 때일수록 냉정해야만 한다. 맹수는 함부로 발톱을 보이지 않는 법이다. 걸어온 싸움이라고 같이 발길질이나 하는 건 시정잡배의 마구잡이식 싸움질이다. 예상 못 한 일에 부딪혀 적절히 임기응변을 못 한다면, 어찌 한낱 산골 소년에 지나지 않았던 사이토가 어떻게 여기까지 왔겠는가?'

총독은 상처를 핥으며 전의를 다졌다. 하지만 자신을 지탱해준 가장 큰 무기인 자부심이 흔들리다 보니 모든 게 예전 같지 않고 불안했다. 새삼스레 자기 주위에 사람이 없다는 느낌도 사이토를 괴롭혔다. 나중은 두고라도 지금 당장 외톨이란 사실이 너무 외롭고 쓸쓸했다. 잠시 생각을 굴리던 사이토는 위병에게 지시를 내린 뒤 술병을 꺼냈다. 화창하던 봄 날씨도 차츰 산그늘이 드리워졌다.

"각하, 부르셨습니까?"

호출을 받고 부리나케 달려온 마루야마가 허리를 꺾었다. 혼자서 위스키를 홀짝이던 총독은 충복의 몸이라도 껴안을 듯이 반겼다.

"어서 오게. 일요일인데 내가 시간을 뺏은 것 아닌가?"

"각하, 찾아주신 것만으로도 큰 영광입니다. 조선에 온 뒤 제게는 일요일이라는 개념 자체가 없어졌습니다."

심복은 총독 맞은편에 무릎을 꿇고 정좌했다.

"우선 술부터 한잔 받게."

"안색이 안 좋으신 듯한데 어디 불편하신 데라도⋯."

마루야마는 주군의 심경을 헤아리려고 더듬이부터 세웠다.

"때는 바야흐로 봄날인데 벚꽃도 다 진 산중에 있으려니 갑갑해서 그렇겠지. 나는 원래 물에 길든 호반(湖班)이 아닌가? 허허허."

불그레한 사이토는 억지웃음을 지었다.

"인천의 바닷가라도 다녀오시지 그랬습니까?"

"이다음에 같이 한번 가도록 하세. 그건 그렇고⋯. 자네가 볼 때는 내가 어떤가?"

"각하, 무슨 말씀이신지⋯."

"내가 만사를 좋은 게 좋다는 식으로 허허거리니 무골충(無骨蟲)쯤으로 보이지 않느냐, 이 말이야?"

"천부당만부당하신 말씀입니다, 각하."

"명색 조선 총독인 내가 두 번에 걸쳐서 총독부에 긴급 전보를 띄워도 전혀 시정이 안 됐네. 그러고도 내가 총독인가?"

노기로 사이토의 얼굴이 붉으락푸르락한다. 그제야 마루야마는 손금 보듯 상황이 환히 읽혔다. 당시 사건이 모두 자기 잘못이라도 되는 양 고개를 빠뜨린 채 사또 처분만 기다린다는 자세였다. 사이토의 목소리가 갑자기 처량해졌다.

"총독부 간부들은 나를 총독으로 여기지도 않겠지. 선교사들의 숙덕공론은 또 어떻고."

술잔을 입에 털어 넣은 총독은 곧바로 잔을 채운다. 잠시 뜸을 들이던 마루야마가 이윽고 주군 달래기에 나섰다.

먼저 정무총감의 고집불통을 슬며시 꼬집었다가, 당시 선교사가 내처 거만을 떨어서 해직 취소는 총독부의 위신상 상당히 무리가 될밖에 없었다는 상황 설명이 뒤따랐다. 이어 재래종은 물론 신래종까지 심정적으로는 총독한테 의지하는 바가 크다며 은근히 추어준 뒤, 가장 총명한 듯 아퀴를 지었다.

"제 소견에는 당시 정무총감께서 무조건 선교사 복직은 시켜놓고 볼 일이었습니다. 그게 바로 조직을 유지하는 위계질서 아니겠습니까? 물론 처분을 내린 당사자 처지에서는 체면 손상 따위의 고려 사항도 적지 않았을 것입니다. 하지만 그런 문제는 총독 각하께서 돌아오시면 정치력으로 얼마든지 풀 수 있었는데 참으로 안타까운 일이었습니다."

그런 마루야마는 장래 대처 방안까지 은근슬쩍 비쳤다. 차츰 총독이 고개를 끄덕이는 횟수가 잦아졌다. 술병이 바닥날 무렵에는 제법 헤픈 웃음까지 날렸다.

“자네는 내 장자방일세. 장차 의지하는 바가 더 클 테니 마땅히 내 손발이 되어 주게.”

새삼스레 심복의 손까지 쓸던 총독은 새 술병을 꺼내려 몸을 일으켰다. 걸음이 잠시 휘청거린다.

“별로 유쾌하지도 않은 기억을 자꾸 곱씹는 일도 정신 건강상 해로우니 그 일은 그만하고…. 독창회는 사람이 좀 왔던가?”

미즈노 문제는 어지간히 정리된 셈인지 총독이 화제를 돌렸다.

“내지 사람과 조선인으로 발 디딜 틈이 없었습니다.”

사이토가 운운하는 독창회는 며칠 전 종로의 기독교 청년회관에서 열렸다. 총독이 독창회까지 관심을 두게 된 데는 순전히 성악가의 남편인 야나기(柳宗悅) 때문이었다. 야나기 교수는 미술 평론가에다 철학자였다. 일본 지식인 가운데 거의 유일하게 조선을 사랑하려고 애쓰는 사람이었다. 일찍이 조선 곳곳을 여행한 야나기는 특히 조선 예술의 아름다움에 매혹되었다. 그런 야나기가 유명세를 치른 이유는 일본인 최초로 3·1 만세 운동을 옹호한 때문이었다. 만세 운동으로 조선 천지가 발칵 뒤집힌 기미년 5월에, 야나기는 주요 일간지인 《요미우리(讀賣)》 신문에 ‘조선인을 생각한다’라는 글을 실었다. 5일간 연재된 글의 핵심은 총독부의 무단 정치에 대한 신랄한 비판이었다. 일본인에게도 충격을 준 연재 가운데는 이런 글도 있었다.

“나는 이번에 일어난 ‘불행한 일’ 때문에 드디어 때가 왔다고 믿고 붓을 들었다. 이번에 일어난 일에 대하여 적지 않은 마음을 쓰고 있다. 더욱이 우리 지식인들이 어떠한 태도로 어떤 생각을 진술

할 것인지를 주의 깊게 살폈다. 그러나 그 결과, 조선에 대해 경험과 이해가 있을 것으로 여겨지는 사람들의 생각이 거의 현명하지도 않고, 깊이도 없고, 더욱이 한 줌의 따스함조차 없다는 것을 깨닫고 조선인을 위해 눈물을 머금지 않을 수 없었다. 특히 마음에 접하려고 하는 미묘한 계기에서는 '안다는 것(知)'보다는 '느끼는 것(精)', 그것이야말로 깊은 이해의 길일 것이다. 이웃과 사귐은 오직 사랑이 그것을 연결하는 것이다. 군정(軍政)이나 그 억누름이 사람과 사람을 연결 짓는다고 누가 말하겠는가. 앎도 아니고, 칼도 아니고, 오직 하나의 정만이 불가사의한 힘을 지니고 있다. 평화를 사랑하는 자는 언제나 미소를 짓는다."

신문에는 이런 글도 실렸다.

"일본이 잘못됐다면, 그러한 일본은 언젠가 멸망하고 만다. 악은 마지막 승리자가 될 힘을 지니지 못하기 때문이다. 여기에 정의 그 자체의 힘이 나와서 일본이 잘못을 고치지 않고는 못 배길 것이다. 나쁜 사람은 올바른 사람에게 이길 수 없다. 이것은 도덕계(道德界)에서 도태의 법칙이다. 이것은 또 진화 원칙이 아닌가. 나는 일본에서 태어난 한 사람으로서 잘못 때문에 망해 가는 일본을 보고만 있을 수가 없다. 일본이 정의 위에 다시 태어나는 날을 열망한다."

처음 이 연재를 접했을 때 사이토는 글쓴이가 조선 사람이려니 여겼다. 그만큼 격렬하고 비판적인 글이었다. 그런데 알고 보니 글쓴이는 해군 창설에도 공이 큰 선배의 아들이었다. 의식적이든 혹은 무의식적이든 간에, 그 뒤 조선 총독이 된 사이토가 신정치를 펼치려는 이면에는 그 야나기의 글이 일정 수준 긍정적으로 작용한 것은 의심의 여지가 없었다.

야나기의 글은 외국 신문에 이어 지난 4월에는 《동아일보》에도 소개되었다. 당연히 국내외의 반향은 클 수밖에 없었다. 문화 정치를 표방한 총독부가 이런 호재를 놓칠 리 없었다. 《동아일보》에 실린 야나기의 글을 적극적으로 활용했다. 일본인은 대부분이 야나기와 같은 사해동포주의자에다 양심가인 양 떠들어댔던 것이다. 뿐만이 아니었다. 얼마 전 야나기 부부는 각각 강연회와 독창회를 목적으로 경성에 왔다. 한데 총독부는 기관지 따위를 동원하여 예술상의 내선일체 도모가 목적이라며 선전에 열을 올렸다. 자기의 순수성이 자꾸만 훼손되니 야나기도 은근히 약이 올랐다. 그래서 이번에는 특히 사이토를 찾아 시정을 요구했고, 총독은 또 총독대로 마루야마를 독창회 정탐꾼으로 보냈다.

"독창회 뒤끝에 자네가 우리 거류민 대표들과 언쟁을 벌였다면서?"

사이토 남작은 여송연 연기를 내뿜으며 심복을 지그시 바라본다. 술기운이 더 올라 얼굴이 벌그죽죽했다. 대표들과의 언쟁이 사실이기도 했지만, 마루야마는 또 그것이 총독의 귀에까지 들도록 미리 손을 써두었다. 결과적으로 성공을 거둔 셈이었다.

"예, 대표들의 말이 너무 험하기에 설득 겸 충고를 했습니다."

"거류민의 의견을 무시해서는 안 되지. 대체 그네들이 뭐라던가?"

"말씀을 드리기가 좀…. 한마디로 신정치에 대한 비난 일색이었습니다. 조선인의 배일사상이 너무 집요해서 도저히 마음 놓고 살 수가 없다는 겁니다. 그러면서 대표 대부분이 강경한 탄압책을 주문했습니다. 어떤 자는 문화 정치가 바로 문약(文弱) 정치 아니냐며 대놓고 감히 총독 각하를 성토하는데 제가 어떻게 참을 수가 있겠습니까?"

"그만하면 안 봐도 훤하네. 아무튼 우리 일본인의 조급증은 알아줘야 한다니까. 우선 지배의 틀부터 견고히 갖춰야만 뭐가 되도 될 것이 아닌가! 식민지 땅이라고 마구잡이식 통치를 하다가 결국은 만세 소동을 불렀다는 사실을 뻔히 알면서 이제 또 모른 척하니 그게 문제야. 아직도 그런 무식한 정치가 통하는 줄 아는 모양이지. 그자들한테는 암만 여유를 갖자고 말해도 말짱 쇠귀에 경 읽기야. 조선 땅에 건너와서 배가 부르면 애국심도 좀 갖고 그래야지, 늘 불평불만뿐이니 이거야, 원!"

총독은 갑갑하다는 듯 거칠게 몸을 일으켜 창가로 간다. 바깥은 제법 어둑했다.

"눈앞의 이익에만 혹하는 저들이 어찌 각하의 백년대계를 알겠습니까? 그렇지만 겉으로나마 다독일 필요는 있을 것 같습니다."

충복의 말을 듣고도 사이토는 묵묵부답이었다. 팔짱을 낀 채 한동안 창밖을 응시하다가 천천히 돌아섰다.

"거류민 주장도 도통 일리가 없지는 않아. 하지만 일에는 대개 순서가 있는 법이고 급히 먹는 밥이 곧잘 체하지를 않는가? 탄압, 탄압하는데 그것도 마찬가질세. 먼저 국경 인근에 바글거리는 불령선인 과격파부터 말끔히 청소한 연후에 조선 땅의 어정잡이들을 손봐야만 뒤탈이 적단 얘기야. 무릇 일이란 선후(先後)와 경중(輕重)을 잘 헤아려야만 불필요한 노력과 혼란이 줄고….”

예의 그 잔사설을 늘어놓자 마음이 조금 진정되는지 사이토가 다시 자리로 돌아왔다.

“우리가 대대적으로 불령선인 토벌을 감행하려는 것도 다 그 때문이 아닌가? 한데 경무국장은 어째 일 처리가 그 모양이야. 기껏 모여서 입을 맞추고도 결과가 그따위로 나와서야 어디 안심하고 일을 맡기겠나! 한번 판을 벌였으면 끝장을 본다는 각오로 다부지게 매조져야지. 말이 좋아 불령선인 토벌을 운운해도 두만강이 있는 북간도 쪽을 빼면 그따위 토벌 하나 마나 아닌가?”

사이토가 투덜투덜하는 것은 이른바 ‘봉천회의(奉天會議)’의 결말이 미적지근하기 때문이었다.

사이토 총독은 간도 지방 독립군에 대해 전면적인 탄압을 계획했다. 5월 상순에 경무국장 아카이케는 총독의 특명을 받고 봉천에 출장을 갔다. 봉천성과 길림성의 독립군 토벌과 관련하여 장작림 순열사와 협상을 하는 게 목적이었다. 협상에 앞서 일제 관계자들이 모여 안부터 마련했는데, 이를 두고 봉천회의라 명명했다. 그리하여 조선총독부와 조선군 사령부의 파견인 외에 현지의 관계자도 회의에 참석했다. 봉천의 일본 총영사와 양 성(省)의 일본인 독군 고문 등이었다.

봉천회의 결과를 토대로, 일제는 마침내 만주 실권자인 장작림에게 중일 합동 수사반 편성을 요구하기에 이르렀다. 당연히 독립군 토벌이 목적이었다.

중국의 각 성은 대개 군사 장관인 독군이 지배자로 군림했다. 그런데 또 성에는 독군 고문이라 하여 고위급의 일본 군인이 상주하며 독군을 참견하였다. 원세개가 일제의 '21개조 요구'를 수락한 결과였다. 지금 길림성의 독군 고문은 사이토(齊藤) 대좌(大佐)이고 봉천성은 마치노(町野) 중좌(中佐)였다.

총독 사이토가 사전 정지 작업을 빈틈없이 한 때문인지 봉천회의의 뒷일은 막힘없이 술술 풀리는 듯했다. 장작림도 그다지 뻗대는 기색 없이 일제 군경이 주체가 되는 중일 합동 수사반 편성에 동의했다. 그 결과 봉천성은 곧바로 합동 수사반이 편성되어 5월 중순부터 활동을 개시했다. 일본 경찰관 우에다(上田)와 사카모토(坂本)를 수사반장으로 한 2개조였다. 우에다 수사반은 봉천에서 떠나 흥경(興京), 유하, 하룡(河龍), 통화 등을 이 잡듯이 훑어 나갔고, 사카모토 수사반은 안동에서 출발하여 관전(寬甸), 환인, 통화, 집안(輯安), 임강(臨江), 장백(長白) 고을 등을 종횡하였다. 이들 수사반의 사냥개 노릇을 담당한 것이 친일 단체로 각 지역에 뿌리를 내린 보민회 회원들이었다. 바로 배정자가 막후에서 결성을 도운 그 단체였다.

그런데 길림성이 일제의 뜻대로 움직이지 않았다. 봉천성의 독군 고문인 마치노 중좌는 장작림과의 합의 내용을 들고 길림을 찾았다. 한데 웬걸! 성장인 서정림(徐鼎林)은 수사반 편성 문제를 꺼내자 고개부터 내저었다. 본인의 주관이 뚜렷한 데다 조선 지사와의 오랜 교류가 영향을 미쳤던 것이다. 그 때문인지 성장은 반대 의견도 명확했다.

"이른바 불령선인이란 자들은 정치범으로서 우리 중국이 토벌할 아무런 이유가 없다. 또 그들이 무슨 특별한 소요를 일으킨 것도 아닌 데다 이미 간도의 지방관이 규정에 따라 바르게 다스리는 중이다. 새삼 수사반을 편성한다는 것은 얼토당토않은 얘기다."

얘기가 손톱도 안 들어가자 마치노 중좌는 하릴없이 다시 동북왕인 장작림을 찾았다. 일제의 압력을 떨떠름히 여기던 장작림은 마침 핑곗거리로 좋았다.

"길림 성장이 그렇게 나온 이상 나라고 억지로 강요할 수는 없다. 차선책이 없지는 않다. 기한을 정해서 먼저 성장이 책임지고 단속하도록 권유하는 것이다. 만약 결과가 미흡하면 그때 가서 수사반을 편성하자."

그리하여 막상 토벌의 핵심인 북간도 방면은 어정쩡하게 결론이 난 상태였다. 총독이 불만을 터뜨리는 이유도 거기에 있었다.

"장작림이란 작자도 참 한심하지. 명색 만주 실권자라면서 그깟 성장 하나…."

사이토는 말끝을 맺지 못하고 그냥 얼버무렸다. 뺀질뺀질한 미즈노의 얼굴이 불쑥 떠올랐기 때문이다. 마루야마의 눈치를 은근히 살피며 물었다.

"길림성의 수사반 편성 문제로 봉천에서 재차 회의를 열기로 했을 텐데?"

"예, 다가오는 5월 29일입니다."

"경무국장이 대가 차야 하는데…. 내가 지시할 테니 이번에는 특별부 책임자인 자네가 가서 확실히 끝장을 봐! 장작림 그자 앞으로 내가 직접 편지 한 통을 내주지."

"깊은 신임에 몸 둘 바를 모르겠습니다."

"그런데 사실 말이야. 북간도의 불령선인은 참으로 만만치를 않아. 근래 욱일승천하는 기세를 생각하면 설령 합동 수사반이 편성되더라도 힘들 거야. 구렁이 담 넘어가는 식이 아니고 이 잡듯이 하는 토벌이 과연 가능할까?"

총독은 고개를 갸웃거리며 술잔을 입으로 가져간다. 새 술병도 벌써 반나마 비워졌다. 내심 마적을 염두에 두고 있던 마루야마가 깨우쳐주듯 말했다.

"만주 마적이 있지 않습니까?"

"음, 그렇긴 한데"

예전에 차도살인이 어떻고 할 때와는 달리 사이토는 좀 시뜻한 눈치였다. 뒷돈 염출도 문제지만 무엇보다도 말썽의 소지가 다분하다는 게 마음에 걸렸기 때문이다. 총독의 지시에 따라 그동안 마적에 적잖이 공을 들인 마루야마는 좀이 쑤셨다. 밀명을 받고 마적과의 교섭에 나선 마루야마는 적극적으로 뛰었다. 그러다 한 사내와 선이 닿게 되었다. 만주 장춘(長春)에 사는 나카노(中野淸助)로 마적 세계에서는 천락(天樂)으로 통했다. 방랑벽이 심한 나카노는 벌써 어릴 때 일본을 떠나 여러 직업을 전전하며 대륙을 떠돌았다. 특히 길림성 몽강현(濛江縣)에서 벌목업자의 고용살이를 할 때는 마적과 교분을 쌓았고, 젊은 시절에 벌써 마적 세계를 동경하게 되었다. 혜산진에서 헌병으로 군대 생활을 마친 뒤에는 결국 일제의 모략 마적인 이토(伊藤)의 부하로 활동했으며, 조선군 사령부의 밀명을 받고 만주 지리를 정탐했다. 일본군의 시베리아 출병 때도 역시 나카노의 활동 무대는 모략 마적이었다.

지난 초겨울이었다. 마루야마는 마적 세계에 이력이 붙은 나카노를 찾아갔다. 거기서 만주의 불령선인 토벌에 마적을 이용하고 싶다며 단도직입적으로 밝혔다. 천락 나카노는 곧바로 마적 두목인 장강호에게 사자를 띄웠다. 마적단 본부가 몽강현에 있어서 예전부터 연줄이 있는 데다, 총독부 교섭에 대해 귀띔만 해도 욕심 많은 장강호가 달려들 것을 예상했기 때문이다. 역시 장강호는 두말하지 않고 승낙했다.

연말에 나카노는 장강호를 직접 찾아갔다. 독립군 토벌 문제를 아퀴 짓는 게 목적이었다. 말을 나눈 지 얼마 만에 장강호는 나카노를 자신의 핵심 참모로 삼았다. 땅 짚고 헤엄치기보다 쉬운 독립군 토벌로 큰돈을 만진다고 생각하니 횡재한 기분이 들었던 것이나. 전에 고산자의 신흥 무관 학교를 기습하여 짭짤하게 재미를 본 기억도 새로웠다.

교섭 결과를 총독에게 보고한 마루야마는 꾸준히 마적 관리에 공을 들였다. 나카노가 장춘에서 일동사(一東社)라는 간판을 내걸 때도 가만있지 않았다. 어쩌면 나카노는 자신의 출세를 위한 담보물이 될 수도 있었던 때문이다. 한데 총독이 마적을 시뜻하게 여기는 눈치를 보이는 것이었다. 마루야마는 애가 달 수밖에 없었다.

"지금이라도 마적단에 명령만 하달하면, 북간도의 불령선인 토벌쯤은 식은 죽 먹기보다 쉽습니다."

"전부터 장담하는 거로 봐서는 꽤 실력을 갖춘 것 같구먼. 마적

이름이 뭐라고 했나?"

"두목 이름을 따서 장강호 마적단이라 부르는데 백두산 일대에서는 세력이 가장 왕성합니다. 거기다 두목의 신임이 두터운 핵심 참모가 바로 우리 일본인입니다. 마적 세계에 밝아서 오래전부터 대륙의 일본군 작전에 깊숙이 관여할 만큼 유능하고 또 애국심도 투철한 사람입니다."

그만하면 잘 알겠다는 듯 총독이 고개를 끄덕였다.

"전에도 밝혔듯이 그들을 이용만 잘하면 실속이 많지. 여하튼 자네는 마적과 계속 긴밀한 관계를 유지하게. 장차 요긴하게 쓰일 날이 반드시 있을 테니까."

"잘 숙지하고 있습니다."

이런저런 얘기를 하면서 계속 술을 홀짝인 사이토는 마침내 대취했다. 눈동자는 풀렸고 혀는 꼬부라졌다.

"자네는 내 장자방일세. 장자방이 누군지 알지?"

나이에 비해 사이토는 술이 센 편이었다. 요정에 궁둥이를 붙였다 하면 예사로 새벽까지 달렸다. 그러나 오늘은 낮술인 데다 위스키 두 병은 어지간한 모양이었다. 사이토는 안가 밀실로 비칠비칠 걸어가더니 얼마 뒤 다시 돌아왔다.

"이거 자네 가지게!"

들고 온 것은 돈다발이었다. 자신의 비밀 금고에서 꺼내온 것 같았다.

"각하, 이러시면…."

과음으로 호기를 부리나 싶어 마루야마는 총독의 안색부터 살

핀다.

"오천 원일세. 나를 위해서 써주면 좋고 아니래도 어쩔 수 없지. 출납은 묻지도 않을 테니 아예 보고할 생각도 말게. 알겠는가? 내 장자방."

"각하! 알아주신 은혜에 보답하기 위해 견마의 수고로움이라도 마다하지 않겠습니다."

자리에서 벌떡 일어선 마루야마는 다시 이마빼기를 방바닥에다 비벼댔다.

8. 봉오동의 의기

"이게 누구야! 와룡동의 최 선생 아닌가?"

상대를 알아본 강혁은 한달음에 내달았다. 자신을 찾은 사람은 다름 아닌 철혈광복단의 최봉설이었다.

"강혁아, 미안하다."

두 청년은 서로의 몸을 부둥켜안는다. 강혁은 금방 눈앞이 뿌옇게 흐려졌다.

지금은 철쭉과 동백, 버찌 등의 봄꽃이 고개를 내밀고 계절풍이 불어대는 5월이었다. 그런 화창한 봄날, 왕청현의 봉오동(鳳梧洞)에서는 반일 무장 단체 대표자 회의가 열리고 있었다. 봉오동은 한반도의 최북단인 온성에서 두만강 건너 북방에 있었다. 회의 참석자면면은 6개 주요 단체의 지도자들이었다. 북간도를 대표하는 북로군정서와 국민회를 비롯하여 의군부(義軍府), 신민단(新民團), 광복단(光復團), 군무 도독부(軍務 都督府) 등이었다. 회의를 주도한 단체는 이곳 봉오동에 본부를 둔 군무 도독부였다.

강혁은 김좌진과 나중소를 수행하여 봉오동에 왔다. 북간도 무장 단체의 지도자들께 인사도 드리고 아울러 견문도 넓히라며 특히 김좌진 총사령관이 배려했다. 북로군정서의 서대파와 군무 도독부의 봉오동은 거리가 제법 착실한지라 일행은 미리 회의 전날에 도착했다. 그런데 강혁은 자신을 찾는 사람이 있다기에 와서 보니 뜻밖에도 감결 친구인 최봉설이었다. 최봉설도 지사를 따라 봉오동에 왔다가 강혁의 소식을 접했다. 둘은 손을 맞잡은 채 회포를 풀다가 이윽고 자리를 잡고 앉았다. 단 한 번 만난 사이지만 서로의 정은 십년지기에 못지않았다.

"이 자리에 한상호도 있으면 얼마나 좋을까? 훌륭한 계교는 계교대로 틀어지고 또 모두 체포된 마당에 나 혼자만 빠져나왔으니…. 사실 너를 다시 볼 면목도 없다. 생각하면 할수록 분하고 억울해서 땅을 칠 노릇이다."

감정이 북받치는지 최봉설의 목소리는 다시 떨렸다. 다부진 체격은 여전해도 심신을 혹사한 때문인지 얼굴은 많이 수척했다. 무엇보다 눈빛이 달라졌다. 예전에는 시원한 성격만큼이나 여유와 온기가 묻어났는데 지금은 한결 촉박했던 것이다. 어떤 파괴 본능에 사로잡힌 그런 눈빛이었다. 지금 와서는 강혁도 위로와 안부 외에는 달리 할 말이 없었다.

"너무 자책할 것 없다. 아무려나 네 잘못만도 아닐 테고. 그나마 너라도 체포를 면했으니 불행 중 다행 아니냐?"

"우리가 숙박한 신한촌의 합숙소에 느닷없이 왜놈 헌병들이 들이닥친 게 새벽이었어. 용케 합숙소를 빠져나온 나는 마구잡이로 도망을 쳤지. 당시의 내 생각은 어떻게 놈들을 나한테 집중시켜 동지들에게 피신할 틈을 만들어 주려고 그랬던 거야. 한데 결과는 엉뚱하게도 나 혼자만 사지에서 빠져나온 꼴이 되었어. 그 때문에 괴상한 소문까지 돌았다더군. 내가 동지들을 팔아넘겼다고 말이지."

잠시 허탈한 웃음을 보이던 최봉설이 이내 단호해졌다.

"사실이 그렇다면 애당초 용정에서 결판낼 것이지, 뭣 하러 멀리 연해주까지 갔겠어! 철혈광복단의 일망타진을 노려 연해주에 갔다는 소문에는 정말 기가 찰 노릇이더군. 한데 시간을 두고 곰곰 생각해 보니 이조차도 왜놈들의 농간이 아닌가 싶더군. 그 사건 뒤로 내가 종적이 묘연하니까 동포들과 이간질하려고 말이야. 이간질이라면 워낙 밥 먹기보다 좋아하는 놈들이잖아. 멀쩡한 지사까지도 교묘히 변절자로 조작한다는데, 나 같은 경우는 얘기를 조금만 비틀어도 긴가민가할 것 아니겠어? 다행히 하늘과 땅이 알고, 내가 알고 또 감옥의 동지들이 다 아는 사실이라 신경은 안 쓴다만."

"소문에는 중상을 입고 가까스로 탈출했다던데 몸은 좀 어떠냐?"

강혁이 다시 안부를 챙겼다.

"지금은 거의 완쾌됐어. 한데 마음의 상처에 비하면 이까짓 몸뚱이는 구멍이 숭숭 뚫려도 괜찮을 성싶다."

블라디보스토크의 합숙소에서 가까스로 헌병대의 포위망을 벗어난 최봉설은 아무르만을 헤매다가 신한촌으로 다시 돌아왔다. 결국, 안면을 익힌 채성하의 여관을 찾아가 정신을 잃고 말았다. 하늘이 돌봤는지 마침 여관에는 의사가 투숙 중이었다. 귀한 조선 여의사는 최봉설의 몸에 박힌 탄환을 제거했다. 응급 조치도 취했다. 그러나 최봉설의 몸 상태는 너무도 위중했다. 부상도 부상이지만 몸이 그대로 얼음덩어리였다. 눈과 입만 빼고는 온몸이 얼어 붙어 있었다. 내복과 양말은 가위로 뜯어낼 수밖에 없었다. 여관 주인인 채성하는 최봉설을 끝까지 돌봤다. 우선 여관은 이목이 번 다했다. 생각 끝에 채성하는 일어나지도 못하는 중환자를 아들 가 게로 옮겼다. 거기 새로 벽지가 발라진 곳은 불굴의 조선 청년을 위한 비밀 공간이었다. 구사일생이란 말밖에는 달리 표현할 방법 이 없는 극적인 재생이었다.

한편 합숙소에서 헌병대에 체포된 네 사람은 부두에 정박 중인 일제 군함으로 끌려갔다. 윤준희, 임국정, 한상호, 그리고 나일이 었다. 군함의 제일 밑바닥은 감옥이었다. 물 밑의 어둠은 밤낮으 로 전깃불이 대신했다. 심문이라는 이름으로 4명에게 잔인한 고문 이 가해졌다. 윤준희는 강도 살인자들의 두목 취급을 받으며 저승 문턱까지 갔다가 깨어나면 한스럽게도 아직 이승이었다. 때로는 헌병대로 끌려가 고문 기구에 단련될 때도 있었다. 그래도 단원들 은 악형에 굴하지 않았다. 자신의 주위 사람들까지 다치게 할 수는 없었기 때문이다. 고통이 한계에 이르면 일단 거짓말로 모면할 때 는 있었다.

일주일 뒤에 블라디보스토크를 떠난 군함은 일본 요코하마 부 두에 정박했다. 하지만 윤준희 등은 일본에서 재판을 받을 수가 없 었다. 도쿄 법원은 간도에서 일어난 사건이므로, 재판 관할을 청 진 지방 법원으로 지정한다는 결정을 내렸기 때문이다. 윤준희 등 은 군함의 감옥 생활이 부산항까지 이어졌다. 서울과 원산을 거 쳐 다시금 배를 타서 마침내 청진에 도착했다. 블라디보스토크에서 함경북도 청진까지 가는 데 참으로 멀고 먼 길을 돌아온 셈이었다. 청진 감옥은 간도에서 끌려온 사람들이 대부분이었다. 전홍섭도 이미 끌려와 있었다. 현금 호송대의 출발 일자를 알려준 은행원이었다. 이리하여 중형 대기자는 5명으로 불어났다.

"다시 서울의 서대문 감옥으로 압송되어 갔다는 소문을 들었어. 윤준희 선생님과 임국정 형, 그리고 한상호 모두다! 나만 빼놓고 저희끼리 사이좋게 말이지."

끝내 최봉설은 주먹으로 닭똥 같은 눈물을 수습한다. 강혁도 코가 멍멍해지며 눈가로 눈물이 비쳤다. 봉오동은 어느새 어둠이 깔리고 있었다.

"이제 용정 근처는 가기 힘들 테고…. 장차 어떡할 작정이냐?"

강혁은 군이 철혈광복단의 희생이 헛되지 않았다느니 하는 사족의 말은 생략하고 최봉설의 거취를 물었다.

"이제 몸도 추슬렀으니 다시 연해주로 돌아가 원수를 갚아야지. 이 가슴을 새까맣게 태운 한부터 풀어야 사람이 살든지 말든지 할 것 아니냐? 내가 죽을 고비를 넘기고 이렇게 살아난 것도 아마 그 때문이지 싶다."

최봉설은 주먹으로 자신의 가슴을 친다. 눈은 다시 살기로 번뜩인다. 강혁이 걱정 가득한 얼굴로 말했다.

"물론 한번 겪어본 네가 더 소상히 알겠지만, 그쪽은 지금 너무 위험해. 얼마 전에 또 왜놈 군대가 우리 동포들에게 만행을 저질렀잖아? 그 때문에 연해주의 청년들까지 간도로 피해오는 마당에 너는 도리어 그쪽으로 가겠다니, 내 참."

그러잖아도 그늘진 강혁의 얼굴이 한층 어두워졌다.

"나도 잘 알아. 정 형편이 여의치 않으면 나 혼자서라도 동지들의 원수를 갚을 거야. 영사관과 헌병 놈들은 반드시 족쳐야만 해. 암살과 파괴를 정의로 여긴다는 의열단처럼 내 앞에는 이제 폭력 투쟁밖에는 없어. 독립 전쟁은 전쟁대로 훗날의 얘기고 지금 당장은 본때를 보여야만 해. 왜놈 앞잡이와 고관은 사정 볼 것 없이 한 방에 쏴 죽이고 시설은 마구 때려 부수는 거야. 말 그대로 암살과 파괴 없이는 독립도 없다는 식으로 나가야만 돼. 그래야 왜놈들도 조선 지배가 어렵다는 걸 뼈저리게 느끼지 않겠어?"

예전의 최봉설이 아니었다. 한은 이미 하늘에 사무쳐 결심은 철석같이 굳어진 상태였다.

그 사이 연해주의 조선 사람은 큰 난리를 겪었다. 4월 초에 블라디보스토크와 니콜리스크 인근에서 참변이 일어났던 것이다. 블라디보스토크의 신한촌은 말할 것도 없고, 조선 사람이 집단 거주하는 마을은 일본군이 빠짐없이 들이닥쳤다. 조선인들이 암암리에 혁명의 적위군과 내통하여 일본군을 살해했으며, 그들 조선인을 색출한다는 것이 명분이었다. 수백 명의 조선 사람이 학살되거나 끌려갔고 학교를 비롯한 건물들이 불길에 휩싸였다. 특히 연해주 독립운동의 대부인 최재형도 이때 목숨을 잃었다. 파란만장한 삶과 함께 조선 사람의 페치카였던 최재형으로서는 참으로 억울하고 허망한 죽음이었다. 4월 참변이었다. 조선 사람은 붉은 깃발의 일본군과 붉은 군대 빨치산 사이에서 엄청 힘든 삶을 살아야 했다.

"강혁아! 아무튼 차분히 독립 전쟁을 준비하는 것이 지금의 너

한테는 최선의 길이지 싶다. 멀리서나마 우리 제갈량에게 건투를
빌어주마."

미련을 떨쳐내려는 듯, 자리를 훌쩍 털고 일어선 최봉설이 강혁
의 손을 굳게 잡았다.

"네 뜻이 꼭 그렇다면 나도 말릴 수는 없다만 왠지…. 일이 뜻
같지 않으면 언제든지 우리 북로군정서로 오너라. 모두 하나같이
대환영이지 싶다. 아닌 말로 철혈광복단의 최봉설이 군자금 모연
대로 나섰다는 소문만 돌아도 동포들이 폭발적으로 호응하지 않겠
어? 하긴 지금도 철혈광복단의 덕을 톡톡히 보고 있긴 하다만."

강혁은 말을 에둘러서 실패로 막을 내린 철혈광복단의 거사를
위로했다. 굳은 결심으로 미뤄 간도에서 최봉설을 만나기는 당분
간 어려울 것 같았다. 그러면 다음 재회는 참으로 기약할 수 없었
다. 특히 최봉설의 고향인 와룡동이나 처가가 있는 명동촌에서 만
난다는 것은 이제 거의 불가능한 일이었다. 역시 독립 외에는 방법
이 없었다. 그동안 봉오동의 긴 골짜기는 완전히 어둠에 잠겼다.
사방의 산 능선만 어렴풋이 그려졌다.

이번에 반일 무장 단체 회의를 주관한 군무 도독부의 군사 책임
자는 홍범도였다. 홍범도는 의병의 전설에서 이제 독립군 신화를
새롭게 써나가는 반일의 최선봉이었다. 쉰세 살의 장년인 그는 평
안도에서 가난한 농민의 아들로 태어나 자나 호가 없었다. 여천(汝
千)이란 호는 의병장으로 크게 명성을 떨친 후 뒤늦게 얻은 것이었
다.

부모를 일찍 여의는 바람에 홍범도는 숙부 손에서 자랐다. 이어 머슴과 군대 생활, 그리고 각지를 떠돌 때는 스님이 되어 목탁을 두드린 적도 있었다. 그러다 함경도에서 농부 겸 수렵 생활을 하다가 포수단을 이끄는 책임자가 되었다. 정착된 삶을 살던 홍범도가 인생의 전기를 맞게 된 것은 나이 불혹에 이른 1907년이었다. 군대 해산에 맞서 바야흐로 전국이 의병으로 크게 들썩일 때였다. 그 때문에 일제는 의병을 무장해제 시키기 위해 '총포와 화약류 단속법'이란 걸 내놓았다. 조선 땅의 총이란 총은 모조리 빼앗을 심산이었다. 포수들에게도 법은 예외 없이 적용되었다.

홍범도를 비롯한 산 포수들에게 총은 무엇인가. 우선은 생계유지를 위해 필요한 생활 도구였다. 더불어 사냥은 삶의 커다란 활력소도 되었다. 험산 준령의 백두산 줄기에서 한 자루 총에 의지해 산짐승을 뒤쫓을 때는, 비록 일시적이긴 해도 세상의 온갖 걱정에서 해방될 수 있었다. 그것은 원시적 자유의 만끽이며 일종의 무아지경이었다. 한데 느닷없이 총을 압수당할 지경에 이르렀으니 산 포수들은 우두망찰할밖에 없었다.

"아무리 쪽발이 세상에 쪽발이 법이라지만, 참말로 법도 없는 세상이다. 마른하늘에 날벼락도 유분수지 갑자기 남의 명줄을 내놓으라니 기가 찰 노릇이지."

"총을 왜놈한테 빼앗기느니 난 차라리 싸우다 죽겠다. 일 없어도 의병 하는 판에 어차피 이판사판 아닌가?"

"자네가 그런 말을 다 하다니 놀랍구먼. 그러잖아도 홍 포수가 일을 꾸민다던데 여하튼 좋은 방도를 찾아보도록 하세."

결국, 산 포수들은 자기 몸의 일부나 다름없는 총을 지키려 힘을 합쳤고 급기야 일제는 수비대를 풀어 강제 회수에 나섰다. 홍범도가 산 포수들의 중심이 되었다. 사실 이전부터 홍범도는 반일 기질이 강한 사람이었다. 한데 이제부터 자위권을 행사하려면 좀 더 조직적이고 능률적인 활동이 필요했다. 이처럼 무슨 대단한 사명감을 지니고 시작한 건 아니지만 어쨌든 산 포수들의 활약은 눈부신 데가 있었다. 일제를 상대로 오지 중의 오지인 삼수와 갑산, 그리고 북청 등지에서 연전연승을 거두었다. 자연히 산 포수들은 의병이 되었다.

홍범도 의병 부대가 승리를 쟁취하는 건 어쩌면 당연한 결과였다. 우선 의병의 주축이 포수들이라 산의 지리나 지형 따위에 정통했다. 또 무리를 지어 사냥하러 다닌지라 조직 생활에도 익숙했고 체력까지 강건했다. 거기다 홍범도의 탁월한 지도력과 사냥술에서 응용된 전략 선술도 단단히 한몫했다. 교묘히 적을 끌어들이는 유인 전술, 자연의 이로움을 살린 매복전, 그리고 신출귀몰한 산지 유격전은 일제 군경을 패주시키기에 모자람이 없었다. 싸움이 거듭될수록 덩달아 두터워진 의병들의 애국심도 승리의 밑거름이 되었다. 홍범도는 40여 차례의 크고 작은 전투를 모두 승리로 이끌었다. 뿐만이 아니었다. 일제의 앞잡이인 일진회 회원들을 처단하여 일벌백계로 삼았고, 우편물 탈취와 전선 절단 등으로 통신을 두절시켜 왜적을 골탕 먹이기 일쑤였다. 이제 일제 군경들에게 홍범도는 축지법을 아는 백두산 호랑이요, 날아다니는 비장군(飛將軍)으로서 공포의 대상이 되었다. 말하자면 범 잡는 포수가 따로 있었던 것이다. 반면 조선 사람은 홍범도 찬가를 지어서 부를 만큼 그를 받들었다.

홍 대장 가는 길에는 일월이 명랑한데
왜 적군 가는 길에는 눈비가 쏟아진다
엥헤야 엥헤야 엥헤야 엥헤야
왜적 군대가 막 쓰러진다

무적의 홍범도 부대도 경술국치를 당하여 국내 활동이 어렵게 되자 끝내는 다른 의병들처럼 강을 건너 국외로 망명하였다. 이후 홍범도는 만주와 연해주를 오가며 꾸준히 재기를 노렸으나 일이 뜻 같지 못했다. 형편이 너무도 열악해 무기의 결핍과 탄약 고갈을 면하기 어려웠던 것이다.

만세 운동은 홍범도가 힘을 회복하는 계기가 되었다. 예전의 의병을 중심으로 홍 대장은 다시 대한독립군을 조직하였다. 의병이 독립군으로 바뀌었듯이 이제 싸움의 성격도 달라졌다. 의병이 일제 침략에 맞서 고군분투를 벌였다면 이제 독립군은 빼앗긴 나라를 되찾는 것이 지상 과제였다. 자연 싸움의 양상은 국내 진입 작전으로 전개되었다. 만주와 연해주의 독립군은 강을 건너가 일제 군경을 쳐부수는 게 임무였다.

의병 시절과는 벌써 환경부터 달랐고 홍범도도 어언 오십 고개를 넘겼다. 그렇다고 명검이 세월에 쉽게 녹슬겠는가. 기미년 여름에 간도 무장 단체로서는 최초로 국내 진격 작전을 전개해 옛 솜

씨를 뽐내더니 잇달아 큰 승리를 거두었다. 겨울에도 수시로 빙판진 강을 건너가 일제 군경의 간담을 서늘하게 만들고는 했다. 소규모의 게릴라전만이 아니었다. 다른 부대와 연합 작전을 펼치는 경우도 점차 잦아졌다.

북간도의 국민회는 지부를 여럿 거느린 방대한 조직으로 동포들의 자치에 힘을 쏟았다. 거기다 독립 전쟁 수행을 위해 따로 국민군을 두었는데 지휘관은 혈기왕성한 안무(安武)였다. 봉오동에는 토착 독립군인 최진동(崔振東)이 도독부(都督府)를 구성하여 힘을 기르고 있었다. 홍범도는 국민군의 안무나 최진동 부대와 연합하여 두만강을 자주 건넜다. 그러다 역전의 명장인 홍범도가 제안했다.

"우리 이럴 게 아니라 아예 연합 부대를 편성토록 합시다."

"홍 대장 말씀이 지당하십니다. 왜적을 크게 상대하려면 뭉쳐야만 합니다."

먼저 홍범도의 대한독립군과 최진동의 도독부가 의기투합했다. 명칭은 군무 도독부가 되었다. 군무 도독부에서 군사 부문을 책임진 홍범도는 주력 부대를 이곳 봉오동에 주둔시키고 반일 무장 단체 회의를 추진하였다. 홍 대장은 여러 소부대로 나눠진 독립군의 연합 내지는 단합에도 커다란 관심을 기울였다.

홍범도의 별칭인 비장군의 원조는 중국 한(漢)나라 때의 장군인 이광(李廣)이었다. 별명뿐만 아니라 역전의 명장으로서 홍범도와 이광은 닮은 점이 많았다.

장성(長城)을 사이에 두고 한나라와 서북방의 흉노는 끝없이 충돌했다. 이광은 그런 흉노와 거의 평생을 대치하면서 70여 차례의 대소 전투를 승리로 이끈 전쟁의 달인이었다. 활쏘기가 삶의 전부라 해도 과언이 아니었으므로 활은 백발백중이요, 행동은 나는 듯이 빨라서 언제나 적을 먼저 선공했다. 흉노는 그런 이광을 '나는 장수'라는 의미에서 '비장군'이라 부르며 이름만 들어도 겁을 집어먹었으니 자연 이광이 지키는 지역은 감히 침범하지 못했다.

병사들은 명망 높은 이광과 함께 전투에 참여하길 원했다. 이광에게 병사들이 따르고 전쟁에서 매번 승리할 수 있었던 원인은 평소 부하 사랑이 남달랐기 때문이다. 사마천(司馬遷)은 《사기(史記)》의 〈이장군열전(李將軍列傳)〉에 이렇게 기록했다.

"이광은 군대를 인솔할 때 식량과 물이 부족한 곳에서 물을 보아도 병졸들이 물을 다 마시기 전에는 물 가까이 가지 않았으며, 병졸들이 음식을 다 먹고 난 뒤에야 비로소 음식을 먹었다. 이광은 청렴하여 상을 받으면 그것을 번번이 부하들에게 나눠주었다. 이광은 죽을 때까지 40여 년에 걸쳐 봉록 2천 석을 받는 관직에 있었으나 집에는 남아 있는 재물이 없었으며 끝까지 집안의 재물에 대해서는 말하는 일이 없었다."

글은 다음 말로 끝을 맺었다.

"속담에 말하기를 '복숭아나 자두는 말을 하지 않지만(桃李不言) 그 아래 샛길이 저절로 난다(下自成蹊).'라고 했다. 이 말은 사소한 것이지만 큰 이치를 설명할 수 있으리라."

사마천이 속담으로 인용한 '도리불언 하자성혜'는 말하자면 인품이 훌륭한 사람은 향기가 퍼져서 저절로 사람들이 모여든다는 뜻이었다.

처음으로 갖는 반일 무장 단체의 지도자 회의였다. 본격적인 논의에 앞서 문득 동북왕인 장작림이 화제에 올랐다. 동북 삼성의 실권자에다 간도에 대한 지배력을 지닌 만큼 자연스러운 일이었다. 지도자들이 한마디씩 거들었다.

"만주에 눈독을 들인 왜놈들은 장작림을 도구로 삼으려 하고, 장작림은 또 그런 왜놈들을 적절히 이용하려 드는 모양이야. 한데 관동주와 중동철도(中東鐵島)로 인해 남만주는 거의 왜놈들 손아귀에 든 것 아닙니까? 장작림도 그런 왜놈들을 상대하자면 골치가 아플 것이오."

"일자무식에 떠돌이였던 자가 드넓은 만주를 차지하는 걸 보면 대단하지요. 나름대로 배짱과 식견을 지닌 데다 무엇보다도 삼국지의 유비처럼 사람을 잘 다루는 모양이야. 벌써 유협(遊俠) 시절에 사귄 자들부터 장작림의 말이라면 부모보다 더 귀히 여긴다지 않소? 아직 나이 오십도 못 됐다는데 나긴 난 사람이야."

머리가 허연 노장이 한마디 거들었다.

"맞아! 천하를 얻으려면 천시에다 또 지리와 인화까지 따라야지. 그런데 맹자께서 말씀하시기를 천시는 지리만 못하고, 지리는 인화만 못하다고 했소이다. 우리도 어쨌든 인화단결부터 이뤄야 대사를 도모할 수 있을 것이오."

"장작림의 야심은 만주에서 그치지 않고 중원까지 넘본다는 소문입니다. 북경 정부의 실권을 놓고 지금 북양군벌의 양 축인 안휘와 직예파가 충돌 일보 직전인데, 대세 판가름은 결국 봉천 군벌인 장작림의 지지에 달렸답니다. 그만큼 중국 천하에 장작림의 입김이 막강해진 셈이지요."

"그나저나 우리 형편이 매우 딱합니다. 왜놈들의 탄압이 자꾸만 거세지는데 중국 측이 무슨 방패막이가 되어야 말이지요. 우리가 꾸준히 순망치한(脣亡齒寒)을 내세운 덕분에 지금 길림 성장인 서정림은 독립운동에 매우 관대합니다. 그러나 본인이 실권 없는 허수아비에 불과하니 딱한 노릇이지요. 장작림과 사돈지간인 포귀경 길림 독군은 그대로 장작림의 수족이라고 보면 틀림없습니다. 그러면 오직 장작림 하나에 달렸는데, 그자가 왜놈들한테 그다지 호락호락하지 않고 또 얼마간 애국심도 지녔다고 합디다. 한데 장차 왜놈들이 더 설쳐대면, 오직 권모술수 하나로 군벌을 이룬 장작림이 우리를 탄압하지 않을까 그것도 걱정입니다."

간도 형편에 관한 얘기가 길어지자, 오늘 회의를 추진한 홍범도가 문득 의기를 돋웠다.

"중국이나 러시아 같은 대국이 왜놈과 한판 붙을 때, 덩달아 우리도 독립 전쟁에 가담할 수만 있다면 오죽이나 좋겠소? 하지만 대국들 모두 국내 형편이 여의치 않으니 당분간은 기대하기 어려운 게 현실입니다. 따라서 형세에 너무 연연하지 말고 우리는 오직 힘을 기를 때라고 봐요. 지금은 왜놈들이 온통 자기들 세상인 양 기고만장하지만, 달도 차면 기울기 마련 아닙니까?"

본격적인 회의가 시작되었다. 6개 단체의 지도자들은 당면한 과제에 대해 백가쟁명(百家爭鳴)식으로 다양한 의견을 개진하였다. 소장층에 속하는 김좌진은 대체로 경청하는 편이었다. 독립 전쟁 수행과 관련해서 지도자들이 연합 작전에 대체로 합의를 본 것은 큰 성과였다. 비록 나라의 독립이라는 대명제에는 한목소리를 냈지만, 각 단체 간에는 단합을 저해하는 이질적인 요소도 많았던 때문이다. 종교 문제도 그중의 하나였다.

북로군정서의 정신은 단군을 모시는 대종교였다. 연변 교민회에서 발전되어 역사가 깊은 국민회는 기독교도들이 대부분이었다. 그 때문에 북간도를 대표하는 두 단체는 종교 문제로 자주 갈등을 일으켰다. 또 신민단은 성리교(聖理敎)가 바탕이었다. 대한 성리교는 대한기독교회가 일제의 종교 탄압에 굴복하자 지사이자 목회자인 김규면(金圭冕)이 새롭게 만든 종교 조직이었다. 김규면은 신민단의 단장이었다. 또 공교회(孔敎會) 교도를 중심으로 한 광복단은 공화제를 반대하고 왕정복고를 주장했다. 이범윤을 총재로 하는 의군부는 홍범도의 군무 도독부와 성격이 비슷했다. 오직 재기를 다짐하는 의병이 중심이었다.

첫 회의에서 연합 작전에 접근한 것은 한 노장 지사의 언급처럼 인화단결을 이루려는 좋은 징조였다. 회의에 참석한 6개 단체 외에도 북간도에는 군소 무장 단체가 여럿 있었다. 그러나 전투력을 비롯하여 모든 면에서 현저히 차이가 났다. 6개 단체의 총 병력은 대략 3천 명을 헤아렸다. 무장 단체 지도자들은 가까운 시일 내에 다시 만날 것을 약속하고 부대 복귀를 서둘렀다.

"저도 이만 가보겠습니다."

마지막으로 국민회의 안무가 배웅 나온 홍범도와 최진동을 향해 고개를 숙였다.

"교련 선생까지 왜 남들처럼 서두르고 그러시나?"

더 쉬었다 가라는 뜻으로 홍범도가 성큼 길을 막고 나섰다. 안무는 대한제국 진위대(鎭衛隊)의 교련관(敎鍊官) 출신이었다. 그래서 홍범도는 교련 선생이란 호칭을 애용했다. 두 사람은 의병 시절부터 친분을 쌓은 데다 최근에는 최진동과 셋이서 연합 작전을 수차례 전개해 서로 호흡이 잘 맞았다.

"맞아요. 안 대장은 함께 얘기를 더 나눕시다."

최진동까지 나서서 은근히 안무의 소매를 끌었다. 둘은 비슷한 연배로 사십 줄을 바라보았다.

"저도 고견을 더 듣고 싶습니다만 아무래도 지금 돌아가는 게 여러모로 장점이 많습니다. 위에 회의 결과도 직접 보고 드릴 수 있고, 또 부대 통합 문제도 진척이 빠르지 않겠습니까?"

안무의 야무진 말에 군무 도독부의 두 지도자는 수긍의 뜻으로 동시에 고개를 끄덕였다. 세 사람은 요즘 부대 통합과 관련하여 얘기가 깊었고, 국민회 수뇌부도 대체로 공감하는 분위기였다. 최진동이 마무리를 지었다.

"안 대장의 말이 빈틈없는 것 같소. 일간 좋은 소식을 듣도록 힘 좀 써주시오."

위풍당당한 체구의 안무가 걸음을 시원시원하게 내딛자 이윽고 홍범도와 최진동도 발길을 돌렸다.

군무 도독부의 근거지인 봉오동은 험한 산줄기와 산봉우리들이 사방을 둘러싼 천연적 요새로 마치 삿갓을 엎어놓은 듯 움푹 들어간 분지였다. 입구에서 갈지자형으로 구불구불 뻗어 들어간 봉오동 골짜기는 20리 길이 넘었다. 그래서 봉오골로도 불렸다. 이곳에 대략 2백 호의 조선 농민이 흩어져 사는데 입구로부터 하촌, 중촌, 상촌으로 구분되었다. 봉오동의 중심이 되는 상촌이 독립군의 주둔지인데 거기에는 학교도 있었다. 학교 운동장은 독립군의 훈련장으로도 쓰임새가 좋았다.

봉오골은 이제 진달래꽃이 앞을 다퉜다. 일부러 말을 타지 않고 걸어서 어귀 밖까지 배웅을 나왔던 홍범도와 최진동은 다시 하촌으로 들어섰다. 시야가 확 트이는 곳에 마치 성처럼 웅장한 집이 성큼 눈에 들어왔다. 청국 토호를 본떠서 지은 집이었다. 즉 풍채 좋은 기와집 몇 채를 높다란 토담이 빙 둘렀는데, 토담의 네 귀퉁이에는 총안(銃眼)과 함께 포대(砲臺)까지 갖춰진 집이었다. 집주인은 최진동 일가였다.

온성이 고향인 최진동은 어린 시절에 간도로 이주했는데 나중에 삼 형제는 모두 청나라 지방 군대의 간부가 되었다. 최진동이 맏이고 둘째는 이름이 운산(雲山)이었다. 삼 형제는 황무지인 봉오동 일대의 드넓은 땅을 헐값으로 불하받은 뒤 조선 사람들과 개간하여 큰 갑부가 되었다. 그때부터 삼 형제는 그동안 계획했던 일을 실천에 옮기기 시작했다. 그것은 봉오골에 신한촌을 건설하고 본격적으로 군사를 양성하는 것이었다. 중국 사람과 인맥이 두터운 삼 형제는 마적으로부터 조선인 보호를 명분으로 내세웠다. 군사는 오백 명을 헤아릴 때도 있었다. 무기를 비롯하여 군사들에 대한 지원은 전적으로 최진동 삼 형제의 몫이었다. 이리하여 황무지였던 봉오동에는 인적, 물적 토대를 갖춘 든든한 군사 기지가 생겨났다. 부대 명칭은 도독부였다.

만세 운동 뒤에는 특이한 경력의 지사 한 사람이 도독부에 합류했다. 간도 영유권 문제로 청나라와 2차 감계 회담이 백두산에서 열렸을 때, 열다섯 살의 나이로 통역을 담당했던 역관 이동춘이었다. 당시 이중하의 애국심과 기백에 감명을 받은 어린 역관은 줄곧 나라와 민족 사랑을 실천하며 살아왔다. 중국 사람보다 중국말을 더 잘하는 이동춘은 남산의 청국 공사관에 근무하며 조선 조정을 주무르던 원세개의 정식 통역관이 되었다. 그는 나약한 고종 황제와 자꾸만 기울어가는 나라를 안타깝게 여기는 청년 통역관이었다. 결국은 을사늑약으로 각국 공사관이 폐쇄되자 이동춘은 가족을 데리고 용정으로 왔다. 교육자로 동포들을 일깨우다 나라가 강점되자 중국인으로 귀화 입적하고, 연길도윤 공서의 전신인 길림동남로관찰사서(吉林東南路觀察使署)의 외교부 관원이 되었다. 간도에서 힘든 삶을 영위하는 동포와 함께 독립운동에 나선 지사들을 합법적으로 돕기 위함이었다.

이동춘의 염원이 통했는지 때마침 조선에서 인연을 맺은 원세개가 대총통이 되었다. 이동춘의 위상은 크게 치솟았고, 특히 정치적 야망이 큰 관찰사 도빈(陶彬)은 외교부의 조선 관리를 출세의 담보물로 여길 정도였다. 자연 이동춘은 동포들의 권익 보호는 물론, 조선 사람의 자치 기관인 간민회(墾民會) 설립도 순조롭게 추진할 수 있었다. 그 뒤 조선 사람을 위해 중국 관청의 문턱을 낮추는 일에 힘을 쏟던 이동춘도 만세 운동이 발발하자 홀연히 독립군 대열에 뛰어들었다. 물론 원세개가 죽고 장작림이 만주 실권을 틀어쥐게 되어 상황이 전만 못한 면도 없지 않았다. 열혈 지사에게 국권 회복 이상의 지상 과제는 없었다.

하촌의 자기 집 앞에서 최진동이 소매를 끌었으나 홍범도는 군영이 있는 상촌으로 향했다. 뒤에는 이제 부관 하나만 따랐다. 이따금 긴 한숨과 함께 홍범도의 생각이 깊은 것은 회의 결과를 되새김질하는 듯했다. 아니면 국내 진입 작전이나 부대 연합을 구상하는지도 몰랐다.

봄날에 만물을 소생시키는 데 재미를 붙였는지 해는 따스한 볕을 하루가 다르게 더 퍼부으며 선심을 베풀었다. 사래 긴 밭에는 새싹이 파릇파릇했고 숲에서는 심심찮게 꿩들이 꺼겅꺼겅 울어댔다. 상촌을 저만큼 앞두고 홍범도는 개천가에 궁둥이를 놓았다. 뻐꾹새 소리와 함께 봄이 이내 주위를 맴돌았다. 봉오골에서는 여기가 마지막 분지였다. 넓이는 상촌의 학교 운동장과 엇비슷했다. 우뚝우뚝한 산마루와 능선으로 연결되어 입구 외에는 사방이 막힌 분지였다.

"그 사람 참…. 재목은 재목이야."

잠시 먼산바라기를 하던 홍범도가 혼잣말처럼 중얼거렸다.

"어느 분을 말씀하십니까?"

곁에 앉았던 젊은 부관이 조심스레 물었다.

"으응! 꼭 누구라기보다 모두 그렇다는 얘기지."

기실 홍범도는 김좌진을 회상하는 중이었다. 한창 물오른 북로군정서 총사령관이 대략 스물은 손아랫사람이었다. 홍범도는 우선 김좌진의 무인다운 꿋꿋한 기상이 마음에 쏙 들었다. 거기다 사람을 진실로 대하려는 마음 씀씀이가 그를 한층 흐뭇하게 만들었다.

부관을 쳐다보던 홍범도는 문득 강혁을 떠올렸다. 방금 북로군정서의 김좌진을 회상하며 재목 운운한 데다 자신이 강혁을 따로 만날 때 젊은 부관이 연락을 맡아 자연스레 연상된 것 같았다. 부관역시 신흥 출신이었다.

"북로군정서에서 총사령관을 수행해온 교관하고 알지?"

"예, 별명이 제갈량입니다."

"그 청년 이름이···."

"이강혁입니다."

"맞아! 이름이 강혁이랬지. 장차 우리 독립군의 대들보감이더군."

회의 전날이었다. 하루 일찍 봉오동에 도착한 김좌진 일행은 군무 도독부 관계자들과 인사를 나누었다. 그 자리에서 김좌진은 특히 강혁을 추켰다. 나중소는 같이 거들지는 않으나 흐뭇한 미소를 오래도록 머금었다. 홍범도도 강혁의 소문은 대강 들어서 알고있었다. 그만큼 간도에서 신흥 학교의 인맥은 넓고도 두터웠다. 시간이 넉넉한 탓에 홍범도는 부관을 시켜 강혁을 한 번 더 만났다.

의병 전쟁의 영웅이자, 독립 전쟁의 명장인 홍범도가 자신을 다시 찾자 강혁은 감격을 주체하기 어려웠다. 한데 만남의 시간이 길어질수록 자꾸만 긴장감이 더해갔다. 백전노장인 홍범도가 독립전쟁과 관련하여 계속 의견을 구한 때문이었다. 답하는 강혁은 한결 말을 아끼고 신중에 또 신중을 보탰다. 행여 뜬구름 잡는 식의답이 될 수도 있었기 때문이다. 또 까딱하다가는 자신의 식견이 과

장되거나 공자 앞에서 문자 쓰는 우를 범하지 말란 법도 없었다. 홍범도가 은근한 목소리로 말했다.

"오늘 좋은 얘기 많이 들었네. 그러면 마지막으로 나한테 유용한 병법 하나만 귀띔해 주게. 우리가 만난 기념으로 삼을 작정이네."

강혁은 참으로 난감했다. 실전의 대가에게 병법 이론이 무슨 큰 대수겠는가. 완곡히 사양의 뜻을 비쳤으나 홍범도가 재촉하자 마침내 애원조로 나갔다.

"장군님의 출중하신 군사 재능과 능수능란한 용병술은 이미 세상 사람들이 잘 알고 있습니다. 한데 저한테 계속 하문하시는 것은 혹 저의 재주 없음을 나무라시려는 뜻이 아닌지…."

"어허, 내가 그럴 리가 있나?"

홍범도는 먼저 강혁의 말꼬리부터 잘랐다. 표정이 엄정해졌다.

"나는 배움이 엷어서 하나라도 더 익히고자 물었던 걸세. 세월을 두고 저 간교한 왜적을 상대하려면 어디 보통 정신 가지고 될성부른가?"

오랜 세월 반일에 온몸을 던졌기 때문인지 이즈음의 홍범도는 애국심으로 똘똘 뭉쳐 있었다. 종종 부하나 동포들이 감복할 정도였다. 자신의 말마따나 피나는 노력과 준비를 해야만 승리를 쟁취할 수 있었다. 예를 들면 홍범도는 이미 백두산 주위의 지리에 대해서는 신과 같이 밝았다. 한데도 꾸준히 백두산과 간도 일대를 오가며 계책 마련에 골몰할 정도로 매사를 열심히 하였다. 앞뒤가 가지런한 홍범도의 말에 강혁은 물러설 곳이 없었다. 잠시 생각을 가

다듬은 뒤 조심스레 입을 열었다.

"비록 호랑이는 날쌔고 강한 짐승이지만 결코 정공법(正攻法)을 취하지 않습니다. 숨어서 참고 기다리되 어떤 상황에서도 경거망동을 삼갑니다. 치밀한 사전 계획에 따라 다만 우회와 기습으로 적의 허를 칠 따름입니다."

병법에서 이미 언급된 내용이지만 참으로 순발력이 돋보이는 명답이었다. 답 속에는 홍범도에 대한 깍듯한 예의부터 갖춰져 있었다. 게다가 홍범도의 용병술에 은연중 성원을 보냈을 뿐만 아니라 조언을 위한 병법의 한 구절로도 전혀 손색이 없었다.

조선 사람의 칭송 대상인 홍범도가 평민에다 포수 출신이란 사실은 강혁도 익히 알고 있었다. 그래서 한문이 동원되는 병법의 이론적인 접근을 피하고 호랑이를 예로 들었다. 따로 배움이 없어도 알아듣기 쉬운 데다, 또 포수로서의 홍범도는 호랑이의 생리에 대해서 환할 것이라는 점도 고려되었다. 무엇보다 강혁 얘기의 핵심은 호랑이의 매복과 기습에 관한 것이었다. 홍범도 책략의 특징이 바로 기습전과 매복전으로 요약되었다. 강혁은 병법을 빌려 홍범도의 용병술에도 찬사를 더한 셈이었다. 더더구나 홍범도의 별호가 백두산 호랑이 아닌가. 거기다 인용한 병법까지 매우 실전적인 내용이었다. 비록 홍범도에게 새로운 내용은 아닐지라도 조우전(遭遇戰)에서 기습과 매복은 아무리 강조해도 지나침이 없었다. 싸울 때마다 매번 명심하고 또 명심할 일이었다.

"세상에 헛된 이름은 전하지 않는다더니, 그 녀석 참…."

상촌 분지의 홍범도는 강혁을 떠올리며 새삼 고개를 끄덕였다.

비록 만남은 짧았지만 젊은 용의 식견이 놀라웠던 때문이다. 자신을 낮추고 상대를 배려하려는 마음씨가 자신을 닮아 한층 대견스러웠다.

"참고 기다리다가 우회와 기습이라…."

홍범도는 산으로 둘러싸인 전방을 주시하며 새삼 강혁의 말을 음미했다. 그때였다. 갑자기 우렁찬 노랫소리가 들려와 회상에서 깨어났다. 상촌에서 훈련 중인 독립군이 군가를 합창했던 것이다.

나가세 독립군아 어서 나가세
기다리던 독립 전쟁 돌아왔다네
이때를 기다려 십 년 동안에
갈았던 날랜 칼을 시험할 날이

나가세 독립군아 어서 나가세
자유, 독립 광복함이 오늘이로다
정의의 태극 깃발 날리는 곳에
적의 군사 낙엽같이 쓰러지리라

그로부터 얼마 뒤였다. 봉오동 상촌의 학교 운동장에는 수백 명의 독립군이 줄지어 있었다. 간부 중에는 새로이 안무의 모습도 보였다. 그동안 홍범도가 꾸준히 추진해오던 독립군 통합 운동은 다시 열매를 맺었다. 봉오동의 군무 도독부와 국민회의 국민군이 하나로 통합된 것이다. 부대 명칭은 대한북로독군부(大韓北路督軍府)가

되었다. 새롭게 탄생한 대한북로독군부도 조직을 이원화했다. 부장(府長)으로 최고 책임자가 된 최진동과 부관 안무는 민정 부문을 맡았다. 군사 지휘는 역시 총사령관인 홍범도가 통수(統帥)키로 했다. 봉오골에 기지를 건설할 때부터 맏형인 최진동을 내세우고, 자신은 뒤에서 묵묵히 병참 등을 책임진 최운산은 이번에도 궂은 일을 자청했다. 봉오동에서 20여 리 떨어진 신민단도 연합 작전에 동참할 뜻을 비쳤다. 독립군 통합 운동은 서서히 성과를 거두었다.

대한북로독군부의 주 근거지는 역시 봉오동의 상촌이었다. 오늘은 독립군이 모여서 상견례를 갖는 날이었다. 지금은 부장 최진동에 이어 총사령관 홍범도가 훈시 중이었다. 뜻깊고 경사스러운 날이지만 홍범도의 목소리는 평소보다 한층 결연했다. 훈시의 요지는 대략 이러했다.

"내가 국권 회복을 뜻한 것도 어느덧 십 년 성상을 훌쩍 넘겼다. 또 공공연하게 독립 의군을 일으켜 우리 민족의 독립을 절규한 것도 일 년이 지났다. 그사이 정든 고국산천을 버리고 타국의 영토에 떠돌며 참으로 비참한 생활을 영위해 왔다. 그러는 동안에 역시 고국을 떠나 타국에서 어렵게 살아가는 우리 동포들에게 많은 물질적 도움을 기댄 것 또한 사실이다. 나라의 독립을 위해서는 불가피한 일이었다. 그런데도 우리가 동포들의 바람을 저버리고 독립을 위한 노력을 게을리한다면, 저 왜놈들은 말할 것도 없고 세계의 웃음거리가 될 것이다. 뿐만이 아니다. 자신들은 비참한 생활을 영위하면서 우리에게 돈과 곡식을 제공해준 동포들은 대체 무슨 낯으로 대할 것인가? 그들이 느낄 허망함은 다시 말할 것도 없고, 독립을 빙자한 강도단으로 우리를 치부할 것이 아닌가? 그러면 비록 천지가 넓다 하나 우리는 몸뚱어리 하나 용납될 곳을 찾지 못할 것이다. 따라서 일의 성패는 하늘에 맡기고 우리 독립 의군들 앞에는 다만 죽음이 있을 뿐이다. 그것은 나 홍범도 역시 마찬가지다. 나는 최후의 1인이 될 때까지 오직 독립에만 매진하다 눈에 흙이 들어간 뒤에야 그만둘 것이다."

듬직한 체구에서 우러나는 홍범도의 목소리는 쩌렁쩌렁했다. 간곡한 호소가 독립군의 심금을 울리는지 분위기는 숙연했다.

이들 연합 부대가 홍범도의 기대에 부응할 날은 의외로 빨리 찾아왔다. 일본군을 상대로 독립군이 정규전으로서는 첫 승리를 맛본 싸움이었다. 이 승리는 동포들의 십 년 묵은 체증을 단숨에 씻겨주었고, 마치 조선에서 일제를 말끔히 몰아낸 것만큼이나 커다란 통쾌감을 안겨주었다. 더불어 여러 독립군 세력이 자신감과 함께 사기충천한 것은 더 말할 나위도 없었다. '독립 전쟁 제1회전의 승리'이며 이른바 봉오동 전투로 명명되는 사건이었다.

제3부에서 계속됩니다

- 전 3권 -

열
혈 ❷

초판 1쇄 인쇄 2020년 10월 06일
초판 1쇄 발행 2020년 10월 13일
지은이 송헌수

펴낸이 김양수
책임편집 이정은
편집·디자인 김하늘
교정교열 박순옥

펴낸곳 도서출판 휴앤스토리
출판등록 제2012-000035
주소 경기도 고양시 일산서구 중앙로 1456(주엽동) 서현프라자 604호
전화 031) 906-5006
팩스 031) 906-5079
홈페이지 www.booksam.kr
블로그 http://blog.naver.com/okbook1234
이메일 okbook1234@naver.com

ISBN 979-11-89254-46-9 (04800)
          979-11-89254-44-5 (세트)

* 이 도서의 국립중앙도서관 출판예정도서목록(CIP)은 서지정보유통지원시스템 홈페이지(http://seoji.nl.go.kr)와 국가자료종합목록 구축시스템(http://kolis-net.nl.go.kr)에서 이용하실 수 있습니다.
 (CIP제어번호 : CIP2020042353)
* 이 도서의 판매 수익금 일부를 한국심장재단에 기부합니다.